MINGUO TONGSU XIAOSHUO
DIANCANG WENKU

民国通俗小说典藏文库·刘云若卷

歌舞江山

刘云若◎著

中国文史出版社

图书在版编目（CIP）数据

歌舞江山／刘云若著. — 北京：中国文史出版社，
2017.1

（民国通俗小说典藏文库·刘云若卷）

ISBN 978 – 7 – 5034 – 8449 – 0

Ⅰ．①歌… Ⅱ．①刘… Ⅲ．①长篇小说 – 中国 – 现代

Ⅳ．①I246.5

中国版本图书馆 CIP 数据核字（2016）第 264768 号

责任编辑：马合省　卢祥秋

点　　校：袁　元

出版发行：**中国文史出版社**

网　　址：http：//www.chinawenshi.net

社　　址：北京市西城区太平桥大街 23 号　邮编：100811

电　　话：010 – 66173572　66168268　66192736（发行部）

传　　真：010 – 66192703

印　　装：北京盛彩捷印刷有限公司

经　　销：全国新华书店

开　　本：720×1020　1/16

印　　张：20.75　　字数：284 千字

版　　次：2017 年 1 月第 1 版

印　　次：2018 年 6 月第 2 次印刷

定　　价：48.00 元

直面人性的"小说大宗师"——刘云若

（代序）

张元卿

1950 年刘云若去世后，作家招司发文悼念，竟招来一些非议，认为不必为刘云若这样一位旧文人树碑立传。半个多世纪后，刘云若已"走进"中国现代文学馆，成了经典作家。现在中国文史出版社即将规模推出《民国通俗小说典藏文库·刘云若卷》，这说明刘云若这个"旧文人"的小说还是有价值的，至少可以提供更多的原始文本，读者可以从量到质做出自己的评价。

关于刘云若的生平资料，百度上已有一些，关注刘云若的读者多已熟悉，此处不再赘述。本文着重写我为什么认为刘云若是直面人性的"小说大宗师"。

20 世纪 40 年代，上官筝在《小说的内容形式问题》中写道："我虽然是不大赞成写章回小说的人，可是对于刘云若先生的天才和修养也着实敬佩。"郑振铎认为刘云若的造诣之深远出张恨水之上。这里所说的"天才"和"造诣"，指的应是作为"小说大宗师"的"天才"与"造诣"。

刘云若的小说虽在上世纪三十年代就风行沽上了，但那也只是"风行沽上"，影响还有限。1937 年平津沦陷后，张恨水南下，刘云若困守天津，京津一带出现"水流云在"的局面，北京的一些报刊便盯住了

1

刘云若,后来东北的报刊也向他"招手",于是刘云若便成了北方沦陷区炙手可热的小说家,影响开始扩展到平津以外的地区,盗用其名的伪作也随之出现,而他竟在这种混乱的局面中从通俗小说家变成了"小说大宗师"。

1937年9月,《歌舞江山》开始在天津《民鸣》月刊(后改名《民治》月刊)连载,至1939年5月连载至第十七回,同月由天津书局出版了单行本,这是天津沦陷后刘云若创作的第一部小说。此后,因沦陷而停载的小说《旧巷斜阳》《情海归帆》开始在《新天津画报》连载,卖文为生的生活得以继续。沦陷期间,他在天津连载的小说还有《画梁归燕记》(连载于《妇女新都会画报》)、《酒眼灯唇录》《燕子人家》(连载于《庸报》)、《海誓山盟》(连载于《天津商报画刊》)、《粉黛江湖》(连载于《新天津画报》)等。在天津连载小说的同时,北京的报刊也在连载刘云若的小说,先后连载的小说有《金缕残歌》(连载于《戏剧周刊》)、《江湖红豆记》(连载于《戏剧报》)、《冰弦弹月记》(连载于《新民报半月刊》)、《湖海香盟》(连载于《新北京报》)、《云霞出海记》《紫陌红尘》(连载于《369画报》)、《翠袖黄衫》《鼗鼓霓裳》(连载于《新民报》)、《银汉红墙》(连载于《立言画刊》)、《姽婳英雄》(连载于《新光》)等。从数量上看,在北京连载的小说超过了天津。张恨水离开北京后的空白是被刘云若补上了,因此读者才有"水流云在"之感。在沦陷时期,刘云若在东北的影响逐渐扩大,沈阳、长春的出版社开始大量出版刘云若的小说,东北的报刊也开始集中刊载刘云若的小说,《麒麟》杂志就先后连载了刘云若的《回风舞柳记》和《落花门巷》。与此同时,随着1941年刘汇臣在上海成立励力出版社分社,刘云若的小说开始成系列地进入上海市场,在抗战结束前先后出版了《换巢鸾凤》《红杏出墙记》《碧海青天》《春风回梦记》《云霞出海记》《海誓山盟》等小说。由此可见,沦陷时期刘云若小说的影响范围远超从前,几乎覆盖了整个东部沦陷区。这说明当时的读者是非常认可他的小说的。

那么,当时的读者为何认可他的小说呢?刘云若的小说素以人物生动、情节诡奇著称,沦陷之后的小说也延续了这种特色,但刘云若令读者佩服之处实在于每部小说程式类似，情节人物却不雷同，因而能一直吊着读者的胃口。情节人物的歧异处理虽然可增加这种类型化小说的阅读趣味，但立意毕竟难有突破，因而多数小说也还是停留在供人消遣的层面。如《歌舞江山》主要写督军"吕启龙"和他的姨太太们的种种事迹，书中写道：帅府"简直是一座专演喜剧和武剧的双层舞台，前面是一群政客官僚、武夫嬖幸，在钩心斗角争夺权利，后面是一班娇妾宠姬，各自妒宠负恃，争妍乞怜。外面赳赳桓桓之士，时常仿效内庭妾妇之道，在宦海中固位保身；里面莺莺燕燕之俦，也时常学着外间的政治手腕，来在房帏间纵横捭阖"。此书之奇在于写出了"帅府"的黑幕空间，讽刺意味自然亦有，但除此之外，读者欣赏的还是情节人物之新颖。再如《娬媚英雄》，小说写汪剑平从南京回天津，从公司分部调回总部，并准备与未婚妻举行婚礼。回到天津后，未访到未婚妻棠君，却意外地在舞场看到她同一贵公子在一起。回到旅馆后，才看到未婚妻留言，说要解除婚约。后汪结识暗娼姚有华，适公司要开宴会，汪便请姚扮作他的太太参加宴会。汪这样做是因为公司老板不喜欢未婚男士，这样一来就可以使老板认为自己结婚，不会因未婚而丢了工作。此后，汪经朋友张慰苍介绍同苑女士结婚。姚有华自参加宴会后，力图上进，恰见汪陷入命案，便思营救。她住到接近歹人的地方，想办法救汪，慢慢发现汪的朋友张慰苍夫妇竟是匪党，而与其一伙的文则予就是陷害汪的人。就在此时，张氏夫妇设计灌醉有华，文则予趁机将有华侮辱。后有华被卖作暗娼，又利用文则予对自己的感情逃出。在路过警察局时，有华大喊捉贼，文被捉进警局，供出自己就是谋害汪的罪犯。至此，真相大白，汪出狱，有华却不再准备嫁人。苑女士在汪入狱后生活贫苦，继续做起舞女，却被一客人侮辱，受其摆弄，不得与汪重圆旧梦。有华看到汪和苑女士这种景况，又请人撮合，欲挽回他们的夫妻情缘。小说结尾写有华"宛如一个'杀身成仁'的英雄，情场中有这样伟大的心胸，而且出于一个风尘中的弱女子，称她为'娬媚英雄'，谁曰不宜？至于剑平出狱后，理宜对有华感恩入骨，能否善处知己，报答深情，以及苑娟能否摆脱季尔康的羁绊，和剑平重偕白首，只可让读者们细细咀嚼，作为本书未尽的余波了"。小说命意如此，读者亦甘愿在此多角情爱中

3

享受"过山车"般之沉醉。不可否认沦陷时期的读者需要这种"过山车"般的沉醉，而刘云若的小说最能满足他们的这种阅读需求，因此风行一时，也毫不奇怪。然而，令人奇怪的是刘云若在写作这类小说时竟能写出《旧巷斜阳》这样引起社会轰动的小说。

《旧巷斜阳》主要写下层贫苦妇女谢璞玉人海浮沉的故事。璞玉的丈夫是个瞎眼残废，有两个未成年的孩子。为了生活，她只好去餐馆做女招待。其间，偶遇王小二，一见倾情，几欲以身相许，但她苦于已为人妇、人母，痛苦地徘徊在丈夫和情人间，"几把芳心碾碎，柔肠转断"。此后，丈夫发现她的隐情，为成全她和王小二，独自出走。王小二为此深怀自责，忍痛南下。璞玉此时贫苦无依，只好移往贫民窟。在失身地痞过铁后，被卖作暗娼，又为张月坡侮辱，几番沉沦。后经搭救才跳出火坑。其时，王小二回津做官，两人再度相逢，经柳塘说项，遂成眷属。可惜不久督军下台，王小二身受牵连，亡命天涯。璞玉只好依附老名士柳塘过活。柳塘晚年因发现妻子与人私通，而更加厌恶尘世生活，遂南下寻见王小二，相携出家。柳塘老宅日渐荒芜，璞玉和柳塘夫人相依为命、孤苦度日。在刘云若的小说中，《旧巷斜阳》的情节并不算太繁复，论奇诡还比不上《姽婳英雄》，但在刻画人物上，特别是对璞玉的刻画却极为成功，在连载期间《新天津画报》头版头条就常刊发评说璞玉命运的文章，最后竟转化为探讨妇女命运的大讨论，以至于1940年8月天津文华出版社出版单行本时，在"作者自序"和正文之间加印了"《旧巷斜阳》引起的批评讨论文字选录"，这在现代通俗小说出版史上是不多见的。加印的讨论文章共九篇，分别是榕孙的《谈谢璞玉》、彝曾的《再谈谢璞玉》、榕孙的《答彝曾先生——代王小二呼冤　替谢璞玉叫屈》、趾的《与云若表同情——璞玉所遭愈苦　愈足以警惕人心》、葛暗的《关于璞玉问题的平议》、摩公的《云若的公敌　为璞玉请命》、丁太玄的《响应宗兄丁二羊》、聊止的《关于璞玉获救的感想》、一迷的《关心妇女生活者应大批营救璞玉》。

这九篇文章大都发表于连载《旧巷斜阳》的《新天津画报》，大致能反映当时读者的看法。榕孙《谈谢璞玉》写道："谢出身微贱，居然出污泥而不染，能不为利欲所动，洵不失为女侍中典型人物。……深盼刘君能兜转笔锋，俾谢氏母子得早日出诸水火，则璞玉固未必知感，而一般替他人担忧之读者实感盛情也。"这说明璞玉在小说中的处境引起了读者的怜悯，他们不忍见"出污泥而不染"之人继续遭罪。而彝曾《再谈谢璞玉》表达的是另一派读者的意见："日前榕孙君《谈谢璞玉》一文，请作者鉴佳人之惨劫，怜稚子之无辜，早转笔锋，登之衽席，实为蔼然仁者之言，先获我心，倾慕曷已。不佞所不敢请者，因璞玉以一念之差，叛夫背子，再蹈前辙，沉溺尤深，作者非必欲置之于万劫不复之地。但揆诸人情天理，设不严惩苛责，何以对其恝然舍家之盲目夫婿，更何以点出一班将步璞玉后尘之芸芸众生。是则璞玉之遭垢，有为人情所必至，而天道所欲昭者矣！"显然这派读者觉得璞玉"叛夫背子"应受严惩。趾《与云若表同情——璞玉所遭愈苦 愈足以警惕人心》和《再谈谢璞玉》观点相近，他觉得虽然"在报上发表文字，一再向云若警告，或请求设法把璞玉救了出来"，但作者不必就将璞玉救出，他的理由是："但鄙人看来，现社会中像她这样堕落的女子，不知凡几。虽然堕落的途径不同，其原因无非误解自由，妄谈交际，以致身隐危境，无法摆脱，遂演出背叛尊亲，脱弃家庭，夫妇离异，以及淫奔私会奸杀拐卖种种不幸的惨剧。她们所受的痛苦，往往比璞玉还要来得厉害。所以著者正好拿假设的璞玉来做牺牲品，把她形容得愈苦，愈足以警惕人心，使那些醉心文明、误解自由、意志薄弱的青年女子，以璞玉做一前车之鉴，以收惩一警百之效，其有功于世道人心。正风移俗，自非浅鲜。"一迷的文章更是直接喊出了"应大批营救璞玉"的呼声："我们知道《旧巷斜阳》里所描写的低级娼寮，是真有那个去处。在娼寮里受着非人生活的女人，其痛苦情形或许十倍于作者之所描写，但是无人想到她们，只知关心璞玉，这是多么不合理。"又说："这里我们应该谈到文学了。譬如一则新闻，记载璞玉的故事，便不会如《旧巷斜阳》所写可以感人。假若关心妇女生活的当局（如新民妇女会）由璞玉想到那些在地狱里受罪的女子，而设法大批营救，则《旧巷斜阳》不是一部泛泛的小说了。"由对小说人物命运的关注，逐渐转到营救当时像璞玉"在地狱里受罪的女子"，一部小说能有这样的社会影响，首先说明它触及了当时黑暗的现实，起到了为时代立言、代无告之人控诉的作用。能产生这样的社会效果的作品，在号称文学为人生的新文学作品中也很少见，因此有研究者认为"作为一个旧时代的通俗小说作家，且在日伪高压政策的钳制下，能够写出如此惨烈之书，引发出如此严肃的社会问题，我们今天怎能用一个'鸳鸯蝴蝶派'的概念去解释他"。我想刘云若之高明，就在于能活用社会言情小说程式，他可以依照程式写很"鸳鸯蝴蝶"的通俗小说，也能利用程式写出超越"鸳鸯蝴蝶"味的小说人物，最终用经典的人物形象超越了程式，也就脱"俗"入"雅"了。当时有评论者认为"刘云若可称得起中国南北唯一小说大宗师"，这显然没有把他当作鸳鸯蝴蝶派，而直接说是"小说大宗师"。刘云若是否称得起是"小说大宗师"，暂且不论，但这称号是在《旧巷斜阳》发表之后，而且是针对这部小说而提出的，这至少可以说明在当时读者眼中，能写出《旧巷斜阳》就称得起是"小说大宗师"。

那《旧巷斜阳》何以能体现出"小说大宗师"的功力呢？

《关心妇女生活者应大批营救璞玉》发表于 1940 年 3 月 16 日的《新天津画报》。此后，《新天津画报》又陆续发表了一批评论《旧巷斜阳》的文章，读者的讨论一直持续至年末。8 月 22 日，作家夏冰在《读〈旧巷斜阳〉有感》中坦言《旧巷斜阳》是现在最受欢迎的小说。8 月 23 日，报人魏病侠在《读〈旧巷斜阳〉之后》中认为刘云若小说之所以能特受欢迎，除了"设想用笔"等处外，还有两点："一、其所描写者，均为现代人物，以及现代社会上各方面之事态；二、其所叙述各社会上之情事，每多其亲身经历，或随时留心调查之所得。有此两种原因，自能使读者均感其亲切有味，与寻常小说家言，大相径庭矣。""设想"，主要指情节，璞玉落水的情节自然是精心营造的，但璞玉被救之后的情节却并不出彩，柳塘和王小二一起出家的结局也很老套，因此魏病侠没有多谈"设想"。至于"用笔"，白羽和周骥良的观点最有代表性。白羽认为刘云若"写情沁人心脾，状物各具面目"。周骥良认为："刘云若笔下的那些被侮辱与被损害的女性，个个血肉丰满、呼之欲出。单是一部《旧巷斜阳》，揭露那些被欺压的女性挣扎在毁灭的深渊中，就足以和影响颇大的日本电影《望乡》相提并论。读作品读的是作家的文字功夫，有如看戏看的是演员演技，看球赛看的是球员球技。刘云若的文字流畅如行云流水，读起来既自然又舒服，不掺半点洋味，有中国传统文字之美。"他们二位的评论相隔近六十年，这说明刘云若的"用笔"不仅被时人称颂，也为后人所赞赏。以《旧巷斜阳》为例，我以为刘云若描写胡同环境和璞玉心理的"用笔"确实具有"小说大宗师"的功力。

魏病侠认为刘云若受欢迎的地方是所描写者为"现代人物"，所叙故事"每多其亲身经历"，这其实是强调作品的写实性。鸳鸯蝴蝶派小说的兴起很大程度上靠的就是写实，《玉梨魂》《北里婴儿》能引起读者关注，也是因为所写是"现代人物"，故事"每多其亲身经历"，而后来之逐渐式微，关键不在章回体的束缚，而在作家背离了写实的原则，人物无现实依据，故事少真情投入，一味以情节和色欲迎合读者。说刘云若是鸳鸯蝴蝶派，也不是没有道理，但要说明他继承的是早期鸳鸯蝴蝶派的衣钵。而称他为"小说大宗师"，超越鸳鸯蝴蝶派，则是因为刘云若的写实虽继承了《北里婴儿》《倡门红泪》的传统，却不局限于展示"北里"、"倡门"中的不幸，而是在更为广阔的社会生活中描摹不幸人生的种种人情世态，不仅让读者吃惊，有时也能令读者发笑。平凡人生因此而变得立体可感，成为蕴蓄时代情绪的历史画面，小说因此有了史诗的意味。人情世态的核心是人性，能让平凡人生立体可感，关键在于能否写活平凡人生的人性。夏冰在《情海归帆·序》中写道："盖云若之笔，善能曲尽事情，尤详于市井鄙俚之事，如禹鼎燃犀，无微不至。"所谓"曲尽事情"、"无微不至"，其实就是表彰刘云若能让平凡人生立体可感。张聊止称刘云若为中国的莫泊桑，也是在表彰刘云若能让平凡人生立体可感。姚灵犀认为刘云若"应与兰陵笑笑生、曹雪芹相颉颃"，还是表彰刘云若能让平凡人生立体可感。这些评论者都没能明确地从刻画人性的角度来肯定刘云若，而真正认识到刘云若人性书写价值的还是当代的一些研究者。

毛敏在《津门社会言情小说家刘云若论》中写道：

> 刘云若遵循艺术美丑皆露的原则，对人性的复杂性做了深刻的挖掘，他十分注意人物恶极偶善的可信性，以及本性难移

的必然性，力图展现人物性格的多面性和复杂性。他对人性阴暗面的揭露又是不遗余力的，《旧巷斜阳》中大杂院里刘三家妓女出身、后来做了官姨太太的外甥女雅琴来探亲时，各家各户像迎接贵宾那样恭候她的到来，那种奴颜婢膝的神态将其劣根性展现无遗。刘云若批判穷人只羡慕富人，对同类穷人没有同情，譬如车夫，"一个人穷到拉车，也就够苦了……做车夫的应该可以同病相怜了，然而不然，个中强凌弱，众暴寡，以及拉包车的欺侮拉散车的，拉新车的鄙视拉旧车的，能巴结上巡警的，就狐假虎威，欺压同行，能拉上阔座的，就趾高气扬，鄙夷同伙，诸如此类，直成风气。我们看着以为一个人穷到拉车，也就够苦了，竟还有这等现象，实在可鄙可怜！然而这正是整个社会的缩影啊"。这种对国民劣根性的批判是对二十年代鲁迅小说改造国民性主题的继续，并且把鲁迅小说的题材从农民扩展到市民，不过刘云若不同于鲁迅以启蒙精神战士的姿态来审视他笔下的对象，他没有过启蒙者的经历，他是以与对象同一的眼光来体察他笔下的对象，在批判他们的精神病态的同时，又充满了默默的温情，从而表现出不同于鲁迅小说的深沉冷峻的另一种温婉幽默的风格。他将触角伸向繁华大都市中为人所遗忘、平日蜷缩在肮脏灰暗角落中的贫苦市民，挖掘褴褛衣衫下熠熠生辉的人性。《旧巷斜阳》中底层妇女谢璞玉因生活的逼迫而沦入娼门，出卖肉体和灵魂，过着悲惨不堪的生活。同样生活悲苦，却因一笔小小的意外之财而得以第一次嫖妓的人力车夫丁二羊对她产生了深切的同情。刘云若用洗练生动的文笔勾画出了丁二羊那衣不蔽体、食不果腹的艰苦生活境况，衬托出他第一次嫖妓的机会得之不易。谢璞玉因难以忍受他的污浊不堪而对他婉言相拒，丁花了"巨资"而未完成心愿不但没有恼怒反而对谢流露出极大的同情。他说道：

　　"可怜，可怜！我原先只道世上最可怜的，数我们车夫了，为奔两顿饭，不管冬天夏天，都得舍命地跑。热天跑得火气攻心，一个跟头栽倒，就算小命玩儿完；冷天呢，没座儿的时候，在街上能冻成银鱼，有了座儿，拉起一跑，又暖和过了头，通身大汗直流，到地方一歇立刻衣服都成了冰片，冰得难受，还须上僻静地，把冰片挫下来，你想这是什么罪过儿？可是若有两天进项不错，就可以歇天工，玩玩乐乐谁也不能管，你们……"

生活的悲苦令人发指，令人忍不住要控诉社会的不公，可下层娼妓的生活比车夫更苦，自身生活都难以确保的丁二羊费尽心思要把璞玉从火坑里拯救出来，虽然璞玉因此掉入更深的火坑。刘云若在这里深刻地写出了劳动者对妓女的同情，表现了底层人民内心的美好品质以及他们之间的惺惺相惜，揭示出人性的美好的一面。既批判又认同于小市民，这包含着他对小民百姓卑微和平庸生活的深深理解和同情，也是对人生的正视，正视人生的凡俗性质。

我认为刘云若能用小说"挖掘褴褛衣衫下熠熠生辉的人性"，就足以说明他已具有"小说大宗师"的功力，而他"挖掘褴褛衣衫下熠熠生辉的人性"时所呈现出的"温婉幽默的风格"，就是"小说大宗师"的气派。

钱理群等在《中国现代文学三十年》中对刘云若《红杏出墙记》的通俗性和现代性都做了分析，认为它对人性的表现，"也是超乎以往任何一部通俗小说（包括张恨水）的"。这还是在通俗小说范围评论刘云若，但这部论著至少注意到刘云若很早就开始写人性了。可是刘云若写人性的变化，这部论著没能指出。《红杏出墙记》写人性基本是在"揖让情场"上做文章，立意还不深刻，人性刻画还从属于情节，而不是写作的中心，因此也只是"超乎以往任何一部通俗小说"，还不足以与新文学阵营的小说一较高下。可《旧巷斜阳》一出，它前半部写璞玉，已是情节从属于人物，人性刻画已是写作中心，褴褛衣衫下的人性被刻画得熠熠生辉，其价值早已经超过了以消遣为主旨的通俗小说，而具备了严肃小说的艺术特征，足可与新文学名作一较高下了。刘云若能在沦陷时期写出《旧巷斜阳》，自然得力于他长期关注人性问题，但家园沦陷的现实刺激无疑加深了他对人性的思考。而面对现实的无可奈何，让他的"用笔"于温婉幽默中更加平静质朴，这便贴近了莫泊桑的风格。因此，家园沦陷的现实无疑是促使刘云若从通俗小说家转化为"小说大宗师"的历史契机。

尽管沦陷时期刘云若的小说整体上还属于通俗小说，卖文为生的生活不允许他只做"小说大宗师"，但他在写作《旧巷斜阳》时所积累的艺术感受并不曾因此而泯灭。抗战胜利后，刘云若写出了又一部能代表其"小说大宗师"水准的小说《粉墨筝琶》。孙玉芳认为刘云若塑造了一系列女性群像，"其中以女招待璞玉（《旧巷斜阳》）和伶人陆凤云这一形象（《粉墨筝琶》）最为复杂生动。抗争与妥协，自尊与虚荣，生命的悲哀与人性的弱点，全都彰显无遗"。陆凤云的形象塑造之所以复杂生动，除了伶人这一角色赋予的特定内涵外，也得益于璞玉这一角色提供的营养。作为伶人，陆凤云自有多情妩媚的一面，但作为普通人，她又有软弱犹豫、随波逐流的一面。刘云若写陆凤云作为普通人的一面时，就借鉴了璞玉身上软弱犹豫、随波逐流的特征。但作为在江湖上闯荡的伶人，陆凤云在多情妩媚和软弱犹豫之外，还有刚烈正直的一面。《粉墨筝琶》中出城一节，就显示了陆凤云作为乱世佳人刚烈正直一面。孟子曰："人性之善也，犹水之就下也。人无有不善，水无有不下。今夫水，搏而跃之，可使过颡；激而行之，可使在山。是岂水之性哉？其势则然也。"然而势终不能变其性，才见人性之光辉。陆凤云处乱世而不失刚烈正直之性，正是刘云若在沦陷时期就用心刻画"熠熠生辉的人性"的延续与升华。璞玉是顺势而不失其良知，凤云是逆势而卓显其刚烈，均能势变而不失其性，可谓乱世两佳人。佳人不朽，云若亦不朽。

刘云若在《粉墨筝琶·作者赘语》中写道："作小说的应该领导青年，指示人生的正鹄，我很想努力为之，但恐在这方面成就不能很大，我或者能给人们竖一只木牌，写着'前有虎阱，行人止步'，但我也不愿作陈腐的劝惩，至多有些深刻的鉴戒。……至于我爱写下等社会，就因为下等社会的人，人性较多，未被虚伪湮没。天津《民国日报》主笔张枕石先生说我善于写不解情的人的情，这是我承认的，因为不解情的人的情，才是真情，不够人物的人，才是真人。"幸而刘云若没有积极的"领导青年"的意识，也"不愿作陈腐的劝惩"，才使得他既不同于新文学作家，也不同于通俗小说家，对雅俗均能保持清醒的距离，内心却别有期许："比肩曹（雪芹）施（耐庵），而与狄（查尔斯·狄更斯）华（华盛顿·欧文）共争短长。"

天津作家招司和石英都曾用"淋漓尽致"来称赞刘云若刻画人物的功夫，不知他们在称赞之时，是否意识到与他们"擦肩而过"的是一位混迹于市井的"小说大宗师"？如今，读者面对刘云若的这些小说作品，是否会觉得"小说大宗师"迎面而来呢？

一切交给读者，交给历史，我想刘云若有这样的自信。

2016 年 10 月 19 日晚于南秀村

作者赘言

　　小说为超时代地域之艺术，初无形式之分，只有优劣之别。近一世纪世界文学日异月新，千变万化，派别几于不可胜数，此起彼伏，盛衰相逐。而英国之查尔斯·狄更斯、俄国托尔斯泰等之盛名，仍如日月当天，未因时代而稍晦光彩。其他趋时炫世之徒，乃徒震一时耳目，倏随风烟渐灭。此无他故，一种艺术之能否长存，还当问诸本身是否有长存之价值。而其价值则在乎内蕴之精神，而无关于外观之形式。莎氏乐府当时即写以散文之体，或中国之字，固亦无害超绝。而食古不化之诗人，即字字仿效杜少陵，亦终身与诗无涉。

　　以小说言，章回之体，盖为新文学家诟病久矣，然平心论之，罪固在作章回小说者之浮薄不实，章回固无罪也。红楼金瓶之备受推崇，可为例证。善哉吾友谢兰公之言曰："章回为中国多年传统，最为大众接受之体裁。红楼水浒，已创其基。以近世未产名作，但见恶札，故为人诟病。然余终以为此体最有前途，唯望来者发扬光大之。吾子固有此才，顾有此志乎？"

　　余深信兰公之言，而不敢当其推许，盖操觚十载，几等文氓，虽有知非进境之机，而终无惬心贵当之作。小说固小技雕虫，却为雅人情事。闹市尘嚣，宁能做名山事业？而况日草数篇，付诸报馆，晨间随笔涂抹之文，至夜便求梨枣，间有稽迟，索者已塞门呼促。如此环境，宁能得有佳章？倘余生有福，小住青山，矮阁数楹，自闭其中，与妻子朋友约时晤会，如金圣叹所谓，明窗净几，饱食无事，又值心闲之岁月，假我三年，必能为章回小说一吐不平之气，以副吾友兰公之望。然而此愿岂易偿哉？世事有莫知其然而然者？

　　余初作小说，本欲尽脱町畦，然而未能，仅以古人章回形式，入西洋小说意境写之。体固无名，报社中人见其描述社会而复参以男子也，乃为特署名社会言情，本极卑鄙可笑，乃不知竟成为风气，效者群起，余亦听之。

此《歌舞江山》当然亦为社会言情，内容则稍异于旧所作者，本无作风可言，岂敢谓为改变？唯余尝谓小说之道，可通于诗文书画，学力阅历以外，尤须注意于性灵神韵。昔于《春风回梦记·序》中，自谓愿读者阅此说部，如读一长诗，盖即特致力于神韵之谓。至此书则颇思于神韵之外，兼主性灵。唯此所谓性灵神韵，颇异于王渔洋袁子才之所争。读者阅至终篇，或能体会。但恐力与愿违，终成浮夸之语耳。

此书非历史小说，非写实小说，作者聪明，良不肯以范围自限。写实譬如摄影，先有实境当前，即具审美眼光，善于取舍。而花木位置或嫌庸俗，坡坨形态或太平凡，以及不美物事，恰居主景之前，无法避去，在在皆受限制，易成痴累。若以彩墨自写丘壑，自抒机杼，则挥洒如心，天机无碍。能使帛妙毕臻，一笔不苟，又何为舍摄虚成画之乐，而受依实取影之苦乎？故读者恒意拟书中人物为某为某，余敢力言其绝无一是。作小说者恒病描写模糊，而描写过真，又易成为疑案。譬如有人随意画一人形，持以赴市，历观途人，必有一人面目适与画同，而画者本未尝见此人也。人间万事，亦复如此。作者虚构情节，或竟与某事相似，作者亦未尝知此事也，愿读者审之。

曲终人散后，今古两茫茫。回忆中年哀乐，芳草恋斜阳。天际白云自散，心上温柔都老，我更往何乡？当歌青眼白，顾影黑头苍。

济无楫，飞无翼，渡无梁。剧怜检点故物，只剩旧时狂。且摭江山儿女，谱作渔樵闲话，真假漫参详。腐肠思酒肉，媚世著文章。

——调寄《水调歌头》

本书开幕，约在若干年时候，有位吕启龙将军，正在做着北地都督，声势惊天动地。那时军人运盛，官爵大小，全看着兵力厚薄而定。

2

这位吕将军经过三四年的养精蓄锐，筹备得兵精粮足，当然不能恪守古训，备而不用。这就和他本人吃了海狗肾鹿茸汁以后，当然不能再服独睡丸，因而他的姬妾势必遭殃一样。于是乎邻省就无故地起了他的侵略，不到两月，把某省的都督赶跑，吕将军派了心腹的大将卢鸣天前去镇守，收为自己的地盘。那时的中央政府，本来号令不出都门，各省疆吏，除了平日接收政府封号，以图正名定分，战时向政府请令讨伐，以求师出有名以外，没有别事可以利用，向来很少交涉。吕将军这次侵伐邻境，事先也曾向政府请令，并且通电宣布邻省都督十大罪状，及至兵事胜利，如愿以偿，自然又搬出替天行道，为国平乱的面孔，向政府报捷献功。好在政府态度向来事前是不痴不聋，做不得阿家翁，事后是善打死老虎，不得罪巨室。随着就发表明令，把邻省的战败都督加以褫职通缉的处分。却任命了卢鸣天继任邻省都督。吕将军以太上皇的身份，晋职为两省镇抚使。本书开始，就在政府下令的次日。

吕将军手一班文武，因为政府命令电报是深夜拍到，当时来不及入府叩贺，所以在次日早晨，全体入贺。众人虽都知道将军向不在午前起床，但怕他遇到偌大喜庆，万一特别高兴，通宵不眠，来个破例早朝，等接见僚属。所以大家都抱着宁可自己去早了，见不着大帅，不可去晚了，使大帅看不见自己的心理，在早晨八点钟，督府内各厅各处，都已挤满了人。

就中单提地位最高的机要厅，是吕将军自用的大厅，建筑得十分宽敞华丽。吕将军礼贤下士，向来把这地方备作高等僚属聚会之所。他每日也就到这里来议事，或者闲谈。本来这座厅没有名字，只因每日有两位机要秘书轮值住在厅中，替将军临时拟发文电，像昔日学士入相掖庭一样，所以在差弁口里，就称作机要厅了。这时正在隆冬天气，机要厅里虽然有暖气炉，温暖如春，但是这些候见的大官，几乎人人面有忍寒之色。一来他们向是颠倒昼夜，内中竟有未曾入睡的；二来又有许多黑籍人物，早晨来不及吸烟，就匆匆起来等候多时，怎不难过？而且吕将军本身虽然是个大瘾，但他最恨旁人抽烟。所以手下文武，一入帅府，身上连个烟泡儿也不敢带，恐怕万一被不对头的人看见，到大帅跟前告密，立刻便要失宠，至于辱骂还是小事。因此大家都是萎靡不振，以致这厅内虽有二三十人，更没有欢欣鼓舞的样儿。

参谋长李栖梧是个连鬓大胡子，他正斜倚在沙发角上吸着雪茄，口内蓬蓬出烟，好似胡子失了火。和他身旁坐的湖北省都督代表吴南芋谈论他昔年在岳州驻防时，一日三操，聚将校士兵于一堂的欢喜鼓舞。一位瘦小枯干的苗参议仿佛特别怕冷，掇把椅子斜倚在暖气管的旁边，正对着第八师师长杨汝琏咬文嚼字地歌颂大帅功德。那杨汝琏不知是觉得所言逆耳，还是忍不住他的酸气，竟掉转头去，向军法处长黄倬生说话，提起第三混成旅有个姓范的连长，因为饮酒滋事，砸了一家戏园，打死园主，现时被押在军法处，尚未定罪，故而替他求情。这位师长说得很轻巧，向黄倬生道："这范连长是我那三小妾的干娘的干儿子，昨天他家还特意托人求我，这点小事又算什么？黄处长你看着可以放就放了吧，打死个老百姓，给几个钱得了。"那黄倬生唯唯答应，说回去就办。

一言未了，忽听有人拍桌子大骂"混蛋"，众人闻声一惊，只见在正中议事大长桌的左边，坐着那第二师长兼本地驻守司令的岳慕飞，正挺着瘦长的身躯，铁青色青筋暴露的面孔，瞪着凶光灼灼的眼，拳头还按在桌上，恶狠狠地望着对面坐的秘书长郭誉夫。这郭誉夫算是近一两年吕将军最亲信的人。吕将军秉性对于用人向来能坚而不能久，信任一个谋士，很能言听计从，但常因一事的参差，或一时的喜怒，就弃而不用，是常有的事。但这郭誉夫自从入幕，便能深结主心。直至如今，帅府要政终归他一人把持。不过他虽然直上扶摇，权倾内外，可是外面终是十分谦和，待人接物常是虚怀自下。那满脸的笑容，永不消失。尤其见人必然九十度的大躬，日久习以为常，竟变成了驼背。据人说，一次他抱丧儿之痛，死了独生子，也只哭了三五十分钟，眼泪一干，笑容随现，可见涵养到了什么程度。

这时他正和吕将军一位老表兄，曾在前清中过秀才，而现为秘书厅帮办的何其铎谈论文章。提起他昔日在北京做小京官的时候，曾和樊之山、易宝甫、罗掞东等人，共立诗钟社，"记得有一次龙眼五唱，我作的诗是'名士一堂龙虎狗，佳人三绝眼眉腰'，大家都很称赞。"

何其铎听了，也犯了酸，就答说："当日我也玩过这玩意儿，最露脸的是进学那一次，在朋友席上，我有两句，是'醉月飞觞真乐事，眠花宿柳可人心'。年数多了，忘了什么题目。哦，记得了，是'醉眠'两字放在头上。"

郭誉夫听了一笑，方要再说，哪知对面的岳慕飞已拍案大怒，郭誉夫住口抬头，愕然相望，还不知他和谁动气，方才现出满脸笑容，待要询问，哪知岳慕飞又把桌子一拍，骂道："妈的真讨厌，酸文假醋，刺刺什么？"

郭誉夫明已听出他语侵自己，但还不拾岔儿，赔笑问道："岳司令，你这是为什么啊？"

岳慕飞顿足喊道："就是为你！"

郭誉夫猛吃一惊，立起鞠躬道："我？我怎么了？"

岳慕飞也一跃而起，叫着郭誉夫绰号骂道："郭小鬼，你这蜜饯砒霜，趁早收拾起这副鬼脸。你岳老子今天拼着得罪你，明儿去挑唆大帅把我枪毙，姓岳的认了。好小子，谁不知道我跟了大帅二三十年，上阵给大帅卖命，平日尽替大帅背黑锅，都是我头一个姓岳的，没落在别人后头。卢鸣天才来了几天？这回打仗的俏事竟抢到我前头当了都督，和大帅成了一字并肩王了？我姓岳的就是不服这口气。谁不知道你和卢鸣天是把兄弟，若不是你在大帅面前保举，他会挨得上个儿？妈的，你们就结党抢权吧，大帅的基业，早晚毁在你们这群小偷手里。我姓岳的拼着不干，也得毁你们这杂种小舅子。"说着，探身就要打郭誉夫的嘴巴。

郭誉夫吓得倒退，厅中众人也有郭誉夫的私党，连忙上前救护。也有和郭誉夫不和，听得当场挨骂，心中趁愿，但在大面上不好不赶过来拉劝。大家拦住岳慕飞，七口八舌，纷纷劝解。岳慕飞还骂个不住，将手伸入袋内，要掏手枪。幸而李栖梧在旁看见，急忙夺过。

郭誉夫真是涵养功深，隔在众人背后，还赔着笑脸，蔼然和气地叫道："岳司令，你这可冤枉死我，你也不想想，大帅可随便听人话的？莫说这样大事，就是用个营长，向来也出在大帅自己心里，难道老兄你不知道？就说这次动兵，大帅本打算派老兄你去，教我已经拟命令了，后来大帅又犹疑起来，对我说：'教慕飞去自然最妥当，可是我实在离不开他，若是没有他在本地镇着，我夜里真睡不安枕。'所以斟酌半天，只可派老卢去。这是实情，我说句谎，教我断子绝孙。大帅只为重看你，才留在身边，哪知道给我种了毒。这真冤枉死了。"

那岳慕飞本来脑筋诚实，经郭誉夫在辩诉中转着弯儿给他灌了米汤，戴上高帽，他已在大庭广众中得了面子，不由把气消了一半，但仍恨恨地道："谁信你这小鬼的话？你本来已经断子绝孙，应过誓了。"

郭誉夫只作没听见，仍赔笑欲语。正在这时，忽听东面旁门一响，从里面走进了一人，众人全都吃了一惊，纷纷后退。原来这大厅各面，都有门可通外面，吕将军每天进来，常是经由东面的门，所以此际众人只当他来了，吓得忙着恢复秩序。哪知进来的并不是将军，却是吕将军最亲信的跑上房小听差而兼军需处长的梁保粹。这人已是年近四十，面容憔悴，身体枯瘦，但是有一对又伶俐又俊媚的眼儿和灵活的举止，清脆的声音，一见便知年轻时是个俊品人物。据说在二十年前吕将军做哨官的时节，便用他做小护兵，似乎还代理什么特别职务。直到将军升官，混得娶了太太，才把他的兼职解除。他昔日的名字原是宝翠，直到做了官，才改了这同音的两字。始终贴身侍候将军，顷刻不离。在帅府中是第一等红人，将军下属，谁敢不巴结他？只岳慕飞一人，倚仗是从宠宿将，很不把他看在眼里，见面只叫小梁儿。梁保粹对岳慕飞也有些畏惧，忍气不敢计较。其余的人，若得梁处长一笑，就自引为佳运临头。势位较低的，简直巴结不上。内中郭誉夫、卢鸣天和他是换帖兄弟，多得照应，所以权位最固。

这时梁保粹走入，众人看见，也和见了吕将军一样畏惮。大家争着招呼，那梁保粹只淡淡点着头儿，就向郭誉夫面前走去。

这时杨汝琏在旁叫道："梁四哥，大帅起来了没有？"

梁保粹漫应道："大帅压根儿还没有睡呢，正抽着烟，也就快出来了。"说着拉郭誉夫到屋隅大沙发上坐下，低声说道："留神大帅今天犯脾气，你可经些心。"

郭誉夫一听道："怎么，今天大喜大庆，怎么……"

梁保粹向四外瞧瞧，更把声音放低道："大帅夜里接着北京电报，正喜喜欢欢，往四姨太太房时去，不知道看破四姨太太什么私弊，发了脾气，一烟枪把四太太的头打破了，又抄起个小金钟掷去，幸亏没掷

6

中，只打碎了大穿衣镜，当时还要教马弁拉到后院枪毙。万幸把大太太惊动出来，劝着大帅，到底把四太太贬到那小花园里去，教人看守，过一天再发落。"

郭誉夫深知这位四太太是大帅最宠爱的人，大帅近两月来都是宿在她的房里，今日突生此变，深觉诧异。但他听了梁保粹的话，先不询问四太太失宠详情，只忙不迭地问道："那么大帅夜里在哪位太太房里睡的呢？"

梁保粹点头笑道："我就为这个来告诉你，他在七太太房里睡的。"

郭誉夫哦了一声："这样七太太要得宠了，我们可得……"说到这里，又改口道："大帅快出来了吧。"

梁保粹点头，郭誉夫忙不迭地和梁保粹由西面侧门走出去，这时其余众人有的已偷听得梁保粹的话，大家互相告语，立刻纷纷走出。厅中只剩了岳慕飞仰首冷笑。

不大工夫，众人又陆续进来，竟个个改了装束。原来这厅中的人，除了岳慕飞身着军服以外，余人全是耀目生光，万分华丽的绸缎面贵重皮衣，打扮得荡子纨绔一样，便是年老些的也学作风流少年。乍一看，好像开什么男装赛美会，或是皮货庄大展览似的。但经梁保粹这一报告，众人出去换过装束，个个又全成了起起武夫，军服长靴，另有一番气象。便是秘书一类文官，如郭誉夫、何其铎等，也照样偃文修武起来。大家相对一笑，好似各自会意。至于这班人因何如此仓促改装，而且又何以换得这样便当，里面却是大有文章。

原来吕将军自来告诫僚属，深以修身禁欲为戒，但他后堂姬妾，竟比金钗之数还要多上半打。他对此解释并非由于好色，而是当时风气所致，凡是位高爵尊的人，若不广置下陈，就像不够势派。好比一个绝大园亭，如没有花卉点缀，主人便要被讥欠雅，所以他才未能免俗地纳了许多姬妾，以为陈设。而且他常提倡知足论，说广厦千间，睡眠不过七尺，食前方丈，果腹仅于一器，姬妾虽多，侍寝只用一人，并非长枕大被，开什么无遮大会，所以他并不算是荒淫。而且他在姬妾中所宠爱的不过数人，其余几乎全是永巷长门，度着凄凉岁月。

所宠的人，第一是三姨太太，这位太太实际排次十三，因为原有的三姨太太在吕将军任旅长时，便和一位司务长开了小差，虚额未补。以后这十三太太得宠，有恃而骄，既嫌名次太低，又有些洋迷信，以为十三数目不吉，便向吕将军要求提升。吕将军效法昔时某朝帝王，晏驾遗诏，传位于十四子，被大臣改了一个字，成为传位于四子的故智，于是把十三姨太太取消"十"字，改为第三。娘家姓杨，名叫浣秋，出身还是宦家小姐。她父亲久做州县，吕将军前些年驻军安徽，正值她父亲做青阳县，因见吕将军势位贵盛，便将秋儿献上做妾，换了个税局差使。以后历次办税，成为吕将军最得力的聚敛之臣。此公本身也发大财，但不幸在前年患病亡故了。三姨太太是小姐出身，所以举止言动，都别有大方家教，绝非来自烟花的女人可比。而且她极工心计，固然取媚的手段高出寻常。她对吕帅向来以退为进的态度，旁人得宠，便要尽情纵欲，失宠便灰心丧气。她却一贯地偎贴温存，冷中见热。所以别的姨太太，有时被宠到无以复加，但失宠时被凌辱不堪，三姨太太向未受吕帅一句斥责。而且别的姨太太，即使工于狐媚，把将军哄得沉迷大醉，因而把三姨太太冷淡起来，但三姨太太绝无怨言。将军早晚总会把别的肥腻油腥吃够了，重想起三姨太清腴淡远的滋味，再回到她的房中。因此这杨浣秋一直是将军房中第一红人，不过近年身体多病，又学了佛，性情似有些看淡了。

第二个姬妾便是梁保粹所说，昨天才打入冷宫的四姨太。此人原是梨园中的花旦，大名鼎鼎的白凤宝。生来艳美风流，飞扬荡逸。至于对男子的媚功，更是与生俱来的特别禀赋。初起入府时曾专房一年之久，将军身上的各种虚弱病症，多是她的造成，但将军终是离不开她。虽在竭力休养之期，一月也得在她房里住上十天。不过几年来，这白凤宝荡闲逾检的行为，层出不穷。曾被吊打三次，逐出两次，把手枪抵在她头上几乎开火的事，也有六七次。但至今她依然是将军最红的人，可见魔力是多么大了。

第三个是七姨太胡素娟，是个女学生，在大学上过二年，还留过洋，为人聪明，颇有学问。据说她平日抱着宁为英雄妾，不做俗人妻的主义。以为遇着吕将军，她认定他是英雄所以不辞做妾。将军感激美人巨眼，自然不肯把她和姬妾群雌一例相待。这胡素娟虽然敬重吕将军，

8

但对府中一切腐败情形，颇为不满，常想帮助将军有所兴革。将军本是老粗出身，自从飞黄腾达，福至心灵，又得几位有学问的幕宾，渐加熏陶，也愿长些见解，得些知识。但是全不甚高，如今得了不枅进士的床头人，再加指导，他居然学问大长，与僚属谈话，动不动的就研究什么问题，提倡什么主义，满口新名词，宛然像个风流儒士了。将军得了这样成绩，自然感激素娟，特别信任。于是素娟渐渐地在内参与军政大事，所以一班谋臣武将都特别怕这位七姨太太。

第四位是十六姨太，名叫洪小翠，原是九姨太太房中的婢女。九姨太太来自花界，这小翠本是她买的养女，预备将来做摇钱树的。九姨太既嫁了吕将军，这小翠就以女婢身份跟了过来。哪知九姨太只擅三月余便被弃置，永也不得翻身。小翠倒被将军看中，就不客气地收用了。这小翠目语眉听，先意承志，吕将军十分中意。于是小翠以佐贰资格，只试署了几日，便正式升为十六姨太太。她的宠眷，虽不及以上三位，但每月也总博几夜雨露恩光，比那累岁经年难见羊车临幸的黑人们，尚有天壤之别。

这四位得宠姨太太之中，除小翠以温驯见长，惯能随人婉转以外，其余三人，全有不同的特态，不同的个性。吕将军就在这三种境地中调剂生活。

譬如一阵子精神肉体全都感到兴奋，自然到四姨太太白凤宝房中去发泄，尽情荒淫，不舍昼夜。所以他所用的海狗肾、人参、鹿茸、银耳，向以在白凤宝房中消耗最多。

过几日觉得身体疲软，精神颓败了，便又转想到清静境地中，和素心人做伴，以图休养，并且寻另一种享受，于是就转到了三姨太太房中。杨浣秋对他完全是轻颦浅笑，嘘寒问暖，重情而不重欲。言语举动，处处流露风流，教他咀哑回味，觉得异样销魂。

吕帅享受一个时期，慢慢精力复原，静极思动，也许感觉自己太颓靡了，应该振作，便又转到七姨太胡素娟房中。胡素娟又是一种手法，把这位年过半百的粗豪吕帅，竟当作摩登少年的情人看待，"打铃""地尔"的外国称呼，灵魂生命的肉麻叫唤，接吻偎肩的电影动作，已把吕帅闹得迷迷惑惑，觉得别有风味。再加她满口外国历史、中国政治，提出许多英雄豪杰和吕大帅相比，又常运筹帷幄，代为参酌重要事情，颇能头头是道、条条是理。因此大帅不但佩服她的才学，自庆得了内助，而且还被勾起伟大志趣，发生欲图霸业之心。就如这次的吞并邻省，若没有她促成吕帅的决心，恐怕永远难成事实呢。尤其胡素娟的生活，完全西式，也能别有天地，使吕帅乐而忘返。但经过一个时候，大帅也许因为什么一时的冲动，发生了必得四姨太方能解决的需要，于是又周而复始地回去了。

总之，吕帅好像好吃的人一样，连吃几天天得月大三元，便须到六味斋蔬香馆去换品味；吃惯了中菜，还得要改西餐，至于那十六姨太小翠，却和糖果茶食，只供偶用，不算常食的。但是吕启龙的性情，有些特别，虽然表面粗暴，好像意志很坚，其实大谬不然。他为人既没有准确的主见，更没有坚强的个性。每遇大事，不知经过千次犹疑，方能决定。而结果常是吃了犹疑的亏。日常性情，和谁相处长久，就受谁的潜移默化。可是若换过一个人，他的性情也随而改变。因为这三位姨太和他接近，所以受她们影响最深。

譬如他在三姨太房中睡上几天，就会把态度变成沉静，出来会议，手里常常拿挂念珠，对僚属谈话，常教以清心寡欲，劝以皈依佛法，因果报应常挂在嘴头。但若在四姨太房中的时候，他也常穿着漂亮颜色的衣服，走路都分外轻佻，勉作少年举止，和狎近的人乱谈风月，有时凑八圈麻雀，手下们输得愁眉苦脸，把营私舞弊的钱，给大帅进了贡，全在这个时候。甚至大帅一高兴，弄娼妓歌姬，开心取乐，手下就全成了清客。可是当大帅一到胡素娟房里，所表现的可就全不同，总是一味励精图治，满身的尚武精神。对于例行公事，特别认真，对于办公规例，也多更动。常在整顿内容和整顿官府的呼声中，有几个走背运的，因为服装不整或偶然迟到，就打碎了饭碗。

众僚属深知大帅时受内庭影响，发生各种变化，于是大家留心探听，买通内线，每天要知道大帅宿在何人房中，以做临时预备。若知大帅宿在三姨太房中，就人人穿上较朴素的衣服，做出较儒雅的态度，手里也拿上一副念珠，脑中强记下几句经典，好预备和大帅对答。若是知道四姨太太正在应时当令，人们就力事浮华，恣意游荡，连老头儿也修饰边幅，学做少年。至于暗地里更有希求之徒，搜罗些西药房卖的新奇的补药，古名画家的秘密图册，贡献上去。至于大帅到了胡素娟房中，这是大家认为最苦的时期，第一先要整饰观瞻，做出赳赳武夫。因为胡素娟最重外表，除了西服之外，只有戎装尚能入目，长袍马褂在她认为是最腐败的，而且她在学校读书时，只和运动员交接，文绉绉的人即使学富五车也难得她的青睐。将军受了她的传染，便常告诫僚属整饬观瞻，振作精神。人们自然先承意志，所以看见机要厅上一律戎装，便可知将军夜里正受着胡素娟的训练。但如郭誉夫等文人，硬要挺起驼背，改作武装，真是苦得够受。然而还有更苦的，便是从将军夜中由胡素娟授给许多意见许多问题，不免要向人们研究咨询，仓促对答，很难仰合圣意。而且胡素娟枕边之言，又无法托人探听，先做预备。所以一到这种关口，僚属就好似素不用功的学生，去应考试一样，心里忐忑得很呢。至于这班僚属对于将军却曾煞费苦心，因为有时将军在内庭临时移方，事先未得消息，等到他们入府禀见，才知将军夜晚改宿某姨太房中，僚属们便要仓促易装，闹得手忙脚乱。故大家想了变通办法，常把各种行头寄存在熟识的差弁房中，临时更换，就方便多了。所以方才梁保粹一传消息，众人在五分钟内就变了装束。

再说他们对于逢迎姨太太，更有无穷的妙法。当三姨太得宠，杨汝琏就建议举行追悼阵亡将士大会，请全城僧道做集团式的超度。政务处长朱玉堂，就条陈设立孤儿院，扩充育婴堂和创办贫民工读学校。郭誉夫也提倡设什么慈善会，赈济贫民，请三姨太为名誉会长。大家争先恐后地捐款，冬天成立很多粥厂，虽然办事人无不中饱，但也做了些好事。若四姨太得宠，那何其铎就要出头，常借着喜寿事，邀北京名伶登堂，会给她开心。李栖梧就组织全省军政界联欢俱乐部，请四姨太做首领，主持一切，把这俱乐部办成个变相的大规模二簧票房，招致许多油头粉面的青年票友，陪四姨太扮戏玩耍。当七姨太得宠时，一个号称有头脑的新派军官江汉生旅长，献议组织一营少年军，由七姨太训练带领，做将军亲信卫队。其实胡素娟哪有军事学问，只由江汉生挑选精卒，训练成功，胡素娟挂个营长虚衔，每当阅兵时，她就军服辉煌，和将军并马徐行，出出风头罢了。那军法处长黄倬生，也起而建议军中每年开两次竞技会，每次都请七姨太太以主席资格发奖。除此以外，每逢有什么大典招待外宾，也因七姨太善说英语，娴习礼节，向由她以夫人身份，陪将军出席招待。所以比较起来，像是她最红呢。

以上是将军府中的夏威夷轮廓，交代已毕，再入正文。

当时机要厅中众人易装以后，又一阵咳嗽，好像打磨喉咙，以备见帅座时发音洪亮。有的猥琐惯了，此际乍挺腰板，不大好受。就不住俯仰屈伸，想在几秒钟内改善姿势。最妙的是何其铎，竟在大众中间，做起柔软体操。梁保粹郭誉夫同坐在近门的大沙发上，看得哈哈大笑。梁保粹猛抬头，嘘了一声，低叫道："将军来了。"何其铎吓得立刻收住招数，两手笔直下垂，来了个立正的姿势。众人又是一阵笑。

梁保粹挥手教大家止笑，目光四射地说道："你们诸位，夜里别是全没睡好吧？方才还好些，这一换上军装，更显着气色难看了。将军今儿又是从七姨太房里出来，不定又闹什么花样，你们这好像有二两烟瘾的气色，难保不招他说。"

众人听了，都觉不安，尤其内中多半真有烟瘾的，竟为失措，彷徨四顾，似乎想寻面镜子照照自己的脸。

梁保粹说完，转头向郭誉夫道："大哥，你今天气色也不大好，别是里面穿得太少，脱下皮袍觉得冷吧？"

郭誉夫还未答言，梁保粹已立起推门，向外叫了一声，见由外面走进一个少年俊仆，一手提着两个酒瓶，一手擎着木盘，盘上放着三四个酒杯。梁保粹指着那木盘，向郭誉夫道："我替你预备下了，喝杯酒赶赶寒气，转转颜色。这是两样儿，喝白兰地还是高粱酒？"

郭誉夫道："我来杯高粱酒吧。"

那俊仆闻言，就斟了白干给他。这时众人眼看着郭誉夫独饮，既知道酒力可以转变颜色，免却吸烟嫌疑，又瞧着那俊仆手中有两大瓶酒，可供取饮。无奈酒是梁保粹的，他并没有相让，不好上前自取。但想到被将军看破烟容的危险，又觉不能忍耐。于是便讪着过去，涎着脸说客气话。这班人平日把琼浆玉液也不当作稀罕，但此际却要为不值几文钱的杯酒，向人低声下气。梁保粹只淡淡点头，任其自饮。须臾两瓶皆空，众人都分得三杯入腹，渐渐面上生春。

郭誉夫向梁保粹笑道："今天你真是功德无量。"说着，从身上取出百元钞票一张，赏那俊仆。众人既都饮了酒，见郭誉夫赏钱，自觉不能规避。只可都掏出钱来，有的一百，有的五十，最少也二三十元。那俊仆共收得千元以上，道谢一声，带着空具出去。梁保粹只顾和誉夫密谈，好像没看见别人放赏，其实这正是他定的骗局。因为传消息给众人，怎肯不收代价？故而借酒为题，敲他们个小竹杠，作为报酬。但是梁保粹管理军需，每逢发饷，便有巨款下腰，近年已成百万富翁，又何在乎这区区小款？不过他是天性爱小，永不肯被他人占去便宜。所以时常弄些玄虚，图谋小利，借以自肥罢了。

　　那俊仆出去之后，湖北代表吴南芋走过，伏在沙发背上，凑在梁保粹耳边低声说了几句，梁保粹沉着脸说道："老兄，你不必替老马说情，我跟他怄上气了，就是不发款，只等他上将军跟前告我去。"

　　吴南芋又赔笑道："您何必跟他老粗一般见识？马旅长也不过一时糊涂，说了错话，现在很后悔了。就凭他那种德行，再凑上赵子龙的胆子，也不敢见大帅去，您就高抬贵手吧。"

　　郭誉夫在旁听着，便问什么事。梁保粹道："提起来教人可气，那新编的第一混成旅，要从房山县开到老虑那省去。旅长马秃子来请领军饷和开拔费，我告诉他照例八扣。马秃子不懂人事，定要全数。说岔了，我把他骂出去，他还喊要到大帅面前说话。好，我就等着吧。哪知今儿他又烦南芋来疏通了，我不是驳朋友面子，一定要斗斗他。"

　　吴南芋劝了几句，又道："老马实在是后悔，梁处长总要多看一步。"

　　郭誉夫也跟着说好话，梁保粹才点头道："既是你二位说着，好吧，这款明天就可以发，教他写领字条，可是七扣，并非我爱小，这算教训他，以后好明白世故人情。"

　　吴南芋想不到替马秃子说了半天人情，倒又添了一扣，但知道不能再说，只落得干瞪了白眼。正在这时，忽听外面履声橐橐，大家听得出脚步，知道是吕将军出来，忙都屏息起立。

　　猛见房门一开，吕将军肥大的身躯，已在两个侍立的马弁中间走将进来。吕将军居然也换了武装，不似往日那样轻裘缓带。乌黑的面庞，刚硬的短须，天然够个军人气派。只有倦怠的目光和虚肿的肌肉，看出他体质太虚，肾里不足。不过一派威严，还表现出掌权人物的模型。他的军服十分华丽，军刀拖在地下，哗哗作响，用着阅操时的步伐，昂然走入。众人既着军装，自行军礼，但秘书厅政务厅一部分人的行礼，却非常难看。将军举手还礼之后，又把手作势，向下按着，似乎教众人各自归座。但众人今日却不敢如往日那样脱略，仍笔直地立着。等将军坐到正中所坐的大椅上，才徐徐归座。

这时有马弁过来，给将军点着雪茄，吕将军吸了两口，用手指抹着两边的胡子，仰望屋顶，众人知道这是他每日必有的动作，于是互相举目示意，同时哗啦立将起来，由郭誉夫领首发言，向将军致礼，大家鞠躬，将军立起受礼毕，重又坐下，微现笑容说："这也没有什么可贺的，不过多得块地盘，咱们活动活动。"

政务厅长朱玉堂说道："大帅这次兴兵，真是应天顺人，吊民伐罪。所以如此顺利，势如破竹，马到成功，这也是大帅勋业发轫，将来逐步升腾，怕不成为全国领袖么？"

吕将军听了，点点头道："全国领袖有什么稀罕？像现在的老总，坐在那里连城外二里地都管不了，真正没趣。不过你这一说，我倒想起来，这回老总很教我不痛快，卢鸣天从上月二十五日就来电报，报告已经打进邻省省城，当时我听了誉夫的话，立刻给北京通电报捷，并且保举鸣天做都督，料着三两天内照准的命令就可以下来。哪知道昨夜才来了电报，今日已经九日，前后隔了半月。老总所以如此迟延，大约是不信任我的兵力，还指望我被敌人能转败为胜，所以耗着，观看风色。以后看我们把敌人完全消灭，这才下了命令。你们想是不是？"说着哼了一声道："我从此再不捧老总的场。"随把多半支雪茄用力掷入痰盂，那意思像老总也像雪茄似的，已被他由宝位上丢下来，才出了这口气。

郭誉夫却接口说道："大帅猜得极是，老总必是这种意思。当初若不是大帅捧场，他如何会有今天？论理他接到大帅的捷报，应该即时下令。这样耽误，足见他观望的心理，真太对不起人。不过这一来，对于大帅倒成了大祥大瑞。"

吕将军一怔，侧首问道："怎么？"

郭誉夫正色说道："我也是无意之中发现的，昨夜听说命令到了，喜欢得通宵没睡，就看古史消遣。哪知竟在书上发现大帅这次功业，竟跟古时圣主暗合。"

吕将军浓眉一扬，欠欠身问道："怎么？"

郭誉夫说道："这有古书可以对证。大帅誓师的日子，正和周武王会诸侯于孟津的日子一样，是十一月七日。卢鸣天打进邻省省城，那天又和成汤放桀于南巢同一天，是十一月二十六日，这还不算，偏偏接到命令的昨日……"郭誉夫说到这里，好似讲评话的卖关子一样，啊啊了两声，才道："真是奇怪，昨天恰巧是帝尧登基的日子啊。"

众人听到这里，全都咦了一声，表示惊奇。接着就带着郭誉夫的话，七嘴八舌地将今比古，歌功颂德。

昔人有一首打油诗道："三十三天天外天，玉皇头顶平天冠。平天冠上竖旗杆，中堂还在旗杆巅。"吕将军此际，差不多已被捧到旗杆巅上了。但内中稍有学问的，全知郭誉夫是造谣杜撰，"商汤""周武"举事的日期，或者还能查出，但怎能与现在两事完全相合，更怎能符合现用阳历的日期？尤其帝尧登基的日子，任何书上也查不着，郭誉夫又根据什么古本呢？但也只心中暗笑，表面上还得替他圆谎。

吕将军却听得十分舒服，捻须微笑道："我怎敢和古时帝王相比？不过上天既付给我很大责任，又有这种祥瑞，我应该知道勉励，多多尽心，为国为民。誉夫上次说得不错，我吕启龙和别个都督不同的地方，就是他们横行霸道，所以不能成功，我只是行仁义。这次派卢鸣天出兵，完全是王者之师，所以马到成功了。现在老百姓太不知足，还抱怨租税太重。他们也不想想，我立了贫民院、孤儿院，还有多少粥厂，为他们没少花钱。就说这儿的马路，不是姓吕的，以前谁肯花冤钱来修？三四个花园子，用去一百多万，就为着'与民同乐'四个字儿呀。可是我还觉着没尽完责任，从今有了两省地盘，咱们可更得励精图治，大家都要努力从公，若再像以前那样因循，我可不循情面。"

大家见将军说到这里，面上罩了一层严霜，大有令出法随之概。忙都立起，应了个"是"字。

将军紧闭了嘴，向众人瞧了一遍，忽地又叭的一声张开道："近来

15

我看报上，全鼓吹什么军民分治，我想这也是个好办法。咱们应该顺应潮流，趁现在改革一下。"

郭誉夫听着，心想这必是七姨太献给他的意见。大帅在三年前，赶跑政府派的省长，哪懂得什么是军民分治？七姨太也许是一时心血来潮，劝大帅赶赶时髦，把省政交专人负责，自己节劳，还可以得好名誉。这样倒是自己的好机会，一行分治，两省便有两个省长的缺，自己总有捞着一个的希望。想着就首先表示赞成，并且说出一片道理。

将军点头道："好吧，从明天就实行。"随向何其铎道："你来筹备，把这间大厅挂牌改作军务厅，把西院的大楼叫作省厅，两下各自分开。从此关于军事的，在军务厅会议，关于省政的，在省政厅会议。一切公文，也要分清界限，不要像以前军政混杂。我每天先到军务厅，后到省政厅，你们记住了。"

何其铎唯唯答应，郭誉夫却满怀热望，化作冰凉。想不到吕将军把军民分治，解释作分厅办事，并不是另派省长。自己妄想高攀，倒和自己开了玩笑。但又怎敢辩驳，还得屈着心颂扬一阵。

吕将军说完，立起走了几步，看见黄倬生，忽地说道："你赶紧去把宪兵团长乔振抓来，立即枪毙，不必再等命令。鸣天有电报来，说在那边寻着他久已通敌的证据，还有别人……"说到这里，忽又住口，挥手道："你就办去吧。"

黄倬生行礼而退，吕将军又向朱玉堂道："宪兵团长教江汉生暂兼吧。"

朱玉堂应着，心想江汉生真好运气，若不是大帅昨晚睡在七姨太房里，这差使便未必落到他的头上。但又想起一事，便又禀道："昨天军官子弟学校校长呈报第一期学生毕业……"

吕将军不待他说下去，已接口道："你不提我几乎忘了。我素日最注重同人子弟的教育，已告诉王校长，在行毕业礼时我去训话。就是今天的日子吧？"

朱玉堂道："正是今天下午，大帅若没工夫，就通知王校长改期也成。"

将军道："我正要养成学生的道德，怎能从我这儿先失信？你打电话给王校长，我十一点钟准到。而且七太太也同去发毕业证书。"

朱玉堂忙鞠躬道："大帅和七夫人亲临，真是他们全校师生终身荣幸。我就赶快通知，教他们预备。"说完匆匆走出去了。

吕将军又走了两步，好似忽然想起什么，将手伸入袋里，厉声叫李参谋长，李栖梧忙立起赶前几步，行了军礼，吕将军望着他冷冷地道："你那联欢俱乐部，办得成绩如何？"

李栖梧见将军在严厉的态度下，问这闲事，当时摸不着头脑，勉强答道："那不过是同人游戏的地方，谈不到成绩……"

吕将军忽大声道："成绩很好，而且还太好了。"说着把手由裤袋中向外一伸，取出一张照片，递到李栖梧手里。

李栖梧听将军声息不好，心中撞了小鹿，再看那照片，竟是半张，上面是个戏装的小生，扮着《虹霓关》戏中王伯当的装束，面貌俊俏，行头鲜明，看样必正演着阵前调情的动作。虽然旁边的东方夫人已撕去了，但这摹的是在台上打完一个回合，收拾招数，互相偎倚的姿势，所以这边还留着东方夫人的枪头，和王伯当的枪搭成不规则的十字架形。最妙的是王伯当的脸上，还有东方夫人的一只玉手，拧着嘴巴。王伯当的眼儿，向那手的来处斜视，表情非常淫艳。李栖梧他猛地端详着，初不知将军何以把这半张照片给自己看，继而看出了照片上，扮王伯当的正是常在联欢俱乐部走动的票友沈风苹。这人原是个浮荡少年，只为有一次俱乐部开成立庆祝会，邀了许多票友和伶人扮戏，吕将军的四姨太本是俱乐部的主人，她看中了这沈风苹和另一个演武生的票友劳止安，曾吩咐特聘二人做基本职员，并且给他们在财政司派了挂名差使。四姨太有时到俱乐部，还常和沈风苹谈戏。由此一想，立刻明白这照片的来历，连那半边被撕去的东方夫人的扮演者，也随而了然。立刻吓得变了颜色。

只听将军又大怒说道："你办得真好成绩，王八兔子贼都弄了进来，你认识这照片上的人是谁？"

李栖梧知道不好推脱干净，只得答道："这人叫沈风苹，常在俱乐部扮戏。"

吕将军哼了一声道："他是做什么的？"

李栖梧他怎敢实说他是票友出身，由自己延聘而来，只可倒果为因的推到别人身上，道："是在财政司做科员的。"

吕将军顿足道："财政司有这样败类？好好。"又向李栖梧道："你可以出去了。"

李栖梧愁眉苦脸，说了些求大帅原谅的话。将军不理他，料着没有希望，只得行了军礼，垂头丧气地走出。

将军回顾何其铎道："你打电话给巡警厅老房，立刻派人到财政司抓沈风苹。跑了唯他是问。"又向郭誉夫道，"你替我拟个手谕，李栖梧调到卢鸣天那边做顾问，遗缺派贾士忠升任。财政司长撤职，保粹你派人接他的任吧。"

郭誉夫梁保粹直立诺诺，众人见大帅大发雷霆，连撤却两个要职，不觉悚然生畏，心中却明白财政司长冤枉，但因职位悬殊，尚不关心，至于李栖梧，大帅调他到卢鸣天手下做顾问，当然明知他不肯去，无异于变相的革职。大家很多和李栖梧相好，但没一个敢代为求情。全盘算着，等大帅几时周而复始，重回到四姨太房中，那时再说，可以十拿九准，这时开口是白碰钉子。不过观察此事发生，好像由于四姨太和这沈风苹有了什么私弊，梁保粹才传出昨夜四姨太失宠，今天大帅又对李栖梧有这样举动，再加上沈风苹的照片，情节很相符合。若果如此，四姨太或者不易恢复专房之宠，李栖梧就要黑将下去，再没有大帅跟前的指望了。

众人这样暗自猜议，倒是猜得不错。吕将军确实因发现照片，把爱妾打入冷宫，连带毁了几个亲信大员。

其实四姨太很有些冤枉，她固然品行不端，常常在外偷摸，而且和那票友沈风苹也颇有交涉，但若像合照戏装照片，流来风流罪状的蠢事，还不致狂妄至此，内中实是受了别人的陷害。吕将军这三位最红的姨太太，素常也撒娇妒忌，争风乞怜，但数年间虽然各不相下，却也各不相扰。但至最近两月，有位南籍的知县，献给将军一种房中妙术，将军试用之下，居然享尽快乐，而不耗损精神。就把那知县调到头等肥缺，以为酬报。将军守在四姨太房中，经月不出。

三姨太和七姨太深恨雨露不均，各怀抑郁。平日蛾眉不肯让人，此

18

际穷途竟互怜同病，因而渐渐亲热起来。谈到心事，就决意联合势力，攻击那独占春光的四姨太太。信誓言辞，约定永不相负。于是秘密商议办法，三姨太出了许多主意，都是压魔厌胜一类迷信事儿，七姨太太嗤之以鼻，就自己想了方法。她本是摩登小姐，常看书报杂志，见一种游艺杂志上，常有把电影明星照片的头剪下贴到别的人身上开玩笑，于是一个曲线丰盈的女体上，生长个白须老人的头或者妙目朱唇的女首下面却是个骨瘦如柴的乞丐身体，看了教人大笑。有时在每个万愚节的当儿，更施展巧妙手法，譬如把有名女伶的头贴到西洋舞台照片上正在歌唱的歌女脸上，硬说是某女伶到了巴黎表演，因为剪裁得法，竟看不出伪造。

七姨太效法这个故智，又素知四姨太的行为，就先寻得了一张照片，正是沈风苹和一个妓女化装《虹霓关》的游戏的照相，留以待用。因为三姨太太素日态度柔和，不为四姨太太疑忌，所以教她常到四姨太房中闲坐，偷取照片。四姨太素有照相嗜好，房中照片很多，三姨太太偷了几张，交给胡素娟，居然有一张面庞大小和表情意致，完全相合，胡素娟细心工作，把她的面部剪下，贴到那戏装上东方夫人的妓女身上，几次审察，觉得毫无破绽，才秘密地教照相馆翻照了一张，仍由三姨太太把这翻照的一张，送回四姨太太房里，安置在一个茶几的抽屉里，希望将军在取牙梳梳胡子的时候发现。

哪知首先发现这张照片的，竟不是将军，反而是四姨太。将军到她房内就寝，照例先洗过脸，四姨太开抽屉代拿牙梳，看见照片，无意拿起一看，惊奇得呀的叫了出来。心下猛想到这照片于己不利，将欲掩藏，不想将军已经看见了，问她是什么东西，四姨太倒弄得张口结舌，说不出话。将军抄过照片，一看就明白，立刻瞪圆了眼。四姨太贼人胆虚，更显得无私有弊。将军再一盘诘，四姨太太当然叫屈不认。将军因为当前放着证据，她还狡展，气极了用烟枪打破她的头颅，幸而大太太出来，四姨太太才没被当时处死，暂时贬入冷宫。

闹过后，将军自己入胡素娟房中，长谈终夜。三姨太太空费了千方百计，仍落个枕冷衾寒，心中很不受用。但以为第二日胡素娟必然怂恿将军到自己房中，照约平分春色。哪知早晨将军出去接见僚属之后，胡素娟就督促婢女，大批地筹备将军所用的食品药物，看样儿大有长久把持之意。三姨太太虽然心中有佛，也制不住妒念和愤气了。接着将军从前厅回来，又直入胡素娟房内，少时就听合府传说，将军就要到军官子弟学校训话，七姨太也同去颁发证书。随见许多差役，都伺候在七姨太门外，婢女奔走出入，像在服侍胡素娟理装。须臾便见差役向外跑去，传呼大帅和七太太下来了。那吕将军戎装而出，胸前挂满勋章，胡素娟穿着极华贵的西装，通身宝气珠光，不可逼视。她还很端重大方的态度，和将军并肩雅步，袅娜徐行，众副官差役前呼后拥而出。

三姨太偷瞧之下，可有些承受不住，心想自己枉费心机，害了白凤宝，倒做成老七的好事，这不是损人不利己么？白凤宝虽是我的对头，但她除了哄大帅，夺取宠幸以外，还没有别的可怕，胡素娟却是心毒手辣，诡计多端。有白凤宝在时，是鼎足三分的形势，大家互相牵制，可以平安无事。如今把白凤宝打倒了，胡素娟不但捷足先登，承继了她的宠爱，而且如今可以和老七争宠的，只剩了我一个人，她不会把辣手再挪到我身上么？三姨太思前想后，深悔做错了事，觉得没有白凤宝在中间做挡箭牌，自己难免和胡素娟肉搏短接，地位倒很危险，因此改变主张，决意设法替白凤宝转圜，恢复旧日情形，再联合起来抵制胡素娟。

这三姨太心中盘算着，过了好大工夫，猛听外面一阵大乱，有人高喊大帅被刺，三姨太大惊，吓得她腿软心慌，强念着阿弥陀佛，走出门外。只见是个姓张的副官喊着："大帅在路上遇见刺客，幸而没有受伤，已经回来了。"三姨太这才一块石头落地。这时院中已聚满了人，大小黑红的姨太太全体出动，向那副官询问，但副官还未开口，忽见吕将军和胡素娟双双走入，后面有更多的人护卫。将军的大帽子也歪了，颜色灰败，但还强挺着英雄气概。七太太更是两眼鳘黑，嘴唇乱颤，进门就扑到一个婢女肩上，步履蹒跚地向房里跑去。所遗下的足印，竟是湿的，好似从雨地踏过一样。原来她竟吓得利了小水了。

将军进门，指手教护卫的人退出，见众姨太太惊惧之状，似乎颇为感动，伸手摘下帽子，丢到地下，抬头叫道："这回真险，我从学校训话回来，走到大街转角，忽然有个刺客从小巷奔出来，钻进护兵的防卫线，举枪向我就打。我养的人全是饭桶，都怔着没一个上前。幸亏是我带来的学生从马上扑下来，把刺客撞倒在地，那马弁才上手捉住了。好家伙，真险！刺客第一枪放高了，若不是那学生，第二枪准躲不开。"

说着三姨太在旁叫道："谢天谢地，大帅平安，是我们的福气，明天我出两万银子修妙峰山的庙。可是救大帅的是谁？该重重地赏人家呀。"

大帅此际在人丛中也不怕絮聒，就微笑道："这是好意遇见好报。我到军官子弟学校训话，有个毕业考第一的学生，代表向我致谢词。那小孩人品很好，又会说话。他在我面前居然没畏缩的样子，我颇爱惜他，等行完礼，我们出来学生又排队在门外欢送。七太太临上车也对我夸那学生。我一高兴，就教那学生跟我回来，打算到家仔细问问他的家世，派个小差使，跟我历练历练。叫马弁拉过匹空马，给他骑着，跟在我身后。哪知小子真有种，居然敢和刺客拼命。"

三姨太道："这学生在哪儿呢？大帅总得重赏他，派个师长也值得。"

吕将军想了想，就对一个副官说道："到前面传我的话，刺客先押军法处，午后我亲自审问。现在把那学生叫进来。"

副官出去，须臾就带着一个身穿军式学服，年约十八九岁，英姿飒爽，面貌美秀的学生进来。副官行礼报命，退到远处。那学生看见群雌粥粥，好似有些羞涩。向将军行了礼，就低下头。将军走近一步，摩着学生的肩头，蔼然说道："你今天奋勇擒贼，功劳大了，真不愧是我创立的学校教育出来的学生，我永世忘不了你舍命救我。你姓什么，叫什么名字？"

那学生恭敬答道："我姓乔，名叫志云。"

吕将军笑道："好名字，志在青云。你必是我手下军官的子弟了？"

那乔志云又行了个军礼，答道："我父亲是宪兵团长乔振。"

吕将军听了这句，好似当头响了个霹雳，突然双目立瞪，颜色大变。望着乔志云，口中自语道："乔振，乔振……"忽一顿足，转身奔入屋中，抢起电话耳机，高叫："接军法处，叫黄倬生说话！"

接通之后，将军忙问道："我教你抓的乔振暂且不要执行，我还有命令。"

说完，只听那边黄倬生惊诧的声音答道："大帅，来不及了，乔振已在十分钟前执行，有报告上去了。"

吕将军听了，望着窗外的乔志云，不由手腕一软，耳机落下。正是：世情如转烛，祸福谁凭？人欲久横流，江河日下。

吕帅对志云的善后这且不言，返回再说在吕将军遇刺之后，又过了一天，这一天工夫，本来只像白驹过隙的一瞬，闭上眼儿便是明朝，可谓极易度过，但是这一夜竟有比一年还难过的，乔志云一家遭着飞来的横祸，妻哭夫儿哭父，眼睛里的光阴自然苦至极点了，哪知还有比他们更苦的，那便是新近失意的参谋长李栖梧了。

他自从帅府责斥出来，上汽车便回了家，到家下车的当儿，不知为什么便给车夫一窝心脚。进门也不到内宅，只在前院客室中生了半天闷气，骂了半天海街，喊了许多声"老爷不干了"，随即吩咐仆人百顺，说要睡觉了。不但外来的客不许通报，连内宅的太太小姐也不许进来。百顺忙替他在客室内间铺好了床，李栖梧一纳头就自睡倒，由正午才过睡起，直睡了一天一夜，连一点儿东西也没吃，这一来可吓坏了不知来由的内眷。李栖梧一妻一妾，大太太是结发之妻，故乡所娶，业已年老色衰，姨太太却是三年前才在天津班子里收的，十分得意，并且能和帅府里的四姨太太联络，曾替李栖梧办过很多事情，所以恃宠怙势，把大太太欺压得不得了。另外还有一位小姐，名叫湘兰，是李栖梧胞兄的独生女。当初李栖梧原名李栖桐，他胞兄才叫李栖梧，他这位胞兄先在军营做事，供给胞弟读书，甚为友爱。但不幸得病死了，军营同人怜他身后萧条，就设法作弊，来了个匿不报丧，把他胞弟顶了亡者官职。于是李栖桐才变为李栖梧，借着亡兄庇荫，得有今日势位。他又没有儿女，就把湘兰养在身边，视如己女。湘兰命也真苦，父亡不及二年，母亲随又逝世。李栖梧的太太性情柔驯，对湘兰也很尽心。但自李栖梧纳了姨太太之后，情形大变，不但把太太打入冷宫，待湘兰也渐冷淡了。这婶母侄女处于同病相怜的地位，更加重了感情，相依为命，比亲母女更要亲密。

一年之前，湘兰忽然红鸾星动，媒人纷纷上门，姨太太主张要聘给

22

梁保粹的内侄，当时几乎成为事实。李栖梧对妻女骤然优待起来，但同时还有当地一位绅士闻紫笙出头给宪兵团长乔振的儿子乔志云做媒，大太太和湘兰本人却都中意乔家，夫妇经过多少口舌，姨太太因为见过梁保粹的内侄，生得非常俊俏，比女子的打扮还要风流，以为女孩儿没有不爱俏的，就代作主张，要了两男家的本人照片来，由姑娘自行选择，以为决定。哪知选择的结果，仍是乔家占胜。姨太太恨恼，李栖梧也恨姑娘心思太左，竟不体贴自己苦衷，失了拉拢梁保粹的机会。但又想乔振官职不低，升腾有望，结下这门亲戚，也还不错，就勉强把事办妥了。不过他受着姨太太蛊惑，终以为湘兰拒绝梁家是由大太太主使，到底借题与大太太吵了一顿。以后竟避道而行，不相交谈。

今日李栖梧在帅府所受斥辱，内宅里一点儿也不晓得。直到晚上，大太太和湘兰才知道李栖梧在客室闷睡，饭也没用，不知是何缘故，十分牵挂。更听仆人说，大人吩咐任何人不许进去。李栖梧素日脾气绝大，不但大太太怕他，就连姨太太也不敢拂其逆鳞。所以大家只有互相猜议。晚饭后，姨太太因有打牌的约会，告诉女仆说，大人若进内宅来，可打电话到某宅通知，就自出门去了。大太太和湘兰却不像姨太太那样漠不关心，不住遣女仆到前院窥视。直到夜半，李栖梧还未醒来，这婶侄二人再忍不住，忙忙出了内宅，向客室窗外窥听，听屋内鼾声不绝，才稍放心。便仍里出外进，一夜也没安睡。

到了次日，李栖梧在八点钟突然起床，大声唤人。百顺忙进来伺候洗漱。李栖梧睡了有三十点钟，也不知是睡还是思索什么，起来后眼睛比几夜失眠的还困，脑门上现着无限凶气。百顺把漱口水弄得稍热了些，李栖梧把一口水都喷到他脸上，磁盂也掷碎了。百顺一声不敢出，重新又端了一个整的来，看煤炉将熄，怕主人觉冷，忙去添煤。李栖梧因为吵了耳朵，飞过一脚，几乎百顺的脸和火热的铁炉接吻，闹个水火既济。百顺吓得不敢再动，只呆呆立着。李栖梧洗漱过了，坐下又骂百顺是死人，还不倒茶。百顺忙倒上茶来，李栖梧吸着纸烟，凝着浓眉，摸着大连鬓胡子，怔了一会儿，忽又提高喉咙叫道："来，叫门房老孔。"

百顺应了一声出去，须臾门房老孔进来，垂手立正。李栖梧眼瞧着地，口中说道："昨天有谁来过？"

那老孔偏生说话絮叨，答道："昨天老爷吩咐不见客，偏巧昨天也没人来。"

李栖梧听了，忽然跳起大骂混蛋，老孔思想自己所回的话没有招骂的原因，又哪知李栖梧昨日因为灰心丧气，才说出来客概不接见的话，但他心中终还热恋利禄，又经过一夜的思索，已消去负气的念头，重起恢复思想之望。所以望着同事的前来慰问，自己也好托他们设法解围。不料一问门房，竟是鬼也不曾上门，不觉因人情冷淡，抱恨世态炎凉。他骂的并非是老孔，而是素日要好的同事，不过老孔正在面前，代受其侮罢了。

李栖梧骂着，忽见老孔手内拿着一件东西，像是信封，便问："你手里是什么？"

老孔本来要把信呈上，因经李栖梧兜头一骂竟吓忘了。这时被他一问，才慌慌张张呈将上去，说道："这是一清早送来的。"

李栖梧接过一看，见信封上写着"李参谋长钧启"，下款只有"梁缄"二字。李栖梧看着问道："你可问是哪一个梁宅送来的？"

老孔回道："来了送到放下就走，没提哪里。"

李栖梧顿足说道："混账东西，你就不许问一声？"

骂着拆封一看，只见信上写道："栖翁仁兄大人钧鉴：昨日之事，深堪扼腕。弟曾为兄转圜，奈帅意盛怒难回，已决调兄为参谋，遣佐卢鸣天兄，谕令即日可下。请即收拾行装，以免临时仓促。又令亲乔振昨因通敌正法，吾兄当极悒悒。唯其中仍有纠葛，乔公虽死，而令婿又邀宠眷，亦不幸中之大幸。吾兄东床妙选，毕竟老眼无花，佩甚佩甚。台旌何日成行，尚请示知，当谋奉饯……"

李栖梧看到这里，两眼便气得濛濛起雾，勉强又看了看，下款写着"弟梁保粹拜"五个字。李栖梧通身一抖，定了定神，明白这封信定是梁保粹故意来的，他大约是记着当日求亲被拒之仇，今日在我倒运的时候，特意来函讽笑。但是他所报消息多半确实，大帅若真把我降作参谋，拨给卢鸣天驱使，简直是大开玩笑。我宁死也不能干。好老吕，我跟你这些年，出了多少力，到今日给我这么一手？但又转想乔振，昨日

24

因通敌罪名被抓起来，我当时以为他或者有救，哪知真给正法了。看梁保粹信里说得真真凿凿，又带着解恨的口气，若是不实，他何必造这谣言？果有其事，这可真是六亲同运了。想着不由自语道："乔家比我还要倒运，老吕真是翻脸无情，这……"

这话犹未了，旁边老孔打了一个冷战，原来昨夜他因主人早睡，自己在厨房备些酒菜，饮得大醉。在半夜里有人叫门，说是乔府送来报丧帖子，他开门接过，随手扔在一边就又睡了，醒后已忘得干净。这时听主人一提乔家，他才想起，心里打起鼓来，明知说时要挨骂，但是不敢隐匿，只得吃吃地说道："乔宅有报丧帖来，在……在门房里……"

李栖梧跳将起来，瞪着大眼问道："是几时来的？你怎么这时才说？"

老孔一时撰不出谎话，只剩着眨咕着眼儿，李栖梧猛然上前给他一个嘴巴，底下一脚，骂道："还不快取了来！"

老孔踉踉跄跄跑了出去，取来递上。李栖梧见果然是报丧帖，由仆人出名。而且乔振死的时辰，是在昨日午时，知道死讯是真确了。果然是六亲同运，败象齐来。李栖梧跳着脚叫道："完了，完了，棋错一步，满盘都输。妈的，害苦了我。"说着转眼看见老孔，指着骂道："你立刻卷铺盖给我滚蛋。"

老孔一听饭碗掉了，正要哀求，不料李栖梧又发疯似的喊道："滚蛋，一齐滚蛋。一群东西，我一个也不要！百顺，还有你和车夫、厨子，全给我走，立刻就走！"

百顺等还不知主人何以发这样脾气，把用人一概驱逐，太已奇怪，又哪知主人本身饭碗先已破了呢？

李栖梧当时真似凶神附体，不容仆人说话，拳打脚踢，赶出房去。自己在房中来回乱踱，看看梁保粹的信，又看看乔宅的报丧帖，心中忽然想起当日结亲的事，倘然依着姨太太，把湘兰许给梁保粹的内侄，便可得着很大的照应，昨天自己罢斥的事，或者不会发生。梁保粹也必代为周旋，万不会落到这个地步，而且今日即便死十个乔振，也和我发生不了关系。只为当日老乞婆看中乔家，湘兰这讨饭命的孩子，如死狗扶不上墙，弄得结果定了乔家，以致把梁保粹得罪，饶坏了我的前程，还受了这种讥笑，这不把我气恼死？想着不由把一腔愤怒都放在大太太和湘兰身上。

当时拿着梁保粹的信就奔了内宅，直入大太太房中。大太太和湘兰因为一夜未眠，此际正在和衣打盹。李栖梧进去，把桌子拍得山响，连喝"给我滚起来"。湘兰先行惊醒，吓得一跳，下床忙去推醒大太太，大太太坐起，揉着眼，见李栖梧凶神似的，怔怔地问道："怎么了？"

李栖梧道："只恨你这该死的老乞婆，害苦了我。"

大太太和湘兰茫然对视，不解其故，湘兰把一张珠气宝光的俊脸，惊得花慵柳悴，两眼汪着泪珠，望着叔父，心中料着叔父绝非和自己怄气，这必是又受了姨娘的挑拨，来和婶母寻事。为着护惜婶母，也顾不得害怕，就问李栖梧道："叔父，您为什么这样生气，有话好说，婶娘正有些不舒服了。"

李栖梧厉声道："管她舒服不舒服，死了更好。"

大太太气得忍不住，就愤然道："我碍了你什么事？竟咒我死。"

李栖梧拍桌道："我这一世都教你毁了，你还不该死？"说着连骂带喊，把全部事情都说出来。大太太听了这番变故，吓得面色大变。湘兰因叔父的落职，而代婶母发愁，一面又因听得未过门的公公惨死，乔家不知如何，百折柔肠更如刀绞。低下头只顾拭泪。

李栖梧撒下这伤心的种子，还不罢休，向大太太骂道："老乞婆，你简直是我的败头星。现在毁得我官也没了，人也丢了。难道还想把我的命也妨死？痛快说，我再不想见你的面，你也别指望享福充太太，趁早打点行李，给我回老家去。少时我给你买车票，明天就起身。"

大太太听了厉声说道："我怎么了？你把我赶走？"

李栖梧说："就因为你害了我，我看见你就有气。再说我没了事，也养不了你。"

大太太听了这无情无义的话，哭着说道："我回老家，小老婆呢？"

李栖梧道："你问不着。"

大太太叫道："你打算把我赶开，你和小老婆仍在这里享福。我宁死也不走。"

李栖梧跳起，奔到床前，厉声说道："你走不走？"

大太太还说两声不走，李栖梧举拳就打。湘兰连忙上前拦住李栖梧，哭叫"叔父"。李栖梧只打了两下，就被湘兰架住胳膊，打不下去。李栖梧心里本来恨着湘兰，又正在气头儿上，猛然把身一闪，回手就劈胸给了湘兰一拳。可怜少女娇弱身躯，哪禁得住这样重打，湘兰呀的一声，直退到床角傍墙边，方才站住，将手抚着胸口，疼得说不出话来。李栖梧打了湘兰，又指着骂道："你这丫头，也是天生的贱货，既然护着这老乞婆，你跟她一块儿，走！要不然，你就找你自己选的倒霉婆家去。我从今儿不是你的叔父。"

说完这句话，忽然湘兰直着两眼，猛地叫了声"娘啊"，张着两手，就一直奔将出去。李栖梧看着，也有些良心发现，知道湘兰虽然幼失父母，却并未受过坎坷，长大来读书知礼，淑静幽娴，很是闺阁风范。向来并未招惹自己说过一句重话。今日突然以十九岁的大姑娘，无故挨了叔父的打，怎怪她不想起死去的亡母哀号而出呢？再回想自己幼时，受过兄嫂抚养，如今这样对待侄女，心里也觉不大平安，但终不肯下气回心，仍把大太太骂了几句，好以下台，自回到姨太太房里去了。

且说湘兰回到自己房中，伏到床上嘤嘤饮泣，既思死去的爹娘，又悲自己的薄命，从鬌龄怙恃俱失，茹苦含辛，直到长大，经叔父抚养的九年中，虽然表面上受着恩慈，但暗地含辛，私衷抑郁，背人不知流了几许眼泪。本来一个女孩的苦楚，除了本身亲娘，还有谁能体贴？婶母向来相待虽厚，无奈她自身还在苦痛之中，不特无力照拂及我，并且还因我而受气恼。就像前次为自己亲事，闹得她夫妇反目，实觉于心难安。自己只希望寻着归宿，早早出嫁，离开这苦恼的家庭，以后性命如何，全凭自己的命运。倘或命运好些，或者还能救婶母脱离苦境，以报她的恩情。自从说妥了乔家亲事，看着乔志云英挺不群，不是等闲纨绔公子，将来必有成就，自觉终身有靠，心中很为开豁。又知道他今冬在官佐子弟学校毕业，明春便可结婚。眼看日期无多，很为安慰。自己这样盼望喜期，并非像无耻女子眷怀吉士，实在因为这家庭中乖戾种种，不可久居。自己虽然念过几年书，苦于程度太浅，还没有自立的能力。唯有希望出嫁，好重换新环境。到今日新年已近，转瞬交春，满以为不久就可以熬出来了，哪知突然来了这番变故。叔父翻脸无情，对我这大年岁的闺女，竟动了拳头。我又没做出丢脸的事，难为他下得这狠手。我那死去的父母，若知道女儿受了这奇耻大辱，不知要怎样心疼。但是我这茕茕弱女，有苦又能对谁诉说？就想到父母坟前一哭，可怜坟墓还远在千里以外的家乡呢。

湘兰越想越哭，越哭越恸，由早晨直到日色平西，也没有一个劝慰。那唯一爱惜她的婶母，也正和她隔房对泣，更顾不得侄女了。湘兰哭得头昏神倦，四肢酸痛，忽沉沉睡去。不觉入梦，似见她死去的母亲把她抱在怀里，她对亡母的面庞已经模糊记不清了，但心里知道确是母亲，便且泣且诉地缕述冤苦。哪知在说的时候，她母亲竟是满面笑容，好像对她的话并没入耳，也不关心。湘兰在梦中自觉惨恸，望着她母亲哭叫道："娘，您还笑？您就不疼我了？"

她母亲闻言，点了点头，也不开口。忽地面容骤变，再看也不是母亲，竟是她未婚夫乔志云，面上现着怜惜之色，对她望着。湘兰只在订婚之前见过乔志云的照片，又在两家约定相看时节，在公园见过一面。虽然一次只见纸上容颜，一次又只遥遥相望，但世上最能印人脑筋，而且印得深刻的，恐怕无过于女孩儿所爱的少年夫婿。所以湘兰梦中所见乔志云影像，竟是非常真切。当时她自然万分羞涩，又觉身体仍在他怀抱之中，方要自己离开，不料乔志云已将她抱起，叫道："妹妹，随我走吧。"

湘兰似乎怕人看见，连声央他放手，志云忽地恼了，放开她含怒说道："你愿意同我走就走，不愿意就别走。"说完一撒手，就出门而去。

湘兰梦中急得要死，连叫："我走！我走！"赶出门再看，已没了志云的影儿。

湘兰猛觉五内崩摧，一阵天旋地转，立时醒了，张眼看时，满屋漆黑，只窗上还有些微亮儿，天已过了上灯时候。湘兰眼前黑沉沉的，直疑还有志云在床前立着，举手摸了一个空，才悟道方由梦中醒来，但耳内还有"走走"之声。好像志云在不远处相唤，湘兰怔了半响，转身坐起，才觉得出了一身冷汗。自己微叹一声，摸着床旁小几上的暖水壶，喝了一口，才扶头细想。觉得这梦做得有因，志云叫我逃走，莫非他需要我吧。本来他家人丁单薄，他父亲一死，只剩下他和母亲，不知多么凄凉。不是正等我侍奉安慰她母子么？但我一个未过门的媳妇，如何能够到他家去？而且他新丁父丧，按规矩总得等孝服满后，才能娶亲，最早还得三年。湘兰想到这里，直觉方才和自己肌肤相接的志云，突然远隔了千里。不由一颗芳心灰冷欲死。但又转念叔父早晨那样打骂，恩义已绝，自己宁死也不能再在这里忍辱苟安，何况他又说出驱逐我的话？现在无论如何，我总得急做脱离之计。可是出去又向哪里存身呢？固然现时女子在外谋生活的很多，我出去或者还可有法生活，只是此身业已有主，若这样只身飘荡，三年二年，等候乔家孝满迎娶，那就不成闺秀行径，而且此身日后何以取信于人？

湘兰百转千思，柔肠欲断。走吧，既无可投之处，留吧，此间又绝不可再居一日。而且她想来想去，仍犯了女子痴情，既挂念乔家丧后的疼苦光阴，觉得十分需要自己，又加把梦中情节，当作事实，竟不想志云是个活跳跳的人，并非阴魂，怎曾前来给她托梦？她的糊涂心眼儿，只不住把志云梦中的两句话，放在脑内寻思，口念咀嚼，无奈想了半天，终得不着正经主意。

天到八点多钟，才有个大太太房中的女仆，来请小姐吃饭。湘兰回答说不吃了。过了须臾，忽听窗外有脚步声，接着姨太太的语声说道："大小姐，怎么了？一天没吃饭哪？"

湘兰以为是李栖梧打骂自己以后，回过滋味，觉得不安，派姨太太来劝慰，不好失礼，就道："姨娘请进来坐，我没什么，只有点儿不舒服。"

窗外姨娘咯咯的笑道："是有人气着小姐了？小姐想开些，一天不吃饭算得什么？明天不是还得吃么？"

湘兰听了这句刻毒的话，气得发昏。明白她必是附和叔父意旨，故意落井下石，来相奚落，忍不住就冲口答道："姨娘你放心，不止今天，从此我再不吃你们的饭了。"

姨太太哟了一声，又道："可不要这样，你叔父虽然把差事掉了，眼看没饭，可是宁饿着我，也不能饿着你呀。"

湘兰气得只是发抖，哪还答得出话。听姨太太笑着走远了，忽自搔着头发，凄然自语道："呀，这可连一刻也不能留了。我走，我走。出去死在街上，也胜似在这里。"又叫道："父亲母亲，难道你当日薄待了叔父？竟教女儿受这报应。可是姨太太来逼我，叔父倒未必知道，别错怪他。姨娘早认定我是婶母一党，今天又听见我护着婶母，定更恨上我。别多想了，检点检点走吧，到外面跳河也落个舒心顺气。"

说着她就收拾起来，因怕人看见，也不敢亮灯，摸着黑儿，取了几件细软首饰，放在身边。又寻思着多带东西不便，但天气严寒，外面大风怒吼，心中更自发怯。只得把心爱的皮棉衣服，都穿在身上，外面大氅之外，还预备披斗篷，另外再裹了个小包，把仅有的几十元钱，藏入衣袋，含着一股悲愤之气，不加顾虑。听听外面人声寂静，又由玻璃窗向外窥视，只见姨太太房中有灯，就自壮着胆量，向外走出。在门口望着婶母住室，心里凄怆，自思此行不知生死，婶母疼爱自己一场，怎不该不见个面儿？但转想婶母性情黏缠，一知道定拦住不放，闹得被人听见，岂不误事？而且即便她不拦阻，这一别也枉添她伤心，不如悄声地走了吧。想着就硬着心肠，忍住眼泪，由墙根慢慢溜出内宅。外院更是暗无灯火，原来李栖梧在早晨大发脾气，已把全部都赶走了，只剩内宅两个女仆，所以前院无人。

湘兰溜至街门，把栓落了，开门出去，还回头看看，眼泪再忍不住，簌簌地流下来。她用袖口拭了拭，只觉面上湿处，被风吹得痛如针刺，茫茫然向北而行，恰是逆风。她身上虽身得极厚不怕寒冷，但因哭泣终日，水米未沾，体气自然极虚。迎面逆风一吹，一口吸进去，就再吐不出来。倚着墙喘息半晌，才用袖口堵着嘴儿，仍匆匆前行。转了个弯儿不留神又被地下砖头绊了一跤，头碰在墙上，其痛如割。湘兰好容易爬起来，血流满面。恨不得高声呼天，问他何以待自己如此惨苦。但终不能在街上逗留，还得拼命前行。

她在家本没想出住处，只仗着一股愤气，打算出门再作道理。哪知道到了外面，就遇到天公虐政，只顾一寸寸地和风争路，哪有工夫思想？偏偏李栖梧住宅在僻静之区，又加天冷，湘兰走出老远，并没遇着行人，也没遇见洋车。她一路倾倾跌跌，昏昏沉沉，也不知走出多远，更不知到了什么地方，只觉到了一座石桥面前，桥口不远，堆有数叠木材，高有丈余，在每两叠中间，有二尺狭的缝隙，略可避风。湘兰躲入里面，且喘且泣，灰心短气到了极点。就看眼前情形，好似暗示自己到了绝地，身后数步，便是桥下的河，只得向下跳去。但回头一望，借着河岸路灯的光，看见河内只有很狭的一流细流，而且已经冻结。那反射过来的无情灯光，似在对她坚拒不纳。湘兰暗叹，人到难时求死也不易，此际把原来另做打算的死念也取消了，只求解脱眼前的困苦。自思只有两途，一途是仍回家去，一途是拼着羞耻，到乔宅去，求那未过门的婆母替自己做主。但是家里既宁死不能回去，乔宅不好登门，哪有未过门的儿媳，自投到婆家去的。

正到万分为难，忽见远远有一道微光，在空中沿着河边，闪闪而来。湘兰凝眸看着，那光渐来渐近，看出是一辆人力车，而且走得很慢，不像有人坐着。湘兰恐怕车夫走近，看见自己藏在木叠之间，惹他猜疑，就迎着他走去，没有十步，车子已到近前。湘兰才看明白果是空车，那车夫把车套在颈上，袖手瑟缩而行。看见湘兰独行女子，便问要车不要，湘兰怎肯错过这救星，忙道：“好，你拉我去。”车夫把车放下，让她上去，才问拉到哪儿，湘兰这可为了难，吃吃半晌，见车夫有猜疑之色，她一个闺中小姐，又不晓得住旅馆的权宜之策，这时心中除了乔宅，没第二个地方，最后实在被车夫的愕视眼光逼得急了，只得把牙一咬，说出乔宅的住址。车夫应了一声，拉起就走。湘兰在途中几次心怯后悔，但除了乔宅，没有第二处可去。在她心中忐忑迟疑之际，车子已到了一条巷内，车夫回头问湘兰是哪一个门儿，湘兰才知道到了地方，心内更慌，便令车夫停住，下车随手取出一张钞票，没看多少，就给了车夫，车夫拉着车走了。

湘兰茫茫然向巷里走，心想已到了这里，但还不知乔家是哪个大门，而且便寻着了，我又怎么进去呢？她惘惘前行，忽听一阵阵声响，又夹着哭号之声，立刻心中一动，料着这响声夹着哭声像是哀家盛殓，志云的父亲是昨日死的，今夜入殓，恰在三天之内，大约正是他家。自己循声而往，定神寻思，又向前走了数步，一转弯便见路北一家开着街门，亮着门灯，那惨淡的白光，照见门旁贴的“恕讣不周”四个大字，哭声就发于门内，分外真切。湘兰耳闻目睹，心内没来由的一阵凄怆，痛泪直涌，身体乱抖，脚下软得直要跌倒。又近前一看，门牌号数完全符合，知道确是自己的婆家了。

　　湘兰来时胆怯，但此际一见门庭惨状，再加上哀乐和哭声，声声都震动心坎，不知怎的，她竟不再迟疑，只似傻子一样，贸贸然走了进去。转过门洞，又经过一道小院，迎面又是一个院门，门内有个影壁隔着，那乐声哭声就发于影壁之后。湘兰走到影壁前，探头一看，见里面是一道大院，正房和厢房门口亮着电灯，照得明如白昼。只是那光线似乎比雪还白，凄惨非常。门内零零落落立着十多个穿白衣的乐工，正奏哀乐。正房隔扇大开，停着白茬儿木棺，已上了棺盖。前面燃着两盏素蜡，在旁跪着一男一女，全穿着重孝，哀哀恸哭。近处还立有三四个穿白衣的男子，看样必是仆人。远远望着，只觉冷冷清清。可怜除了本家儿，连一个亲友都没有。湘兰瞧着，知道已经入殓礼毕，那旁跪的两人定是婆母和夫婿，不由触动悲情，也跟着他们痛哭起来。

　　正在这时，忽然乐声停止，猛见在旁跪的女人似乎哭得气厥过去，倒在地下。仆人们一阵大乱，都过去喊叫救护，随即听得有男子哀声喊娘，湘兰料着必是志云的声音，一阵至情所感，再也顾不得思索，就直奔过去。上了正房台阶，走到门旁，只见白垫褥上仰着一个四十多岁的妇人，双目紧闭，面色如土，好像已经哭不出声音来了。后面有个女仆抱住她的上身，乔志云正跪在她面前，拉着她的双手，哀哀唤娘，这份惨状真是惨不忍睹。湘兰立在仆人后面，并没人瞧见她，但这时入殓既毕，乔夫人这一昏厥，志云止哭救护母亲，又见母亲醒过来，也不敢再哭了，就和女仆搀扶夫人，进内室休息。这一站起，仆人向后躲开，可就把湘兰露出来了。第一个瞧见她的竟是志云，志云突见一个衣服胖肿的女子立在屋隅，不觉一怔，乔夫了也瞧见了，母子心中都觉纳闷，思想宅里没有这个人，但正哭得头昏目眩，也没有询问，母子相扶着进入里间屋内。

　　湘兰在和她母子对面的当儿，忽又生了羞臊，不知如何是好，只一低头，她母子已进到屋内去了。这一来倒把她僵住，想要跟入房内，却又没了勇气。正在这时，幸而乔夫人到了房内，就问女仆外面那小姐是谁，女仆也说不认识。乔夫人恐怕是亲友家来送殓的，不敢失礼，就叫女仆出来询问。湘兰听了女仆的问询，只可低声道："你去告诉太太，我姓李，名叫湘兰。"

女仆并不知道湘兰就是未过门的少奶奶的名字，漠然进去报告。随听房内一阵大乱，女仆全都出来，志云也低头而出，躲入对面房里，乔夫人走到门外，握住湘兰的手，把她拉入屋中，看了又看，随即拥入怀内，哀声叫道："儿呀，我做梦也想不到是你。你怎么来了……你……你……"

湘兰经夫人一抱，她如到了慈母怀里，又听夫人"儿呀，儿呀"地叫，也就随着叫了声"娘"从她怀内立起，就要跪倒叩头。夫人连忙拉住，又叫道："我的儿，在这时候，先不必闹这虚礼，你快告诉我怎么来的？在这大冷的夜里……"

湘兰听夫人如此慈祥，心中更安，呜呜咽咽地把自己所遇一切，都告诉了乔夫人，乔夫人听了，诧异道："不瞒你说，李栖梧对外说你是亲女儿，可是我早知道你是他侄女了。当初我从别人口里听说你的人品，心里就爱惜。这门亲事，我只冲着你做的，若凭李栖梧，我还许不做配。说句不该同你说的话，李栖梧那等人性，谁都知道，可是万想不到这么可恶，跟自己侄女都这样。咳，儿呀，咱们都是一样运气，你公公突然遇这横祸，我的心都碎了。现在你又遇到这事，儿呀，咱们落到这步大难，用不着再闹闲文。你别把我当婆母，只把我当亲娘。有话直说，不要拘束。你且说这一出来，打算怎样？"

湘兰含悲道："我被叔父赶出来，已经没有家了。只求娘替我做主。"

乔夫人点点头道："我明白了，好孩子，真难为你。你怎说没了家？这里就是你的家。再说我还正用着你，你坐下歇歇，我还有好些话同你说。"

湘兰听了，这才一声石头落地，觉得此身有托了。乔夫人又上下端详她道："你穿了这些衣服，房里太热，快脱下外衣来。"

湘兰唯唯，乔夫人这才立起，掀着门帘，命人把件作乐工全打发了，又令关好大门，男女仆人全去睡觉，只留一个老仆在灵前守夜。才将志云叫将过来，教他和湘兰见礼，说道："你们在这时候，不必拘泥俗礼，湘兰比志云大两个月，且作姐弟称呼。"

湘兰这时才脱去大衣和斗篷，见志云给她鞠躬，只得忍羞还礼。乔夫人教他俩坐下，向志云道："这李家小姐真是可怜极了。你也知道，她当时拒绝梁保粹内侄求婚，如今她叔父掉了差事，在她身上撒气，又看你父亲没有了，后悔做咱们这门亲，竟骂姑娘穷命，妨了他的前程。打骂以后还要往外赶。姑娘实在没路，才黑夜奔咱们家来。你该明白，姑娘受这委屈都是为着咱家。再说她这一来，你方才犯愁的事，不也解决了么？"

志云听着，才应个"是"字，忽又放声哭起来。乔夫人厉声说道："不许哭，我不是和你说过，咱们都得守着你父亲的遗命，尽力向前干去。只哭泣当得了什么？你看我，方才在灵前一恸以后，绝不再哭。我要督着你们做到了你父亲遗嘱上的话，才算对得住他。"

说着又对湘兰道："你公公这回实在冤枉，他被抓到军法处上，立时就丧了命。黄倬生还算不错，容他留了张遗嘱。昨天午后，连尸首一起送过来。那遗嘱上的话，意思很深，教我们不许有一点儿悲苦，忘记他惨死的事，只要咬定牙关，巴结志云上进。等志云有所成就，再想念惨烈的亡父。我明白他是要志云立住脚跟，再替他报仇。可是天下真有这样巧的事，昨天早晨，正是志云在学校行毕业礼，吕启龙下了杀你公公的命令，就到学校训话。因为志云考试第一名，校长派他向吕启龙致谢词，竟被吕启龙的七姨太看中了，怂恿吕启龙带志云回帅府去，赏他官做。志云那时做梦也不知他父亲到了军法处，还高高兴兴骑着马随他回去。走到半路，忽然有刺客对老吕放枪。咳，老天真会捉弄人，志云还正感激老吕的提拔，竟跳下马扭倒刺客，救了老吕。及至回到府中，老吕把志云叫进去，要报他救命之恩。哪知一问他的身世，老吕也吓呆了，立时打电话给军法处，无奈你公公已经死了。老吕也懊悔得不了，对志云说了许多抚慰的话，给了二万元做抚恤，又派志云做帅府副官，吃营长的饷。志云听父亲被杀，神已昏了，对老吕没说一句话，回到家来，恰值他父亲的尸首正送到家，志云因为救了杀父仇人，恨不得在灵前撞死，还是我看了遗嘱，强忍着悲哀，劝住了他。我们母子商量，无论如何，不受仇人恩惠，打算赶着把死者安葬入土，我母子就离开此地，到外省去投奔你公公的一位盟兄，现在做师长的王文俊，慢慢做报

34

仇打算。谁知老吕也不知是因为亏心，还是另有别意，从昨天下午，派人来了五六次，送来楠木棺材和贵重装裹，还有陀罗经被、金银供器等等，只祭席就送了五桌。我们既不敢不受，受了更不敢不用。现在你公公附身之具，都是老吕给的，倒是很风光了，但只怕亡人心里不舒服呢。"

说着拭了拭泪，又道："这还不算，后来又出了岔头。今天早晨，忽然秘书厅帮办何其铎和他的太太一同到来，吊祭完了，又向我贺喜，说明他是老吕的代表，有事来商。他说大帅一时误信人言，杀了乔团长，心里已经抱歉，哪知乔少爷又在刺客枪下救了大帅，大帅更是难过。昨天一夜也没睡觉，只是长吁短叹，屡次对七姨太说他自己亏心，虽赏官赏钱，也补不过这缺陷。烦恼起来，直恨不得掏出手枪自杀，才对得住乔家死的活的。七姨太直劝大帅一身关两省大局，千万民众，怎能起这胡闹的念头。况且对乔家补报得也不含糊了，何必总挂在心头。大帅任她怎么妙解，只是解不开扣儿。后来还是七姨太想了主意，打算教大帅和我们乔家结成亲戚，七姨太有个妹妹，名叫月娟，年纪正二十岁，去年才在维里摩女子中学校毕业，学问既高，容貌更美，想许配给乔少爷。这样大帅和乔少爷就成了连襟，结婚一切的费用，花上三万五万，都归大帅担任不算，女家还有几处房产，几万银子的妆奁。而且不出三年，大帅准保把乔少爷升作团长，接续老太爷的职位。所以派他们来说，乔少爷真是因祸得福，乔太太也就更风光了。何其铎夫妇说得天花乱坠，我越听越恨，就直说志云已经定妥亲事，不敢高攀帅府。何其铎碰了钉子，告辞走了。

"过了不大工夫，又来了位苗参谋，也自称大帅托来做大媒。这人说话可真厉害，他言语里，时时露着关照我们的意思，其实是来恫吓。他说大帅对贵府已经抱歉，但大帅终是一个做大事的英雄，他看出乔少爷少年英俊，将来定非池中之物。既然杀了他的父亲，自然虑到儿子报仇。本打算剪草除根，把乔少爷也杀了，免留后患。但是偏巧乔少爷救了他的性命，大帅不忍再下辣手，只可打算由恩上解冤，才想了这种仇雠为婚姻的办法。乔少爷如若固执不允，大帅便要疑惑切记前仇，无意和解。大凡英雄做事，都是'宁我负天下人，无使天下人负我'，大帅

35

一变心肠，恐怕乔少爷就有危险，那时后悔也来不及了。苗参谋这几句话，实在说动我的心，当时我不问志云，立即应允了胡家亲事，并且求他转达大帅，我们一定把原订婚姻辞退。倘若女家不肯，还得求大帅代施压力。"

湘兰听到这里，只觉脑中轰的一声，似坠入深渊之内。乔夫人看见，拉着她的手说："我的儿，我这不是真应许他，只是个脱身之计，因为苗参议的话实在可虑。老吕杀人不眨眼，翻脸不留情，若拒绝亲事，万一他再把志云害了，岂不断了乔家的根？可是我若真的忘了大仇，教志云去受他们豢养，去做脂粉气的官儿，到死又怎见你公公呢？"

湘兰听夫人说到这里，又好像说你的公公，似已给自己正名定分，方才放心。暗想向来听说这位婆母是大家之女，读书知礼，贤名久传在外，今日一见，果然明白通达，而且有智有识，不由心中爱慕万分。见夫人说话太多，喉咙有些喑哑，忙向桌子斟了杯茶递上。夫人接过饮了两口，又向她道："我的儿，你可不要难过，今天你来，咱们一家三口，团圆也不能久，眼看就要分别了。"

湘兰又是一惊，不由拉着夫人的手，似乎怕夫人把她赶走。夫人凄然道："儿呀，你和我不会离开，我方才不是和志云说，你来了正好，给我做伴，可是志云就要走了。我已拟定主意，一面敷衍着老吕那边，一面替志云计算走路。现在既有了这个差头，我和志云同走，兴师动众的，怕露了破绽，倒走不脱。只可打发志云去外省，投他盟伯去。而且在这时候，不能迟延，恐怕老吕防备。我们要走，就在这热孝期内，一定意料不到。我就趁这机会，教志云快逃。今天上午，老吕还派人来问几时入殓，还有很多巴结的人也来打听，我本定在明晨七时，但方才人静之后，我临时在附近雇了几名乐工，急忙把你公公盛殓。这样志云出去，也可安一半心，总算亲视含殓了。还有老吕那边，知道还未盛殓，他不防志云会走。"

湘兰听到这里，才知志云今夜便要登程，自己和他真成了须臾对面，顷刻分离。不由心如刀绞，冲口说道："莫非这就要……"

乔夫人深知她心内酸痛，凄然点头道："他乘今夜零点四十分的火车逃走，行李已经预备好了。"说着看看表道："现在已经十点五十分，还可以有一点钟耽搁。"

湘兰想不到和志云如此坎坷好容易在颠沛流离中才得到了一处，哪知连一个时辰的厮守也不能够，而且更愁着志云一个未经世路的少年，如今竟千里迢迢，单身独往，一路的风霜，在外的衣食又有何人照拂？不知要受多少困苦，想着已是珠泪潜潜，柔肠欲断。再转念自己以女儿之身，未经正式婚礼，便已做了丧中恩妇，从此不知经过多少岁月才能团圆？志云既为避仇而行，吕启龙一日不倒，他便一日不能回来。至于望他飞黄腾达，报仇雪恨，只不过是一种虚想，而实际上他去是漂泊天涯，归来无日。最可怕的是他这英俊少年，到处惹人爱慕，他乡花草，难免不自沉迷。万一他在外面另有所遇，自己终身又将如何呢？湘兰想到这里，更哭得哽咽难言，志云也在对面低头落泪。

乔夫人呆呆地瞧着湘兰，似乎已看穿她的心事，就推着她道："好孩子，不要难过，有这哭的工夫，咱还多说些话，已经没时间了。"

湘兰一听，立刻悚然止泣。乔夫人道："我告诉你，志云这孩子，倒很老辣。这两天的火车路程，我很放心。再说老吕注意只他一人，他走了以后，老吕也没法奈何我这老婆子。至于你呢，我对外人只说是我娘家内侄女，不必提说是我儿媳，免得再起意外风波。咱们娘俩儿等把你公公埋葬以后，事情稍冷，还可以上外省寻志云去。我想最多一年，总可重到一处。你们看我都不难过，你们又何必哭呢？"

湘兰听乔夫人的话，明知是劝慰自己，但她说话时嗓音非常哽咽，可见慈母心中，更有万分凄苦。

乔夫人说着，看看儿子媳妇，忽叫道："志云、湘兰，你们都过来，我有要紧话吩咐。"

志云和湘兰应声而起，并立到夫人跟前，乔夫人郑重说道："志云，你明白你姐姐为咱家受屈忍苦，真是不易。她为咱家，就是为你，你应该知道感激。再说她今天忍羞冒险而来，虽说被她叔父逼迫，但是她未必不是关心着咱家的灾祸，前来分担我母子的痛苦。这不是平常女子做得出的，你不能存着丝毫庸俗见解，应该格外敬她。再者你姐姐进门，正赶上你要出门避祸，相聚只有这一点儿工夫，自然万万来不及给你们成礼。可是若不留个确实纪念，也对不起你姐姐的苦心。现在我想了个从权办法，你们在我面前，先行了交拜礼，就算从今日结过婚了。当然婚礼不能这样草率，将来还要给你们正式风光，今日只算精神上成了夫妇。这样一来，湘兰以后陪伴着我，可以心安；二来志云到了外面，时时记着自己是结过婚的人，可以有所拘束。论礼应该在你父亲灵前行礼，但是外面有仆人坐夜，被他瞧见不便，你们就在我面前拜了吧。"

湘兰听婆母这番体贴，真是从自己心坎上来的，直感激到沦肌浃髓，当时双膝一屈，就跪下去。志云自然更无言说，陪着她向母亲拜了四拜，二人同时站起。乔夫人说道："你俩再交拜呀。"

湘兰这时旁边既没有扶掖的伴娘，又没蒙着盖头袱子，这样面面相观地对着未婚丈夫行礼，可真不好意思先拜下去，红着脸偷瞧了志云一眼，志云也在偷眼瞧她，眼光互相接触，志云那白如冠玉的脸上，也飞红了。二人都羞得张皇无措，全想着赶紧跪倒，借以遮饰。这一害羞，倒促成了交拜大礼。

拜罢起来，乔夫人拉过湘兰的手，见指上有只镶宝石的戒指，就脱下了，戴在志云手上道："你戴着这戒指，到了外面，就像你姐姐跟着你。"说着又从床旁小橱中取出一只白金戒指，戴在湘兰手上道："这是我的，孩子你戴着吧。"又向志云道："你这一去，侍奉我的责任，就全归你姐姐了，有话可以和姐姐说，这不是拘礼的时候。我到东屋里查点你的行李，看还有什么忘记带的。"说着就掀帘而出。

湘兰明白婆母因为志云和自己初次相见，刻又远离，重逢不知何日，所以破除礼法，给个机会，教他们说说心里话。心中虽然愿意，但觉心中突而慌乱起来，脸上热得发烧，哪敢抬头。志云那里也是照样，相持了半晌，湘兰暗自焦急，在这当儿，一刻光阴真是万金难买，再一迟延，就到了志云起身的时刻，想说话也不能了，忍不住缓缓抬头去瞧志云，志云也同样的急欲开口，正寻不着缝隙，见湘兰瞧他，就乘机走过一步，向湘兰深深一揖，叫道："姐姐，我走后，母亲就托给您了。"

湘兰听他先说话，立减去一半羞涩，低声答道："这是我的责任，弟弟，你放心好了。"

志云又道："我的命运真是太坏，父仇众难，都在我一身，又连累了姐姐陪我受苦。可是您这一来，真算救了我。要不然，我抛下母亲一

38

人，怎忍便走？可是不走又不成。"

湘兰也眼泪汪汪地向着他说道："家中的事，你不必挂念。但我有一口气，也要保护母亲平安。盼你到了外省，自己保重，为母亲，为……为我……保重。你更要时时记着家里，别忘了……"说到这里，只剩下了嘴唇不自主地抖动，再也说不下去。

志云看着，心里悲戚欲绝，忍不住就拉湘兰的手，紧紧握着说道："姐姐，你的意思我明白了，论起我们的婚姻，本由父母做主，虽然自己也都同意，可是没有会谈，这是实话。不过今天姐姐一来，只是短时候的见面，我好像和你共过十年患难。姐姐，方才母亲已教咱们行过婚礼，我再同你立誓，从此我乔志云，心中除了母亲，第二个人就是你。此去海角天涯，无论经过十年八年，管保还是干干净净的乔志云回来，和你百年偕老。"

湘兰听了，柳眉一展，俊眼射出耿耿的情光，将被握的手儿一挣，说道："好，弟弟你放心吧，我等你到死。无论十年二十年，我替你尽奉母亲的责任，便到母亲百年之后，剩我一个人，也忍死支持着乔家的门户，等你回来。"

志云听了点头道："好，姐姐，我们一言为定。"又叹道："我于患难中得着了你，总算老天待我还有厚处。"

说完两人只剩了泪眼相看，好似各自目光中发出精诚，射入对方心坎，相喻于无形中，不特无需用言语表示，而且言语也失却效力了。后文书才发生可歌可泣的事来。

后事不提但说当时，他们这样不知多大时候，忽然听外面咳嗽一声，乔夫人掀帘走入。二人似由梦中醒来，释手各自退后。乔夫人拉着志云道："儿呀，你得走了。现在已到十二点钟，我教王升定的马车已经来到，行李已运到车上。你脱下孝服，换上皮衣，快走吧。"

湘兰一听，可怕的离别竟毫不容情地真个到来，只觉通身的骨头都已销融，身体化了一团泥，直将瘫到地上，心中茫茫然，好似魂儿先飞到外面去等待志云。乔夫人这时虽忍着锥心之痛，但也忍不住泪流满面，一手挽住湘兰，一手拉着志云，向他说道："志云，你生了十九岁，这是第一次离开娘的跟前。你是好孩子，我没什么不放心，也没别的叮

39

嘱，只有一句，你此去在外，无论遇到什么事情，可总要时时记着娘只你一个儿子，娘要娘的儿子活蹦乱跳壮壮实实地回来。你永远记住这话，无论怎样，也得保重自己，才对得住娘，对得住你姐姐。我没有别的话，你就去吧。"

志云忍不住哭声，投入娘怀里，把娘紧紧一抱，说道："娘，您也得保重。"

乔夫人忍住悲哀点头道："那是自然，你这是多说。"

志云又看看湘兰，一言未发，就脱了孝服，换上素面皮袍，外面又加上大衣，戴上皮帽。这一穿上行装，表示要去千里长征和冷天冰雪作战。在湘兰眼中，比看他穿孝服时更为刺心。

志云换好衣服，向乔夫人跟前一站，低声说道："娘，我走了。"

乔夫人将手掩面，只说道："去吧。"

志云不敢抬头，直奔出去。乔夫人挽湘兰随出，见志云正在灵前叩拜，拜罢立起，看见母亲和湘兰，向她们挥了挥手，就下阶而去。湘兰如醉如痴，直忘了身在何所，只在志云挥手之际，瞥见他穿的皮大衣最上面有两个纽子未曾扣好，猛想他这样出去，倘被风吹了脖颈一定要咳嗽，心中一动，哪还顾得不好意思，忽地走下阶去，叫了声："喂！"志云回头，见她赶来，还不知何事，方要询问，湘兰一语不发，上前举手替他把纽子扣好，两人目光一触，湘兰才悟到身旁还有婆母看着，羞得转身跑下台阶，越过乔夫人身旁，直入房内。脚方踏入门限，猛又回头，见志云已出到门外，不见影儿。忽觉被人从后拉住，回顾见是婆母，两人同倒在床上，又悲泣起来。

按下这里不提，且说志云出门，见马车停在门外，老仆王升在车旁伺候，低声说道："行李一共三件。"志云昏昏沉沉上得车去，王升探进头，说："少爷保重，太太不教我送少爷，我也不敢违拗。"志云挥了挥手，王升关上车门，那马车便走起来。

乔夫人为志云的潜行，费了很大的心思，事前一人也未告诉，直到下午，才打发王升去马车行定妥车辆，今晚十二点来，送到车站。而且行李也是乔夫人自己在房里打点的，并未令一人看见。所以此际志云放心大胆，以为此行万无意外。

他坐在车内，含着依恋母亲的苦楚，离乡别井的悲怀，再加对湘兰的一种心绪，心肠轮转，哪顾得向外观看，只想着到了车站，马车自会停住。哪知从他上车之后，还没转出巷外，已由路隅黑影中转出一人，跳上车后的铁板。志云毫未觉察，车夫明明看见，却不作声。及至车到巷外，走得忽然慢些，又有一人从前面跃上，坐在车夫旁边。志云这回倒看见了，心中以为是车夫伙伴，也未介意。又走了半晌，车子骤然停住，志云以为到了车站，向外一看，只见情形大为奇异。明明仍在一条街上，车正停在一座大楼之前。不觉疑惑，方要询问，忽见由车前跳下一人，走上大楼门前，去按电铃。跟着又由车后转过一人，立在车门之旁，将手握住门楣，却又不开。志云迟疑，顿足待叫车夫问故，这时猛见那楼房内外电灯齐明，大门敞开，里面走出七八个长袍的仆人，分列两旁。又有两个衣服华丽的中年人，穿着马褂，戴着礼帽，由内走出，直到阶下。那车旁的突然把车门开放，那两个穿马褂的人走到车前，鞠躬含笑地道："乔姑老爷到了，快请下来吧。"

言还未了，门内的众仆人也随声喊请，志云听他们叫自己姑老爷，又是这样排场，直疑入到梦中。及至猛一抬头，借灯光一看，见那楼门之外，钉着块大铜牌，上刻"财政厅胡寓"。志云才恍然大悟，知道自己仍落到吕将军圈套之内，竟投入胡素娟的母家来了。大惊之下，下车欲逃。不料哗啦一声，那群仆人过来把他围住。正是：幻镜照人生，千古戏场都演此；画图成鬼趣，一支破笔待描来。

在乔志云误入天台的同一天晚间，本城南市大华商场的三层楼上，有座名叫天喜戏院，正在笙簧嗷嘈，开演着昆弋大戏。已演到最末一出，是台柱柳依荷的费宫人《刺虎》。柳依荷是个唱旦角的男伶，年方十八九岁，扮相既美，技艺也高，又加聚精会神的唱做，所以台上很够风光。但向台下一瞧，可就惨了。原来只台前两排疏疏落落的有十多个观客，其余地带，全是一望荒凉，杳无人迹。楼上包厢也完全空着。电灯这种东西似乎特别势利，在园中满座时，常是放着灼灼光辉，教人看了心神畅快，但在今日人烟寥落的当儿，电力比往时并不曾少了丝毫，竟而失却光明，白中带绿的光把满院照成一片灰暗。又好似和后台的角色、前台的园主相对现出愁容。池子多少有几个人，还觉好些，楼上越发清冷。包厢板壁的黑影，射到雪白的墙上，阴沉幽渺，直是鬼气森森。

包厢后面的走道上，居然有个人影，在那里来回踱着，隐隐现现，也真像个出没无常的鬼影。这个人正是这长春社昆戏班的后台老板，也就全班角的领袖人，而且是班中台柱柳依荷的父亲，他名叫柳长青，当年本是昆弋戏班的名宿，跑了半世江湖，如今老了，不再粉墨登场，却已教子成名，就组织了个班子，自为首领。预备从儿子身上，享受老年佳运。却想不到今日掬着婆娑泪眼，来看这惨淡光景。

他来回踱着，耳中一些也听不见那歌乐声音，直如置身人境之外。口中喃喃地似乎对着谁说话，低声说道："完了，完了。这就完了。前些日只道天冷不上座儿，如今一晃七八天，座儿更像暑天的冰块，越来越缩。今天竟只卖了十几张票。方才前台的赵经理冲着我只龇牙，比刀挖心还难受。妈的这样大地方，会没人识货。昆弋这行，就说是冷，为什么梅兰芳唱《思凡》，卖二十块大洋还上满座。就说这出《刺虎》吧，他到美国去，整轮船往回赚金洋钱。真没地方讲理去。若说我这孩子，扮相还要多好，工夫还多纯，可就是瞪着眼不叫座儿。听戏的还没有唱的人多，不教人寒心死么？"

说着又顿足道："这都是我的错，当时只教孩子学这不走时的昆腔，若早归了大路，就是比不上梅兰芳、尚小云，也总混碗饱饭吃呀。我只为看着孩子能成，才凑了这个班子，现在好像把枷套在头上，大伙儿伸手要钱，张口要饭。可是前台不分给一个大钱，还说票钱不够一半开销。这也难怪，本来一张票只两元钱，上二十人有多少？可是这一班儿十口人，都得吃啊？这几天我只把包裹连裤子都当了，今天勉强在小店旁边赊了一炉烧饼，吃了晚饭，明天可再过不下去了。急起来就得上东浮桥边，抱着头往河里一跳，脱了这苦。可是我这场把骨头抛在外乡么？再说我还有好儿子。"想着不由立住了脚，口里道着："莫道南风常向北，北风也有转南时。"将下颏抵在包厢后面的板壁上，眼睛直勾勾地望着台上。

见这时已演到费宫人到了一只虎帐中，柳依荷的玉雪脸儿映着灯光，真比画中美人还要俊俏，再加身段的玲珑，嗓音的清脆，做工的稳练，柳长青看着，不由心花怒放，几乎要替儿子高声喝彩。但转眼看到台下的清冷状况，立刻心里冒了寒气，眼圈儿又红了。又看台下第一排正中，坐着个红鼻头的枯瘦老人，正眯缝着两只烂红边的火眼金睛，望着台上的柳依荷，做出种种丑态，并且扬着脸儿，张着口儿，口涎直流满襟上，并不自觉。

柳长青认识这人，名叫史思奋，在前清做过御史，在民国做过肃政使，以后改行办了一回税务，大发其财，要本地久称巨富。这人天生有逐臭癖，平日一钱如命，但一玩起小旦，便能挥金如土。当他为言官的时节，自起别号叫作苍鹰，取殿上苍鹰之意，但外人因他有此特嗜，就借声改为苍蝇，取其好蒙不洁之意。这史思奋自从柳依荷出台演戏，他大加赏识，起了不利孺子之心。屡次邀请吃饭，又送东西，但都被柳长青辞却。史思奋又托人来说，要请柳依荷完戏后到他家玩耍一夜，他便给做两千元行头，还约名人捧场，准保能红。也被柳长青骂了出去。史思奋无法可施，只得每日坐在台前，饱餐秀色，以慰饥渴。

柳长青本知此人居心叵测，又见他混账的态度，直恨不得奔过去骂他一顿。哪知正在这时，忽听楼梯一阵响，脚步杂沓，似有多人上来。柳长青心中一跳，暗想莫非是那位宝贝来了，及至那群人上得楼来，果然不出所料，只见最前走的是一位高身量的女子，年约二十上下，生得弯眉大眼，很是艳丽。衣饰尤其考究，身上金花缎的旗袍已够耀目生光，而且头上的发圈，耳上的坠环，手上的戒指，完全都嵌拼着大块钻石。每一移步，便见霞光万道，瑞气千条，令人不敢仰视。后面跟着一个身体肥胖的中年妇人，穿着也够华丽，最后还有两个马弁，雄赳赳的腰上挂盒子枪。一个挟着件灰背的女皮大衣，一个挟着件白狐的斗篷，随在后面。再后便是本园里的茶房，约有五六人，全来巴结这观客。

那女子走入厢内，坐在椅上，立刻翘起双足，放在前面放饮具的横板上，露出崭新的银跟鞋和血点似的猩红丝袜子。立时台上下目光，都聚在她这双脚上。那女子是放纵惯了，她旁若无人地招那妇人坐在身旁，又用很娴熟的动作，从一只小金匣内取出支纸烟，衔在红唇中间，那妇人用自动火柴替她燃着，那女子吸了两口，便把纸烟给了妇人，又挥手教立在厢后的马弁退下。她伏在那胖妇人肩上，好像搂抱似的，做出无限轻狂，却举手指点台上，一阵小语，一阵狂笑。那胖妇人不知说了什么话，那女子似乎羞了，拧着她的嘴巴，笑得咯咯的，又伸手胳肢她的胁下。那胖妇人向旁躲避，恰值茶房送了四盘水果来，被撒了满地。她二人又重笑起来，那神气直似忘了当着大庭广众之间，比在她们家里还要随便。

柳长青看着已经喘不出气，又见台上的柳依荷也不断地向女子偷瞧，不由更为气恼。暗骂儿子混账，这个不要脸的女子，本是为你来的，你怎么还招惹她，莫非要自寻晦气？可恨自己一直不红，到如今几乎挨饿，倒把邪魔外祟招来许多，岂不令人气死？想着就奔向后楼，由楼梯下到后台，想法警戒儿子一声。哪知方到后台，便见同班伙伴有的坐在衣箱上面，有的坐在墙根，个个垂头丧气。一见他走入，立刻轰地都围过来。

原来这昆戏班子和大京班的组织完全不同，倒有些江湖的意味。这长春社的前身，本是束鹿县的一种野台子，演员全是当地农人，向来在农忙时种地，到秋收时乡村多要演戏酬神，他们便组织班子，操起副业来。这种戏名为昆弋，其实性质不纯，又加演员皆是村乡之人，所以难登大雅之堂，只好在乡间贱价卖艺。但到数年以前，忽然大走红运，出了个名角韩世昌，在京津一带大为轰动。把昆弋的气运稍为振兴起来。但苦于曲词不通大路，人才又无继起，只兴旺了很短的时间，终被京班大戏给攻击得渐归没落。韩世昌发财退隐以后景况越发可怜，一般演员全回家种地去了，柳长青在他班中混过多年，亲见韩世昌幼时的寒苦和唱红后的富厚，久已十分羡慕，偏巧他竟有一个聪明俊美天生带着戏科的儿子。他眼中只有韩世昌，把儿子比较，似乎胜于韩世昌百倍，于是就耐劳忍苦下了十年工夫，把儿子教成了。先在保定高阳一带演出，很有成绩，他才狠了狠心，自己组织班子，到天津这大地方来演戏。满指望一战成功，重步韩世昌的后尘，成名致富。却不料得了这样结果。

这种班子固然组织简单，费用省俭，即使极好演员，除了供给膳宿之外，包银最多也不过一二百元，不比京班动辄论千论万。因为在乡农眼中，整百洋钱已是绝大数目，一生未必见到几回。但只是如此节省，柳长青为组织这个班子，也把家中祖产卖出多半，给演员们安家和路上盘费。他以为一到天津，银钱自能源源而来，哪知演上了倒得赔着咬裹。起初几日，还能正式开伙食，渐渐因行头都零星入了当铺，只得买大饼咸菜将就度过。最近几天，连大饼咸菜都不能管饱了。演员们虽都是乡亲，但天下乌鸦一般黑，梨园行的人情，自是薄的。而且这次出门，为着捧柳家父子，并非自愿。大家都想，倘若唱红了，洋财自然归柳长青独享，旁人只有拿有数的钱，如今弄糟了，倒教旁人挨饿，未免心中不甘。就分头向柳长青借题要钱，大家乱说闲话，柳长青只得忍着眼泪，一一地央告敷衍，已不知受了几次苦恼。

这时一进后台，见全班演员都在排齐阵式等候，不由大惊，暗想前场唱完的人已经回店里歇息去了，怎又全转来，莫非出了什么事？正要询问，不料那班人已经围拢来，大家七嘴八舌，有的叫大伯大叔，有的叫大哥老爷，有的叫柳老板，但众人脸上颜色都是同一的怨恨失望，口中同样喊着"我不干了，快给钱我们回家"。柳长青脑中一阵发昏，望了望，见除了自己儿子柳依荷与一只虎的净角李大闪和几个文场工人还在前台苦唱苦做，其余的人全在这里，向自己吵闹。连忙镇定心神，挥手叫道："你们这是为什么？有话慢慢说。"

众人闻言，又是一阵吵嚷，柳长青着急道："你们这样乱喊，我听不清。"

这时一个唱副末的柴二柱，由人丛中挺身而前，先挥手教众人住口，才向柳长青扯着破锣嗓子喊道："大哥，你是年高有德，你是一班之主，我们离开家里热炕头，离开了热被窝儿，千里迢迢随你上天津来，为的是钱，如今晚提着空肚子挨饿不算，又弄得连睡觉的地方都没有了。"

柳长青听到这里，忙问道："怎么？怎么？不是住在……"

话未说完，一个唱丑角的王小戛拿唱戏调的接口道："小店？我的老哥哥，店教武松打了，时迁烧了，你还做哪一年的春梦？一二天不给房钱，店主东可就把咱们哥们儿抠出来了。"说完又伸出右手中指，向着柳长青屈伸两个，给他做个表演式，随后身体向旁一闪，拳手向墙边一指，叫道："我的老哥哥，你就顺着我的手儿……"瞧柳长青的眼睛，果然遵从他的命令，随向墙边一瞧，只见墙下乱丢着三十多个行李卷儿，还有包裹小箱之类，才明白所住的小店必因积欠房金，不许再住，把人们赶将出来。立觉头上似乎中了闷棍，轰的一声，忽然又想起自己的行李，唉声说道："我的……"王小戛很快地答道："你的……你的早归了店主东，跟秦爷的铜一票儿当了。"

柴二柱推开王小戛叫道："省说废话，柳大哥，可得给我们个真章儿。你那套瞎子算命后来好的老词儿，不必再说。我们都合计好了，大家认头倒霉，也别提什么包金包银，也别提挨饿受罪，谁叫我们没好命跟你出来了呢？现在吃没的吃，住没的住，大哥你是积德行善的人，再说还指望着儿子往后发财，绝不能把我们放在旱岸上。算到今天，我们出来了二十天，你就给半个月的钱，更莫提盘缠，我们只盼着赶回去，守着老婆孩子过个松心年。大哥你就开发吧。"

柳长青一听，好似若干把尖刀刺着肺腑，顿足说道："老乡亲们，你们就这么短见，要挤兑死我呀？我姓柳的向来没做过亏理的事，这回谁教赶上了。我若是有钱，还能害你们少吃无住？柴老二，你替我想想，现在可把我劈碎了，卖了人肉，可能弄出钱来？乡亲们，多看一步吧。"

这时一个唱彩旦的小汤圆忽然女声女气地哭起来，好像受了多大委屈似的，将手帕堵着嘴，嘤嘤地道："你们听听，他还是说我们短见，一连三天，只给大饼，连块肉都没有，我哪受过这个？天爷爷，可冤死了。"随说又走鼻音地哭个不了。

旁边一个唱武生的李益三听着有气，一脚把小汤圆踢开，骂道："小妮子，滚开这里，少给爷们儿添烦，回去好生哄着老斗，有多少肉短给你吃？"

小汤圆被踢得疼痛真叫，指着李益三骂道："黑良心的，你也欺负我，明儿我再……再给你补袜子才怪。"

众人闻言，不由哄堂大笑。柳长青趁着紧张空气稍为缓和，忙又央告道："众位，还得多捧捧我，别这么拆台。留得青山在，不怕没柴烧。运气总有个转过来，说句老话，韩世昌初到北京的时候，比我们还苦呢。后来有人一捧，不就平地一声雷了么？"

王小戛哼了一声道："我们捧你，谁捧我们呀？"

柳长青对他眨眨眼，还没说话，从背后转过一人，拍着柳长青肩头道："老板，你这话可更说得教人有气。你说有人一捧就转运，可是现在有人要捧你们依荷，许了老大过儿，你偏又不受捧。放着龙门不跳，你算是哪道的鲤鱼？还说转运，转娘的眼晕呢？"

柳长青一看这人，却是管衣箱的闻秃子，晃着秃脑袋，提眉吊眼地说着。柳长青也是一时懵住，就问："有谁肯捧我们？"

闻秃子把嘴角几乎咧到脑后，喷喷地道："你装糊涂呀？台前头坐的史八爷，人家开口就给两千，还许着邀人大大地捧。你却扭着上菜市口的样子，不答应真昏了心了。咱们这行唱包头的，谁不是一样，世上有给小子立贞节牌坊的么？"

柳长青顿足道："我不能，宁死也不能……叫我的孩子……"

闻秃子把脸一沉，伸手道："好，你的孩子尊贵，你的孩子特别，没别的可说，你就按份给钱，我们这就散伙。若再支吾，莫说不给你留这老脸。"

众人也嗡地附和起来，柳长青被逼得走投无路，心里知道除了依从闻秃子的道儿，绝无第二条生路。但眼看自己干干净净的好儿子，投入泥洼里头，又万万不忍。两手搔着秃白头颅，把头皮几乎搔破，众人闹得更凶。

忽然台前一个检场的走进来，大喊："不要吵！"

原来台上演到贞娥行刺的种种动作，锣鼓尽停，正哑着场。所以后台的闹声扰乱了前面的安静，检场人才进来劝告。众人叫嚣稍息。小汤圆却道："前面那不够一出大赐福的座儿，就是散了也是冷淡，反正我们分不到钱，爽性闹个哄堂大散倒痛快。"

柳长青忽然看见小汤圆，立生奇想，向闻秃子道："你去向那史八爷说，教小汤圆去好不好。"

闻秃子大笑道："小汤圆倒巴不得去，人家可得要她？"

小汤圆听了，脸上挂不住，说道："哟，看姓史的那份德行，他不要我，我还不要他呢？"又向柳长青道："老头儿，别把你儿子的事混往别人身上推。反正说什么也得给钱。"

柴二柱也喊道："别只磨烦，说痛快的。"众人随着又喧吵起来。

柳长青瞪圆了眼睛，恨不得向墙上撞去。正在这时，忽然有个人从楼上的包厢跑将下来，气喘吁吁地招呼柳老板。柳长青回头，见是园中茶房头儿胡七，掬着满脸笑容，跑了进来。

这胡七自从长春社首日开演，上座寥寥，便把柳长青当作仇人，见头骂头，见尾骂尾。柳长青人穷志短，向来不敢惹他。这时突见他态度大变，赶着称呼老板，不由大为诧异。那胡七已然旋风似的走到身边，一拉他的胳膊，兴冲冲地说道："柳老板，大喜大喜，你这可是天上掉下来的运气。我早就和伙伴说过，要梨园子混了这些年，见过上千好角，要看你少爷的福相，可真是头次看见。果不其然，我的话应验了。"

柳长青听他乱七八糟地说了半天，一点儿摸不着头脑，忙问道："胡先生，什么事呀？"

胡七向左右看了看，似乎不愿把玄秘天机泄露给不相干的人，就拉着柳长青走到屋隅，才低声说道："柳老板，你看见包厢里那两位女座儿了，你知道她们是谁？"

柳长青道："哦，哦，才来的那两位么？昨儿晚上也曾来过，我可不认识。"

胡七便放低了声音，又缩缩肚子儿，好像防备自己说出的话把他吓着似的，说道："我跟她们的马弁打听，才知那年轻的小姐是咱们这儿吕大帅的小姨，就是那财政厅帮办兼大安银行行长胡义来的二妹子。真是头号的阔小姐。你看那份势派。那位二十多岁的胖太太，听说姓白，是专陪着小姐玩的。"

柳长青心想：你把这些闲话告诉我做什么？现在就是有皇上来看戏，也解不了我的苦。胡七似乎看出他的不耐烦的神情，就接着道："方才那位胡小姐，忽然派马弁把我叫了去，先赏了我五十块钱，又指戏台上扮费宫人的柳依荷，扮得很好，问有多大岁数，拿多少包银，家里有什么人，我就拣好听的回答了。她又说看这上的座儿，怎么赚钱？柳依荷小孩儿怪可怜的，打算赏他几百块钱，我一听真替你们喜欢。她说你到后台，告诉柳依荷散了戏若不到白公馆去，可留神他的腿。我送她走后，就急忙来给你送信儿。这真是天大的喜事，散了戏快教你们少

48

老板去，几百块钱，还是小事，若把胡小姐弄对了心思，还不定有多大好处。"说着看了看手表道："这才十一点二十分，快教台上马马虎虎散场，下了装还来得及上澡堂洗澡刮脸，捯饬好了，上白公馆正是时候。"说着又道："我想你们少老板衣履太不顺眼，我去上附近新衣庄替他赁身漂亮行头，鞋帽可得现买。我也代办了，将来你柳老板好了，可别忘了我。"胡七说罢，也不等柳长青回话，就转身飞奔而去。

胡七和柳长青虽在隔低语，但后来得意忘情，不由提高了嗓音，于是后台众人全听明白。胡七一走，又都转到柳长青面前，似乎已忘了方才吵闹的怨恨，异口同声说道："这可是好事，柳老板要发财了。还不到前台通知？"

当时就有人通知文场，柳长青仍搔着头道："这不成，不成！那胡小姐叫他去，会有什么好事？我好好的孩子，不能教这种女人引诱坏了。"说着也放高了声音，顿足道："万万不成，别告诉前台，不要听信，我不教依荷去。"

话未说完，忽被柴二柱劈胸揪住，喝道："你这老不死，成心害死我们呀？眼看把我们饿死，要回去你又不给钱。如今好容易有了活路，你又不干。只你儿子要紧？我们都是该死的？老东西，你的事我管不着，反正就在今天，你若不按着原定包银开发我们，当时就有死有活。明儿这后台就是验尸场。"说着好似凶神附体似的，就要和柳长青拼命。

众人知道柴二柱素日脾气，曾因他是和儿媳不和，闹起家务，亲家公出头向他说话，他竟用菜刀把亲家公的左臂砍掉，坐了八年大狱。前五年经大赦才赦出来。这时他真红了眼，难免要出祸事。大家全呆住了，没有一个作声。幸而这时有位须发斑白，腰脊伛偻，衣衫褴褛的老者，看见忙上前拦住柴二柱。原来这人姓于名致和，是戏班中前辈，还颇通晓文墨。少年时擅长小生，中年改行吹笛，老年因中气衰竭，那笛子也不能吹了，家中又无田产，落拓不堪。这次柳长青组班，抱着惜老怜贫的好心，也约他同来。方才后台吵闹，他正在前台文场管理打锣，这时完了职务进来，正听胡七报告喜信，又见柴二柱攘臂斗殴，就急忙上前拦阻。先抚慰住柴二柱，才把柳长青拉到一边，安慰说道："老兄弟，你别想不开了。到这时候，不想弄钱的路，谁能饶你？放着这机会你不答应，难道等将来被逼急了，去赚那史八爷的钱么？这胡小姐到底还是个女人呀。"

柳长青听了，猛然大悟，点头道："老大哥说得有理，可是眼看孩子学坏，真不甘心。"

于致和叹道："谁教你贪心不足，要想发财。本来你家里田产很够过活，偏要折变了上天津卫来。既把孩子送到这坏地方，可就由不得你了。兄弟你也想开些，只当依荷在村里勾上了落道姑娘，你不也是管不了么？"

柳长青含泪点头，猛见扮着花脸的一只虎进来，哪知前台仍然是提前了。柳依荷也完了进了后台，柳长青奔过去，扶着花朵般的儿子，将泪眼望望，随即转过头去，不敢再看。柳依荷倒没有唱旦角的恶习，上台扮演女工，虽能惟妙惟肖，下台却不带女气。这时望着父亲难看的脸色，惊异地问道："爹爹有什么事？"

柳长青点点头道："没事，你快下妆吧。"

柳依荷虽是班中台柱，但因叫座无力，不受园主重视，所以向来后台给名角特备的化妆室，早已封锁，不许他启用。此际柳长青扶着儿子坐在小盔头箱上，替他下了头面，卸了行头，就催着洗脸。众人都在旁边，用惊奇和羡慕的目光望着。忽然门帘一启，胡七提着一个大包裹，提着许多纸匣，从前台进来，把东西放下喘着叫道："累死我了，柳老板，我都办来了。衣服是两套，鞋帽都是四套，我因为不知尺码，所以多拿些来，少老板穿上试试，留一套合适的，剩下的还得给人家送回去。"

柳依荷不知何事，只是望着父亲。胡七叫他暂不必问，只管挑好穿上，还要出去洗澡，到澡堂告诉你。说着，已把衣服拿出来，鞋帽都是很上等的。柳依荷满腹犹疑，但因爱惜这美丽衣饰，就拣一套穿好。众人一看，果然衬托得娇滴滴的脸儿，分外增了光彩。都想他生了一个美好头颅，竟如此吃香，不管男女，全肯出大批金钱，求亲芳泽，真不知哪一世修来的福气。只恨自滥爹娘，不该粗制滥造，把自己造成这样嘴脸，对人眼热，也是枉然。

且说柳长青始终一言不发，直待儿子改扮完毕，才对着柴二柱等人说道："今夜只可屈尊你们在这后台里住夜了。但若我能弄钱回来，那时再做交代。"众人这时忽然恭敬起来，诺诺无言，看着他父子和胡七一同出去。

至于柳长青到了澡堂，对他的儿子如何说话，作者不愿再叙述那凄惨情形，只得把笔转向繁华场所，再说那位飞扬荡逸的胡小姐。这位小姐便是吕将军给乔志云做媒的胡月娟，也便是大帅七姨太令妹。这小姐真称得起是上帝的杰作，容貌秀丽，心性聪明，又加曾在洋气十足的女子中学毕业，所以学问也很不错。只是生在绮罗丛中，一向没有家庭教育。偏偏又学得一点儿新学皮毛，导入堕落之途。再加有财有势，更成济恶之具。于是养成一种胡调性格和现代行径。但是也为人颇有手段，她所愿意的，无论如何，必要达到目的，她所不愿，宁死不肯屈从。所以那样好色的吕将军，竟弄成《红楼梦》中的贾链和尤三姐的局面。胡月娟腾挪有术，她姐姐胡素娟操持得宜，所以吕将军空咽馋涎，始终未曾得手，也就断了这条心思。但这胡月娟拒绝吕将军，只是嫌他年纪太大，武人不解风情，却不是本心贞洁。反而常在外面拈花惹草，布施肉身。数年来抱着一种尝试主义，凡是各种阶级各种式样的少年男子，都要尝识加以试验。先是和同学鬼混，以后又推广范围，和一切纨绔子弟交往。把高等人滋味都尝够了，又不惜自卑地交接仆役车夫，就好像社会学家，为实地试验起见，便亲自住到贫民区一样。她常对人说："昔日龚定厂说过：'要得黄金十万，交尽美人名士，结尽邯郸侠子。'我却要反其道而行之，凭着我的才貌和金钱，要玩弄尽天下男子。虽然天下男子太多，玩弄不尽，但只拣着各种典型的人，都交结遍，也就满足我寻幽探奇的心了。"

她在这样抱负之下，锐意实行。于是行踪渐渐诡秘起来，有时突然出现在交际场，有时突然出现在下等社会，有时在小旅馆里连住几天，有时在燕子窝流连竟日。以此胡二小姐的大名，在上中下三等社会中，真是洋洋盈耳。

这样过了二年，家庭中她姐姐胡素娟见她闹得太已不像，才意稍加管束。恰巧这时胡月娟对尝试做得也有些厌倦了，想要重返本来，享受富贵丛中的清幽生活，表面便似有了规则。其实她只是因放纵过度，而感觉疲乏，稍作休养。但在休养期中，仍然不甘寂寞，每日常到歌台舞榭流连，每看见貌美艺佳绝色的，照样免不了引起尝试的雄心，重为尝试壮举。而且她又新认了一个伴侣，就是烟酒公卖局科长白衍芬的太太，这位太太当年原是风尘中人，曾做过翻戏和骗局的主角，见多识广，手眼灵活，称得起是个女中光棍。以后从良嫁了白衍芬，倒很有帮夫运，把白衍芬由流氓捧成坐包月车的荐任官，她也安富尊荣起来。她和胡月娟偶然在人家遇见，使出巴结手段，两下发生特别快车般的友谊，没有十天就结成干姐妹，半个月白衍芬就兼了财政厅的什么主任。胡月娟一时也离不得白太太，白太太不特尽心竭力，哄着胡月娟，替她做采兰赠芍的帮闲，而且把自己公馆中的精室，也给她当了密约幽会的艳窟。

昨日白衍芬在朋友处听说大华市场来了个昆剧唱旦角的柳依荷，被史苍蝇爱得着迷，几经图谋不得到手的笑话，回家当新闻说给太太听，白太太无心中又转告了胡月娟，胡月娟一时高兴，就拉白太太同去看柳依荷的戏。不料一看就看中了。白太太仰体上意，正要代她着手进行，不料突被胡素娟的马弁把月娟请回家去，商量亲事。本来吕将军为乔志云做媒的起因完全出于胡素娟一人所主，不客气地说，她早已看中了乔志云了。本想怂恿将军派他做个副官，可以分在内庭，陪同出入。却不想发现意外纠纷，吕将军甚为懊恼，胡素娟才想了个两全之计，要把妹妹月娟许给志云，这样一来，可以使月娟改却放浪行为，归入正道。二来使乔志云变为自己内亲，将来更易如愿。当时对吕将军提出这个计划，立蒙允许。素娟就立刻回到娘家，打算和月娟商议。见她没在家中，撒下人马各处寻找，在戏院把她寻回。素娟才一提出，她便反对。胡素娟把乔志云人品仔细描摹，又加了许多赞许，月娟才有些动心，但声言见过本人再做定夺。说完再不和她姐姐叙话，就又匆匆奔出家门，到白太太玩耍终夜，并未回家。

在白宅睡到黄昏，起来梳洗吃饭以后，先到舞场跑了一趟，够了时候，才到天喜戏院听了柳依荷半出戏，对茶房胡七留下话儿，便又出了戏院，上一家俱乐部打了几盘番摊，居然赢了二三百元，都赠给白太太。这时十二点已过，二人才重回白宅，稍为休息，仆人端上消夜点心，白太太吃着，不住夸奖柳依荷的种种美点。胡月娟虽是曾经沧海的人，但是一来年轻沉不住气，一来人的惯性对于未来佳趣的具想，易于迷惑。于是她不由笑眯眯地望着白太太，听她称赞柳依荷一句，便骂她一声，但在这骂中，却带着无限欣喜和满意。白太太称赞完了，忽地一绷脸道："小孩儿真可爱，莫怪你昨儿看见回来直念叨一夜，今儿小柳若是不来，可不想死你了？"

胡月娟哼了一声，回手要拧她嘴巴，白太太遮拦着笑道："你还装好人？只听你在戏院临走时对那茶房说的话，小柳不来，戏院还不得封了门哪？可有一样，只怕这小孩儿是你最末的一个人，以后再没这个乐儿了。"

胡月娟手掠着蓬散的长发，努着猩红的嘴儿，问道："怎么……你看着，我只要高兴，永远有这乐儿。"

白太太摇头道："未必吧，你转眼就要变成有主儿的人，往后还能在外面尽自尝试么？"

胡月娟听了，把小嘴儿一噘道："你说那乔志云哪？我就依姐姐的话，嫁了他，他也管不着我的行动，更莫说我还未必嫁他。"

白太太笑道："我的傻妹妹，为什么不嫁呢？你空闹什么尝试主义，可是二十多的大姑娘，连出嫁的滋味都没尝过，这不是缺点么？"

胡月娟点头道："不错，我就为这个，昨儿才答应了姐姐，要不然，我才不自讨麻烦呢。可是我这些年也闹够了，倒想弄个准男人，像平常人似的，尝尝正式夫妻的滋味。倘若这乔志云真可我的意，我也许从此收心。"

白太太听了，忽然在椅上颠跃起来，把肥厚的嘴巴笑得上下波动，又拍着手道："好啊，胡二小姐要学好了，这可新鲜。我看太阳今儿是从西边来的吧？"

胡月娟听了这"学好"二字，似乎受了侮辱，沉下脸儿道："你别放屁，我不懂什么叫学好，只懂得随心快乐，想怎么便怎么。"

白太太也觉方才"学好"二字唐突了她，忙又笑道："本来我明白你是热闹够了，想清静清静，要说学好，今儿夜里怎么安排小柳儿啊？"

话犹未了，忽见一个仆人进来禀报说道："外面有姓柳的，是爷俩儿，还有个姓胡的，说是天喜戏院……"白太太不等他说完，已拍手道："来了，来了。有趣，有趣。教他进来。"

胡月娟一皱眉头道："你听，竟来了这些人，只教柳依荷进来，那两人滚蛋。"

白太太取出二十元，交给仆人，先叫那两人回去，只带柳依荷进来，仆人应着出去。白太太立起，咯咯笑了两声，伸了个懒腰，向胡月娟道："我可累透了，要睡会儿去，不陪你了。"说着就要走出去。

胡月娟笑叫道："你敢走？一出门限，就教你明天得上协和医院安假眼去。"

白太太仍向外走，胡月娟拉住她，二人正在掳掠，忽然门帘一启，门外便现出一个漂漂亮亮、畏畏怯怯的柳依荷。仆人掀起门帘，等他走入，他却看见这二位女将施展身手的轻狂样儿，已羞得不敢抬头，更忘了举步。还是白太太先看见柳依荷的窘态，忙推着月娟道："打住吧，你看谁来了？"

胡月娟回头，看见了柳依荷，倒向后退了两步。她这老脸的小姐并不害臊，只因接待柳依荷应该是白太太的差使，自己乐得在她后面多保持些尊严，使柳依荷先把自己看得高不可攀，等到分际，自己再出其不意地俯就，在他受宠若惊的心理下，那自己便可得到异样的美感。胡月娟这样打算，哪知白太太今天竟改变了作风，不像对旁人那样彬彬有礼。她笑着从胡月娟旁跑出门去，绕到柳依荷的背后，将他一推，笑叫道："你还不快进去，怔着怎的？"

柳依荷被她猛力推入房内，几乎撞到胡月娟身上。胡月娟正要骂她，白太太已将身就奔了楼梯口，那情形似要赶紧离开，容胡月娟乐其所乐。不料她这体贴入心的动作竟没有完成，还未走下楼去，猛听电话铃琅琅地响将起来。白太太皱皱眉头，只得走将回来，向胡月娟看了一眼，骂声"讨厌"，表示并非自己愿意在此逗留，只怨这电话来得不得人心。她匆匆地取起耳机，没好气地问道："你是哪儿，三更半夜……"只说出这几个字，猛然面色大变，连声音也变了，低声下气地道："是，您是七太太帅夫人，我给帅夫人请安，帅夫……你好……"说着似乎受了对方的呵斥，忽战战兢兢地道："是，是，我该死，帅夫

54

人别生气。是，二小姐在这里，是……"说着忙擎了耳机，走过一步，向胡月娟小声说道："是帅夫人来的，找你说话，快快。"

胡月娟知道她所谓帅夫人是指着自己姐姐而言，因为特别巴结，也不问吕启龙的大太太是否愿意，竟在称呼上把姨太太给扶正了。当时心中颇怨姐姐这电话来得不是时候，但又料着必有要事，否则她不会半夜向这里通电话。只可带了一脑门子的厌恶，把耳机接到手里。她问了声："是姐姐么？"对方似乎发出长篇报告，月娟静静听着，面上神气渐渐变为平和，又变为喜笑，忽然她大声说道："贫嘴，我才不想见他，也不回去。"接着对方不知又说些什么，月娟忽然又眉头一皱，高声说道："什么？我就不信，男人有什么把握？告诉你吧，世上男人，除非我不要他，只要我要他，他就得服服帖帖地跪在我跟前。亲我脚下的土……怎么，你不信？不信就试试看。好，我就回去，喂，等等，可有一样，我制得他愿意了，也许我倒不愿意，那时不许你们跟我打麻烦……好，一言为定，我就回去。"

说着把耳机一掷，回身看看柳依荷，又向着白太太，忽大笑道："白大姐，今天是你的运气，我有事得回去，这小柳儿送给你。"

白太太一惊道："哟，我可没这福气，你有什么事这样忙法？"

胡月娟拍着大腿笑道："有趣有趣，家里等我回去唱戏。"

白太太道："我的小姐，你唱什么戏呀？"

胡月娟方要开口，忽然推开身旁站的柳依荷，从桌上取了一支纸烟，白太太忙赶过划着火柴，胡月娟吸着纸烟，手指柳依荷向白太太道："你倒是要他不要？"

白太太道："你别拿我开心。"

胡月娟点头道："好，那么先打发他去。"说着由皮夹内取出十张百元钞票，丢在桌上道："小孩儿，你唱得很好，这不是领赏来了？拿着一千块钱去吧，往后也许还有叫你的时候。"

白太太抿着嘴道："你这才叫运气，回去勤念着点二小姐的好处。"

柳依荷本在澡堂中已受了胡七一番指教，父亲一场叮咛，情知此来必要有些磨难，又加一进门看见胡月娟的赳赳英姿，更觉打战，这时却不料轻轻易易地得到许多银钱，而且网开三面，放他立刻逃走，倒像坠入梦中似的，迷迷惘惘，不知如何是好。向二人请了两个安，口中嗫嗫嚅嚅，不知说些什么。

白太太笑着挥手，说道："去吧。"

柳依荷急忙走出，下楼回去，将钱救他父亲的灾难去了。

这里胡月娟望着他后影笑道："在台上远看还不错，这一近看不过是个小老赶儿，我也没心肠了。"

白太太道："这一会儿，你就没了高兴，准是电话里的毛病。你快说，是怎么回事？"

胡月娟仰着脸，小嘴一张，用舌尖把口中的白烟卷成圆圈，袅袅升空，才说道："这事真怪，咱们才提的乔志云，敢情他真有心跟大帅作对。他明着答应了苗参议，愿和我家做亲，暗地却打算逃走。大帅那边现放着个神机妙算的郭誉夫，早料到这一着，从昨儿就在他家门外下好埋伏，在方才十二点钟的当儿，乔志云从家里溜出来，坐马车要上车站。哪知道那驾马车的正是警察厅的侦探，就把他送到我们家去了。我姐姐已经在家里等着，和他见面。乔志云这小子真不识抬举，竟有好些推托。说什么在他父亲孝服中，不能谈到婚姻的事。我姐姐费了好多话，他又说已经定下了亲事，是新革职的参谋长李栖梧的侄女，并且那女的已经到了他家，行过婚礼。我姐姐就说李家那面亲事莫说结婚，即便生了孩子，也得打退。非顺从大帅的意思不可。乔志云咬定牙根，一定不依。他说宁死也不能弃李家姑娘。我姐姐和他闹得很僵，又不能翻脸。她想叫我回去，教那小子见识见识，也许活动了心。反正无论如何，非得办成了功，好去回复大帅。我倒不在乎别的，只恨乔志云有眼无珠，凭帅夫人这样人儿，给他做媒，他应该望风叩头，怎么还敢拿糖？我就不信世上有不爱我的男子？回去给他看看，等他跪下求我时候，我就一脚踢开他。也算争过这口气。"

白太太听了，方才明白，忙谄笑道："你争的什么气？依我看，根本没气可争，乔志云还没看见过你，自然难免推托。你一回去，教他见识这西洋美女中国佳丽双拼的小模样，敢保他发了昏。还记得什么张姑娘李姑娘？那就只抱着胡姑娘不松手了。"

胡月娟不由抿嘴一笑，骂了声："缺德鬼，没人跟你贫嘴，我要走了。"

白太太道："我不留，快走吧。但盼明天吃你的喜酒。"说着就喊仆人传汽车预备，然后替胡月娟穿好衣服，直送出门外。

胡月娟坐上汽车，心中盘算：乔志云不知何等模样，姐姐与他夸得那样好法，回家看看，倘若真能可我的心，我就暂且结束了荒唐生活，换个环境，享几年家庭快乐也好。而且这次是姐姐竭力主持，自己若一定违拗，倘若惹恼了，从此不给钱花，岂不苦了？想着心中已有几分愿意。及至车到宅门，喇叭三响，立刻仆人将门开放，胡月娟一直走将进去，穿过了花径进楼门，只见甬道上立着五六个仆人，还有几个在宅内帮闲，半上半下的先生，衣帽齐整，似有所待。他们一见胡月娟，都毕恭毕敬地立成行列，俯首鞠躬。月娟也不理睬，昂然走过，经过大客厅门首，见里面灯火辉煌，心想乔志云就在这房里吧。由玻璃向内偷望，只见厅内非常冷清，迎面桌旁椅上，坐着一个少年，身穿素服，正在低首含愁，并没第二人在内。月娟仔细端详，方觉姐姐赏鉴不虚，自己阅历若干男子，还未过这样出色的。又英挺，又温雅，在雍容华贵中，特别有一种健壮的美丽。这时候虽然正在颓丧，而神采依然焕发，若在欢乐之时，更不知如何可爱。

月娟既然芳心默许，本待推门而入，但又转想，这客厅说话不便，而且还应该先见姐姐问明底细，再和他进行交涉。就跑上楼去，料着姐姐必在自己房中。进去一看，果然正等着她呢。

素娟迎头说道："你回来了？在楼下看见那人没有？"

月娟脱了大衣，随口应道："看见又怎样？"

素娟笑道："正要问你怎样？"

月娟此际本心已然中意，但当着姐姐面前，不愿实说，而且她因姐姐常劝告自己择人而事，勿再荡游，这时若承认嫁人，不啻表示屈服。就转着弯儿，送个人情，耸肩说道："管他怎样，你们既不肯放过我，定要逼着嫁人，再说又是姐夫大将军的命令，我又有什么法儿？"

素娟听她的口吻，和在电话中所说不同，知道已默允了，就握着她的手道："好妹妹，我实在为你。你也不小了，总这样耽误着，将来必有后悔的日子。姐姐拼着一身，总算卖了大价，将咱家兴旺起来，对住死去的老子娘。只有你这件事，是我很大心思。你要明白，从民国以来，各省都督没有几个能做十年八年的，吕家也不会长久富贵。你还不趁着风光，早早寻个落叶归根。乔志云这个好男子错过机会，恐怕寻不着第二个。你是聪明人，不用我多说。现在虽然还没得他点头，可是你总能移他的心，千万别错了主意。再说我在大帅面前已说了满话，他实在望着这事成功，好减一块心病。要不然，这乔志云杀不能杀，放不能放，就为大难了。大帅还说要给你一部汽车，美国新牌的，值三万美金呢。"

月娟听了姐姐先说的良言，更觉动心，但仍假装着不悦地说道："好好，都由你们，我明白大帅要补他的良心，拿我填限，你也是为在大帅面前讨好，拿我送人情，我只可拼出这个人去，由你们摆布吧。可有一样，这事即便成了，教乔志云看着，好像我们胡家有姑娘没处安顿，哭喊着强要赖着给他，岂不教他看低了我的身份？"

素娟道："那绝不能，你忘了这是大帅做的媒呀。"

月娟不语，心中暗做盘算。素娟看看表，说道："都两点了，我得快走，招待乔志云的责任，我已分派下面的人，他不能出这大门一步。你随便和他什么时候见面都成，我还得赶着回去。大帅在我房里呢。"

月娟听了，明白她是暗示着责任，自己和乔志云随便进行交涉，但求达到目的，不择手段。也就不挽留她。

素娟走到门外，月娟忽然把她叫道："你教他们把乔志云让到楼上来，我也和他谈谈。"

素娟点头一笑，就下楼走了。

月娟坐在椅上，对镜扑了扑粉，不由心中好笑。自己这样的人，居然也闹起结婚问题来了。而且这件事又如此离奇。吕启龙用我来解释乔志云的杀父大仇，乔志云在父亲被杀第二天，竟被逼着谈起亲事，又是仇人做媒，无怪乎他不愿意。可是少时一见着我，恐怕他就不能自持了。自己曾见过多少男子的性态，乔志云也不过重演一回老把戏。想着忽听门口有个小听差的叫道："二小姐，乔姑老爷来了。"

月娟听着"姑爷"二字刺耳，心想虽然大帅出言便是法律，但也未免称呼得太早了些。就道："请进来。"便见小听差的身后乔志云昂然而入。月娟想不到他如此豪爽，不由怔了一怔，忙挥手教听差退去，自己拉上房门，才转身向乔志云对面而立。只觉他比方才远看更英气逼人，立觉一颗心在腔内跳跃不已，似觉脸上也烧热了。这是月娟向来没有的现象，但也只一瞬间便恢复了常态。见志云目光炯炯地望着自己，倒觉诧异他在这等时候居然如此大方。

哪知志云自被骗入胡宅，被素娟说破内幕，知道又落圈套，不由愤怒填胸，把生死置诸度外，恨不得寻人拼命。胡素娟先劝诱他，毫无效果，只得退了出来。志云独自思索好久，已横了心肠，绝无畏怯。预备无论见着何人，都要凭着人情天理，加以质问。即便把刀放在头上，也万万不肯依从。及至听二小姐请他上楼，志云知道这便是要嫁与自己的对象，虽异她何以如此厚颜，居然请我面谈，但又想此人是局中主角，自己大可对她诉苦衷，责以大义，也许能说动她，反而替自己解围。倘若不成，自己便大骂她一顿，使其失望，不再作援系之想。打定主意，便昂然而来。

这一对面，月娟因突发向来所未有的羞愧，未及开口，志云已先正色说道："您是胡小姐？请问你叫我来做什么？"

月娟抿着嘴笑道："请你来谈谈。"就指着绣榻道："这是我的卧房，不必拘束，请随便坐。"

志云道："小姐卧房我根本就不能进来，不过既已来了，总得把我的话说了再走。胡小姐，你也是受过教育的人，总该知道各人都有自由权，我新遭父丧，又已经结过婚，你府上今天把我骗来，口口声声称呼姑爷，这是什么道理？小姐你这样品貌，这样门第，将来希望远大，何必苦缠我这倒运的人？胡小姐你该自己尊重，不要受人利用。求你起来反对这事，不但救了我，也保全了小姐人格。请你仔细想想。"

月娟在他说话的时节，把身体立成极美丽的姿势，抱着膀儿，右手中指抵着香腮，一汪水儿的秋波，向他望着，射出带热情的光。她这拿手杰作，以前曾迷惑多少男子，都得成功，以为今日仍可照样制伏志云。不料志云视而不见，竟没有一点儿被艳丽眩惑的表示，仍在发挥他那义正词严的劝告。月娟才觉得今日遇到劲敌，不战而胜的老法门是失败了，只可做进一步的攻击。抿嘴一笑，猛然拉住志云的手道："你的话太多，现在谈不到这个，你先坐下说。"说着就拉他向床边走去。

志云挣脱了手，说道："小姐，请记着你的身份。更别忘了我是有妇之夫……"

月娟忽然笑了一声，望着他说："你的话全有用，我只有几句话，你听着。吕大帅命令你，我也需要你，并且你已经到了这里。总而言之，木已成舟，你应了有你的便宜，你不应有你的苦吃。至于你的什么未婚妻，或者是娇妻也罢，大帅已经命令李栖梧和你乔家断亲，看你还有什么指望？"

志云听了，不由悚然一惊，心想倘李栖梧真的受大帅指使，把湘兰强劫回去，自己家中岂不又受惊扰？想着不由顿足骂道："好，你们真是万恶滔天，禽兽不如。实告诉你，我乔志云已经和李家姑娘立了誓，宁死也不能负心。即使她死了，我鳏居一世也不娶别人。你死了心吧！"

月娟仍笑着道："你说得好听，未必拿得住吧？我也实告诉你，二小姐有生以来，只要想到的事，就能办到。我本来不想嫁你，可是听你说得这样坚决，倒非嫁你不可了。"

志云骂道："呸，不要脸的女人，你能要我的命，不能要我的人。"

月娟忽一沉脸道："是么？我倒要试试，李栖梧的侄女我本不认识，可是你这样非她不可，我倒有些吃她的醋了。"说着又高声道："我只可要你的命，也不能教李家丫头再得到你这人。大帅的小姨子杀个人总不致偿命。"说着跑将出去，须臾又回来，立在门首，手里擎着一支明晃晃的小手枪，向乔志云叫道："乔志云，怎么样？你依我不依？"

乔志云这时见她擎枪峙立的姿势，好似一部美国影片里的一个女明星，态度英姿又兼妩媚，也感到她特别美丽，心想女子生活在军阀家中，熏陶濡染，竟会如此凶悍？可惜一个美人胎子，其实志云忘了自己是军人子弟，见她举枪，毫无惊惧，倒横了心，说道："你打吧，我至死不依。"

月娟咬着银牙道："你敢再说个不依？"

志云倒背着手道："不依，不依！请你随便。"

月娟一顿足，厉声叫道："好！"志云以为她真要打了，立刻把眼一闭，等待死亡。哪知月娟把枪一掷，如飞奔将过来，叫了声"亲爱的"，随把志云紧紧抱住。哀声叫道："亲爱的，你今天算战胜了。我这是第一次失败。亲爱的，随你怎样处置我吧。"

志云出于意外的一惊，便闻着她身边散出一种暖香，直沁入脑，又感觉她一双胳臂抱得自己那样热烈有力，不由心中乱跳。张开眼来，见她那美丽的脸儿，和自己紧紧相对，娇喘微微，直嘘着自己胸际。一双妙目，射出火热的光，凸凸的酥胸，起伏不已。看样儿似正发着高度的情感。古语说至诚相感，又说至诚而不动者，未之有也。志云本无情于月娟，而且正恨着她，但此际月娟对志云竟发动了极度的热爱，因为精神上的关系，志云望着她忽而心神飘荡起来，幸而立刻觉悟，推开她的手，将身后退，口中说道："这又是什么意思？"

月娟忽然面色骤变，又凑前一步，拉住志云的手，凄然说道："我的意思长了，你坐下，慢慢听我说。"

志云仍做鄙卑之态，要将手缩回，月娟一顿足，作怒说道："这不要紧，你又不是女子，干什么蝎蝎螫螫，你坐下，说正经话。"

志云倒被她震住了，惘惘然随坐床上。

月娟举手搔头，自语道："我心里怎么像有万语千言，不知从哪头说起似的。我这是怎么了？"说着笑波盈盈，望着墙壁，怔了一怔，转脸向志云道："告诉你吧，你早先也许有些耳闻，我是个最坏的女子，在外面无所不为。如今我也二十岁了，向来没爱过一个人。可是今天真真爱上了你，这是什么缘故，我也不明白。也许别的男子都是卑鄙地巴结我，你却是这样挺硬。越不把我放在眼里，越教我不能不动心。可是也不尽然，我方才在楼下偷看你的时候，心里已感到特别的滋味了，这也许是缘法吧？现在我自己觉得整个的心都被你抓了去。"说着又似自语道："哎呀，天啊，我才懂得'爱'字这么厉害，真教人不能忍受。"又对志云道："你好像是我的灵魂的钥匙，今天一见面，你骂了我一阵，我倒好像在教堂听了讲道似的，明白以前做的不是人事。又好像你是一面镜子，把我照得不成人了。亲爱的，哎呀，我本不是天生坏人，当初小时随父母过贫苦日子，也是个清清洁洁的小姑娘。自从我父母一死，姐姐嫁了大帅，我才进了浮华境里，迷住本性。今天遇见你，忽然觉悟。可是我不明白，是因为觉悟才爱你，还是因为爱你才得觉悟。反正我的命运已交给你了，自知离了你绝不能生活。你要明白我这心理是在拿手枪时才转变的，在请你上楼的当儿，我还打算要笑你呢。亲爱的，我把肺腑都说给你了。你的境遇我也明白，和他们有杀父之仇，自然不肯应这婚事，而且你这样人品，也不肯要我这样女人。只是我实在太爱你，你能可怜我这片痴心么？"

志云做梦也想不到她有这么一番话，听得迷迷惑惑，正在不知所答，月娟又道："你别记着我的旧事。我以前太该死了，那样任情放纵，怎能算人？以后只要你肯爱我，我情愿做你的奴隶，任凭你怎样专制，我都服从。你抛开吕大帅，抛开我姐姐，只当我是一个堕落的女子，忽然悔悟前非，要你拯救，要你成全，你……你……"

月娟一面说着，一面将香肩挪动着，满脸现出希望之色。志云听着，很明白她出于诚心，否则说不出这样诚恳的话，而且她此际处在主动地位，强迫威胁，都可随心运用。若非真的有了觉悟，动了爱情，绝不好意思说这类似乞怜的话。想着虽有些感动，但自己在情在势，绝无允诺之理。于是说道："小姐好意……"这句话还未完全出口，已被月娟纤掌堵住嘴，她娇嗔道："我把心思都说了，还落你一声小姐。这不太辜负人心？亲爱的，你叫我名字成么？"

志云摇头道："对不住，我对小姐恐怕永远要这么称呼。"

月娟凸起小嘴儿道："怎么呢？"

志云道："小姐好意，我极感激。小姐觉悟以前行为不好，有心悔改，这虽然于我无干，我也很佩服。至于你对我的好意，实在不敢答应。一则我已经有了妻室，绝对不敢重婚；二则即使我还没订婚，在父丧期间，也万不能提起亲事；三则即便能提闲事，小姐虽然和我无仇，但你是吕大帅的亲戚，这亲事又是吕大帅提起，我也万万不能应允。小姐你可以死了心吧。"

月娟听着，霍然立起，面上现出暴怒之色，就向门首走去。志云以为她又去拿手枪，哪知月娟走到门口，又转回来，在房内转了三个圈儿，重又坐到志云身边，面上怒容尽消，微笑道："我脾气真坏，方才几乎压制不住，要和你吵。咳，你绝不知道我心里多么爱你，我也不明白怎么会这样爱你。可是我知道，我以后没有你绝不能活，所以这事只能成不能决裂。现在我倒后悔落到这情爱里，被你迷得这么结实。不如起初不见你了。亲爱的，你口气那样紧法，也不顾伤人的心。其实我可以有很多话劝你，像你是乔家单传儿子，又有老母在堂，这时若不应我，我就去报告大帅，说你定要报仇，不肯允婚。大帅定然杀你，岂不绝了乔家的根？你母亲也要苦死。这种话我绝不说，你也许明白，我绝不忍做出这样事。我既然没你不能生活，害你就如同害自己。既不做这傻事，又何必吓你？现在我只求你回心转意，成全我这个人。"

志云听到这里，心里感动，也立起说道："小姐既说出这话，我也凭着良心告诉你，现在我对小姐不但感激，而且敬重。倘若没有父仇，没有先前李家姑娘，今日我一定能把爱情给你，只为有这两种原因，小姐再费万语千言，也是徒劳。我为报答小姐的好意，才说这尽情的话。"

月娟听他说着，将牙紧咬下唇，面色渐变惨白，呆了半晌，才点头说道："这样我是一点儿指望也没有了。"

志云只可点头，月娟眼圈一红，泪珠滴下道："这也是老天捉弄人，我以前遇见许多男子，没一个不爱我，我偏一个不爱他们。今日第一次真爱上人，把自己的心都改变了，哪知人家竟不爱我，而且还有好些绝不可能的道理。咳，我从小儿也没受过这样艰难。天呀，我总说世上没有办不到的事，今天竟没了法儿。我既不忍逼你，你可忍心拒绝我，这不是要教我发疯么？"说着又向志云道："我既爱上了你，就非得到你不可。倘然得不到你，我以后的日子怎么能过？心里存着你的影子，要想再像以前胡混日月，恐怕绝不能够。那时活得没一点儿趣儿，还不如死了的好。再说你对我既有莫大关系，我万不能轻易牺牲自己的终身幸福，仍放你回去，教李栖梧的侄女儿得意。记得有个故事，兄弟两人都爱着一个传家宝的玉瓶，分家时候，因为玉瓶不能分开，又不肯给一人独得，结果两人商量同意，把玉瓶摔成粉碎。这玉瓶的结果，当然因为兄弟俩的嫉妒心，谁都觉着与其被别人独得，还不如弄坏了甘心。可是玉瓶也不能怨人狠心，只因它被人爱得太甚，才落了那样结果。你明白么？"

志云听着觉得她言语中颇有学问，而且这比喻明是向自己恫吓，但说得却是聪明可爱。不由大笑说道："我很明白，我就是那玉瓶，你就是两兄弟的一个，因为不能独得，大约也就快干出这故事的结果了。"

月娟点点头，又摇头说道："这关乎我的幸福，哪能莽撞？若不到山穷水尽的地步，我也绝不使这狠心毒手。你明白，我毁玉瓶，也就毁我自己。"

志云正色道："胡小姐，你不必多指望了，现在已经是山穷水尽的时候，你再使出千方百计，说到舌敝唇焦，我的答复和方才绝不会两样。你应该使最后的主意，若肯将我放了，就高抬贵手，若不肯呢，就爽快将玉瓶摔了吧。"

月娟听了，突然杏眼圆睁，瞪着志云，好像眼光要射穿他肺腑似的，半晌才道："怎么除了这绝情话，不会说别的。"

志云道："我们中间本没别的可说。"

月娟猛然顿足道："好，你算将我凌辱到家了，那么你万万不能爱我了？"

志云冷笑不答，月娟霍地立起，看看志云，又徐徐坐下道："我今儿真贱到不能再贱了。姓乔的，我再让步，你既记着和大帅的仇，我从此也和他断绝亲戚，就脱离了家庭也可。你只把我当作一个孤身贫女，收留下成不成？至于李栖梧的侄女，我也不再逼你断绝，只要和她平行，这样你……"

话未说完，志云已接口道："你真算仁至义尽，我若不感激你，就不是人类。可是你本是吕大帅的小姨，我如何能当作不是？再说我在母亲面前，已对李小姐明誓，绝不再爱第二个女人。"

月娟听了，突然倒在床上，捶着绣枕，脚儿向地下乱踢，好像娇纵的儿童发了脾气似的哭着叫道："这还不成，你真要逼死我！一口一个李小姐，我教你……"说着一扭身从床上跳起，直奔门际，将方才抛下的手枪拾起，转身便举臂对准了志云。志云见她真的气急败坏，知道自己方才所言句句是逼她走这条途径，料着这次万不能逃命。但在这一刹那，想起母亲临别叮嘱，定要儿子原样回家的话。不禁后悔说话太欠婉转，逼她骑虎难下。自己这样死去，未免对不住母亲。但事已至此，也不能再说软话，就仍闭目等待。

月娟动辄使用手枪，也是因为接近军人，养成这凶悍习惯，但她却没真杀过人，这次却被志云激怒了，心里真想扳动机关，开放两下。哪知她举枪之后，连连顿足，切齿，踹得楼板乱响，而手指一直不肯扳动机关，好似她心中虽被怒恨充满，但好像另外有一支专管手指的神经系统，却抗命不从。其实还是她本心对志云爱念太重，所以虽然怒不可遏，而无形中仍有抑制的潜力。志云听楼板响，偷眼一看，见月娟颜色惨白，珠泪潸潸，好似乍患重病似的身体抖颤，举枪的手也渐渐低垂，正在不解其意，月娟已跟跟踉踉跌到床边，半身投入志云怀里，左手按住他的肩头，右手将枪递到志云手内，且喘且泣道："不成，我没有害你的能力，谢谢你，你打死我吧。"

志云神昏意乱地道："我……我为什么害你？"

月娟一侧身，便坐到志云膝上，哀声道："我得不着你，也不能害死你，就算永远失去你了。我没法说出我的心，也不明白为什么一见你就爱得发狂。反正我知道，今天关着我一世命运，失去你我就算完了，与其日后长受精神痛苦，还不如死了干净。谢谢你，你快打死我。"说着身体向后一仰。

志云怕她跌到地下，将臂一伸，月娟的头恰枕在他臂弯之上，仰面含泪笑道："这样正好，你把枪对准了我的额角，一下就得。我死在你怀里，也算如了心愿。"

志云此际可有些承受不住，觉得一个女子为爱一个男子，竟肯如此屈从，如此牺牲，真是少有。何况她又是向来只受趋奉，未经折腾的骄傲女子，想着不免有些心动。但一想父亲入殓时的溅血头颅，和湘兰临别时的酸心言语，不由那烘热的心肠又变得冷如冰雪。便把月娟的手枪丢入床下，然后推她坐在床上道："小姐，你何必这样黏粘，我凭良心说，便是本来不爱小姐，现在也被你感动了。无奈我身上担着若干责任，又有许多妨碍，万万不能应承小姐好意。小姐何必一定逼我？"

月娟此际痴痴地望着电灯，似没听见志云的话，半晌好似从梦中醒来，凄惨地道："你怎不打死我啊？"

志云道："我怎能害小姐？"

月娟叹了一声，将手扶头，完全失去方才英爽活泼之气，直变成个娇怯的病态女子，有气无力地道："当然你不肯，我打死你，可以没事，

65

你打死我，祸就大了。再说现在我脑筋好像清爽了些，不像方才那么昏乱。在你旁边，我觉得还许有些希望，倒舍不得死了。亲爱的，你也不要那么执拗，看在我这片痴心，也替我想想，能不能有个两全的办法？我再不逼你，既然希望和你做终身伴侣，就应该从正路进行，这又不是唱《双锁山》《樊江关》，哪能对面硬逼？亲爱的，你仔细想想，只要你有条道儿，可以爱我，就要我半条命都依。"

志云听了，又觉感动，心中思索，自己和她的交涉，恐怕永远要在这循环的圈子里打转，自己咬定不肯，她一会儿撒娇，一会儿恫吓，一会儿做小伏低，一会儿寻死觅活，不如借题拖延几时，自己稍息疲劳脑筋，也许能想出个脱身之计。而且万一老天见怜，也许事情有些变化，使自己得免此难。想着便道："小姐这番意思，更教我没的可说。方才说过，我已经很敬重小姐，也很想能有两全的办法，不过立时怎么得出来？你能容我几天工夫，仔细想想么？"

月娟道："我倒没什么不容，只是吕大帅那边还等听我的回信。"

志云愤然道："若提吕大帅，那根本就没有什么商量，你立刻报告说我不依，杀剐存留，任他的便。"

月娟吓了一跳，抚住志云肩头，柔声道："少爷，怨我说错了。咱们不管老吕，你只看着我个人，你去细想，我等着。"说着看手表道："两点钟够么？"

志云道："这期限也太紧了，起码总得两天。"

月娟道："两天？教我悬四十八点钟的心？这刑罚不太重么？"

志云道："那么明天夜间，仍是这时候，我回复你如何？"

月娟想了想，只好点头道："好吧。"

志云道："我也要求你，在这一天里，想定对待我的办法。明天夜间，我若还是不肯，你可不要再费唇舌。"

月娟道："哦，你已经点头了明天答复我的话，只于拖延我一天？"

志云摇头道："我不过说明明天的答复是最后一句，并非已有了成见。"

月娟泪眼盈盈地道："好吧，你就去判断我的命运，我的死活，全在这二十四点钟里了。"

志云立起道："那么我下楼去了。"

月娟道："下楼做什么？"

志云道："下楼进我的监狱。可还不知道是哪间房子。"

月娟道："不必下楼，楼下并没有住房，你就住在我这屋里吧。"

志云不胜鄙薄地道："什么话？"

月娟颊上微红道："你又想左了，我教你住这屋，我到别的屋里睡去。这楼上七间房子都是我的。"

志云道："那么我到别间房去好了。"

月娟道："也成，不过没这里舒服。"

志云笑道："我现在生死未定，还在乎舒服么？"

月娟轻举素手，打了他一下，娇嗔道："你咒我呀？不许说这丧气话。"

志云听她这样小处关情，宛有夫妇之意，不由暗觉神摇，但也不敢拾岔儿。

月娟道："你倦不倦？还能陪我坐会儿么？"

志云道："你想我倦不倦？这两天铁汉也折磨坏了。"

月娟道："那么你就请休息。"

说着二人走出房外，进了对面的一间房门，把电灯开放。志云见里面陈设也极华丽，但像个起居室的样儿，没有床帐，说道："这里很好，我睡在大沙发上就成。"

月娟看了他一眼，抿嘴笑道："你想我害你受罪么？"说着走向东面墙边，一按墙上那个像电灯钮似的机关，便见那木纹美丽的板壁中间，开了缝隙，似有一道门壁中缩入，里面又现一室，月娟拉志云走入，就见内中雅洁，一具镜台，一架衣柜，一张洋床和几个坐具以外，别无所有。但家具都是特别精细，颜色又那么美丽，真是一间极新式的寝室。月娟又将床旁小几上的浅紫色座灯开了，向志云道："你屈尊些，就在这里住吧。"她又指衣橱旁的小门道："里面是浴室，浴衣睡衣都在衣橱里。"

志云道："好极好极，多谢多谢。"

月娟道："你还用什么东西？"

志云道："我什么也不用，请你回房安歇吧。"

月娟略一沉吟，转身走将出去，须臾又抱进两匣细致点心，一只暖瓶，很累赘地放在几上。志云倒有些过意不去，说道："太劳动了，你何必自己……"

月娟微然笑道："我但盼能够永久伺候你。"

志云没法回答，只好陪她一笑，月娟似乎恋恋不忍离去，又给开了暖气管，试好温度，才退将出去，立在门外笑道："对不住，你又该说我把你当囚犯了，实在是这门从外面才关得上，你有事可以按床头墙上第二个电铃，我就来给你开门。"

志云道："怎敢劳动小姐。"

月娟一凸小嘴儿道："又是小姐，你可真……"说着嫣然一笑，纤腰微侧，肩臂斜伸，做了个很美妙的告别姿势，又说了声英语的夜安，志云手去按板壁上的机关，那木门又倏然接合，把月娟隔在外面。真个一道红墙，变作蓬山万里。

志云神志昏昏，当月娟在房内时，觉得厌恶，恨不得她快走。及至门儿一闭，美人倏渺，心中倒有些感觉着空虚。就伸臂欠伸道："她可走了，我不知道遭了什么劫数，遇到这位魔头。"说着叹了一声，坐在床上，见衾枕都十分华丽，香气氲氲，想必都是月娟御用之物，心想不管三七二十一，且睡一夜养养精神。正要解衣，忽见南面镜台之侧，有个窗户，挂着浅薄绒帘，忽然心中一动，就走过去，伸手要开窗。这时正在冬季，窗户关锁甚紧，拔了插管，急要开放，哪知窗子久不开动，费了好大力气，就砰的声开了，发出老大响声。志云向外一看，意兴索然。原来外面还密排着七八根铁柱，便是猫也未必能够出入。志云本因见窗而起脱逃之计，及见铁将军严守关隘，完全失望。

正要将窗户重新关上，忽听背后有人咯咯的笑道："造房子的工程师真正该死，无故地安上铁柱，多不便呀？"

志云大惊回顾，见月娟不知什么时候进来，已脱去旗袍，一身猩红色的闪缎小裤袄，头上的长发也用一条杏黄色的丝带由前额箍将起来，这小打扮更显得妖艳动人。她一见志云回头，就走过去，代把窗户关上，窗帘放好，才回身笑道："外面风大，吹着不是玩的。这房子真讨

68

厌，每个窗上都有铁柱。"又指着浴室道："里面有个窗户，也是一样。倒不是我安的，这房子当初是北京崇文门监督麻士炳的产业，麻士炳有十多个姨太太，有两个跳窗逃走了，他才贼走关门，在窗上都安了铁柱。以后姨太太居然一个没跑。可是没过一年，麻士炳死了，房子才卖给我家。你若嫌不方便，骂麻士炳好了。"

志云低着头不作声，月娟在房里转了两转，又让他吃些点心，志云回说不饿，月娟重新道了晚安，才又出去，房门依旧关了。

志云呆坐半晌，看钟已经三点过了，料着月娟对自己用上了心，或者仍在外面潜听，再有声息，怕又惹她进来。就脱去外衣，倒在床上，预备入睡。无奈满肠牢愁，一腔幽愤，辗转反侧，许久不能入梦，心中焦灼，悄然坐起，又看看窗户，心想这窗上虽有铁柱，不能出去，但总可以看看外面，自己与其枯坐困守，何不向外窥察情势，也许万一得到什么救星。想着就慢慢走到窗边，重将窗子开放。因才开过一次，黏着处都已松脱，所以不再作响。志云由柱隙向外一看，才知道外面正在风雪交作，严风夹着雪片，扑到面上疼如刀割。眼前是一片银光，雪花成团飞舞，其密如簾。又加眼光由明乍暗，益觉朦胧。凝眸半晌，才看出楼下是一片旷场，两三丈外，才是人家房舍，栉次鳞比，但是没有一点儿灯火，好像世界都睡死了一样。料着在雪夜之中，绝无行人。又推推铁柱，坚牢似生根一样，只得把窗重行关上。

又想月娟说浴室还有一窗，就走入浴室，借着微光一看，果然有个窗子，可是还在东面墙上，却是位置较高，就登在浴缸沿上，将玻璃窗轻轻开启，果然外面也有铁柱。再向外看，竟和南面不同，贴着楼根是一条窄巷，对面是一溜儿矮小平房，看情形必是穷人所居，因为那房子伏处三层高楼之后，白天当然黑暗得地狱一样，稍讲卫生的人，必不肯住。志云向下望着，正望到那几家小院中见有微弱的灯光，掩映纸窗之内。心内好像漂流孤岛上的人，望见海中船舶一样的生了希望。于是才自深思，倘若这时有行人经过，自己将如何呢？胡家监禁自己，虽然非法，然而是奉了老吕的命令，自己万不能希望官府援救。便托行人向警区报信，也是没用。而且即使幻想来个旧小说里的侠客，恐怕也救不出自己。现在最需要的，还是给家里送信。一来教母亲和湘兰知道自己下落，二来方才听月娟说，老吕将派李栖梧去捉回湘兰，应该早教母亲知道消息，预做准备，免得临时受惊。正在想着，就听下面轧轧查查，似有车辆压雪的声响，料到有车来了，但头被铁柱挡住，不能探出去看。幸而那车子慢慢走将过来，是辆人力车，张着篷子，车灯摇摇，像鬼火似的。恰在窗子对面的一个门前停住。由车中钻出一人，给了钱，车便转弯由广场那面走了。下来的人好像穿得极多，黑色圆珠似的，摇摇摆摆，正要叩门。志云在这时候，怎敢迟疑，但又不敢高呼，撮唇嘘了一声，下面那人好似大吃一惊，高声咳嗽两声，才扬声问道："谁呀？"

志云听出是个女子声音，而且似乎年岁不老，心中便有一半失望，但仍答道："是我，我在二层楼上，请你走过来些。我有事烦你。"

那女子听出是楼上说话，忽然大怒骂道："妈的，什么东西，三更半夜还麻烦人？你别仗着主家势力。"接着又喃喃地骂个不了。志云做梦也想不到那女子把他当作胡家一豪仆，挨了一句窝心骂。

原来这个女子并非良家，而是一个三等妓女，姘了一个龟奴，就在这小院里赁了一间房子，作为良房。一对露水夫妻，感情居然甚好。女的每当妓馆中没客人的时候，便回良房来度春宵。今日恰值男的有病在床，女的本已留下夜厢，但因惦记情人，到半夜才借题把客人赶走，自冒风雪回来探病。不想下车后便听高处有人呼唤，她还以为鬼魔出现，吓个不轻。及至听出是人说话，便勾起怒来。因为胡家仆人素日恃势欺人，对她这妓女更是常加侮辱。这时她疑为又是仆人捉弄，所以大骂。

志云听她满口天津土话，说话又那么污秽，料知必非好人，但因怀着求助之望，只得忍耐着叫道："小姐，您别骂我，我是个落难的人，要求您帮助，办完了必有重谢。您请过来有话说。"

那女子听了，怔了一怔，才走过楼下，仰首问道："你是干什么的？逢了谁的难？我怎么帮你？"

志云到底年轻，阅历尚浅，以为有求于人，应该先客气几句，问问小姐的名姓，以备异日报答。便问道："小姐您贵姓？"

偏那妓女是朝秦暮楚，没有准姓，最忌讳问这一句。她闻言没有好气地答道："哪这些闲白儿？我就叫玉花，你有事说吧。"

志云真是走了败运，事事悖谬，偏遇见这位粗豪神女，吃了没趣。

还得唯唯称是道："玉花小姐，我姓乔，被胡家给锁在这楼上，监禁起来。求你给我家送封信，成么？"

玉花似吃一惊，叫道："胡家锁起你？为什么锁你？"

志云道："你不必问，我一时也说不清。只问你肯不肯给我送信？"

玉花向上摆手道："不成，不成，胡家多大势力？我给你送信，教他家知道，好家伙，你另请别人，我不敢管。"

说着就要走开，志云忙叫道："小姐，我不是教你白送，还有重谢。"

玉花一听，又立住了道："送我什么？"

志云道："送你几十块钱。"

玉花听有几十："倒是几十呀？"

志云道："五十成不成？"

玉花倒也爽快，伸手道："成，拿信来，钱可要现的。"

志云道："我还没写，你等等。"

玉花道："大冷的天，我可等不了。"

志云道："我只几句话，五分钟就成。"

玉花道："那么你快写。"

志云应了一声，忙转身从浴缸沿路跳下，出了浴室忙要写信，哪知看遍房中，并没有纸笔，又摸摸身上，依然没有，连带发现所带的钞票，都在外衣袋内。那外衣放在楼下客厅，并没带出来。这时既没纸笔可以写，即便写了信，没有钱那玉花必不管送，不由急得抓耳搔腮，焦急欲死。忽然自己看见小几上面放着月娟送来的两匣点心，匣上还有一罐加立克纸烟和一匣火柴，立刻触景生情，便打开点心匣，见里头附着一张白纸，撕将下来，放在桌上，又取出几十支火柴，全都划着，等燃到半截，便吹灭了都变成木炭笔。拿起一支，便向纸上写着。但每支只能写两三个字，便得弃去另换。幸而信并不长，火柴只用一半便写完了，拿起纸将上面浮灰弹去，看字迹尚还清楚，就折成小方形，走入浴室，重由窗中外望。

见楼下已没了玉花的影儿，正自惊疑，便见一个黑影，摇动着一星亮光，由对面门中走了出来，似乎口中吸着纸烟，志云嘘了一声，玉花走过仰头道："你说五分钟，这是几个五分了？"

志云道："对不起，信已写好，请你立刻送去。"

玉花道："送到哪儿？"

志云细说了住址，又道："很容易找，门口立着幡杆，贴着讣报。你去了把信交给乔老太太，或者一位李小姐全行。可要面交。"

说着把信由隙掷下，玉花拾起，又问道："钱呢？"

志云道："我身边没有钱，信上写得明白，你送到了自有人给你五十块钱。"

玉花哼了声道："什么？过完河给船钱哪？我可不干这扑空的事。得了，信你收回，我不伺候。放着暖房热屋不受用，我没事疯了？"

志云忙道："我敢立誓，你送到一定有钱。"

玉花道："送到了没钱，我又和谁要账去？说痛快话，不给现的，没商量。"

志云见她这样坚决，急得抓耳挠腮，忽然手上有件东西，触到颊上，觉得冰凉，猛然想起手上还有只戒指，忙脱将下来，但又想到这是湘兰订婚的戒指，不能给人。再一踌躇，得了主意，忙向下面叫道："你等等，我有东西给你。"随又跳出浴室，另用火柴写了个纸条，将戒指包好，重入浴室，向窗下说道："玉花小姐，我实在没钱，只手上有只戒指，可不是给你的。只能作押。我另外写个条儿，你带了去，她们给你五十块钱，你就交戒指，若不给钱，戒指算你的。这样成不成？"

玉花听了道："我得看看戒指，若是假的，我可不上当。"

志云慨叹好险诈的人心，只得把戒指和字条再掷下去。玉花拾起打开包儿，又跑进门洞里，划火柴察看半天，才走过向志云道："好，我去，你还听回信不听？"

志云道："自然要回信才好。"

玉花道："你等着，我既应了你，就得对得住你的钱。"说完提起皮大衣领子，就向巷中去了。

志云见玉花走后，才回到房中等候。他以前是惦念家中，恐怕李栖梧奉老吕命令前去吵闹，母亲要受惊扰，湘兰要被劫夺，所以急得通信。玉花走后，他本可以稍为安心，却不知怎的，反倒心惊肉跳起来。

这大约是气机感应的关系，他当然梦想不到这一封信一只戒指，竟会惹起意外事变，但精神上却似有所感觉，分外不安。坐起睡倒，心惊肉跳，自己也觉诧异。心想自昨天所遇祸变以来，虽然万般惨痛，但在母亲训诲之下，还能捺住心神，咬定牙关，做自己应做的事。怎这时竟惶惑得不能自持起来？莫非家中又有什么祸事？但细想又觉不会，自己才离家不过三四小时，方才对胡月娟说出那李家小姐已到家中，并且和她行礼立誓的话，才惹起胡月娟起了令李栖梧找回湘兰的歹意。但胡月娟回去报告老吕，再叫李栖梧依计行事，中间定要很长时间，李栖梧最早也得大亮才到自己家中，不会这么快法，半夜便去的。

志云自行宽解，以为家中今夜不致有事，自己信去之后，母亲一定能把湘兰隐藏起来，使李栖梧扑空，所以自己的忐忑不宁，只是两日来神经猛烈刺激的反应，并不是什么凶兆。但他那种想到这精神上的感觉，竟真是一种凶兆。而凶兆后面隐伏的事实，又竟是他自己所引起，由此可见人生途上，变化无穷，真是不可捉摸了。

且说玉花姑娘虽是好利成性，却还是个直性人，受人之托，很能忠人之事。她接了志云的信和戒指，就冒着风雪，飞奔而去。时在深夜，路上很难遇着洋车，好在她地理甚熟，知道附近一条街上，有两家出租洋车的厂子，由那里走过，自可遇见归厂的车辆。果然进那条街，便遇见一辆车子，玉花叫住，才说出要去的地方，哪知车夫因已到了交车的时候，不肯再拉。玉花便施展娼妓手段，揪住车夫的手腕骂道："缺德的，你真没人心，大远的路，你不拉我，我顶着大风大雪，走了去么？今儿不拉我就是不成。"

车人恰巧是个年轻人，也看出她不是正经路数，跟着磨牙道："大姑娘，深更半夜，你有什么忙事呀？"

玉花骂道："倒霉鬼，你问不着，快拉奶奶走。"

车夫涎着脸道："你真是奶奶，只顾自己舒服，不管别人干得了干不了。我跑了半夜，一点儿劲儿也没有了，要是半截给你歇了，可别怨我。"

玉花听出他是说便宜话，举手就一个嘴巴。车夫叫道："哎，你怎么打人哪？"

玉花道："打你是好的。"

车夫瞧着她，做了个丑脸儿，竟将车子放下，并没有作声。玉花也不再说话，跳上车去。车夫拉起就跑，这都是一掌的功效，打得车夫因美感而生勇力，甘效驰驱。走了约有二十分钟，拉到了地方，玉花在车内告诉他留意丧家，车夫看见乔宅门外的幡杆，把车放下。玉花看明不错，方才下车。因大门关着，就狂按门铃，又回顾车夫道："你等着，还拉我回去。"

车夫道："我可等不了，你给钱吧。"

玉花道："等不了也得等，这时一个钱也不给。"

车夫道："我今儿算走了背字儿，竟遇见不讲理的。咳……"

玉花道："什么话？我怎不遇见别的车，单遇见你？这不是有缘么？你多等会儿，有你的好处。"

车夫听了，不由筋软骨酥，正要说话，忽然大门开了，有人探出头来，问道："找谁？"

玉花问明果是乔宅，就推门挤将进去。里面的仆人见是女子，也不能拦阻，玉花倒代他关上门，说道："我是一位姓乔的托来送信，要见你们老太太。"

仆人诧异道："姓乔的，哪个姓乔的？我们老太太方才犯了胃气病，闹得好厉害。这时睡下不大会儿，不能惊动。"

玉花道："哦，那么我见一位李小姐。"

仆人更诧异道："见李小姐？你说是哪个姓乔的派来的？"

玉花着急道："你太啰嗦了，我也不认识那姓乔的。我是住在胡义来大楼后面，有个人从楼里和我说话，自称姓乔，是你们少爷，被胡家监禁，托我来送信。"

这仆人原是王升，闻言就叫道："呀，你说是我们少爷？怎么……怎么……你等等……不，随我进来。"说着就往里走，玉花在后跟随。

原来这王升是乔宅多年老仆，性情忠直，深知主家的事。这时自思，老太太新经了大灾祸，方才少爷走后又暴犯了胃气，痛得满床乱滚，现在才得入睡。这个女子，自称是代为少爷送信，想必又遇了意外，若唤起老太太报告，倘真是不好的消息，岂不将她急死？现在只可

74

先请出李小姐，向这女子询问明白，再定主意。想着便不敢带玉花进内宅去，将她让进前院客厅，这厅中因无人居住，未生火炉。玉花不大满意，喃喃地抱怨说扬风绞雪的天儿，大远的跑来竟将人让进这冰房冷屋，王升也不理她，就真跑入内院。

这时那可怜的湘兰因自志云走后，乔夫人虽然外貌坚忍，而悲惨内攻，五内摧裂，竟犯了胃气旧病，来势甚暴，几乎变起俄顷。幸而家存良药，服用下去，才得转危为安。湘兰又饱受惊恐，好容易服侍乔夫人睡下，她还料理汤水，在旁看护。这时乔夫人已睡得沉酣，她坐在对面椅上，正伤感着自己的薄命苦情，忽见门帘微微掀动，却没人进来，随又一声咳嗽，湘兰不敢高声询问，就慢慢走出，见王升立在门旁，向自己招手。湘兰走近，问他何事，王升低语道："您随我来。"

湘兰满腹猜疑，跟他到了院中，王升才详告有人送信的话。湘兰听了一惊道："这……你们少爷不早上了车站？怎会……"

王升忙道："来人说他在胡义来家，也许是吕启龙使什么诡计，把少爷半道儿劫去了。太太病着，不能教她知道。您先去问问送信的人。"

湘兰听了，立觉一颗心要跳出喉咙，脚下像踏着棉花似的，向外急行，却一步挪不了二寸，好容易进了客厅，就见里面坐着一个女子，穿着黑色棉大衣，肥短胖肿，像个狗熊似的。面上描眉画鬓，浓施脂粉，但已剥蚀得斑斑驳驳，一块块露出青黄色的本来肤色。一见便知是个下等社会中人。湘兰顾不得仔细端详，上前问道："您贵姓，是代谁送信来啊？"

玉花想不到又遇见问姓的，就径直不答，反问道："你是谁？我替人送信，要见乔老太太和李小姐。"

湘兰道："我就姓李，乔老太太病着，不能见你，有信给我好了。"

玉花伸手向衣袋中摸索半晌，才摸出两个纸团儿，举着说道："那个姓乔的在胡家楼上，叫我送信，许我五十块钱。他身上可没有，教你见信给钱。还有个戒指做押包儿，你给了钱，我把戒指还你。"

湘兰忙不迭地应道："成，成，我给钱。你将信给我。"

玉花听了，才把两个纸团儿递过，但戒指仍紧握在手里。

湘兰接过，将团绉的纸舒展开了，见上面字迹模糊，移向灯下，勉

75

强看出，只见上面写道："母亲大人膝下，男离家后，即被奸人劫至胡家，胡素娟姐妹逼男应许婚事。男念李小姐情义，厉行拒绝，并告以业与李结婚。伊仍竭力逼迫，无耻已极，大有不允不休之势。男宁拼性命，绝不能忘母训而负李姐，生死存亡，置之度外。但伊除将男监禁外，并言即转告吕贼，令李栖梧来家，强劫李姐归去，以断男之思念。男恐李姐被劫，家中遭扰，焦急万分，幸得一女士送信，请接信即酬以五十元。男志云上。"

湘兰看得已是神昏手颤，再拣起第二个纸条看时，上面写着："送信人先索酬资，男不得已将戒指付之作押，望给钱后即将戒指收还为要。"

湘兰看完，颓然坐在沙发上，双手抱头，心想，老天真和自己作对，志云竟又被胡家劫去。看他信中之意，真是对得住我，拼着性命，拒绝胡家。又特为关切我的危险，费尽心机送此信来。这样有情义的男子，实是难得。我湘兰受他如此重爱，真是几生修到？但是公公已死，婆母又在病中，乔氏一线单传，只此一子。他这样为我守节，固然可感，但他本身可要大有危险。倘若闹决裂了，吕帅真个把他杀害，他岂不是为我死的？也就等于我杀了他。

湘兰这时认定志云来信，只着重在自己身上。其实志云通信原意，也是恐怕湘兰被李栖梧凌辱，急于教她躲避，所以信上没提别事。湘兰因为信中只专注自己，而且脑筋昏乱，也没想他还有父仇一层关系，只认定志云若因拒婚而死，直是为着自己。因此再回想婆母所述苗参议的话，说吕帅宁负天下人，勿使天下人负我。再想起志云临行婆母所说娘只有一个儿子，要他活蹦乱跳地回来的话，不由心中大为动荡。觉得婆母绝不忍儿子如此轻易地死，志云和吕启龙有杀父之仇，但对于姓胡的却无仇恨。如今处在生死的关际，未尝不可以通权达变，应许胡家的亲事。但求保住志云性命，来日方长。只要大仇能报，婚事也能取消。大约婆母若知志云现状，未必不做此想。志云此时也未必不顾父仇母爱，一定愿意求死。只为中间有了自己，才使他不忍作这转圜之想的了。

李湘兰想到这里，直觉志云已然被杀，陈尸在堂，乔夫人悲夫痛子，也将相从地下。又似有许多局外的人，指着自己，纷纷议论，说乔氏一门绝灭，却是为着儿媳，否则大有回旋地步。想着似乎背上披了很大的冰衣，又冷又重，简直忍受不住，承负不起，凄恻张皇，不知所可。

这时玉花等得不耐烦，高声叫道："尽看着干什么呀？我还有事，快给钱，我走。"说着把戒指从衣袋中掏出，举着说道："若没有钱，这戒指就归我了。"

湘兰一看戒指，正是自己之物，在几点钟前才戴到志云手上，满以为随着他海天万里，在路长征了，哪知这时又回到面前。不由心中一动，暗想志云作此远行，身边很带了不少的钱，可是区区五十元竟不能付，倒把这极关重要的戒指随便交给不识的人，带回给我。莫非他含着什么微意？想着忙向玉花道："钱一定给，不过请你稍候，还请把遇见乔少爷的情形都告诉我。"

玉花便把志云楼窗呼唤，以及一切交涉，全都说了。湘兰点点头，见王升在侧，但问他有纸笔没有，王升指着前窗的书案道："那桌上全有。"

湘兰道："好，你可以歇着去，我要和这位小姐谈谈。"

王升似不放心地道："小姐，我们少爷到底怎样？"

湘兰道："你们少爷准保平安，眼看就要回家。不过关外是不去了。"

王升将信将疑地退了出去，湘兰又向玉花道："我还得求你带封回信。"

玉花道："我可等不了。"

湘兰道："我另外还要谢你，多帮忙吧。"

玉花一听又有酬谢，立刻变了口气道："你快写，我等着。"

湘兰点头立起，到书案前坐下，取了纸笔，又自沉吟，心想志云特送戒指回来，似乎有意，但我又何必向坏处想，也许他银钱已被别人劫了去，不得不用这戒指给人作押。不过既已送来，我就趁机收回吧。今日的事，婆母待我那样恩深意厚，志云又是那样情重心坚。但志云为要守我婚约，拼着丧命，我与其在他被老吕杀死以后变作寡妇，眼看乔氏灭门的惨况，永感良心上的痛苦，何如趁现在自行退让，使志云得以转

77

圜，允诺胡家婚姻，保全乔家一脉。至于自己，原是薄命不祥的人，无足爱惜，以后如何，就不值得打算了。

湘兰想到这里，有些万箭攒心，痛泪直涌。忙镇定心神，把泪拭干，擎着笔在纸上空画了半晌，不知该对志云怎样措辞。但料着若径出自己口气，直言辞婚，劝他允诺胡家，恐怕更激动他的感情，加深他对自己的爱慕，绝对无济于事。不如以婆母口气，向他劝谕。自己既已决定主张，当然要离开此地，那么就在信上说明白自己走开，以绝其念，也无不可。但是对这送信人却要叮嘱妥当，好去蒙哄志云。这还好办，最难自己不知婆母向来写信如何口吻，怎样笔迹？以一个外人，冒母亲心意套哄儿子却非易事。正自为难，忽然得了主意，立起走向门外，恰见王升正在廊下痴立，就问他可会写字，王升谦逊道："小姐我哪会写字？"

湘兰道："方才我见你把一本账交给老太太，还说老爷入殓花销都写在上面，难道那不是你写的？"

王升吃吃地道："是，是，我只会照猫画虎，写眼前的字。"

湘兰道："那就成了，你等着。"说完复入厅中，又费了许多斟酌，才将草稿写好，叫王升进来，向他道："你将这稿另拿纸誊下来。"

王升诺诺，坐下便写。湘兰将玉花拉到远外，低声说道："这位姐姐，我也不知你姓什么，咱们都是女子，求你看在菩萨面上，也给我帮点儿忙。"

玉花道："又是什么事呀，想少给钱可不成。"

湘兰摇头，忙从身上取出一叠钞票，递给她道："这大概有七十多元，你全拿着。"

玉花接过，数了数，把戒指递给湘兰道："这个还你。"

湘兰道："谢谢，可惜我身上只这一点儿钱，要不然还多给你些。"

话未说完，忽听王升那里咦的一声叫起来说道："小姐，这是什么意思？"

湘兰见他举着自己写的草稿，目光如痴，便道："你不必问，尽管写，我自有道理，少时再告诉你。"

王升慢慢地重坐下去，昏昏沉沉地继续抄录。湘兰又向玉花说了许多话，玉花听了，虽然点头，似不肯依。湘兰悲悲切切费了半天唇舌，又似解释，又似恳求，最后玉花才点头答应。那边王升也把信已抄好。湘兰取过，看了一遍，见有很多错误和简笔字，好在意思能够明了，就也不加添改，交给玉花道："姐姐，你带了去交给他。千万依着我的话说，别弄错了。这就算你对我做了好事。日后我总有报答你的日子。"

玉花忽然正色说道："李小姐，我本是个下贱人，可是也懂得好歹。方才你的话我也听个八九不离十的，你这人心太好了，我接了你的钱，再不把事给办妥了，那还是人么？"

湘兰道："那么我谢谢你，咱们后会有期。"

玉花立起就向外走，湘兰随着相送，王升在后连叫"小姐"，湘兰回头，王升道："小姐你信上是什么意思？那可不是闹着玩的。小姐，你就这么……"

湘兰摇手道："等我回来告诉你。"

王升又道："小姐你细想想，这信送出去，可就收不回来。"

湘兰不语，直送玉花出去。又叮嘱再三，看她走远，方才回来。仍入客厅，王升随入，湘兰坐下道："你怎么要问个明白么？你便不问，我也要告诉你。你是老人儿，大约一切的事全都知道，你家少爷现在已被吕启龙派人劫到胡家，强逼婚事。若是不应，老吕一定认着他记住父仇，恐怕留下祸根，必然将他害死。方才你少爷来信，还说他宁死也不应胡家婚事。其实他和胡家并没仇恨，所以一定不依，当然为着吕将军的缘故，可是也有一半为着我。倘然真的闹成决裂，你家少爷死了，你想老太太可还能活？我呢自然更不必说。现在你少爷是定了眼睛，记定了杀父仇恨，不肯转圜。老太太便是有心通融，为着我在旁边，也万不忍说教儿子抛下我另定胡家。这样岂不看着你少爷被人害死？乔家从此消灭了？所以我趁着回信的机会，假充老太太的口气，教少爷答应胡家亲事，只要保住他的命，以后报仇争气，就不愁了。"

王升咳了一声道："小姐，你可真是贤人，这一来，乔老太太、少爷全保住了，可是你自己呢？"

湘兰听到这里，觉得刺心，几乎落下泪来，但仍勉强忍住，苦笑道："你怎糊涂，你少爷只要活着，我就有指望。现在因为老吕知道我在这里，要教我叔叔逼我回去，所以我不得不暂且躲开，日后也许你少爷跟胡家小姐说开了，收留我做二房呢？"说完又惨然一笑。王升听着，几乎失声哭出来。湘兰又道："你不必难过，倘然不这样办，恐怕更有你哭的。你若忠心主家，可记住我的话，千万不要把今夜的事告诉老太太。她若再受惊恐，可怕禁不住。最好教她认为你少爷已然到了关外，就可以安心养病。过几日你少爷应了胡家亲事，便可回家，她就更舒心了。我不等天亮就走，免得被我叔父捉去。过几日也许回来，不过你可要始终装作不知道，若说一句漏话，惹得老太太有个好歹，你可担不起。"

王升本来头脑简单，被湘兰用话恫吓住，只有唯唯称喏。湘兰这才离了客厅，进入内宅，替自己打算去路。可怜她这薄命弱女，经过千灾百难，才投到夫家，有了安身立命之所，哪知造化弄人，竟又突起波澜，复来逼迫，连一夜也未得安居。可怜鸳鸯难圆，骊歌又唱了。湘兰的下落，留待后文再表。

且说志云在胡家楼中，等待回音，真是度一刻似一夏，又岂止夜长如小年？他一会儿跑入浴室，侧耳遥听，翘首外望，一会儿又倒在床上，胡思乱想。过的工夫直似十几点钟。然而外面天光绝无亮意，风都渐渐住了，雪也不似那样鹅毛大片，变成了些屑纷飞。他越等越没消息，倒又疑惑起来，恐怕那玉花不安好心，看出那戒指所值不止五十元，径行吞没，不给送信。又恐怕她藏起第二张字条和戒指，而单讨酬资，所以虽送到了信，竟不敢回来见面。正自测度，忽听浴室窗外似有声音，急忙奔入，由窗孔下望，见玉花果然不失信，立在对面大门阶上，向窗中张望。

志云忙叫道："玉花小姐，信送到了么？怎么去了这些时候？"

玉花道："自然是送到了，你们那老太太多么麻烦，问了我半天，要写回信她又手颤，写不了，教一个老仆人王升替写，费了好几张纸才写好。老太太倒是不错，给了我七十多块钱。"

志云听到一半，便诧异道："怎么教王升写，你没见着那位李小姐么？"

玉花道："没看见，只见着老太太。"说着将手一举道："这信怎么

80

给你？快着，我可冻坏了。"

志云道："你抛上来。"

玉花依言，把信向窗口掷，但是只是一张纸儿，分量太轻，掷不到地方便落下来。玉花拾起道："这还得破费我一个铜板。"就由衣袋里取出一个铜圆，用信裹上，重向上掷，却也不能准确，连掷三四次，才入窗中。

玉花叫了声："我的差使可交代完了。"就走入对面小院的门内，倏时没了影儿。窗外剩下冷巷一条，连她的足迹也被后下的雪盖没了。谁也不知夜中有人在巷中做过秘密交涉。

志云顾不得看她，连忙跳下浴缸，在地板上寻觅那信。那信正落在近门的地方，包成一团，方欲伸手拾取，哪知突由浴室门外像鬼影似的伸入一只赤裸圆肤宝光致致穿着绣蓝花白缎拖地的鞋儿，很快地将那信踏住。志云出于大意，大吃一惊。略一迟疑，足旁又来了一只粉白胳臂，伸手由脚底下将信抢去。志云抬头上看，只见浴室门外，端端正正现出个负手垂立笑容可掬的月娟。

这时她又换了装束，身穿一件宽衣肥袖的意大利古典式绛色睡衣，却用带子将腰儿束得纤细可爱。胳臂粉腿，全在外面裸露，脚下只着拖鞋。她和志云一对眼，立刻微微一笑，向后倒退。志云也随着出了浴室，伸手叫道："你把信给我。"

月娟斜倚在床栏上，将持信的手伸入衣袋，点头笑道："我真佩服你，这么一会儿工夫，就跟外面传书递简了。信可以给你，可得告诉我是谁来的？传递的又是谁？"

志云哀声道："快还我，你问不着。"

月娟笑道："在我的国度里私立邮政，我还问不着呀？"

志云发狠上前叫道："你再不还，我可动武力抢了。"

月娟把信放在睡衣内贴肉地方，然后平伸两手道："就在我身上，你抢吧。"

志云见她两手，只有干看着她，因为绝不能探她睡衣里面，气得顿足道："你既是人，也该讲些道理，人家的家信，怎能这样猥亵？"

月娟抿着嘴笑道："这么快就来了家信，是航空快递吧？"

志云挟拳摩掌地道："你快拿出来，这是我母亲的信。"

月娟道："什么？笑话，你母亲怎会知道你在这里？"

志云没法，只得实说了："是我先托过路行人送信到家，我母亲才来了回信。"

月娟道："哦，这会儿工夫你竟做了好些事情，真真佩服。你这信说的什么？"

志云没好气道："我报告母亲，已经困在这里，并且说宁可牺牲性命，也不肯和无耻女子结婚。请母亲只当我死了，不要挂念。"

月娟面色突变，蛾眉紧蹙，但随即改了笑容笑道："随你骂我，我也听惯了。那么，你母亲的回信说什么？"话犹未了，已咯咯笑道："我好糊涂，你还没看，如何知道？"

志云狠狠地道："我不看也能知道，母亲一定赞同我的意思，勉励我和这无耻的女子反抗。"

月娟秋波一转，淡淡地道："这样说，我倒得看看母亲大人的慈谕。你若来抢，扯毁了可不怨我。"

志云此际把心一横，并无惧怯地道："你看吧，我犯不上同你抢。"

月娟走到浴室门口，将信取出，铜板丢在地下，擎着信鞠躬道："我太不恭敬，母亲大人原谅。"说罢凝眸细读，起初是满脸郑重之色，看到一半时忽改为欢笑之容，看到最后，忽咯咯笑将起来，回到志云面前，拉他同坐在床边，递过信道："你看吧，母亲真是个明理的人。我将来该怎样孝顺她老人家啊？"

志云并没将她的话入耳，只顾看信，只见上面倾倾斜斜地写着："云儿见字，接信知汝已入胡宅，备受逼迫，奈何奈何？自汝行后，未二句钟，忽李栖梧率人汹汹而来，强劫湘兰回去，专访断绝婚约，并迫我交出婚帖，当面焚烧。我对湘兰尚恋恋难舍，然此女子经其叔附耳密劝之后，竟大变初心，临行并无一言慰我……"志云看到这里，如坠五里雾中，心想李栖梧怎去得这样快法，即使胡素娟回到帅府，立即命令他行事，这举动也太迅速了。湘兰曾对自己赌誓盟约，何以突又变心？这太不近情理，但听玉花说并没看见李小姐，这信又是母亲念着王升写的，如何会有虚假？于是纳着闷又看下面："……我正伤悲，又接汝信。

82

因思李氏之婚既绝，而胡氏之婚，虽由吕帅提媒，义不应许，然吾乔氏后根，仅汝一人，汝可自轻性命？我经李氏刺激，心已稍转，愿汝亦能通变达权。胡氏本与我家无仇，倘其女稍明道理，能为人妇，不妨允之。汝年少年望正长，宜忆我临行谆嘱之言。汝父在泉下，亦必不责汝于一时也。不尽之意，汝当体会，保重至要。我手战不能书，口述命王升代笔。母字。"

湘兰写这封信的时候，直是二五妙合，居然甚似乔夫人口吻。而且信中虽劝志云允婚，而内中仍含着屈于一日，望在将来的权变意思。使志云看了，不能不信是母亲本意。觉得这命令虽出于意料之外，而实在情理之中。并且由此证明，若非湘兰真的变志自行，母亲绝不致作此转念。事情一变，全局尽翻，自己可该怎样应允呢？不由发起怔来。

月娟直对他微笑着，妙目流波，梨窝蕴媚，似乎非常得意。见他看完怔了神儿，就笑着推他道："喂，怎样，你还说什么？母亲真好，现在若在这里，我就先给她叩三个头，再接她三个吻。你方才是孝子节夫，咬定了父仇母命，还有李家姑娘的情义。现在李家姑娘走了，她若真的对你有情义，会走得教母亲心伤么？现在你没的可说了。我方才说过，为你情愿跟吕家断亲，和自己家庭革命，只凭一个空人儿跟你，总可以算稍明事理，能为人妇了吧？你这孝子可还违背母亲的命令么？"

志云搔着头发，立起在房中乱转，心中思量，母亲此信绝非虚假，自己原是为着父仇，为着湘兰，才肯拼性命拒绝月娟，如今湘兰弃我而去，自己已成自由之身。母亲此信，又暗示我姑为喘息，以待将来，这道理本来不错。我又不是女子，要顾虑贞操，现在便娶了月娟，将来得机能报仇雪恨，将老吕弄倒，对月娟的去留还不是任我处置？而且我能保全性命，便算保全老母。父亲在泉下知道我的心意，一定也能赞许。

想到这里，又听月娟说道："你还犹疑什么？我并不是空话，现在老吕势大，我不能明得罪他，给你惹祸。可是你若不愿受他的恩惠，等咱们结婚以后，可以赌个机会，奉着母亲远走高飞。你若还不信我的心，我还可以先设法同你逃跑，到南方或是关外去，再行婚礼。"说着忽酸鼻泪下道："我为你真什么也不顾了。哎呀上帝，我太可怜了！"

志云听了，既感激她的真情，又觉得她说的很是办法，心中一打转儿，猛然想到现在既要答应月娟的婚事已经是不惜自污了，那又何不爽性自污到底，只求达我目的，不择手段，就在老吕手下屈辱做官，一面暗中活动，一面借着皇亲贵戚的力量，和月娟姐妹的帮助，不难飞黄腾达。等到羽党丰满，什么事做不到？想到这里，立时心志一变，精神陡振，走到月娟面前，左手抚在她肩上。月娟猛然抬头，泪眼中射出笑意，但仍带着惊疑的态度，颤声问道："你……你想……"

志云无言，只拾起那封信，指着中间一行"倘其女稍明道理，能为人妇"下面的"不妨允之"一句给她看，月娟一见立刻喜溢花颜，春横眉梢，但随又眼圈一红，小嘴儿一撇，珠泪纷落，哽咽欲泣起来。这就和望榜秀才一样，突闻得中，反致喜极生哀。大凡人于极端希望，尽力图谋之事，一到如愿以偿，喜慰之中，不免想到未得前的辛苦艰难，反不自觉地悲感起来。这本是人之常情，但由此可以看出月娟对志云爱慕到怎样程度。

当时志云虽心中别有蕴藉，但也被她感动得颇为凄惶，不自主地便握住她的玉臂，月娟盈盈立起，满面带着泪痕笑影，倚入志云怀中，默默相看，心心相印，两吻一交，百年已定。正是：此日独挽情缘，牵绾风云夫婿；他年双挥玉手，粉碎歌舞江山。

由吕启龙高升两省镇抚使这年，向上回溯到二十五载，河南陕西两省交界地方，出了个著名的女土匪，首领绰号叫雪里红。据说是因好穿红衣，好骑白马而得名，姓氏反倒湮没不彰。这雪里红原是好人家儿女，她父亲名叫赵敬，少年中过武秀才，中年投入淮军当兵，剿过发捻，后来退伍，又被人约入镖行，干那护送货物的营业，混了一些时候，他的老妻忽得病亡故，赵敬因自己年过五旬，半世积蓄已足晚年温饱，又加膝下只一个小女焕儿，没人照料，便退职回了彰德府龙王庙的老家，也未续弦，只和焕儿同度时光。暇时便教焕儿武技，以为消遣。焕儿也非常喜好，不特学会拳脚兵刃，连她父亲昔日所用的洋枪也拿出练习。过了数年，赵敬见焕儿已经长大，出落得一朵鲜花相似，心性虽非甚聪敏，但是脾气有时极其暴躁，就想到女儿终须嫁人为妇，所重只在针黹，这样玩弄刀枪，原非女儿本等。何况自己又不想带女儿出去卖艺，难道要她学成武技，来向丈夫施展不成？于是在焕儿十四岁上，便认了个乡邻的老妪作干娘，学习女红。十八岁便说妥婆家，嫁给本地乡绅的儿子，过门年余。

赵敬因独居寂寞，常到酒店饮上三杯。一天在酒店外遇见两个旧日同伍朋友，赵敬早听说他们素行不法，已改行做了大盗。但既已遇见，不愿得罪小人，只得上前寒暄。那两人见了赵敬非常亲热，谈了许久，赵敬不该醉后失口，让他二人到家小坐。那二人闻言立即答应，到家坐到天黑，还不告辞，赵敬只可留宿。次日早晨，那二人临行取出两支小洋枪，要求赵敬代为收存，过几日再来取走。赵敬心中不愿，但又不敢得罪他们，只得收下。哪知这二人新在本地作了大案，抢了姓张的富户许多珍宝，还杀死一位少奶奶。事主报官，地面上缉捕甚严，这二人正愁着身上有赃物凶器，走不出去，恰恰遇着倒运的赵敬，将他们请到家中。他们安心留宿，到夜中悄悄起床，在隐避处挖深坑洞，将抢得的珍宝全都藏到里面，临行又存下枪。这样赃物凶器全都离身，便可安然逃脱。预备等案子稍冷，仍可回到赵敬这时，借着取枪为名，再送些礼物，套些交情，当然仍可留宿一宵，将赃物毫无破绽地带走。

这两个贼想得真是巧妙，无奈天网恢恢，不由人算。离开赵家当日，便被官人捉住，送到县衙。经事主指认确实，虽无赃证，照样严刑逼供，二贼挺刑不过，到底招了。再问起赃物，就将赵敬牵扯出来，立即捉拿到案。赵敬只可实话实说，二贼也未攀他同党，但只这样，窝主的罪名已经无可逃免，不过尚无死罪。哪知事主张富户因痛女情切，志在复仇，及知当乡人赵敬居然和贼人有连，恨他比恨二贼还甚。又兼当时报案时并未说定强盗只有二人，就咬准了当夜劫物杀的贼众实有赵敬在内。随又买通禁卒，做了手眼，以后连二贼也一口说赵敬是贼党了。县官将赵敬屈打成招，定文申详上去，不多日，赵敬和二贼便同时受戮。

在赵敬受祸的当儿，焕儿正在临褥生儿，闻知消息，呼天抢地地哀号，闹着要上县衙替父亲辩冤，但产后虚弱，实难动转。她又哭喊要丈夫和公公以绅士资格，出头力保。哪知乡人本已怯官，何况又是这盗杀之案，只害怕连累到自己身上，后悔和匪人结亲还来不及，怎敢出头自投罗网？焕儿见这情形，只气得破口大骂。婆家上辈祖宗都骂得在坟墓里叫苦，活的更没一人敢进她的房内。焕儿又声明和夫家义断恩绝，新生的孩子也不给乳吃，生生看着饿死。熬着能够下床，恰得赵敬次日斩决的信，她便持刀威逼翁姑，将龙凤大帖交出，当面焚化，空手离开夫家，便奔县衙喊冤，结果被驱逐出来。到牢中探父，也不能进去。她无处可归，住到个破庙里，哭了一夜。不知得了什么主意，倒沉得住气了。

次日早早到法场等候，午刻，斩犯三名猪也似的绑着，解到法场，由县官亲自监斩。焕儿待奔过和父亲相见，但被官人拦阻，不得近前，只得痛哭喊叫。赵敬看见了女儿，当然肝肠寸断，又似乎在这垂死之际，虽然已经认命，但对自己唯一骨肉的女儿，仍想告以真相，不愿她脑中存着父亲真是强盗的印象。就高叫："焕儿，你父实在冤枉，这赃官不问清白，竟将我定了死罪，我死了到阎罗殿也要告他。"只说了几句，就有一个受过张富户贿赂的人，上前一个嘴巴，打得他住了口。赵敬怒气冲天，又加是练过武功的人，这一时恨不得将眼前的人都抓过来摔死，又恨不得将赃官扯成碎片，也足泄愤。但身体都被绑紧，无可用力，而较能自由的只是口内的牙和舌，忽地瞋目大喝一声，惨如鬼号，随见他把嘴一张，喷出鲜血，和一个整的牙齿落满地下，口边还挂着块鲜红的肉，原来他把舌头咬断，牙齿脱落，都喷了出来。只舌头尚有少肉相连，未致全断，所以挂在口外。场外看热闹的立刻惊呼震天，县官也吓得战战兢兢，离了座位。特来观看复仇的张富户，也逃出了人丛。焕儿见父亲这般惨状，一声哀号，便昏死在地，被人负出场外。她醒过以后，忽仰天大笑，拍拍身上的土，狂跳而去，从此不知下落。

说也似乎迷信，那县官监斩了三犯，回到衙署只觉得心惊肉颤，寻思赵敬的情形，莫非真的冤枉？情真罪当的犯人，向未见有如此愤激的。这样一想，已然害怕，又在夜间就寝上床脱衣的时候，忽然发现贴身的汗衫袖上渍有鲜血一点，检查身体却无伤破之处，也未破过鼻子，不由想起法场赵敬的仰天喷血，吓得怪叫起来。家人惊集询问，他一说原因，便有长随解释，说在法场上公案离犯人有好几丈远，何能喷到老爷身上？而且外面又有公服遮蔽，也无沾到内衣上面之理。县官觉得有理，还不放心，又将公服细看，果然干干净净，只得以不解解之，把汗衫烧掉了事。

哪知过了一月有余，县中遍传张富户被赵敬的冤魂活捉了去。据张家人说，张富户夜里正在姨太太房里吸鸦片烟，因为当时夏季，怕引蚊虫，把油灯吹灭，只留烟灯。姨太太坐在床角，给闭目迷瞪的张富户捶腿，忽然由窗户吹进一阵凉风，张富户觉得微冷，又嫌灯火摇动不便吸烟，便叫姨太太上炕去放下纱窗上的纸卷帘儿。姨太太上炕立在窗前收拾，张富户仍旧若醒若睡地闭着眼，忽觉光着的脚底似乎被什么东西擦过一下，以为是姨太太已然由炕上下来，就叫着她的名字道："凤姨，你再给我烧上一口啊。"那位凤姨本还站在炕上，脚跟正对着富户的头顶，听他说话就问："你说什么？"张富户一听凤姨在头上说话，才知地下的并不是她，以为又进来别人，张眼一看，只见炕前立着个满面喷血的人，正是赵敬刑前的凶惨模样。立时手足拘挛，嗷的一叫，便绝了气。姨太太闻声回头，也正看见那鬼脸儿，一个倒栽葱摔到张富户身上。等众人听得声息进去，一阵救治，姨太太才缓过来，可是张富户却从此完了。

这个消息轰动满城，人人都因张富户的死证明赵敬果是冤枉。于是县官一面感到舆论不佳，更怕传到上司耳里，研究起来，万一此狱平反，自己想担极大罪名。一面又因外面将活捉的事说得活灵活现，想到赵敬死前愤恨的言语，恐怕他再来拜访自己，日夕惊惧不堪。最后实在受不住这精神上的痛苦，只可咬牙痛心，便向上司告了老，等到蒙准，立即束装回里。他原籍湖北，距任所仅止千里不到。那时铁路方建，只能遵大路起早而行。他带了三个从人，两个车夫，坐着轿车，起程南去。偏偏他自从赵敬事件以后，思想渐染迷信，不时看些志怪之书，寻求趋避释解之法，不知从哪一本书上，考得了鬼魂要受省界限制，以为出了河南边境，赵敬的鬼便不能越界报冤。于是急急赶路，早先大道上本有站头，他因归家心切，不管那些，只催促车夫定要一天走两天的路。

走了三日，这天在申时初分，到了一个宿站，论理就该住下，他依然前行，半路忽然落雨，上淋下浇，直奔波到黄昏以后，才到了个小村庄。庄中只有一家店房，因为这是非正式的尖站，所以店房也只是个村农人家，兼营安寓行客的副业。前院内仅有一间可以住人的小房，他因冒雨而来，疲劳欲死，哪还顾得选择，只行暂与长随车夫同在小房内吃了粗粝的晚饭，但到了睡觉时，县官却要保持官礼，不肯与仆役风雨连床。就和店家商量，店家为难半晌，才说出后院有一间小楼，是他一个族叔住的，可以腾出来给他。县官随店家去看，见那小楼是上下两间，下面空空洞洞地养着两个驴子，粪秽满地，气味难闻。上面半室堆着成包的粮食，空处只放着一张木榻，连桌子也没有。县官虽然不愿和仆役混在一起，但独居在这楼上，又有些害怕。就吩咐一个长随在木榻前打地摊儿陪伴。长随看榻前的空隙，不能容一个人躺直，但也不敢违命，只得蜷曲而卧。县官在床上起了鼾声，那长随因昨夜在店里和车夫赌钱大输，又知道此际前面房里已经成局，心里只想出去反本，又加睡得不能舒适，不能入梦，及至看县官已然睡着，就偷偷下楼，上前院加入战团去了。

这县官睡到半夜，忽然被一种大声惊醒，他蒙眬坐起，见挂在壁上的油灯半明不灭，被风摇得乱动，微光闪闪，满屋阴气森森。听听窗外，雨仍淅沥不绝。心里寻思，惊醒自己的声音想是楼下的门被风吹开，楼上又没门壁遮隔，恐怕受凉，便想唤长随下楼去关门，哪知向地下一看，已没有人影。他是又惊又怒，由前面大窗的破孔向外张望，见前院仆役住的房内灯火犹明，窗上人影幢幢，便知他们又在赌博，气得高声喊骂。无奈雨声正大，连自己也知道无效。骂了一会儿，对看眼前光景，不由又想起赵敬的影像，害怕起来，直想奔到前院，和仆役度这后半夜。但看院里黑暗异常，不敢出去。就在这时耳中似听得有悲泣之声，他毛发悚然，但再听又没有了。只得自己宽慰自己，以为是神经作用。

但经此一惊，越觉不能在这小楼上停留，决定忍着片刻惊恐，跑到前面，便可长久安心。而且要打那长随几个嘴巴，出出闷气。他又看见壁上的挂灯，便取下来，打算提着出去。他刚走到楼梯口，又觉身上未穿长衣，就提灯放在地下，重去穿上长衫。方要再提起灯的当儿，猛听楼梯下面起了奇怪的声音，噗噗地响，既似人的吹气，又似猫狗害了胃病，向外吐食的声音。他听了始而惊诧，继而想起楼下有两头驴子，或是它们作声，就仍大着胆子，又弯下身去提灯。但还没有直起腰，便听那噗噗的声音越来越近，已经到了楼梯上面。他向下一看，恰好那挂灯正放在楼梯口边上，照见楼梯上有一个穿红衣服的人，举着两手，扶着头颅，口内发出噗噗之声，正慢慢地向上走。清末斩决人犯，要穿红衣，外州县尤其注重这个规例。县官一见这颜色，已经明白遇到了什么，而且在这一看的当儿，那上来的人似乎有所觉，猛将头颅向上一仰，和县官正对了个照面。原来正是那冤死的赵敬，满头血渍，舌头还挂在口边，噗噗的声音，是他口中向外喷血，和在法场上所见一样。县官嗷的一叫，向后一仰，正倒在粮食袋上面，想逃躲已经无路，而且身僵脚软，也动弹不得，只闭一只眼痴了似的瞪着楼梯口。须臾之间，由楼梯上露出赵敬的头发，露出眉眼，眼光寒冰似的盯到他身上，随后又露出染血的鼻子和挂着舌头的嘴，噗噗向他吹风。及至全面尽露，他看出头是被两手扶着，并不附在颈上。县官看到这里，便昏死过去，以后那赵敬的鬼魂对他还有什么动作，以及如何退去，也就不知道了。

直到长随在前面输完了钱，气愤愤地回到楼上，才见县官倚在粮袋上僵如木石。忙把人都喊了来，七手八脚地救治，县官稍为缓醒，对人诉说了见鬼的情形。随又落下两点眼泪，叹息一声，仍归绝气死了。

这件事又传扬出去，更证实赵敬的冤枉。不但平常人都说县官和张富户同受冥报，就是当时一位有名学者的当代达官，还把此事写入笔记，深研果报之道。说赵敬活捉张富户，旁边有人看见，所以张富户立时便死，以后活捉县官，因为没人看见，所以教他还醒须臾，表明真相再死。可见上天故示灵异，教人晓得有因果报应的深心。

但他哪里知道，这中间既无鬼神，也不干局外的事，除了县官身上不明来源的血迹是件疑案外，其余如活捉富户，吓死县官，都是赵敬爱女焕儿的弄玄虚。她自父亲冤死，便决心报复。但想杀死仇人，既怕留痕迹，也不足快心，就打算了这特别主意，要利用恐惧心理，使他们受精神上的凌迟惨刑，活活吓死。随即寻得两次机会，装作赵敬临刑的样儿，很顺利地把两个仇人消灭。但从此乡里中便失了焕儿足迹。

年余以后，豫秦交界的山中，便发现一股土匪，为首的是个少年女子，有见着的都说此人容貌美丽，俗常总着红装，出游便骑白马。在山巅中一骑飞跑，看着真像画儿一样，所以得了雪里红的绰号。她不但枪法超群，而且胆大心细，手头毒辣。平常杀几个人不值一笑。但是为人义气，做事公平，善于用众。自做了匪首，在江湖上声威渐著。许多有名有姓有头有脸的好汉，都投奔到她手下，居然聚到七八百人，势派极大。这雪里红虽然身为匪盗，竟能守身如玉，她的手下自然有些窃怀不臣之心，向她献媚诱奸，她丝毫不为所动，把他们杀的杀了赶的赶了，因此越发得到手下爱戴。她啸聚山林也有二三年，作了很多大案，杀了很多人命。秦豫两省的人提到"雪里红"三字，无不色变。当时官府虽屡次剿除，寻不着她的影儿。

这次恰巧雪里红又新劫了一个大村庄，抚台勃然大怒，就责成协统剿办。那时吕启龙也有三十岁，正在河南做营官，协统就派他带兵前往。吕启龙的功名，都是由意外运气得来，他得了命令，派部下将官带队伍先行。这一天走到一个市镇寻店住下，把上房住客赶走，吕启龙进去，洗面漱口，吸足了鸦片便吃晚饭。他教店家唤个土娼来陪酒，须臾就领来两个，一个是病鬼似的中年妇人，一个是正害眼的小女孩，两只眼像吃过死尸的红，令人可怕。吕启龙一看就大怒，命令出去，指着店小二痛骂，说："把这等货色弄来，莫非怕老爷花不起钱？"

正是骂着，忽听院内有女子娇滴滴的声音叫道："哪屋里老爷听唱？"

吕启龙听着声音娇脆，不由倾耳，随见门帘一起，现出个千娇百媚的美人头来，笑着问道："老爷听段唱么？"

吕启龙一见这个美丽的脸儿，业已魂飞魄荡，忙招手叫道："进来。"

那女子应了一声，掀帘走入，后面还跟着一人。吕启龙端详这女子，细高挑儿身材，通身都是红绸衣服，头上梳着条大辫子，直垂到腰际。那张瓜子形的脸儿，莫说在僻陋之乡，就是吕启龙走过多少大地方，也未曾见过这样美人。尤其那一双妙目眼珠儿比漆还黑，比水还清，而且灵动异常，每一转移，仿佛要发响声，放射的光好似两条闪电。鼻子和嘴儿也好似天公特意制成的模型，总而言之，只称得起十全十美的尤物。勉强在她身上寻一点儿毛病，那也只有一双脚不十分周正，像是缠过又放开的。她后面是一个五十多岁的老人，穿着灰布大袄，面容狭恶，像是个久走江湖的生意人。手里拿着只形状怪异的弦子，和那女子手中的两条长方竹板，想全是卖唱的工具。吕启龙看得呆了，竟忘了说话。那女子立在门口，似乎被他看得不好意思，就问道："老爷，你听什么？吩咐下来好唱。"

吕启龙这才说道："你唱什么？"

那女子报了一套曲名，吕启龙心里已爱上这女子，想要哄她，就道："怪累的，唱什么？请过来坐会儿，吃点东西吧。"

那女子笑着摇头，吕启龙忙道："不唱我照样多给钱。"

那女子听了，回头望着老人，老人摇头。吕启龙对于花钱的事倒很在行，就取出几块大鹰洋钱，向老人道："你们今儿不用做生意了，我请你们姑娘吃饭，你拿这几块钱先出去喝点酒。"

老人才向那女子点点头，取了洋钱，请安道谢，转身向那女子道："你就坐一会儿，我吃过饭再来接你。"说完便走出去。

吕启龙拉了只方凳放在自己身旁，那女子羞赧赧的只抿嘴笑，慢慢走到桌前，伸出雪白的手儿，提起酒壶，便替吕启龙斟酒。吕启龙握住她的手腕，拉她坐下。那女子缩回了手，忽然绷紧了脸，但并非怒恼，却低声道："你规矩着，我可没陪人吃过酒。你要当着人啰嗦我，我就要走了。"

吕启龙迷惑已深，见她的态度不似平常土娼，很信那向未陪人吃酒的话，又听她不许自己当着人啰嗦，无异于说到背人时可以任意啰嗦，不由更自魂销，就打定主意，要哄得她心肯意肯，好留住她偿其大欲。于是装出君子行径，哈哈笑道："对不住，我很明白，你既瞧得起我，才肯坐一会儿。我怎敢放肆？姑娘不要客气，请坐，咱们谈谈。"

那女子点点头，把方凳拉得远些，才坐下了。

吕启龙问她姓名，那女子答道："大道上卖唱的，还留什么姓名？你只叫我二姐儿好了。"

吕启龙听她口吻不俗，越发奇怪，只可检点言语，和她谈些卖唱生涯和本地风俗，又让她饮酒吃饭。那二姐儿倒不客气，居然陪吕启龙吃了三四杯酒，又吃了碗饭。渐渐越谈越熟，二姐儿指着吕启龙的军服笑问道："我知道你是个官老爷，对么？"

吕启龙点点头，二姐儿又道："你这官老爷是管哪一县的？"

吕启龙道："不管哪县，我是带兵的营官，比知县大得多。"

二姐儿又道："营官管什么？"

吕启龙道："管打仗。"

二姐儿似乎吃惊道："你这是去跟哪一国打仗啊？"

吕启龙道："我这不是打仗，是打土匪。"

二姐儿道："什么是土匪？哦，是山里的贼呀？"

吕启龙要夸耀自己的威风，就道："对了，我这是奉上司命令去抄贼，有好几千兵，都在头里等我督队。"

二姐儿笑道："几千兵？好家伙，打什么贼用这些人？"

吕启龙把雪里红的名字将说出喉咙，又咽下去，改口道："离这儿很远，有一伙大贼，势派大了，简直要造反。所以得多带人马去办。"

二姐儿忽有所悟地道："哦，我知道了，准是雪里红。"

吕启龙一惊道："你怎么知道？"

二姐儿道："除了雪里红，这地方哪有大贼？要提雪里红来，你拉过个小孩子问问，哪有不知道她的。"

吕启龙正要向她打听雪里红的细情，忽见那老人由外面掀帘而入，嘴头还油汪汪的，好像吃过肥鱼大肉。进门向吕启龙请安，说："谢谢老爷。"就对二姐儿说道："你还不赶紧给老爷唱段曲儿听，唱完了，咱们也该着回去，路远哪。"

二姐儿早已离了座位，闻言向吕启龙道："老爷，你点段曲吧。"

吕启龙摇头道："不必唱了，我说过不要听。"

那老人道："赏都领过了，不唱算什么呢？"

吕启龙也不理他，只向二姐儿低声说道："你打发他回去，成不成？你在这里陪我说说话儿。"

二姐儿粉面一红，现出无限娇羞，秋波向吕启龙面上打了个旋儿，忽回头向老人道："不听唱，咱们就走。你先出去备好了驴，在门外等我。"

那老人应声出去，吕启龙才知道这卖唱的竟是资产阶级，还有驴子代步。但听她也说要走，不胜失望。一见老人出去，便向二姐儿说道："你真的要走么？"

二姐儿点点头，吕启龙见她突然矜持起来，心中非常着急。若在平日，遇到这等事情，早已施展官威，便是对待个大闺女，也许捆上强奸，何况是个卖唱的流娼？但这时竟不知怎的，好像被二姐儿艳色所迷，不忍对她蛮横，反倒温柔起来，恋恋不舍地道："二姐儿，别走吧，我说不上怎么一见你就爱惜你。你一走，不是要我的命么？"

二姐儿正色道："你别乱说，我可没干过那宗事。"

吕启龙道："你别错会我的意思，我只要你在眼前多留一会儿，有好些话要和你说。"

二姐儿又微笑道："人生面不熟，有什么话说？"

吕启龙道："我敢发誓，真爱惜你这人材，又可惜你落在江湖，做这辛苦勾当。我虽然官不大，每月还有几百两进项，打算救你出去，你明白我的意思么？"

二姐儿听了，望望吕启龙，面色一阵发白，似乎有所感动，忽徐徐低下头，迟了半晌，才发出仅能听见的声音道："有我叔父跟着，不能不回去。你别拦我，明儿我在晒草营等你，有话那里说。"

吕启龙方要问这晒草营在何处，哪知二姐儿一转身，飘然走出门外。吕启龙叫声："你等一等！"随后赶了出去，见二姐儿已转出大门口的土影壁，再赶到大门，只见在黄昏的漫漫黑影里，二姐儿早骑上一匹驴子，走出两丈开外。驴蹄翻起尘土，成为一团黑雾，转瞬没入夜色之中。只剩下驴上铃声，微微入耳，但须臾也归寂静。

吕启龙好像做了一个艳丽的梦，在将入佳境之际，忽而醒来，再想重入梦中，续成好事，已不可能，唯有在惆怅中做虚幻的回味罢了。不过吕启龙的好梦尚未全断，仍遗留有一丝的希望，那就是美人临行的约言。他在门首怔了半晌，才无精打采回至房中，连饭也懒得再吃。店小二来收拾家具，吕启龙便问他可知道二姐儿的住处，店小二挤咕着眼儿道："您说的是哪个二姐儿？"

吕启龙道："方才上这房里卖唱的，不叫二姐儿么？

店小二这才道："哦，你问她呀，我可不认识，谁知打哪里新来的？我们店里出出进进的女娘儿，都是近处熟人，外来的也得知清根底，生脸的我们不敢放进门，怕出事要担沉重。方才那一老一小，我们先没见过，不知怎么溜了进来。若不是你老爷把她叫住，我就赶她出去了。谁又知道二姐儿三姐儿？"

吕启龙在失望之下，听得大不耐烦，喝道："不认识就不认识，哪有这些废话？我再问你，晒草营在哪里？是个什么地方？"

店小二受了申斥，大不高兴，但不敢不答，就简单说道："就在西边。"

吕启龙大怒骂道："混蛋，西边是多远？一步远也是西边，西藏也是西边。你小子要招打是怎么？"

店小二吓得连叫老爷，急忙详细地报告道："晒草营离这里六十多里，你明儿正走得着。晌午在红树店打了尖，再走这二十多里，就到晒草营了。那地方正在山坡下面，有片大松林子，得走半个时辰才穿过去。"

吕启龙听了，好生诧异，心想："听方才二姐儿临行的话，好像对我有心，但为何定规在六十里外的晒草营见面？好远的约会啊。但也许她听我要救她出去，因而有意相从，为要避开她顽恶的叔父，故而约会在那远地方，相遇之后，她大半就随我走下去了。"

吕启龙也是色令智昏，更不做别的猜想，只欣然盼望明日的奇遇。当时一心就在二姐儿身上，居然破例并不再叫女娼侍寝，自己独眠了一夜。

次日清早起程，和亲兵一共是五人五马，加鞭疾行，在午前到了红树店，草草打过了尖，毫不虚耗光阴，起身又行，看表面好像勤劳公事，急于给民除害，忙到席不暇暖，马不离鞍，但谁又知道他是为女人奔命呢？走到酉初时分，安然到了店小二所说的地方，看北面是一带高山，直插霄汉，常常遮住日影。南面是一片平原，却不像店小二所说的大松林，只在平原中稀稀落落地可见一两株高树，也有几处聚为长林，但是不多，也不是松树，而是乌椿。向南看，数十里外仍是重重叠叠的山，被落日照得青紫斑驳，有如图画。向前看只见两面高山，夹着草原

94

并行，渺渺遥遥无有穷尽。在这暮色茫茫之中，前途荒远，左右嵯峨。除了偶然有野兔蹿起草间或是山鸡飞掠头上，算是仅见的生物以外，更难得遇到一个人影。直好像出离了世界以外，不知前行多远，才能重入人境似的。

四个亲兵好像都因目前的荒凉景色引起个人的心头悲感，全面色如铁，悄然无语。迎着落日红光，按辔而行。只有吕启龙别有所思，既不流连风景，更不感觉凄凉，只把头儿摇得拨浪鼓似的，东张西望，盼着美人突然出现。走了很久，他心里又焦又急又犹疑，又想二姐儿莫非欺骗自己，竟失约不来？又怕她被那顽恶的叔父看守住了，没法赴约，否则天色将晚，何以仍无踪迹？一路意马心猿，神思不定。

走到一处，忽然道路随着山麓稍形曲折，马头一转，眼看前面落日已将沉到远处不辨是云是山的黑线下，他心已完全失望，暗叫："完了，白教我害了一场相思。"就在这时，猛听半空中一阵鸾铃振响和马蹄杂沓山石之声，吕启龙大吃一惊，前观后望，不见有人。忽听头顶上有女声娇喝道："吕启龙你可来了！"

吕启龙随声仰首一看，只见北面极陡的山尖上，峙立着一匹雪白的骏马，马上端坐着一个头裹红帕，身披红披风的女子，马的鞍辔缰绳也是大红颜色，连马也是浅红的粉嘴，简直除了红白，并无他色。那马上女子的红披风被风吹得飘飘拂拂，一边还斜插着一朵红色山花，也在随风颤抖。人和马的影子被落日引得极长，直横到半山腰处。上面有蔚蓝天色做背景，衬托出这山岭上的白马红装，直有说不出的美丽。

吕启龙仰头一看，认识正是二姐儿，在山尖上正对着自己，好像是挂在头顶上似的。心里又惊又喜，喜的是她果然来了，惊的是她来得突兀，而且声音有异。他还执迷不悟，就招手叫道："二姐儿，你怎这时才来？我都急坏了。快寻路下来呀。"

吕启龙说教她寻路下来，是因为看着她和自己中间的山路太陡，便是空人爬下，也很费力，莫说骑马。哪知话方说完，二姐儿忽然咯的一笑，手振缰绳，坐下的马便直冲下来。吕启龙看着，直如红白二色的云朵，搅成一团，从天飞坠，正向自己头上落下。吓得大叫："这不成，要摔下来！"一面怕真撞坏自己，连忙勒马躲避。哪知一转瞬间，二姐儿连人带马，已在半山下停住，丝毫不动，好似一根钉子钉在山石上一样。四个亲兵都看得目瞪口呆。吕启龙暗暗吐舌，有生以来也未见过这样善骑的人，这样出色的马，正忍不住要喝彩，那二姐儿停在半山下，离山脚只有二三十丈，已望着吕启龙高声喝道："吕启龙，你认识我是谁？"

吕启龙失笑道："你不是二姐儿？好人真不失信，快下来，咱们一同走。"

二姐儿寒着脸儿，哼了一声道："你真昏了心，哪有这么个二姐儿？你瞧瞧我，再想想你来办什么公事？"

吕启龙这才心中一震，亲兵们已失声喊道："呀，雪里红！雪里红！"

半山上的二姐儿应声大笑道："你们这会儿才认识了姑娘，可惜晚了。昨天在店里早长眼睛，那不是大功一件？"说着又叫道："吕启龙，凭你这脓包，也敢来太岁头上动土？今儿本该把你连胳膊带腿一齐留下，看在昨儿我吃了你一顿饭，总算有过见面之情，这回先饶过你，等你到了前边，再和你的队伍一齐纳命。"

吕启龙正在吓得木雕泥塑，听她说着，忽然起了一个念头，自思二姐儿原来就是奉命剿办的雪里红，昨夜梦里情人，已变为对头，当然更没有双栖之想。只是她真也胆大，昨日竟敢化装去戏耍我，今日又单人独马，这样张狂。自己虽然素知她名高艺强，今日狭路相逢，为前途功名打算，岂能放她空过？何况她只一人，自己和亲兵共有五人，这时一枪把她打下山来，兵不血刃，但先擒得匪首，这是多么俏皮的事？想着便一仰面，向亲兵撮口微嘘做个暗号。雪里红话方说完，挨近吕启龙的一个亲兵早已偷偷摸出手枪，对准雪里红，只听砰然一声，只等雪里红落马。正在仰望，哪知雪里红纹丝未动，倒笑得花枝乱颤起来。同时听得身边叭的发出重物落地之声，低头看时，才见那个持枪的亲兵已跌落马下，颈后有两个枪孔，向外冒血，已经死了。方在惊异自己并未见雪里红放枪，亲兵又不会自击到颈后，何以竟死？就在这低头一顾的，忽觉左耳边嗤的一声，带着凉风扫过，背后地上冒起了一阵白烟，他毛骨悚然，知道有人枪击自己，还没容叫出不好，又觉右耳边又是嗤的一道凉风，向下穿过，地下仍然一响。吕启龙不知自己是否受伤，两只手同时举去摸肩头，更不顾得上面的雪里红和旁边死的亲兵。这时其余三个亲兵不知为什么都已跳下了马，乱叫饶命。

吕启龙心慌意乱，不知看哪边是好，立闻头顶上清脆的笑声破空而走，叫道："吕启龙，你迷了门了。敢情将军上阵就是这样，你且回头向后看看。"

吕启龙倒也听话，回头一看，只见身后疏林茂草之间，不知在什么时候竟出来了三四十人，都是一色青衣，青布包头，手握的快枪和军营所用完全一样。为首一个四十多岁的黑大汉托着的枪，枪口尚有余烟。昨日随雪里红卖唱的老人也在里面。吕启龙这才明白那三个亲兵喊叫饶命，是因为瞧见一群强人，也明白那黑大汉便是打死亲兵的凶手。方在惊慌无措，忽听雪里红又叫道："吕启龙，你再看我。"

吕启龙这时好似受了催眠术，完全失了自主能力，应声就转面扬首，只见雪里红手里握着一支精巧玲珑的手枪，指着吕启龙，点了点头，鬓边红花随着乱颤，樱唇半启，露出雪白的银牙，被日光照得更加丰致如仙。她摇动着手枪，笑道："吕启龙，你看看帽子，记住姑奶奶给你留的记号。这小兵本不值一杀，只怨他讨死。今天便宜你，后会有期，姑奶奶走了。"说完把马一勒，那马略一打旋，突然转过身去，飞驰跑上山岭。雪里红还回头向下招手，发着笑声，转入山背，倏然不见。

吕启龙像观天象似的呆望半晌，突然想起背后还有一群对头，连忙回头，哪知眼前仍自剩下高树萧萧，蒿莱瑟瑟，远山都已变成苍霭，暮色凄迷之中，更没有一个人影。吕启龙这一惊，比昨天更加迷离，只觉头脑全昏，心摇目眩，直忘了方才所见是真是幻。呆了半晌，那三个亲兵才失魂落魄地走过，指着同伴尸身问老爷怎么办。吕启龙默默有顷，才道："你们看见草地上那群贼哪里去了？"

一个亲兵似已吓破了胆，低声道："老爷，可别再这样说，这里一块石头都许是他们的耳朵。方才这死鬼要打雪里红的时候，草地里忽一声就现出这些人，我们只顾往上看，再回头那群人又没有了。您瞧，往南有几棵树也藏不着人，这不怪了？"

吕启龙听他说到雪里红打了自己两枪的话，想起她临去之言，忙取下军帽看时，那圆顶之上，左右各有一个枪孔，都在近边沿的地方，而且位置又是恰好相对，若在每一孔内系上一根细绳，便可当作弹带。吕启龙瞧着暗吐舌头，心想雪里红明是手下留情，饶了我这条命，但又打这两枪，教我知道她的厉害。幸而昨日在店里没冒犯她，否则这时早和那亲兵结伴，做酆都旅行了。再想雪里红才表现的枪法骑术，和她手下神出鬼没的行踪，自己前去剿办直是送死，不如老实滚回去吧。但又可惜功名得来不易，若无功退回，定得担受处分，何况这件事又是镇台特别注意的。为今之计，只有且前行到目的地，会合本部队伍再做计较。想着见天色已晚，就向亲兵吩咐，暂将死者埋入草地之中，做个标记，等将来回军时再行收葬。亲兵奉令，草草把同伴埋好，拉了那无主的马，大家无精打采地一同上路，直走到黑了天，才到了宿站住下。

　　吕启龙添了满怀心事，再也无心作乐，愁眉不展地又走了两日，才到了目的地。表现上仍放出八面威风，实际只剩一腔烦恼。询问先到的部下匪势如何，哨官把在当地打听的雪里红气势形貌向他报告，倒与吕启龙亲自目睹的大半符合。且问到匪人踪迹，手下却只知雪里红约有六七百人马，在千八百里方圆的山中，来往飘忽，倏隐倏现，并无人知道她的窝巢何在。吕启龙又亲自向本地绅士打听，也只听得一些雪里红的奇闻轶事，至于实在踪迹，仍属毫无所知，只知道她前月新近劫了一个村庄，本月在南面三百里外的隔县，劫了马贩一百一十匹良马，最近又作了一件贩药材客人的案，那出事地点又是在二百里外的陕西境内。而吕启龙遇见她，竟在东方的来路上。这样出没不测，谁又能断定她的巢穴何在？吕启龙实在没法，只有派出许多侦探，到山内踩寻，有时也带上一哨兵，大张旗鼓山内转个弯儿，以自解嘲。其实也只于是旅行一趟，根本不想见匪人的面。

　　这样过了半月，省里屡次严谕督责，吕启龙除了因循敷衍更无别法。最后接到省里一位亲近人的信，说上峰因他率精锐之大军剿跳梁小丑，竟而劳师糜饷，出而无功，分明意存玩忽，已经打算撤他的官职。若不急速图功，诚恐挽救无术等语。吕启龙接了信急得要死，但无论如何着急，雪里红的巢穴终是没法发现。即使发现近在目前，他反许吓得弃甲曳兵而逃，死也不敢剿办。而且当时军人智识尚未开通，良心尚未全丧，还不懂得杀些老百姓当作匪人报功请赏的妙法，所以吕启龙只剩了仰天长叹，绕室彷徨。他也是好运不善交，省里的上峰，特别注意此事，严催属下，一层层地压迫下来，结果吕启龙落到降级留任，带罪图功。并且严限一月捉获匪首，否则尚有处分。吕启龙真是啼笑皆非，进退失据。只有自认流年不利，等候正式革职命令，回家去重拾锄耙，更没有第二条路了。

哪知他是天生的福将，虽然碌碌无能，命运却是太好。每逢一次患难，必有一次升腾，一生就永远在这歪打正着的命运中，步步向上，直做到军政大员。但并没一次是因为他的能力所得，也没有一次是他梦想所求。这就是人莫与命争的俗语，也证明圣人畏天命是经验之谈了。

且说当时，吕启龙正在危急患难之中，镇日愁眉不展，短叹长吁。这一天距限期只剩了七八日，他在特备的小公馆中，独自一人闷坐。到了黄昏时分，自己惯于以酒浇愁，唤护兵取来酒肴，独酌了数杯，忽有亲兵进来报告，说有人求见，问他姓名不肯实说，只言有机密要见营长。吕启龙大疑，但在懊丧之际，自觉是个行将去职的人，也顾虑来人是否有诈，就说唤他进来。亲兵出去，须臾引进一人，头上的帽子紧压眉梢，下颏缩在大棉袄里，只露着眼鼻一部。吕启龙手插在袋内，扳着手枪机，才问姓名，有何事报告。那人侃侃说道："我的事只能告诉营长老爷，别人全得出去。"

吕启龙瞧着他道："你这么鬼鬼祟祟，莫非不是好人？"

那人笑道："吕营长，你这官儿还有几天？还怕的啥哩。"

吕启龙听了，更加疑惑，自恃有防身之器，就挥手教亲兵出去，才问那人道："你有话说吧。"

那人并无言语，只把帽儿一摘，头儿一伸，吕启龙只见立在面前的，正是那随雪里红乔装卖唱的老人。不由惊道："你……你……"

那人微笑道："哦，可不是我，你可想教人把我绑了么？"

吕启龙怔了一怔，立又摇摇头，倒现出很江湖的样儿，摆手道："我这差使还干几天？绑你么，那才叫犯不上。可是我梦想不到你会来，你坐下喝杯酒吧。"

那老人说了句谢谢，拿起酒壶，对嘴儿一扬脖，立见壶底朝天，张嘴哼了一声，道："这酒太淡，味儿倒罢了。"

吕启龙道："再来一壶可好？"

老人用衣袖抹抹嘴头儿道："不喝了，我说正事。雪里红教我来的。"

吕启龙哦了一声道："她……我为她已经丢了差使，难道她还不放过我？"

老人摇头道："不是，她派我请你来了。"

吕启龙大愕道："她在哪里，请我有什么事？"

老人道："你都不必问，只说去不去。"

吕启龙寻思，自己自到此地，并未敢侵犯雪里红，况且已将去职，她对我这有公愤无私仇的人，难道还有什么歹意？再说老人进门，便说我这官儿还有几天，当然他们已明了我的情形。雪里红在此际想要见我，也许另有道理。自己拼着这无关轻重之身，就去见她一面也罢。

吕启龙想罢，就点头道："我可以去，不过道儿若是很远，得教备马。"

老人道："你只随我走，不用跟人，不用备马。"

吕启龙本心里存着一种诧异之气，又被酒气鼓着，当时并未犹疑，就随着那老人走了。至于他见着雪里红是何光景，作何商议，因没人知道，不能细表。

但吕启龙直去了一夜，次日清晨方才回了公馆。面色十分兴奋，并未休息，一直到外面奔走，又给省里发了许多的信。再过数日，省里便盛传吕启龙剿匪大胜，女匪首雪里红请求收抚，要求三个条件：第一个保护雪里红的生命财产，使她复为良家妇，以终其身；第二凡是雪里红旧部，全归河南省收抚为正式军队，共编一营，军官自行推举；第三陕豫边境他部土匪，亦由雪里红介绍，归顺国家，亦编为一营，办法如雪里红部。这件事甚为轰动，街谈巷议，都夸赞吕启龙是位名将，居然打败了最厉害的土匪，收服了一个雪里红，连带把西部土匪全收服了。从此省内将见太平，再没有荏苻为患，真是人民的福星。

吕启龙得了这不虞之誉还自不算，而且恰巧河南又换了新抚台，此公年纪甚轻，正想广立名誉，做几件有声光的事情。接到土匪请抚的报告，吕启龙又托人说项，这新抚台以为收抚莠民，加以教训，未必不是为国家之用，并且能为人民除害，由自己手里办成此事，将来国史立传足可大书竹绵，流芳千古。于是立行具准，并且因为是吕启龙所建之功，就奏请把吕启龙升为协领，统带三营。除旧有本部，兼带新编两营匪军。吕启龙真是运转时来，城墙难挡。不但禄位市长，而且家中添了一位绝色美人。外边都道是他升官后所娶的新姨太太，又谁知竟是他由剿抚兼施而得到的女匪首雪里红呢？

只为他奉命出征，在客店卖笑，正为探察来剿自己的军官是何等人物，并且打算顺手收拾了他，才改扮歌妓，到他面前。哪知孽缘前定，雪里红对吕启龙竟而一见倾心，晒草营前那番做作，便是暗示吕启龙以留情之意，以后她又暗中打探消息，见吕启龙绝无进剿之意，就知他将为此事丢官，便决定主动招集部下，告以将要投降官方，改邪归正之意。那雪里红虽有很动听的言语，无奈部下的草莽英雄大多不愿，都觉得首领改了脾气，大非往日气概，但也不敢不从。内中只有这个老人秦洛寿是雪里红心腹，独能参与机密。雪里红安置了部下，就自移居到近村中一个秘密住所内，派秦洛寿把吕启龙请去，当面说明欲托终身之意。吕启龙当然乐从，雪里红又教给他种种办法，吕启龙依照实行，果然功名成就，随即悄悄把雪里红娶进门去。雪里红又将屡年劫夺的积蓄，全带了来。吕启龙贵上加富，便得了凭借，拿出钱财，广行交结，于是地位越发稳固，前途越发光明了。

雪里红嫁过数月，才对吕启龙表明身世，说自己是龙王庙镇上人，父亲赵敬怎样被人陷害，自己怎样报仇，以至落草为寇的详细情节，都告知了。并求吕启龙设法寻觅她父亲尸体择地安葬。吕启龙一一照办，二人过得十分和美。年余之后，雪里红生了个男孩，一落蓐时，雪里红略行端详，立时变色，就要叫人抛弃出去。吕启龙官高家富，百事如意，只缺一个儿子，好容易有了，如何忍得抛弃？只当雪里红是产后神经错乱，怎肯依她，只把孩子另雇乳母喂养。哪知雪里红别有苦衷，因为在第一次嫁人时节，方才生了儿子，她父亲便遭惨祸。她因夫家不肯出头代为申冤，只得割情断爱，不但和丈夫脱离，而且眼看着亲生婴儿活活饿死。当时虽出愤气，一时做出过分的事，但母子之亲，终是天性。她以后每想起来，便觉刺心。这次嫁到吕家，又生了儿子。她看这儿子的面貌和在前夫家饿死的那个完全相同，她所以心里犯恶，仍要抛弃。经人质问，她又不好说出这亏心的事，以后也就承认一时神经错乱，对婴儿重又珍惜起来。

哪知再过数月光景，忽然出了岔事。原来雪里红的部下在最初投降时，便非出于自愿。受抚之后，便编为第二营，每日上操讲话，已拘束得受不了，尤其上峰动以军法相绳，若犯些小罪，本营长官都是旧是伙伴，自然加以回护，但若闹出大事，一被捉到军法处，就得认真办理。轻者被打监禁，重者便要掉头。年余以来，二营弟兄已死了五六个，大家全感气愤，已有不隐之势。不料这时又有个雪里红旧日得力头目，现为第三哨哨官的蛇皮鼓宋大有，一天为嫖姑娘怄气，砸了窑子，还用枪打死一个龟奴，当场被捉住，就送了营务处，照罪名是个难活。二营官长一闻消息，全都急红了眼。营官半天乌云张得胜和松鼠秦洛寿、三只腿毛福两个连长商议，要聚齐旧日弟兄，去到营务处救宋大有出来。哪知还未容得行事，营务处已把蛇皮鼓宋大有的大脑袋悬挂出来。秦洛寿闻讯跑去看得明白，回去报告。大家对瞪眼儿，张得胜一跺脚倒头便睡，半夜起来，唤齐弟兄，把军械马匹以至于辎重给养按照行军办法全都装置停妥，五更开拔出城，一直西下，仍回老巢干旧营生去了。还算万幸，有个老成持重的秦洛寿，从中劝阻，总算给旧头领留下老大的面子，没有城内和附近放火抢掠。若依毛福，简直这一城全得遭难。但在军营中逃走拐械的事固然常有，但像这样全营齐开小差却是前所未闻。

这一下可要了吕启龙的好看，他是二营的直接长官，又是当日招安的负责者，追究起来，罪名全要归到他身上。吕启龙一闻消息，才惊惧亡魂，抚台已派人来到，传他上院，他去了当面受了严斥，又摘下顶戴，交首县看管，听候处分。首县特卖人情，许他回家一行。吕启龙气愤填胸，这时并不想以前因雪里红部下受抚，才使他升官发财的旧事，只想现在自己遭此大败，都是雪里红旧部害的。回到家里，直奔雪里红房中。雪里红正抱着孩子，也早知道了消息，正不放心，见他回来，便问事体如何，吕启龙骂声这牝贼害苦了我，就由袋中取出手枪，向她放射。幸而雪里红身有武技，一见他取枪，便已丢下孩子，飞起左脚，向他手腕踢去。但因放孩子缘故，举动稍为迟慢，脚头欠准，只把吕启龙手腕踢得一震，枪未脱手，子弹已经射出，由雪里红额角扫过，擦去一块肉皮，一片头发，鲜血流下。雪里红自觉受伤，气白了脸，直扑上前，将手腕一晃，枪已到了手里。转过枪口向着吕启龙，似将开放。吕启龙顿足叫道："你打死我，正好，你打……"

雪里红把枪摇了一摇，忽然抛到旁边，苦笑道："既有今日，何必当初？姓吕的我才认识了你……现在什么话也不必说，将来你自己想吧。"说完也不顾哭啼的孩子，向外直走出去。吕启龙只当她到别的屋里，也不理会。哪知雪里红从此失了踪。

吕启龙这案子方闹起来，正赶了辛亥革命，全国天翻地覆，他不特侥幸脱罪，反而借此机会，出头起哄，反成了革命元勋，升充军长。以后他想起雪里红，自悔鲁莽，思忆欲狂，无奈费尽心力，上穷碧落下黄泉，两处茫茫皆不见。过了几年，他功名越大，又弄了几房美妾，方才渐渐把她淡忘。但为纪念雪里红起见，又因并无第二个男孩，所以对于她的儿子一直非常宠爱。一晃儿事过二十年，那儿子已经长大，到美国留学去了。

本回书所记旧事，并非作者使用倒插笔，而是吕启龙在七姨太房中，烟榻之上，瞧着吕克成由德国拍来电报，言说正在归国途中，所以脑中把当年旧事像电影似的，一幕幕映将出来。正在出神，忽然眼前现出一只白嫩的手，遮住视线。抬头一看，原来是七姨太因他出神，故而伸手逗他。两人目光一触，七姨太太嫣然笑了，低声道："四点了，睡吧。"正是：只取眼前人，新欢似玉；凄酸心底事，旧梦如醒。

不提他二人睡觉，返回再说这腊月中旬的一天午后，天气非常晴和，日光照着大地，布散暖气，似乎预报春天消息。路上行人都感到温热，很多把外衣挟在胁下，街角乞儿向阳曝暖，都欣欣喜色。天已午后一点多了，但是海河道那条一平如砥的街上，路北一座精美楼房的门内，还在寂寂沉沉，静如午夜。只铁栅门内有个穿灰衣的青年马弁，正逗着两条洋种狼狗跳跃作戏，街面高楼也玻窗静掩。单表第二层上一间极华丽的寝室，这寝室有三四丈宽阔，比普通两间房子还大，中间用厚绒的落地大垂幔隔断了幔外的墙壁，都挂着浅碧的绒帘，织着海滨风景的花纹，连云幔也一样，很巧妙地挖出门窗的空隙，想是给这房间特意定织的。上面的天花板绘着浅淡的云缕，灯光嵌在屋顶之内，地下面的地毯却是深蓝色，织作草地形状。房中陈设都是西洋最新的款式，颜色全与四壁调和，真是豪华靡丽，绝非普通富贵人家所有。但是垂幔之后，却又别成天地。通室都是葡萄紫色，垂张是两面的，外面是绿，里面是紫，以符合两面的不同颜色。这里面一望便知是寝室，陈设简单舒适。左边放着只镍钢和玻璃合制的大衣橱，橱旁一只极矮的长沙发，左边一座玲珑小巧的镜台，垂幔前不远，有一个小小的圆儿，上置茶烟用具，五光十色的软枕和绣墩，却有许多东西丢在沙发和地毯上。正中并列着两张极名贵的铜床，一是单人，一是双人，中间一只小儿，上面浅绛色的小灯，尚在放着柔和的光。单人床上堆着两幅锦被，没有人睡。那双人床的长枕之上，却平列着两个少年男女的头，正香梦沉睡。项下部分，没入绣衾之中，享受着玉软香温的滋味。这时房内的窗户都被丝绒遮蔽，垂幔又密不透风，所以直和外面隔离。既不见阳光，也不闻嚣声。在这日中时候，还像在五更头似的，闭住洞房春色。古来良宵苦短的话，是不适用于这里了。

过了一会儿，衾中渐渐蠕动，那女的把玉臂伸出衾外，略作欠伸，张开眼看看屋顶，又转眼看身旁的男子，随着一个呵欠，面上微露笑容，低声叫道："志云，志云。"那旁边的志云还不肯醒，女的微欠起身，举起几上的小台灯，对着他的眼晃了几下，志云似受神经刺激，猛一动弹，两手同时伸出被外。女的手中的灯几乎被他打落，笑叫道："留神，别打睡拳啊。"

志云睁开了眼，蒙蒙眬眬地想了一想，才笑道："你拿灯干什么？"

女的道："我怕你的魂儿迷了路，叫他奔亮回来。"

志云笑道："你放心，我的魂儿已经被你牵住，和身体一样受了监视，还会跑出胡月娟小姐的手么？"

月娟斜了志云一眼，将身儿探出衾外，倚着床栏，露出紧身的小马甲和裸露的玉臂，才指着志云笑道："你这话里有话，抱怨我这些日拘管你太紧，不放出门。虽然落个监禁两个字的语考，其实这不是我的意思，是我姐姐不放心，怕你得空儿跑了。把我没处交代。"

志云道："你看我可像个要跑的？"

月娟道："是啊，我也曾对姐姐说，教她许你自由行动。她说做姐姐替妹妹主持婚事，一切要顾周到，已经鸣锣响鼓，要大办喜事了，若半路把新郎丢了，不但惹了耻笑，而且我也落老大包涵。可是也不能把新郎永远监在宅内，只等行完婚礼之后，你们夫妇同居，就算正式把志云交给你，那时由你处置，给他多大自由都好，跑了也怨不上别人。"

志云道："昨天咱们结婚，搬到这新楼来住，我算完全归你管辖了。你要立什么规矩呢？"

月娟一笑道："从今以后，你完全自由，我们只于凭心罢了。再说我们结婚以后，自然要度正常生活，你是家庭的主人，我还得听你的命令，哪有反而限制丈夫的？"

志云听了，虽知道她是笼络自己的心，但处在这等环境中，不能不算明理，就笑道："你居然这样宽大，我倒有些受宠若惊了。"

月娟一绷脸儿道："你总说这种话，必是心里还存着介意，把我另眼看待。请问对得过我这一片心么？"

志云忙道："我不过说笑话，不要介意。你这样待我，我若再存着心眼儿，岂不太忘恩负义了？"

月娟悄然道："你太言重。我绝没丝毫好处，而且尽是坏处。你说感激我，那是骂我。只盼你能永远可怜我，我就知足了。"

志云最怕她说这软款的话，听了便觉柔情入骨，足使斗志销磨。这时一阵心荡，就拉她的手吻了一下，以为答复。月娟又道："你快起吧，我想起一件事。老吕虽然是你仇人，可是现在他势力下面，咱们又受了他许多馈赠，连这所房子都是他特送的。我想咱们可以去谢他一下，敷衍面子，你看好么？"

志云本已改变固执心思，欲行从权之计，闻言沉吟着道："去倒是可以去，我这时还顾得什么仇不仇的？既然受了老吕好处，睡在他送的房子里，就算是他养的一条狗，怎敢不对他摇尾巴？何况又关着你姐姐的情面，当然要去。不过今天我想回家去看母亲，明天再到帅府，你看怎样？"

月娟听了，点头道："随你的便。"说着忽然明眸一转道："不但你该回家，我也该去拜见婆母。咱们这段婚姻，实在太离奇，闹得满不合常礼，哪有新儿媳妇没拜婆母先入洞房的？你快起来收拾收拾，吃了饭就走。我向婆母谢罪，你可要替我说得好些。"

志云道："你本是母亲亲自定下的媳妇，她又明白咱们的情形，有什么可以请罪？"

两人说着，一同着衣起床。月娟拉开坐幔，向志云道："你先上浴室吧，我还要吩咐她们一声。"说着就按壁上的唤人铃。

志云走向幔后，推开一个暗门，就进了浴室，须臾浴罢出来，见月娟仍着睡衣，坐在一只小锦墩上，手里拿着一叠帖子，正在翻视。一见志云，就递给他道："这都是请帖，今儿晚上请咱们吃饭就有十四家，你看怎样应付吧？"说完翩然走入浴室。

志云坐在沙发上，看幔外半室的长窗，都已拉开绒帘，阳光入室，映着壁上风景花纹和地毯上的碧波，恍如置身郊野，令人心旷神怡。而且室中气温水准调节得十分舒适，再加日光映照，暖融融地觉得体软筋酥，直忍了时正严冬，似在三二月。志云虽然生于做官人家，但对这等豪华境地，还是初经，感觉无限舒适了。又把那一叠帖子拿过细看，见都是省中达官贵人，请自己和月娟宴会，当日就有十四处，明后日也有二十多家。这些人多是亡父上峰或是同事，本都长着一辈，但此时自己却似被月娟提升上去，他们全自称为愚弟，最可笑的有一位税局局长，年已四十开外，因为他的太太认大帅七姨太素娟作干娘，他也自行矮下一辈，给志云的帖子，上款竟写姻伯大人，下款自称姻晚。志云看了不由叹息世态炎凉。自己由裙带上初得到这小小势力，竟有许多人赶着巴结，昨天倒运的孤儿，今日忽成为皇亲国戚，处境一移，人情尽变，莫怪人们都舍死忘生，寡廉鲜耻地争夺权势了。但是富贵移人，易销志气，自己处在这种境地，真觉危险。但盼亡父在天之灵，时时相警，莫令我迷途不返才好。

想着忽有小环走入，端来点心，方才摆在桌上，月娟已从浴室出来，坐在对面，那张春色盈盈的脸儿，已修饰得花娇玉润。她与志云同吃着清淡的莲粥，才笑道："你把请帖都看过了么？"

志云皱着眉道："我可应酬不来。这些地方，谁有分身法儿？"

月娟道："我也这样想，简直谢绝吧。好在我们新婚时候，他们也不会见怪。不过有一处总得去。"

志云道："哪一处呢？"

月娟从请帖中拣出一张，指着说道："这不是专请我们，是杨汝琏一班人发起，借本地绅士闻紫笙的花园，开欢迎少帅吕克成的大会。这本是拍马屁的事，不过吕克成前天刚从外国回来，昨天居然特意来参加咱们的婚礼，礼尚往来，这欢迎会我们总得到一下。"

志云听她说起闻紫笙，不由想起自己和湘兰的亲事，还是闻紫笙做媒，他又是亡父的好友，心中凄怆，就道："你以为应该去，我们就去一趟。"

月娟看看手表，道："现在三点过了，你还要回家去，总得耽误工夫，快着吃吧。"

于是二人吃了两口点心，便易去睡衣换上常服，出了寝室，回到起居室小坐。小环送上茶来，月娟吸着纸烟，见志云枯坐无所事事，就递给他一支纸烟，志云摇头道："我向来没有吸过，学校禁止学生吸烟。"

月娟笑道："可是现在你已出了学校，进到社会，而且要出入交际场中，请看哪个高贵绅士不会吸烟？固然有纸烟雪茄烟种种不同，可是宴会场中没有吸在嘴里，就向不合派头，不够漂亮。你且来一支试试。"

志云只得接过一支，燃上吸了两口，呛得不住咳嗽，而且喉舌苦涩，连忙放下道："我真没有福享受，当不了这份绅士。"

月娟笑道："当不了也得当，我得训练你直到十分漂亮为止。胡月娟的丈夫不能教外人笑话。"说着忽似又有所触道："吸烟尚在其次，还有要紧的呢。"

就叫志云立起身来，站在一架大镜之前，她远远端详着道："你的体格满好，穿衣服很够样儿，只是学生气味太重，走路总带小跑儿，像电影里美国少年似的。昨儿咱们行婚礼的时候，你拉着我真要赛跑，我低声叫你慢走，哪知你一慢走更显着不得劲儿。这可得练习，譬如去赴什么宴会，一进客厅主人也许在一丈开外等着接待，那里满客厅的人都对你看着，你这几步的路，走得既不能快，也不能太慢，必要走得又沉稳又飘洒。你可注意着学，今天晚上就得应用。"

说着便自己做出模样，给志云看，另外又示以握手鞠躬，以及种种礼节姿势，志云想不到在洞房之中，竟得了一套明伦演礼。但不愿拂月娟之意，只得一一照她学了，居然很快地都仿效不差。月娟大喜，拍手道："好个聪明学生，真该奖赏。"

志云道："奖赏什么？"

月娟张手笑道："连本老师都属于学生了，有什么可赏你？"说着脸儿一扬，朱唇一努道："这个你不嫌轻么？"

志云一笑，就轻轻吻着她。两唇方接，忽听电话响起来，月娟推开志云，便去接听，说了几句，挂上耳机，向志云道："是我姐姐来的，她嘱咐我今晚务必同你去欢迎会。她也许去凑热闹，据说老吕对这儿子爱宠极了，已经发表吕克成做机要厅主任，并且决定新编一师人，委他做师长。看情形老吕要慢慢把大权全交给儿子也未可知。"

志云道："老吕这样偏爱儿子，吕克成又有什么能力？手下人肯服么？"

月娟道："美国学军事学的，程度如何可不知道。至于老吕手下，除了岳慕飞等几个人以外，都是想发财的，混饭吃的，只要保住自己地位，就是老吕家的厨子出来做总督，也没人反对。现在人们都看出吕克成要当权，必然赶着巴结。我们为将来打算，也得敷衍他些。"

志云听了，心中一动，点头道："自然是的。不过我没有一点儿资格，怎能巴结得上？"

月娟想了一想，忽然拍着大腿道："有了，吕克成不是要新编一师人么？我们及早下手，和他联络，再托我姐姐想法，在他新编师里弄个位置，大概没什么难办。"

志云道："你去办吧，我可没这能力。"

月娟道："等和我姐姐商量再说，现在先吃饭吧。"

说着又转入饭厅，吃过名不副实的午饭，休息一会儿，月娟才着意梳洗，在镜台上就费了个把钟头，又换了衣服，便吩咐下面汽车预备。志云忽为起难来，想起身上穿着华美的西服，回到家中，母亲看见岂不生气？就和月娟商量。月娟道："见了母亲当然要说明结婚的事，她也未必见怪。再说时候已太晚了，从你家出来，就得上闻家花园，来不及回家再换衣服。就这样去吧。"

志云一想，自己父亲尸骨未寒，便忘仇娶亲，已做了大罪恶的事，何必还在乎这衣服小节，母亲知道我的心事，必定原谅，想着就不再言语，和月娟一同下楼出门。门外早停了一部最新式的雪佛兰黄色大汽车，也是吕启龙所赠。车夫早已等这巧宗儿，在车旁迎着请安道喜。月娟随手便给他一卷钞票，志云说了地址，随即上车，飞驰而行。

这时天已薄暮，街衢中渐有灯光，走了不大工夫，便已到了乔宅门首。志云见门外幡杆已经撤去，大门紧闭，光景凄凉，心中一阵悲酸，泪已流出。车夫早已跳下去打门，志云和月娟下车，恰见大门开放，开门的正是老仆王升。王升一见志云，失惊地叫了声"少爷"，志云向他摆摆手，和月娟走入门内，便问："老太太可安宁么？"

王升期期道："老太太大约正睡着呢。"

志云无语，和月娟徐徐进入内院，见院中阴阴沉沉，天已黑暗，各屋都无灯光，说不出的萧飒凄清。志云心如刀绞，走到上房之前，方上石阶，脚下一软，几乎跌倒。月娟急忙扶住，知道他心中难过，低声道："你要挺着些，别惹母亲再多伤心。"

志云这时更听不见她的话，急忙上前掀开门上门帘，见堂屋空空洞洞，亡父灵柩已然不见，立刻明白，必在自己离家之后，早行埋葬了。不由泪如泉涌，强忍着走到里间门首，还未掀帘，忽听室内母亲声音，问了声谁，志云再忍不住，立发哭声应道："娘，我回来了。"猛地撞入屋内，见母亲正在屋中倚床而坐，急跑上去抱住，痛哭起来。

乔夫人见爱子忽而归来，自然万分惊讶。原来自那夜湘兰寄了假信，撮合志云和月娟婚姻，自己急忙走去。知道内幕的只有老仆王升一人，而王升又受了湘兰恫吓，脑中只想老夫人正在病中，若知道志云已被胡家掠去，必然焦急添病。但又想总瞒着也不是办法，就打算等老夫人稍愈，以后再行实告。哪知次日清晨，李栖梧便带了一群人来叫开大门，直入内室，搜觅湘兰。最后寻不着踪影，才向老夫人询问。老夫人明白他的来意，但也纳闷湘兰何以竟会没了影儿，就答以根本没见过湘兰这人。李栖梧没法，只得自去。老夫人便向仆人询问湘兰踪迹，王升只得说个谎话，说早晨他起身见大门开着，料是湘兰夜中走了。老夫人诧异非常，心想湘兰莫非早知她叔父要来，故而先行躲走？果然如此，事后她必仍归来。于是净以盼望，然而湘兰竟从此消息杳然。老夫人以为志云已抵关外，短时间不能复归，亡人灵柩终以入土为安，就在志云和月娟结婚的前三天，把灵柩移到义园暂厝，并没惊动一家亲友，悄悄把事办完，王升在忙乱中，仍未得告诉实情。

这日志云和月娟忽然同来，王升见了大惊，想先入内实告夫人，已来不及。老夫人一见志云倏而回来，怎不吃惊，忍着悲恸，正要询问他何以未逾半月又从关外奔回，幸而这时外面的王升因自己未把秘密报知主母，只见少爷带个衣饰富丽美貌的少女同来，料着必是胡家的那位小姐，只怕老太太毫无所知，闹得章法大乱。急忙随着志云进来，及见志云奔入里间，抱住主母哭泣，月娟也随进去，他已然得了主意，走到里间门外，把手由空隙伸入，知道屋内电门正在近门灰柜之后，摸着一按，房内立放光明。老夫人见眼前已然亮了，不由抬头一望，只见志云身后立着个美貌女郎，初而心内一阵迷离，以为是湘兰，继而看出不是，大为惊疑，忙拉起志云道："云儿，你不要哭，快告诉我怎么回来的？"

志云听了，以为母亲是问自己怎么能由胡家出来，就转身指着月娟道："你的儿媳，拜见母亲来了。"

月娟闻听，居然尽情尽礼，上前叫了声娘，也不管地上是否干净，就跪倒叩拜。这一来把个老夫人更惊得目瞪口呆，幸而夫人心地清明，遇事镇定，一见志云亲自介绍这女子是他的妻，料着内中大有文章，但决定自己当着这个陌生女子不要胡乱开口，且不动声色，静听志云怎样说法再作道理。就现出和悦之色，把月娟拉起道："请坐下吧。"

月娟仍自立着，低声说道："我是向母亲面前请罪来了。我姐姐和我家里做的事情，很教你担心着急，这些日又没教志云回家，实在太不理当。这件事虽不由我做主，但总算从我身上起的，求母亲饶恕我的罪吧。"

老夫人听得迷迷恍恍，莫名其妙，因而不知所答。把眼睛望着志云，口中只有唯唯诺诺。这时堂屋的王升由空隙见老夫人的惊异状态，心中一急，不由高声连叫太太。老夫人闻声一惊，就问什么事情，王升道："太太您出来一下，有要紧的事。"

老夫人虽觉王升举动可怪，但在此脑筋受刺激之时，以为又发生了什么事情，就掀帘走出去。王升摆手请她到对面房里，才把湘兰出走那夜的事情草草说明，老夫人听了，任她如何心地坚决，也不由神慌意乱起来，着急道："你怎早一点儿也不告诉我？李家姑娘那是为着志云的性命，才自己退让的。志云想是把你替她写的假信认作我的意思，才答应了胡家婚事，现在带新人来见我了。可是李家姑娘走了这些日，你早告诉我也好寻找，如今可怎么办？"

王升道："太太您先别想李姑娘，且打点这位新少奶奶。她身上可关着少爷祸福，我是怕您不知底细，说话得罪了她，才请您出来。"

老夫人道："好，我明白了，你去吧。"

王升退出，老夫人自思事已至此，我不知志云是何心思，现在又是何情形，只可且对胡月娟敷衍，等向志云问明细情，再作道理。就回到房中，这才一变方才迷惘态度，坐下拉住月娟的手，志云问有什么事，老夫人道："没什么，王升好像脑筋受了病，差使越当越糊涂，值不值就大惊小怪。其实不止他，连我也一样。"就向月娟道："孩子你言重了，这有什么请罪的呢？起初我乍遭祸事，心都乱了。因为恨人家吕将军，连你们府上的好意都看左了。其实志云他父亲的死，只可怨命，人家吕将军事后那样补报我们，也就算难得了。现在的督军，就好比当初的皇帝，哪个皇帝不屈杀人？还有教皇帝偿命的么？至于你们府上这样看重志云，我更感激，论起门第，我想高攀你们还高攀不上呢。所以我在那夜接了志云的信，就回信教他不要执拗，现在我们成了一家人，更没有说的了。我改日还要上你们府上道谢呢。"

老夫人这一套平和的话，不但志云听着诧异，就是月娟也听出是由恐惧而生的客气话，就看了志云一眼，才道："母亲不要把我看成是吕启龙一党的人，这次婚事虽然由吕启龙提起，可是我愿意嫁给志云只是为自己终身打算，吕启龙绝不配管我的婚事，我更不能和吕启龙是亲戚当作光荣。您可以问志云，我是只凭一个光人儿嫁给他，您不但不必和吕启龙认亲，就连胡家也可以不认。现在固然我们还住着吕家赏的楼房，坐着吕家给的汽车，可是因为处在他势力下面，没奈何才受的。志云只要发一句话，我立刻全都抛下，空身儿随他走。我的意思志云日后必然跟您细说，您就明白我了。"

老夫人听了，更觉出于意外，心里虽不信她会对吕府如此冷淡，但听她言语爽朗，心里也有几分爱惜，就含糊答应几句，却不敢答她的话茬儿，表面上做出非常欢喜，不由转过话头，问志云结婚前后情形，志云说出吕将军种种厚待之意，老夫人叹道："这也就对得住你父亲了，还要人家怎样呢？"

月娟明知老夫人绝不信任自己，当着面儿没有真话，但也没法再行申说，只得听其自然。谈了会儿无关紧要的话，月娟便要老夫人到新宅同住，老夫人不好拒绝，只答以自己向来主张小家庭主义，即使志云娶个别家女子，自己也要教他小夫妇出去另居，现在你们已经组织家庭，我怎能倒凑了去呢？况且自己此后光阴，都要消磨在长斋奉佛，需要清静。家事稍了，连仆人也全辞去，只留一个老妪服侍。你们既有孝心，能常来看我便好。月娟还竭力劝驾，老夫人只是婉辞。志云知道母亲绝不肯去住吕启龙的赐宅，而且自己对月娟本是另有作用的结合，当然不会长久，所以虽然孺慕依依，不忍离开膝下，但因事势所迫，也自没法。只得随着月娟劝了几句，也就罢了。

老夫人意中只想和志云背语，询问真相，无奈月娟守在旁边，又不能把志云叫到他室，志云也想背着月娟向母亲表明心迹，并且询问湘兰确实情形，但也不能如愿。母子二人相对着各有说不出的心事，而口中只能说些不相干的话。月娟也明白他母子当着自己说的都不是要说的话，而真个要说的话，又不能当着自己说。所以在这久别初见的紧要时候，倒扯起闲篇儿来。自己这样真心，还不得他们信任，未免有些失望。细想也觉难怪他们，但月娟来时所抱的一片热诚，想对婆母表一番一家骨肉之爱，做一番推心置腹之谈，却是此愿已成虚了。她感觉无聊已极，又看表已到了时候，便向志云低语一句，志云听了只得向母亲说道："我们有个约会，已到了时刻，就得走了。"

老夫人见儿子要走，知他必有不能独留的苦衷，也不挽留，只对月娟像敷衍客人似的，又客气一下，请她回去代向家人致谢，月娟也只得说些客套话。这时的母子夫妇婆媳，相互都在矫揉造作之中。只因为由奇特的局势，造出异样的婚姻，才发生这不合情理的状态。

当时月娟直如访问疏远亲戚似的，在老夫人的恭送声中辞别出来，志云默默地随着她到了院内，老夫人方才止步，志云凄然说道："娘，您回去吧，我过一两天还来。"

老夫人见儿子直如狱中凶犯，被禁卒押回来探看一下，又给带走，不由痛极落泪，但怕志云看见，应了一声就转身进了上房。志云惘惘随月娟出门，上了汽车，开行以后，月娟忽然长叹一声，志云问她为什么叹气，月娟咯咯的笑道："我是替你叹息，这一趟简直白来，没得跟母亲说一句话。我不明白，你们怎还把我当奸细似的防备。可见不管是人是物，只要卖贱了，龙肝凤胆，也被人看成狼心狗肺。"

志云道："我何曾防备你来？"

月娟道："你不用抵赖，现在没的可说，反正将来你们有明白我的一天。"说着就把话头转入欢迎会的事，道："今天一定非常热闹，有名的小姐太太全要出马，到时我给你引见几个怪物。"

志云问："什么怪物？"

月娟道："怪物多了，就像苗参谋长的太太，年纪差不多快四十，还打扮得像个十七八岁似的，通身骨头都是活的。还有马秃子的续弦太太，是位同性恋爱专家，永远不和马秃子同房，她自己却跟何其铎的小姐非常要好，出入总是穿一样衣服，连袜子颜色都不差。可是这二位也都四十多了。还有一个最妙的，是老吕监印官褚亦良的太太，两只小脚儿，一只瞎眼，扭扭捏捏，还是专好出风头，逢会必到。她倒有些名士派，满不在乎。那只瞎的眼睛，安的假眼太不合适，常常脱落，她也不想法另换。有一次在警察厅老房家吃饭，她的假眼不留神又掉落了，她居然不慌不忙，照旧吃饭。主人倒忍不住，忙喊听差搬开桌椅，替褚太太遍地找眼。"

志云听了，不由哈哈大笑，笑声未已，车忽停止，原来已到闻家花园。这花园在本地最称地址宽大花木盛华设备齐备出名。闻家又是豪富十足，和官府交往甚密，所以贵官每有巨大宴会，多借他这园地。志云昔日曾随父亲来过几次，这时一睹园门，立刻笑容顿敛。月娟正扶着他的手臂盈盈下车，忽然从旁边黑影之中转过一个人来，遍身黑色，好像个鬼影蓦然出现，口中叫道："幸福的老爷太太，可怜可怜苦人吧。"

月娟起先吓了一跳，继见这人是个女丐，身上穿着件好像僧袍似的宽大黑衣，直拖到地，但已破烂不堪。头上又裹着一块黑布，只露眼鼻，弯着腰，好像是个驼背。伸手做乞求之态。月娟是个高贵小姐，看见这奇怪的乞丐，自然退避不迭，便有善心也不施舍。便和志云直向门内走去。这时门外有两个值岗警士，是本区特派来应差的，一面给他二人行礼，一面呵斥那女丐退后。那女丐并不理会，只望着月娟啧啧叹道："好一个称心如意的太太，这才叫有福呢。"

月娟听入耳中，因为正在新婚燕尔志得意满之际，听得这顺耳的言辞，心中大为高兴，她本来是个放纵不羁的人，闻言就止步招手，唤女丐近前，随手打开手夹，夹内并无十元以下的钞票，拣了一张向她丢去，那女丐距离尚有数步，但她探身将手向空中一绰，钞票便到了手里。福了福说道："行善的老爷太太，老天爷教你们这样相爱，一直到老，永远不知世界上有苦事。"

月娟听她口吻奇怪，绝非平常乞丐的熟套，好似已看出自己和志云是新婚夫妇，不由向她注目。只见这人面上虽仅露一部分，而且肤色黄暗如在病中，但是鼻子隆如玉柱，眼睛朗若明星，只看眼鼻便可断定这人少时必然美貌，心中又想问问她的身世，再给些钱，不料这时门外又有一部汽车停住，由上面下来的却是吴南芋和他的胖太太。月娟和他们本是熟人，举手招呼，一面看那女丐好像没看见他们，又喃喃说了句听不清的话，就向旁树后隐去，立时不见。吴南芋夫妇已走过来，月娟只得和他们招呼。吴南芋是个招应能手，一见志云，便知他人，自有一番特别周旋，大家说着话向里走。因为这时已经设宴，他们便被仆役引入饭厅，走在厅外卸去外衣，已有主人闻紫笙和主办欢迎会的几个人，如杨汝琁、江汉生等，迎将出来。

那闻紫笙是个紫面苍髯的老人，穿着三十年前时兴的绛紫色摹本缎皮袍，天青缎大马褂，腰上带着许多零碎，古董佩物，走路叮当乱响，处处显出世家气概，但人还轩昂不俗。他的眼光一接触志云，面色忽变，好似对志云此来出于意外，立即放慢了脚步，落到江汉生后面。这是吴南芋很能体贴人心。胡月娟把志云向他们介绍，闻紫笙好似姑作不认识志云，随众人鞠躬尽礼，并不说话，志云更不敢看他。内中有江汉生因是七姨太嫡系人物，对志云特别亲熟，加意照应。月娟便问少帅来了没有，杨汝琏道："他才来电话，因为有事，得稍迟才能来。我们不等他吃饭。"

说着进入厅内，见里面约有七间见方宽阔，排着非字形的餐台，灯光辉煌之下，已坐满了男女嘉宾。酒光潋滟，花气芳馨。五七百人的大会中间掺着多半女性，看不尽的玉臂朱颜，听不尽的莺声燕语。而且一般贵妇都借这机会展览自己珍贵衣饰，于是在清辉香雾中，更衬着珠光宝气，真是纸醉金迷，好一派繁华景象。

月娟因人数太多，不能普遍招呼，就在江汉生的领导之下，和志云寻着位子坐下，只和接近的人稍作寒暄，便有侍役送上茶来，二人都只略为饮了些。大凡新婚夫妇，容易被人看出，就因为情况过于缠绵，二人坐了不大工夫，把座椅拉到一处，偎倚着低语起来。月娟指着东边一角道："你看，那衣服发式完全一样的两个妇人，就是我告诉你的那对同性恋爱大家，你看她们样儿够多么肉麻。你看旁边马秃子那副不好看的嘴脸，今天他太太竟没有来，大约她明白，少帅未必爱看她那一只虎的模样，也许怕人太多，假眼脱了不好找吧。"说着笑了一声，又道："女猎户也来了，你可要留神。"

志云道："我留神什么？"

月娟低声道："你看，中间正对着大镜的下面那个穿印度红旗袍的女客么？"

志云道："你说那很漂亮的妇人，手里拿着纸烟的么？"

月娟道："你看她漂亮么？那可有些危险，早晚你成了她的猎获品。"

志云道："这人莫非也很不堪？"

月娟道："她是另一种的不堪。她是一个工程局小科长的太太，她的男人职分很低，可是交际很阔，常给梁保粹这班人办事，家里比那些长字号的还要阔绰。来源全仗着这位太太的手腕。她倒没什么大劣迹，只是做的事不甚好听。因为她家先辈干过古玩铺，早已关张，还有好些货存在家里。这位太太居然奇想天开，常常交结些有钱的人，请到她家游玩，交到分际，她就借个题目，诉说家况穷窘，取出件旧日古玩铺剩的存货，硬说是传家之宝，让给那位朋友，换些钱用。表面还装出不忍割舍的样儿。那朋友碍着面子，也许欠她什么情分，只可花上几千几百的洋钱，买她一件分文不值的破烂东西。可是若有人误会她的意思，不肯接受东西，只送些钱，她就恼人家看不起她，一定非钱物两换不可。看着好像多么耿介似的，其实她是骗了人还不肯知情呢。帅府这些青年的人们，很多上过她的当。军法处黄先生买过她一只破保险灯，花了两千，硬说是什么唐宫古灯，照过杨贵妃洗澡。黄先生还请客展览，后来知道上了当，只把灯砸了，并没声张。可见这位太太的手段厉害了。"

志云道："这样的人怎么还能被请到这地方？"

月娟道："她钓的本是愿意上钩的鱼，受骗的也没一个肯声张。她的阔太太身份，并没损失啊？何况她的人缘儿又好，处处讨人喜欢。你不信过去跟她谈十分钟，就许受了她的迷惑，倒要疑我的话是诬枉了她。"

志云笑道："谢谢吧，我还不想收买古董。"

说着侍役已送上菜来，月娟把菜都留在一个盘里，然后捡了一块，偷偷递给志云，她本以为没人看见，才这样对志云小意温存，哪知忽听对面有人咯的一笑，月娟转头看时，只见隔开一排到台后，坐着个丰容盛鬓，明艳照人而又打扮得花枝招展的年长美妇，正对着自己抿嘴微笑，认得是政务厅长朱玉堂的儿媳，而和朱玉堂本身传有风流故事的朱韦稚珠女士，正把调笑的眼光望着自己。月娟虽有些不好意思，但因她和自己是旧时游侣，平常戏谑惯的，就也只对她做了个丑脸儿，再不去看。志云这时也瞧月娟和稚珠的神色，就悄悄地问这是何人，月娟告诉了，又道："你瞧这人够漂亮吧，近来不知哪个多事的人，在这一群小姐太太里，选了四个美人，这韦稚珠就是一个，另外还有岳慕飞的二小姐岳雪宜。"说着向右面远远的一角指着一个少女给志云看，志云见那女人不似稚珠的高硕艳丽，却另有一派清娟风姿，细看又比稚珠动人，衣饰也穿得较为朴素。心想岳慕飞性情刚烈，善于治军，想必也善于治

116

家。他这女儿雅静态度就可以看出来，想着又听月娟说道："还有一个，是胡旅长的妹妹，现在置办嫁妆预备出嫁到上海去了。"志云听她不向下说，就问道："这才三个，还有一个是谁呢?"月娟微笑不语，志云便知她自己也是四美人之一，方欲再说，忽被月娟把手一按，低声道："来了。"同时厅中所有的人一同起立，鞋底和椅足发出巨声。

志云向门际一看，只见由外面进来一个穿着大礼服的健壮少年，闯然入室。那一派轩昂的态度，一见便知是吕克成。后面跟着七八个人，内中有几个是他的亲信，有几个是他由外国带来的要好同学，预备加以位置的。吕克成一进门，先向厅中很客气地鞠了一躬，便和几个接待的显贵周旋，言说已在他处用过饭了，请大家原谅他的不恭。随即有个高细黑瘦子，好像涂了臭油电杆的少年人，高声替他传语，并且稍加感谢的话头。这时几位主办的人就牺牲了半顿饭，陪吕克成进了客厅。

这边餐厅中见他走开，又倏然议论起来。志云问月娟道："那个替小吕致谢的是谁?"

月娟道："那是个绝顶的能人，名叫曹芝皋，本是个穷家子弟，因为和小吕同过学，就巴结上了，小吕一刻离不开他，直把他当作灵魂。这回上外国留学，也带他同去。现在回来，要得很好的差事。"

说着就见一个杨汝琏手下的狗腿走过来挨桌低声传话，说杨师长请诸位快些吃饭，少帅就要到舞厅去了。月娟听了，知道这欢迎会预定宴后有长时的跳舞，本是特为迎合小吕的爱好，如今他既来到，自不能劳他久待，只有催促客人快去陪他。好在客人们都算是主人一分子，此际并不以口腹为重，闻言就纷纷起立。立时一阵骚乱，一些够身份的男宾都争先恐后地去谒见少帅，女客们却多别有要务，纷纷出去奔盥洗室中，倒不是为了方便，而是要借地对镜修饰容貌。无奈盥洗室太小，容不开许多人，于是有的躲入起居室中，有的跑进入男客吸烟室内，更有在餐厅一角，或者甬道僻隅，打开手夹，对着化装小镜涂抹起来。看她们情急的样儿，好像拼着性命，也得修饰停当，否则就将有什么大不了似的。

月娟倒还大方，一直陪着志云，在旁边笑看众人纷扰之状。等餐厅人渐走尽，才徐徐出去，转入客厅，将到门首，忽见有个穿美国银鼠大衣的女子，由外面走了进来。月娟一见，叫声姐姐来了，便迎过去，志云才看出是七太太胡素娟，心想她以庶母资格，居然来赴儿子的欢迎会，未免可怪，就也迎着寒暄。素娟把外衣脱下，交给一个仆役，露出里面一件咖啡的薄呢旗袍，通身上下一味素雅，并无杂饰，只手上一只绝大的钻戒和耳上椭圆形妃色大珠耳环，显得特别豪华，这才是真正阔太太派头。

月娟问道："姐姐你真来了？我没想到。"

素娟笑道："我告诉大帅，要凑凑热闹，就跑下来。"说着溜了志云一眼，道："我也是为你们，特来给妹夫和克成联络，预备将来……"说到这里，见有人走过，就改口道："克成到了吧？"

月娟答道："也是才来，现在快进舞厅了。大约今天要跳出些事来。我看有不少的太太小姐，都安心要奔锦标。"

素娟咯咯笑道："没有你的事，随她们闹吧。"又向志云道："妹夫，你会跳不会？"

志云摇头道："我还没有学过。"

素娟两臂向下一张，做个失望的样儿，向月娟道："那么完了，我今儿本想和妹夫跳两场，你既不会，我只好旁观了。"说着三人走入客厅。

恰巧吕克成和杨汝琏一群人正由里面走出，要进舞厅去，众人见帅夫人到了，全都欢呼致敬。吕克成倒很知礼，赶过向素娟躬身说话，虽然没有称呼，但举止甚为恭敬。

素娟笑道："我是临时加入欢迎会的，一半欢迎你，一半来看热闹。"

说着就特为志云介绍，克成上前握手，提起昨日婚礼的事，志云谢他屈尊光临，谈了几句，觉得吕克成为人暴躁轻佻，多少还带些学生派头，但还没有太高的贵人气焰，于是大家一同走入舞厅。

这舞厅真有说不尽的繁华富丽，从吕克成未归以前的一个多月就已开始布置，费了数万金钱，收拾得穷尽极丽，以博少帅一夕之欢。因为时当冬季，就布置全厅做成热带夜景，音乐台设在一座火山之后，山口向上喷着红色火光。天花板缀着一弯新月和数百明星，作为全厅灯光的来源，光线非常皎洁柔和。舞池在中间成一个圆岛形的，岛外环以棕榈树，树外算是大海。地板都是波浪形的，桌子是小船式，坐具隐在船后，身入其内，直疑入到异国的时当夏季。

志云进门，便有些目眩神迷，月娟把他拉了一下，和素娟三人，离开少帅一群，自转身循着边道，寻觅座位。这时有人先已抢坐处，见帅夫人到来，急忙让位。志云在一只船桌后坐下，恰恰挨着舞池边上，这才举目细看。月娟姐妹悄悄批评说了似西洋风味，平常宴会跳舞，只在大客厅上便可，弄成这种营业舞场的款式，反显鄙俗。不过筹备的人煞费苦心，也许借此能见好少帅。另外还有一桩奇处，这次交际舞会，该由男女客人自由搭配，本是很随便的，但此际情形却是不同，靠近舞池的一圈，几乎全被太太小姐们坐满，很少男性在内，好像营业舞场，特备着若干舞女，陈列着等舞客选择似的。大约这些太太小姐们均怀着野心，想与少帅接近，恐怕玉颜被掩，失却机会。故而挤到前面，大有争妍乞怜之势。

素娟悄悄说道："克成在未出国留学以前，就好和小姐们胡闹，恐怕这些人有他不少旧交。"

月娟道："你们看吧，今天大约准有笑话可听。"

说着只听音乐台上奏起欢迎曲来，须臾奏毕，一阵掌声过去，天花板上的眉样月钩，忽变为团圆满月，这就是开始跳舞的信号。音乐重复奏起，过了约半分钟，只有五六对人下场，志云方自诧异，忽见由对面棕榈树后面，吕克成携着一位贵妇走到当中，别的男女宾才各寻伴侣，纷纷下场，须臾舞池都满。那情形好似人们都得等少帅下场，才敢继起。其实不然，却因多半男宾看少帅未选定舞伴，恐怕自己误占了他的目的物，女宾又在少帅下场以前，不愿以自己有望当选之身，失却千载一时之会，都要姑忍须臾，等实行落选，再与他人搭伴。由此才弄成向所未有的怪象。

这时素娟问道："这次是谁呀？"

月娟知她问的是少帅舞伴，就笑道："不相干的，这是杨师长的太太。少帅阅历进步，会敷衍主人了。"

须臾这一场舞毕，灯光转成新月，月娟瞧着说道："下次少帅的舞伴我知道了，一定是韦稚珠。现在他正凑到韦稚珠座上说话呢。"

志云这时如乡人进城，耳不暇给，目不暇接，只有呆坐。稍迟再舞起来，吕克成已然挟着韦稚珠下场。

月娟笑道："如何？"

素娟低笑道："你大约还不知道，这二人早有关系。我听人说过。"说着就见吕克成拥着韦稚珠转将过来，他几乎把韦稚珠连腰抱住，脸儿也贴得甚近，不住地窃窃私语。那样儿很是放肆，不成绅士体统。但韦稚珠却是得意扬扬，满面春风，好似感觉非常荣耀。志云心想，吕克成倚仗父亲势力，这样当众侮辱人家内眷，虽然这韦稚珠也自淫贱，但在他终是不该。吕家父子真是同样万恶，不知何日才得报应。

志云正自看着有气，哪知吕克成已欺负到他头上来了。在别的座上，只要男子对女子熟识，就可上前请求同舞，只有志云这一座上，因为有素娟坐着，没有人敢向大帅夫人冒昧，连带着月娟也得了清静。志云以为始终可以处在旁观地位，不料再过一场，灯光甫变，吕克成忽由对面直穿舞场过来，先对素娟和志云点首，然后鞠躬向着月娟道："乔太太，您高兴下场么？"

月娟似乎出于意外，看了志云一眼，竟微笑着盈盈立起，一伸玉臂，吕克成接住，又轻抚她的腰肢，二人就徐徐转入人丛。志云两眼痴痴地望着他们，一直被遮不见。脑中因印着方才吕克成和韦稚珠的情形，心里说不出的难过。好似月娟被克成夺去，永不复还似的。一阵怒怅，一阵羞恼，一阵酸心，直觉坐立不安。

志云最初应允和月娟结婚，本来自己以为是忍辱从权，利用机会，以为报仇之计，对月娟却只做个假凤虚凰，永过同床异梦，满不把她当作正式配偶的。但到这时一见月娟到了吕克成怀中，忽感到一种异样的羞愤，怒火如焚，既恨吕克成的无礼，更怨月娟的浮荡。直好像平常人因自己妻室被人掠夺所发的感想，由此可见志云虽自以为对月娟并无真情，实际却已应了一夜夫妻百日恩的俗语。不特已爱了她，而且把她当作妻子了。不过此际气恼之下，仔细思量，自己既不能把吕克成怎样，也没法跟月娟怄气。无可奈何，就退一步想，自行宽慰。月娟本非正式妻子，不过利用她做报仇阶梯，随她跟谁胡闹，自己何必生气。但虽如此自解，心下终觉安放不下。恰在这时，月娟和吕克成又转到近处，二人的情形虽还规矩，但也含笑相对，似乎甚为欢洽。这边志云看着，也够十分刺目，不由面色大变，赌气转过脸不再去看。哪知他一转脸，目光正与素娟相触，素娟对他微微一笑，志云更为难堪，又料着自己方才一切神情，必尽为她所见。大窘之下，忍不住便立起来，向后走去。

素娟本来是第一个看中志云的，当月娟下场去后，就默默偷看志云，意欲伺机向他挑逗，及见志云羞愤欲泣，坐立不宁的神情，方悟他和月娟竟已真有了爱情，心虽诧异这强迫婚姻居然发生这良好结果，但良心已被感动，想到自己只有这个妹妹，如今改邪归正，嫁得如意郎君，从此终身可恃。自己做姐姐的，又何忍再搅乱她的幸福？素娟由此竟一洗邪心，再不兴染指之想，这且不提。

只说志云气得昏昏沉沉，向后走着，也不知要上哪里。忽见近外有一道门，但走进去，原来这舞厅的左右两面都连着小憩坐室，作为宾客雅谈之所。他见房中空空阔阔，只有两个人，正坐在屋隅谈话，一个是替吕克成致辞的那个曹芝皋，一个却不认识。志云不愿搅人清淡，正想退出，忽见这憩坐室的外门窗上，映着树梢，知道通着外面花园。就想出去吸些新鲜空气，以解郁闷。就由室中直穿出去，走着耳听那曹芝皋高谈阔论地道：“少帅宽宏大量，不愿多事，要在我就得问问，这警察是怎么办的？明知少帅要来赴会，竟不注意保护，居然在花园门口有女丐跟少帅讨钱？这是女丐，倘若是刺客，又该怎样？明天我一定跟老房说说。”

志云略一倾耳，便知他说的女丐必是月娟周济的那个，但也无心思索，走到室外，只见当头也有一钩残月，斜挂空中，但绝不似厅内人造的月那样光华，只把一片冷光照映着园内的秃树涸池，显得无限凄凉。窗内外相隔咫尺，不但喧寂悬殊，人心中的寒暑表更不知差了多少度。志云也不觉寒冷，向前走转过一座拱门式花架，就坐在块卧石之上，望着前面假山。峰尖斜月，娟娟生寒，不禁悲从中来，想到父亲，想起母亲，想起湘兰，直欲即时逃跑，回到自己家去。

正在发怔，忽觉有一只温热的手，抚到自己肩上，悚然一惊，回头看时，只见月娟正盈盈立在背后，满面含着怜惜之色，微笑说道：“亲爱的，你怎跑到这里来，不太冷么？”说着弯腰握住他的手道：“看把手冻得冰凉。”

志云见她特寻了自己来，气已消了一半，但仍寒着脸儿道：“你还跳舞去吧，我在这儿坐坐很好。”

月娟一笑坐到他身旁，偎倚着道：“我知道你生气了，我真高兴。”

志云一听，自己生气她倒高兴，立刻扭转脸，把背向她。月娟伸手又把他的脸扭回，相对笑道：“你往下听啊，我方才回到座上，不见了你，姐姐告诉我说，因为我同小吕跳舞，把你给气坏了。她又向我道贺说，已经看出你是真心爱我，你想我听了多么得意？”

志云闻言，忽觉一惊，心想以前自己只当不觉，现在被她点破，细想自己此际心情，果然像爱上她了，岂非自己宗旨？但这时也顾不得思索，只冷笑道：“你怕不是为这个得意吧？”

月娟柔声道：“你还生气么？快起来，回房里去，这儿太冷。”

志云见她身上只着很薄的旗袍，颇有瑟缩之态，倒怕她冻着，就无言立起，随她仍回入座室中。这时曹芝皋等已去，室内无人，月娟拉他手坐下说道：“你不要生气，倘然不愿意我同人跳舞，从此我直戒绝这事。今天实不怨我，不但是小吕，就是随便一个认识的人，请求同舞，也不好拒绝人家。”

志云还噘着嘴道：“你方才说小吕品德那样坏，又说别人无耻，想巴结他，你还跟他同跳，这不是……”志云说到这里，猛悟自己这几句话，无异是表示醋意，但已咽不下去了。

月娟咯咯笑道：“亲爱的，你误会了。小吕虽坏，对我决没野心。我也是为你才敷衍他，你既不愿，以后我再不见他好了。至于今天他请我同跳，却是另有用意。他是看上了岳慕飞那位二小姐岳雪宜，因为先不认识，所以托我介绍。我一想这不是好事，就推给薛监督的太太，替他办去。那岳雪宜很规矩，恐怕小吕要碰钉子。”说着又道：“你若不高兴再坐，我们先回去吧。”

志云道：“你姐姐呢？”

月娟道：“我出来寻你的时候，帅府来了电话，不知有什么事，她去接听，想必也不会逗留。”

话未说完，就见素娟惊慌失色由外面跑进来，拉住月娟道："我得回去，事情糟了。"

月娟忙问："怎么了？"

素娟道："方才我房里人来电话，说四姨太太不知闹了什么鬼儿，大帅已经把她从后楼放出来，并且大帅从我房里搬出，到她房里抽烟去了。这老虎下山可不好办，我得赶快回去看看。"说完急忙向外而去。

月娟呆了半晌，向志云苦笑道："你看我姐姐多么苦恼，真是宁死不要做妾。这和我们倒没什么关系，不过你那位过去的丈人李栖梧又快得意了。"正是：翻手为云覆手雨，莫问官场；昨日成双今日单，谁解凄凉？

月娟从欢迎会回家以后，因为看出志云真心相爱，便不忍再惹他难过，果然话应前言，从次日便谢绝繁华征逐，镇日在家厮守，享受蜜月光阴。除了偶尔回母家探望兄嫂，到帅府看看姐姐以外，更不出门。

时光迅速，转瞬到了除夕，家中自有管事人操持一切，把全宅都收拾得气象一新，满是新年风味。志云自与月娟同居，渐渐失去了旧日学生习惯，变为颠倒昼夜的生活，凡百享受，都在夜间，所以这天白日，他夫妇睡到申初时分才起。冬昼本短，起床已在日暮，梳洗之后，业已上灯，到常人用晚饭时，他们才吃早饭。在这佳节，自然特备了丰美筵席，论价值真不止贫汉半年之粮。但他二人没一个能吃得下去，只吃了几口，便离坐到起居室去。这宅中设备本极考究，全座楼房所有门窗，都是内外各装两只大号圆灯，外面的是一色红绣球，每逢年节点起来，把全楼点缀成一座灯山，红光上烛天空，常惹行人围集瞻望。至于屋内的灯，却是各色不同的式样，都由外国订制而来，在本地电料行万买不着。这起居室更陈设特别华丽，桌布椅套，都换了一色红绒的，正中圆几之上，又设了两座西洋古代蜡烛式的红台灯，照得满室崇光泛彩，喜气盈盈。

月娟在结婚那日，也只依着以白为吉色的西洋礼俗，穿了一身白色礼服，但到此日，竟换上全身大红，连耳环都是大红宝石。长发用红缎带系起，发边还插了一朵红绣球花，衬着颊上胭脂，更发出向所未见的

123

光艳。志云看着，加倍感到富贵丛中温柔乡里的浓厚情趣，不由心神飘荡，对她呆望不已。

月娟坐在他对面，见了笑道："你尽看我，莫非我变了样儿？"

志云笑道："你这样艳装，更觉各别另样地好看，真不愧是美人。前者在欢迎会上，你告诉我有人选出韦稚珠等四大美人，我就知道你必是一个。这四人若有等第，你也必在第一。"

月娟笑道："你这话若不是故意灌米汤，就是情人眼里出西施。这四美人本有次序，不过听人说，我只在第二。"

志云道："那么第一是谁？"

月娟道："第一是岳雪宜，第三是胡旅长的妹妹胡楚芳，第四是韦稚珠。"

志云听了，暗服主选者眼力高超，那潇洒出尘，其秀在骨，一种娴静的美，是其余三人所没有的，果然足以领袖群芳，但面上仍摇头道："这选的不公。"

月娟道："怎么不公？莫非我应该第一么？"

志云点头，月娟笑道："谢谢你当面恭维，不过好没道理，我和岳雪宜、韦稚珠你都见过，还可以批评，那胡楚芳你没见过，怎能把她推倒不算？焉知不该她第一呢？"说到这里，倏然想起一事，向志云道："我前儿到哥哥那边，听见一段新闻，不怨你那天见我和吕克成跳舞不大高兴，果然吕克成是太坏了，他回国才不过二十天，就做了许多无法无天的事。把人家小姐太太作践了好几个，这都不算，只有两件出奇的：第一件是军需处帮办田大肚的小太太，被他看上了，加紧着赶罗，那小太太虽然也不是好人，可是以前曾进帅府住过几天，本是和老吕有说处的。如今小吕竟不管不顾地胡闹，那小太太既不好意思伺候两辈人，而且应了小吕，怕将来老吕知道不饶。若不应小吕，又怕立时就要吃亏，结果愁病了，进医院去治，才算躲过眼前，以后还不知道怎样呢？第二件就是才说的胡楚芳，人家本已说妥主儿了，就在转年三月过门。从上月到上海去置办嫁妆，前七八天才回来。不知在什么地方被吕克成遇上，竟设法给诱到他的别墅里去，连关了三天才放出来。以后胡楚芳的哥哥气得要拿手枪找小吕算账，经多少人劝解才压下了。像小吕这样做法，早晚得弄出事来。"

志云听到她末一句话，心想但盼如此。他尽管胡作非为，把老吕手下将官全逼反了才好。想着就又说道："前者在欢迎会上，你不是说他还图谋岳雪宜么？结果成功没有？"

月娟摇头道："岳雪宜？薛监督太太倒给小吕介绍过了，不过岳雪宜人极规矩，绝不会受他引诱。岳慕飞又是老吕第一个护法尊者，老吕都怕他三分。小吕对他的女儿，自然有些顾忌，万不敢像对待胡楚芳那样蛮干。只于暗地不肯死心罢了。"说着又笑道："小吕的德行事，真做得不少。你这些日没出去，大约还不知道，你那位过去的叔岳大人自从大帅四姨太又得了宠，他竟做了警察厅长。"

志云愕然道："怎么？李栖梧做警察厅长了？原来的房连栋呢？"

月娟道："你可记得咱们赴欢迎会那天，在闻家花园门外有个很奇怪的女丐？后来小吕去的时候，那女丐又向他讨钱，跟小吕的曹芝皋就向小吕激了几句，说房连栋警备办理不善，而且眼里没有少帅，如此疏忽，倘若来个刺客，岂不照样到了少帅跟前？小吕听了这话，转向大帅告状。过两日就把老房退了，当时又赶上四姨太恢复宠幸，正在久别胜新婚的时候，她替李栖梧一说情，大帅把老房的缺就给了李栖梧。"

志云道："李栖梧真走了贼运，这一次倒因祸得福了。不过房连栋却是冤枉。我那天明明看见闻家花园附近有不少警察加岗，花园门口又有两个把守，也足够的了。难道还要弄一师人把花园围住，断绝行人么？只是花园对面有两条小巷，门前又排了几十辆汽车，那女丐准是从小巷过来，掩在汽车夹缝里的。门口警察哪里顾得到此？"

月娟道："什么冤枉不冤枉，这年头儿还有理讲？不管他们闲事，且说咱们的今天大除夕，我们也该想法儿乐乐，你不愿意出去热闹，又不愿请人到家里玩，这半个月只咱俩打腻。我倒乐意，能一世总这样才福气呢！不过你总守在屋里，怕闷出毛病来。我想今夜我们出去走走，也别坐车，只像平常人似的，携手并肩溜溜马路，回家吃完夜饭，我已教人买了许多盒子花炮，我们上楼顶大晒台一放，你说好么？"

志云欣然道："好，走呀。"

月娟笑道："你别忙，现在还早，我得照往年规例，先进帅府去给姐姐辞岁，就许还捞些东西来咱玩玩。还得回家去看看，就着拜拜祖先。要不然，我那嫂嫂是有妈妈例儿的，一过十一点，就不许我这外姓女人进门了。"

志云听了，忽想起自己家中，只剩了母亲一人，今当除夕，也必供奉祖先，自己这个独子，不在跟前上香行礼，母亲一人对着亡父遗像，不知如何心酸肠断。想着就也想对月娟要说回家一看，但转想料着月娟必不放自己独去，她若跟着，我和母亲仍难说一句心里话，不如等她走后，再作道理。

这时月娟和志云约定打算做什么，志云道："我看书。"月娟便推他仰在一只沙发上，脚下垫了锦墩，又取条绒毯盖到身上，笑道："你就歇着看书吧，少时还要走路，这会儿先养养精神。"

志云道："书呢？"

月娟便取了本闺房秘笈的译本《十日谈》给他又代燃支雪茄，插到他口里，才走出去。到门口回头举手抛了个飞吻，才出去了。

这里志云默默坐着，听楼下汽车声渐渐远去，才立起来，推开窗子，向外望望。只见附近人家楼房院落，多半点着红灯，光焰被夜色吸收，红黑相映，反显得雾气腾腾，别成一种特境。街巷中行人反倒少了，料想此际人人都是在自己的家中，团聚家人骨肉，酣饮笑哗，享受着天伦之乐。只有自己父亲新遭惨死，母亲独守在败落家庭之中，自己倒受着仇人豢养，在此享非分之福。想着方自掉下泪来。

这起居室本在楼的旁面，下临一条小巷，这时忽见有两点灯光，一红一绿，一高一低，由远处摇摇晃晃地过来，走近楼下，才看出一个中年男子，领着一个六七岁的大孩子，抱着个三四岁的小儿，大孩手持一盏大金鱼灯，男子替小儿拿着个西瓜灯，灯内都点着蜡烛。男子不断嘱咐大儿好生拿着灯，不要烧了。

小儿叫道："爸，我还要灯市去买气球去。"

男子哄着说道："好，孩子，该回家去了，出来这大工夫，你娘又要不放心。"

大孩也说道："快回去吧，家里只娘一个，你一出来就不想娘。"

小儿一听哥哥提起娘来，也不要气球了，只吵着回家。恰巧有辆洋车，男子连忙叫住，爷儿三个爬爬滚滚地上去，吵吵嚷嚷地走远了。

志云听得痴痴呆呆，直觉神经麻木，半晌才忽跳起来，也忘了关窗，跑出起居室，在甬路衣架上取了件外衣披上，就要下楼。不料这时起居室的电话铃响起来，志云抛了书本，只得进去，拾起耳机，心里以为必是月娟来的，便先叫了声"哈罗"，哪知说话的倒是个男子，要乔少爷接话。志云没听出声音，想是月娟这面的人，不叫我大人老爷，便叫我姑老爷，怎又出来个叫少爷的呢？便答道："我就是乔志云，你是谁？"

那边答道："我是王升。"

志云心中一跳，几乎把耳机落地，觉得有万语千言要向他询问，但都在喉咙口拥住，一字也说不来。只听王升又道："少爷，老太太从今儿白天悬上祖先的像，一直哭到现在，我怕哭出毛病，又劝不好，想寻少爷，又不敢去，费了多少事才查着这电话号码。少爷，你能回来劝劝老太太么？"

志云听到这里，只觉天旋地转，心中如割，只说了"我就去"三字，抛下耳机就向外跑，一直奔下楼去，到了院外的铁栅门，用手推时，竟然锁着。就高叫门房开门。门房由厨房里分得四盘上头的剩菜，侥幸里面有不少鱼翅，便把整片地撕开了，一根一根地细尝滋味，忽听外面喊叫，忙跑出来，及见志云叫他开门，哪敢答应，踌躇着道："老爷，您哪儿去啊？太太坐车走了，您出去又没有车，还是等太太回来吧。"

志云此际已红了眼，喝道："你快开门，少说废话。"

门房还不肯开，志云气得过去踢他一脚，又喝道："你不听我的话，立刻滚蛋。走！"

说着跳入门房，见桌上放着钥匙，一把抓过，出来把门开放，丢下钥匙，如飞而去。路上遇着洋车，唤住跳上，告诉地址便令急行。幸而是个精壮车夫，脚下甚快，不大工夫便已到了家门。志云跳下，也忘了付钱。因为当地风俗，除夕这夜，不闭街门，他一直跑入内宅，只见上房灯光明亮，就直进去，见迎面壁上挂着祖先和亡父的影像，桌上陈着供品烧着素烛。乔夫人坐在一张椅上，低头向地，惨默无声。王升却立在隔扇旁边，一见志云走入，便叫："少爷回来了。"

志云已扑入乔夫人怀中，一声娘没叫出来，已哭得声气倒咽。乔夫人已得着王升禀报，见志云回来，倒没什么惊异，颤微微立起，高声叫道："云儿你不必哭，今天是什么日子？既到家来，先拜了祖先再说别话。"

志云闻言，急忙止泣，立起先向正中叩了四个头，才站起来，乔夫人又指着左首挂的乔振放大照片，道："再另给你父亲行礼，可怜他死后至今，连影像还没画成，只得且悬这照片。"

志云对着亡父遗像，不敢仰视，急忙跪倒叩拜，拜罢方要立起，忽听乔夫厉声叫道："跪着！我还有话问你。"

志云听母亲话中有异，大惊失色，只得长跪静听下文。乔夫人命王升端把椅子，放在供桌之旁，斜对着志云坐下，才郑重发话道："云儿，你记得你父亲怎么死的？"

志云忙应道："儿子记得。"

乔夫人道："你父亲死后，你曾和我做过什么打算，也记得么？"

志云道："儿子一时也不敢忘的。"

乔夫人冷笑道："只怕你是说着好听吧。今天我并没派王升打电话叫你，是他偷打了电话，才告诉我。若依我的意思，永远请少爷你去高乐，再不用回来。"

志云听得刺心，向上叩首道："娘，您别这样说，我如何担得起？"

乔夫人哼了一声道："你眼里还有娘么？今天王升若不打电话，你会想起还有个家，家里还有个娘？云儿，我并不逼迫你，现在当着你父亲的遗像，你痛快说，这杀父的大仇，还想报不报？"

志云仰首道："儿子时时挂在心里，怎不想报？不过娘您嘱咐我慎重，所以不敢鲁莽，只好慢慢等机会。"

乔夫人道："你别把这话遮羞脸儿，我看你自从偷娶了胡家丫头，已经被她迷住，连志气都快没了。只恋着野老婆，还管什么父仇？"

志云被母亲说得实在承受不住，但自问也有些惭愧，流泪说道："儿子实在没忘记父亲的仇，也不敢背着母亲做事。当初若不得家的信，宁死也不能答应胡家。如今既结了婚，我心中又另有……"

才说到这里，乔夫人已喝住道："糊涂行子，你还当那封信是我的意思么？这里面还亏负一个大贤大德的人呢。你现在真是双料罪人，只顾在胡家贪图欢乐，死的活的，对得住哪一个啊？"说着就叫王升把湘兰和玉花一段交涉，仔细诉说。

志云听了，只急得痛泪直涌，神魂消散，几乎要向地下撞头，自己打着嘴巴哭道："这样我可错到底了，忘了父仇，背了母训，又害了李家姑娘，这罪孽死十回也抵不过。娘，我可怎么好？我……我……"叫着就向地下乱撞。

乔夫人见他如此，自也心疼，忙拉住道："云儿，不许胡闹，且听我说。我起先也不知湘兰这片苦心，上次你同胡月娟来时，王升才告诉明白，当时我怕你知道了要犯浊性，难免闹出事来。而且当着胡月娟也不便说，所以就忍住了。如今我看你好像和胡月娟越来越亲，只怕渐渐忘了本来，倒去认贼作父，所以趁今天对你说明实情。以后的事，你自己凭良心做去。"说着向上面一指道："这不是你父亲的遗像？你也已经是二十多岁的人，自己该有主张，用不着别人催逼。我今天当着你父亲的面儿，对你说句最末的话，从今以后你受不受别人迷惑，以及这仇报不报，这全归为你对死者直接的事，好呢算你对得住他，不好呢算他白生了你。我可全不管了。"

志云惶急说道："娘，您教训儿子是应该，不过儿子实不敢忘了父仇，也不敢贪恋富贵。只为以前错认湘兰的信，当作母亲意思，才应了胡家闲事，又因娘曾嘱咐我一切慎重，信里又暗示我委曲求全，等待机会，儿子才这样敷衍胡家的人。现在儿子自知离开娘的跟前，有失孝道，罪该万死。若说儿子忘了父母，那可万万担承不起。求娘信儿子的话，还得教训我，疼爱我，要不然儿子就不能活了。"

乔夫人听了，抚着志云肩头哭着道："孩子，从你父亲死后，咱家里还有何人？我怎能不疼你？方才的话，你也别太伤心，我不过是劝你别贪恋房帏，坠了志气，所以惊醒你一下。你既然心里早有成章，那更好了。快起来吧，我还有许多话问你，难得今天你能独自回来。"说着就叫王升给少爷倒茶。

志云立起，拭了拭泪说道："我也想问娘，李家姑娘哪里去了？"

乔夫人长叹一声，方要说话，忽听外面远远地响了两声枪，母子都悚然侧耳细听。

乔夫人道："这不像爆竹。"

志云叫道："这是枪声。"

话未说完，又听外面接连不断响起来，而且声音的来源不止一处，有几声像是发于左近。

乔夫人向志云道："这莫非又出了什么抢案？"

志云道："不是的，这许多枪声，定是地面上有了变故。"

乔夫人道："你才从街上来，没看见什么特别情形？"

志云道："街上热热闹闹，到处是年味儿，没有一点儿异样。"

说着枪声更响得密了，志云道："这也许是地方发生变乱，有人要毁老吕。你不知道，老吕已然作够了孽，如今又来了他的儿子，比老吕更坏。今天也许报应到了，有人毁他。"

乔夫人道："阿弥陀佛，果然如此才算上天有眼。"

说到这里，忽听墙后的街上似有许多的人奔跑，脚步杂乱，地下震动有声。志云道："外面乱了，幸而我回到家里，要不然娘一人在家，那可怎么好啊？"

乔夫人道："我们倒不致有什么危险，就是你和胡月娟住的那宅子，原是老吕的产业，这次变乱，若真是有人和老吕作对，只恐那宅子得遭殃。倘若你不回来，我才悬心呢。"

志云听了，不由思念月娟，心想现在不知她已否回家，或是还在帅府和她的母家，这三处全有危险，自己困在这里，又不能出去找她，这可如何是好。想着十分焦急，但又不敢露出来。

这时王升由里间倒出茶来，递给志云。乔夫人向他道："外面大门还没关吧？"

王升听了，哦了一声，就向前跑道："我真糊涂，忘了去关大门，倘若闯进人来……"说着就跑将出去。

志云向母亲道："老妈子都哪里去了？怎么只王升伺候你？"

乔夫人道："我从前些日就把下人全打发了，只留下王升和老陆妈，今儿陆妈有病在下房睡呢。家中只我一个，哪用得许多人？何况没了进

130

项，也该俭省。"

志云好生难过，迟了半晌才道："娘也太刻苦自己了。咱家虽没积蓄，新近不是老吕还送了很多的钱？"

乔夫人闻言变色道："孩子，你这话好没志气。我怎能用老吕的钱？他送来时，我虽不敢不受，可是用不用我还有权。那些钱我都原封儿派王升送到义赈会去了。"

志云听了，既佩服母亲，又觉自己惭愧。正在这时，忽听王升由前院喊着跑进来，高叫："少爷快来！老太太快来！"

志云母子俱都失惊，忙掀帘走出去，王升已上了台阶，抓住志云手臂，叫道："她来了，来了。她不进来，倒走了。你快去追。"

乔夫人听他说得无头无尾，忙问道："谁来了？你说。"

王升似乎一时忘了该怎样称呼，吃吃地道："就是李……李……小姐，就是咱们少奶奶。"

志云这才听明他说的是湘兰，志云自闻王升诉说湘兰当日的假造母书，雪夜出走的事情，已明白她那番牺牲自己终身，委曲相救的苦心，正在感激无地，思念欲狂，此际一闻湘兰竟而回来，就再忍不住，急急问道："她……她在哪里？"

王升喘着答道："我出去关门，见大门早已经掩上了，门洞里站着一个女子，正向着里面笔直站着，连连鞠躬。我过去一看，正是咱家……李小姐，忙要请她进来，哪知她一见我，反倒转身推开门就向外走。我不敢拉她，只可跑进来……"

志云不等听完，已如飞向外奔去，乔夫人也颤微微跟在后面道："这孩子既回来，怎不进来，倒在门洞鞠躬。见了人又跑……"说到这里，似有所悟，也忙向前院走去。

且说志云奔到门口，果见大门开着一扇，跳出向左右寻觅，只见东面两丈之外，似有人影，就直追过去。那人影似已听得有人追来，走得加快。但志云使出在学校中百米赛跑的脚力，倏已赶到近前，正在电杆前把她截住，借灯光一看，果是湘兰。只见她眉愁黛惨，面庞比往日消瘦多多，身上只穿了件青布旗袍，外罩一件毛线织的灰色短外衣。志云和她方一对面，已流下泪来，再也顾不得许多，一把拉住，叫道："姐

131

姐，你来了怎么又走？快随我回去。"

湘兰只低头不答，忽挣脱他的手，颤声叫道："你不要拉我，我绝不能进你的门。快放我走。"说着仍要自去。

志云如何肯放，这时外面枪声越密，巷中人家也顾不得除夕开门迎财神的俗例，家家都关门闭户，路上更没有行人。志云觉得尽在外面逗留不是办法，正想动强把湘兰挟进门去。不料这时乔夫人已走至门外，远远地叫道："志云，是你李家姐姐么？"

志云答道："是姐姐，她只不肯进去，还要跑呢。"

乔夫人哦了一声叫道："湘兰，我的孩子。我明白你的意思，不过你既来了，又恰巧赶上外面闹乱，只怕你走也出不了这街口。好孩子，快进来，没的还等我去扯你么？"

湘兰低头想了想，才叹息道："我本不该来，只为自己多事，偏又赶上……"说着正色向志云道："你放开手，我自己走。"

志云闻言，转到她后面，湘兰也不看他，举步自行。到了门首，乔夫人张臂抱住，叫声："我的儿，苦死你了。"立刻止不住哭出来，湘兰也哽咽难言。乔夫人拥着她，和志云走进门去，王升忙把大门关好。

大家正要向内宅走，湘兰忽立住忍泪向乔夫人道："伯母，我不能进去，只借这门洞避一会儿，外面稍一安静，我就走了。"

志云听她突而改口叫伯母，已自惊异，再听后面所言，更直了眼，乔夫人却似已明就里，拉着湘兰道："我的儿，你的苦心我们都已经明白了。你真是大贤大德，不顾自己，要保全我们母子。只为你是我的孩子，我也没法说感谢的话。从你走后，我就想得要死，又没处寻找，只有着急。志云起初不明白底细，现在知道了，他心里什么滋味，你也许想得出来。好女儿，别执拗，快跟我进去，咱们从长计议。你先告诉我，这些日住在哪儿，是受了不少委屈吧。"

湘兰闻言虽然尽自流泪，却仍不肯动，凄然说道："我的事说来话长，先不必提了，只说今天。我本不该来，只为今天除夕，我从忆念死去的父母，又想起伯母待我的恩情，只想过来看看，虽自知不能再进这个大门，但心里又放不下，所以趁这黑夜里，从这巷里走一过儿，看看您的门户，我也心安了。哪知才走到前面街上，就听四面起了枪声，走路的人乱撞乱跑，我想回去已不能够，只好进了这条巷。走到您的门口，见大门开着，门房又没有人，我一时大胆，就跑进门洞，冲着里面行个礼，只当给您辞岁拜年，也算尽了我的孝心。哪知正被王升看见，惊动出您来。伯母，您不必勉强我，请自进去歇着。我实在不能……"

乔夫人不等她说完，已回头教王升避入门房，才向湘兰说道："孩子，我明白你的心，你是因为已经撮合了志云和胡月娟的婚姻，大约也知道他们结过婚了。你自觉和我们乔家已然没有关系了，所以要躲避嫌疑，顾全身份，不肯再进我的大门。并且你这次来，自然是为要和我的情义。你自幼失了父母，没受过别人疼爱……在你初来我家的那一夜，我只待你好些，你就永远思念不忘。如今虽然和志云没有关系，但把我还放在心里，当作亲娘似的。所以今儿除夕，你虽不能见我的面，仍变法儿到门口，给我拜年。这是你自己的心事，本不必教人知道，可是方才既得表白出来，我明白你是怕别人猜错了你的好意。好孩子，你的心也太深了，我可不能依着你。你知道志云和胡家的亲事，本是势力所逼，也是你那封信所骗，这段婚姻真是笑话，只现时不得不敷衍罢了。我心里的儿媳，仍然是你。志云也不是没良心的人，我们万万舍不了你。你快抛开那糊涂想头，跟我进去，慢慢地说。"

湘兰听乔夫人说得如此清楚，直抵到自己心中的深隐处，又把自己十分慎重，不觉由感激生出凄惶，哽咽着道："您待我这番厚意，我就是做个婢女，伺候您一世也甘心情愿。只是您心中才得平安，我万不能改变初心，再把成局搅乱，重惹事端。再说我从您这里走后，并没回叔父家去，这些日孤身在外飘荡……"

乔夫听到这里，忙拦住道："不要再说傻话，你就是再在外飘荡二年，我也照样信你爱你。好孩子，走吧。"

湘兰一副冰冷心肠，此际被夫人劝得渐温暖，何况对着志云，见含泪相看，虽没说话，但那诚恳之意，切望之情，全在面上流露，不由更勾起旧情。这时经夫人一拉，脚下不觉随着动了。

三人向里面走了没有几步，猛听外面有人叩打大门，大家全都一惊，同时止步。乔夫人因外面枪声正烈，见王升由门房出来，忙叫道："不要胡乱开门，先问明是谁。"志云果然问了一声，外方高声回答是胡公馆的汽车车夫。志云听出是月娟所用的汽车夫胡四，以为是月娟派他开车来接自己，不由纳闷，外面这样血战，他怎能开车由枪林弹雨中过来？又想自己在这时怎能回去陪伴月娟，但不回去又有些不忍，一面心中为难，一面向外走，到门前叫道："胡四，你怎么来？有什么事？"

胡四在外叫道："老爷，快开门，教我进去，外面险极了。方才有几个乱兵路过，冲着车放枪，玻璃都打碎了。我不敢再守着，只可锁上车跑进巷来。老爷快开门。"

志云听着更为纳闷，但在危险之际，不好迟延，只可教王升开门。那胡四一跃而入，忙回手关好门，脸上已吓得变色。

志云迎着问道："胡四，你的车停在哪里？"

胡四道："就在巷口外头。"

志云道："外面这样乱法，你怎么过来的？"

胡四望着志云，像是十分诧异地问道："老爷怎么不知道？我在没响枪以先就来了。"

志云张大眼说道："什么话？你在……你不是开着车拉着太太上帅府去了么？"

胡四也大声道："怎么？老爷没见着太太么？我拉着太太到帅府，又上胡宅转了一转，就回了家，太太进门，听门房说老爷走了，就又出来，跳上车吩咐开到这里，在巷外停住，我亲眼看见太太进了这个大门，你怎会没见，倒又问我？"

志云听了大惊，这时连乔夫人和湘兰也都听明胡四的话，大家面面相觑，都知道事情糟了。志云更料着月娟必与自己前后脚来到这里，定然藏在隐处，把自己和母亲的言语全都听了去，湘兰这段交涉，她也必全看见了。心中一阵惶急，就向乔夫人低声道："月娟定在这里，而且她早来了，这可……"

乔夫人倒沉得住气，摆手说道："我们先进去再说。"又吩咐王升且陪胡四在门房坐着，转身携湘兰走入前院。志云这时心神慌乱，抢先直向里跑，口中喊叫月娟，哪知前后两院，寂寂沉沉，既不见人影，也不闻人声。志云跑进内院，乔夫人才走到前院中间。

湘兰自从胡四进门，听得意外的事，直好似一个落水的人，才捞得

134

一块木板，觉有生望，不料突然迎头逢了巨浪，又将木板夺去。脑中受的刺激过重，反而麻木起来。只觉昏昏沉沉，不知身在何所，直随乔夫人走入前院。听志云一喊月娟，心中方才清楚，自思月娟已到这里，自己万难再留。再看志云才听胡四说月娟来了，立刻不知所以，疯了似的寻觅喊叫，足见他的心已全归了月娟，自觉万分难过，去志更决。就挣脱了乔夫人的手，叫道："伯母，我可得走了。"

乔夫人失手之下，急忙拉住叫道："你这么又……"

湘兰道："好伯母，您是明白人，请看这时候、这情形，还留我怎的？"

乔夫人情知月娟既已早来，必然听清了一切秘密，她那样骄横泼辣的女子，总不肯轻易干休，少时必有一场风波，自己还不知如何应付，湘兰在此却必吃亏受累，她要走原有道理。但乔夫人虽和湘兰仅有半日相处，但因她先既奔波来同患难，后又仗义毁己救人，敬重爱惜都到十二分。此际虽明知她以躲开为是，但又料着她此刻便要鸿飞冥冥，既无再遇之望，哪里舍得放手。强拉着道："你不能走，我们俩死活都在一处，我拼出这条老命去了。"

湘兰见这素有胆识的乔夫人此际竟也章法大乱，道理全无，也明白是恋着自己的缘故，只得跪下说道："您总得放我走，要不然，我就难免丢丑，您也更受折磨。"说着又改口叫道："娘呵，我也不顾害羞了，这样爱我，我这一世终是您的孩子，便不做您的儿媳，还可以做您的女儿，等事情略一平定，我必还投到您面前来。娘，放我走吧。"

乔夫人仍拉住她哭道："孩子，你说的全对，我也全明白，可是怎舍得离开你。孩子，你这一走上哪里去啊？"说着又哭个不住。

湘兰听夫人已有允意，方要立起，但心中也觉难舍，又抱着夫人的腿，叫了声娘，便挣扎起立，还没转身，不料从身后过来一只手，按着她的肩头。湘兰方自一惊，便闻身后有娇脆的女人声说道："你一个女孩儿家，半夜三更往哪里走？老实待着，我还有话对你说。"

湘兰急忙回头，见是个长身玉立的女子，不知从何处出来，正立在身后，对自己看着。湘兰向未见过月娟，但此际料无别人，必是她了。乔夫人见月娟蓦然出现，也惊得目瞪口呆。这时三人默默无言，只互相呆呆望着。

恰巧志云在后院遍寻月娟不见，又返回来，口中还叫着月娟，突见乔夫人和湘兰之旁又多了个女子，到近处一看，竟是月娟，他真是得其所以，赶过拉住月娟的手才叫出一个"亲"字，猛悟到母亲和湘兰在旁，急忙把底下的两字咽住，窘得脸上飞红。但仍收口问道："你竟也跟我来了，若不是胡四叫门，我还……"

刚说到这里，就被月娟将手挣脱，只觉她用力甚大，把自己的手抖起老高，不由愕然住口，向她脸上看时，只见她满面严冷，凛凛带着煞气。双手抱肩，挺立不动。真好似西洋名画中的木默斯女神的像。心中明白她这来后所闻所见，必然伤透了心。欲待上前抚慰，但料此局太僵，绝非三言两语所能解释，而且当着母亲和湘兰，更不知何以为词。正是焦悚无计，就听月娟说道："现在事情全变了，你再不许挨我，走开些。"

志云听着，还以为她是对别人所发，但一看月娟神色，才明白是向自己交代。方才曾听湘兰说过这样的话，现在月娟也竟和她如出一口，只觉心中轰然一响，好像五脏六腑完全消归乌有，心中渺渺茫茫，迷迷荡荡，直不知此身化为何物，更忘了自己还有一张嘴可以说话，只痴痴地立着。

月娟更不理他，又向乔夫人道："我们进屋里谈吧。"

乔夫人无言，低头向里走，湘兰倒转身向外走去。月娟拉住她道："你是最要紧的主角，如何能走？"说着强挽着她随乔夫人进了里院，直入上房。

月娟倒像个主人似的，先让乔夫人湘兰坐在椅上，她仍立着向迎面壁上瞻仰乔氏祖先影像，笑着向上说道："我若在前两点钟里，自然该给你们行礼，现在我可不配了。你们莫怪。"说着听门上棉帘一响，回头一看是志云，正由外面迷迷惘惘地进来，就向他说道："谢谢你，我的手皮包还放在院里东配房的窗沿上，劳驾你给拿来。"

志云急忙又走出去，取了手皮包，递给月娟。月娟很客气地谢了一声，便打开取出只纸烟匣，拣支吸着，才坐在迎面太师椅上，嘘出两口白烟，向志云道："你很纳闷吧，我方才到帅府和母家，都是稍微一转，

136

回到家里，才知道你走了，料着就必回这里，就赶来了。大约你才进的门，我就到了，这是汽车比洋车快的缘故。这里大门又没关着，我进来就藏在上房窗外，凡是你们说的话做的事，我全听见看见了。"又向乔夫人说："我今天才明白这事的细情。原来我只顾爱志云，哪知倒把他害了。原来里面有这些牵连，又有这些道理。我不但害了志云，又害了这位大贤大德的李小姐。以前我还认为志云真是奉了母命，才答应我家婚事，今天才知原是李小姐弄的玄虚。我只觉自己肯忍羞忍耻，低首下心地求嫁志云，总算很爱他了，岂知李小姐居然肯牺牲自己终身，保全志云性命，甘心把夫婿让给别人。我和她一比，真该惭愧死了。再说婆母心里根本认定这是势力逼成的婚姻，始终没承认我是儿媳。志云心中，当然也是这样想。细算起来，我像个恶霸似的，仗着势力，把志云抢去，婆母既没把我当人，志云也是忍耐敷衍，只等我的冰山一倒，就把我一脚踢出去。我还自觉志云真爱我呢，真正不知趣味。像人家李小姐，虽然自己让了，可是婆母和志云都这么感激想念，今儿遇着，都似见了活宝，闹着死活永在一处。瞧瞧人家，我更觉不够人味了。"说着摇了摇头，又道："我已大彻大悟了，现在我就写个字据，声明和志云离婚，永断葛藤，任他再娶李小姐，称了你们一家的心愿。你们不要疑心我说谎，请替我想，外面这样大乱，定是有人造反，要毁老吕，倘若老吕真倒了，我还有什么势力？也许明天就被志云抛弃，莫不如我趁早善退。再说即使老吕不倒，我仍旧能霸住志云，可是我心里存了今夜闻见的种种事，请问哪能再过一天快乐的日子？所以在我这面，只有离婚是最好的办法，就决定这样了。"

志云初以为月娟将有一番责问吵闹，那样等到自己随她回去之时，拼着苦央婉劝，还可转圜。如今想不到她更心平气和地用婉转言辞，讲出一篇必须离异的道理。就知道她意已坚决，并非随意信口之谈。不由心如刀绞，无奈当时既无挽回之计，当着母亲和湘兰，又不能对月娟做肺腑之谈，心中一急，忍不住就哭了出来，自己还不自觉。及至耳中听得哭声，又觉愧对母亲和湘兰，竟变成小儿行径，立起就奔入里间，倒在床上，自做无声之泣。

这里乔夫人听了月娟的话，虽觉可意，但不敢信以为真，而且细想又有许多难题。欲想安慰她，又因方才说的话都被她听去了，不易反口。湘兰此际更没话可说。

月娟自发表了自己心意，本想立时便要纸笔写张字据，抖手一走，做个斩截干脆，但见志云突然失声哭泣，跑进里间，便明白他必是舍不得自己。再回想自欢迎会察觉他真心相爱，半月来闺中相守，感觉他的许多好处，柔情蜜意，令人难舍。何况方才他母子谈心，并没由他口中说我一个坏字。这时听我提议离婚，竟又哭得这样，可见真动了心。想着心中一软，又觉舍不得志云了。自己预备要说的话，哪还说得出来，只顾呆呆发怔。

这三人正在默然相对，月娟向着外面，忽见窗上一片红光，不由叫道："外面失火了！"

乔夫人闻言，急忙奔出门外，只见南方天上照得通红，果是失火。瞧着相离尚远，方才放心。月娟和湘兰也都出来观看，这时外面的枪声仍接连不断，想不到在此除夕佳节，正是万户欢腾之日，竟而有人把枪声代替了爆竹，焚烧代替了焰火，倒造出百物遭殃的劫数。

如今且叫这三人站在廊下观火，志云独在房内伤心，作者忙着转过笔头，带读者看看外面的乱事新闻。正是：任何梅雪争春，自有东风方便；更有宵壬致祸，还来未雨绸缪。

且说吕启龙的帅府简直是一座专演喜剧和武剧的双层舞台，前面是一群政客官僚、武夫嬖幸在钩心斗角争权夺利，后面是一班娇姿宠姬，各自妒宠负恃，争妍乞怜。外面赳赳桓桓之士，时常仿效内庭姜妇之道，在宦海中固位保身；里面莺莺燕燕之俦，也时常学着外间的政治手腕，来在房帏间纵横捭阖。总而言之，大家都用全副心力，把吕启龙作为对象尽情地调猴闹鬼。吕启龙就在这千万人合成的虚伪局面中，享受富贵。

自从四姨太白凤宝中了三姨太杨浣秋、七姨太胡素娟连环计，被打入冷寒宫以后，白凤宝虽受了监禁，失去自己，但终有她的心腹人常去探视，报告消息。白凤宝既知自己的宠爱为素娟所夺，就认定以前的陷害阴谋，全是素娟所为。杨浣秋虽曾同谋，并非正凶。以后又听说杨浣秋嫌素娟据大帅为禁脔，不肯分惠，也在十分怨恨，就暗中得了办法。恰巧赶上杨浣秋的生日，白凤宝就派心腹人悄悄送上几件珍饰。杨浣秋终是妇人见识，虽然明白白凤宝意有所图，但因正在嫉恨素娟，不由得就对白凤宝发生好感，寻个机会到后楼去瞧看她。凤宝一见她，便像得了亲人相似，说了许多心腹话。再一谈到素娟，二人都觉立在失败地位，自易由同病发生同情，就立了攻守同盟的条约，浣秋允许设法向大帅进言，救凤宝出离冷宫，凤宝却允许在恢复恩宠之后，永远和浣秋互相提携，平分春色。

议定之后，浣秋便暗地安排，只等机会。直到吕克成回国，大家开欢迎会那一天，胡素娟因心中贪着去和妹夫盘桓，告假出门，大帅独在房中吸足了烟，忽觉脚气发作，痒不可支。一到这个时候，便需要有人搓捏。早先这差便是梁保粹承当，以后梁保粹年长手粗，免去供奉，就改由姨太太承办。内中以白凤宝手法最好，但此际业已贬黜，素娟又不在面前，他想浣秋房中一个大丫环，名叫文玲的曾替浣秋执过此役，当时见那文玲丰容盛鬋，艳美可爱，曾生过欲尝一脔之心，不知怎的打岔就忘下了。这时忽然想起，又正值素娟不在，正是机会，就派房中小丫环到浣秋房里去唤。浣秋早已访知素娟出门，又见来唤文玲，便得主意，先派人通知凤宝，又悄悄吩咐文玲睡下装病。自己就走入素娟房中，吕将军见她来了，倒似有些不好意思，用烟枪指着床沿，叫她坐下。

浣秋赔笑道："老七没在房里，出门了吧？文玲恰巧病了，大帅叫她烧烟么？"说着就侧身歪着，做出伺候烧烟之势。

吕将军道："烟抽够了，我是叫她给捏捏脚。"

浣秋一听，正得着缝隙，就笑道："这差使我向久不当了，文玲又病了，怎么办呢？要不还传梁保粹进来？"

将军摇摇头，浣秋一笑道："这手活儿只有一个人最会伺候，可惜……"

将军似乎明白她说的是凤宝，就摇头道："别提她。"

浣秋连忙住口，吕将军想了想，忽又问道："老四现在怎样？你知道么？"

139

浣秋摇头道："自从她锁到后楼，大帅吩咐我们不许去看。"

吕将军没等她说完，已点头道："那是该她受的刑罚，女人家不守规矩，我最恨的。"

浣秋道："可是我听老妈子们说，老四从被囚起来，成天只哭，也不大吃饭，瘦得不成样儿了。"

吕将军哼了一声，也没说话。浣秋又问可要自己伺候捏脚，吕将军勉强笑道："你的身体很弱，何必受累？还是等老七回来吧。"

浣秋见将军精神冷淡，只是出神，料想他的心没在自己身上，只可搭讪几句，就退出去。她自觉今日替凤宝进言，并未发生效力，哪知吕将军在她出去以后，立起在房中走了几步，便步出房外，过穿堂直奔后楼。那后楼并不是楼，而是前楼后面的一带平房，向来为婢仆所居。凤宝监禁之处，在另外一道小院的空屋中。将军走进院门，见有一个女仆正由院中出来，看见将军，大惊欲呼，将军一举手杖，赶她出去，又低嘱不许作声，才悄悄进去。

只见北房两间透出灯光，走近隔窗一看，屋内光景萧瑟可怜，一桌两椅之外，只临窗放着张铁床，床上被褥散乱。那位四姨太凤宝正跪在床前，头儿伏在床边，屈肱作枕，身上穿着睡衣，长发纷披都拖在床褥之上。因为侧着脸，由窗外还看得见那憔悴可怜的面庞，被房中那盏不够十烛的灯光照着，更为惨凄。她似乎久已睡着，妙目紧阖，但眼角和鼻洼中间，似有晶莹的泪痕。将军看着，不由想起她往日在锦衾绣枕间的情态，珠围翠绕时的风光，就发生无限怜惜。忽然又见她散发遮蔽的手腕上面，似乎露着一件东西，再仔细一看，原来在她玉颊和手臂之间，还压着一张硬纸，露着一角，可以看出是照片。将军不由触起凤宝致罪之由，那张和票友合摄的戏装照片，心想这照片必仍是那票友沈凤苹的，这贱人打到冷宫，还忘不下情人，我看个明白，非得把她枪毙不可。想着就仍迈步走开，将到院门，已见院内有四五个女仆伺候，将军向监视的人讨过钥匙，把女仆赶开，回来轻轻开放房门，走入室内，到凤宝身后，猛然伸手把照片抢过，瞪圆了眼一看，猛觉满腔的气都从毛孔眼消失了。原来照片上不是别人，竟是吕将军本身的便装小影。照片仍还装着镜框，原来是在凤宝房中悬挂着的。但此际镜面玻璃之下，竟汪着一片水渍，想见是凤宝的相思泪痕了。

吕将军正对着照片发呆，凤宝已从梦中惊醒，回头猛见吕将军，蒙眬间似疑照片中人忽然放大，又疑尚在梦中，张着双臂似要相抱，但看见吕将军手中拿着照片，方悟到目前并非幻境。忽发出酸鼻声音，哀号一声，扑地又将头儿伏到床上。吕将军此际大受感动，把凤宝以前种种全都忘记，只想她对自己恋慕，为自己而憔悴，也不顾得说话，把脚一顿，高叫来人。但外面女仆才受他呵斥，不许进院，都在院外远远听信，哪里听得见他的呼唤。吕将军急得大骂混账东西，都该枪毙。自行跳出室外，喊来了人，吩咐快到前面开放四姨太原住的绣阁，并且唤那些四姨太屋里丫头，即来伺候。女仆们领命去了，将军回入房中，拉起凤宝，叫道："老四，这回我委屈你了。我们回房去吧。"

凤宝哭得如带雨梨花，将手掩面，似乎不愿将军看她憔悴的脸，将军又慰藉几句，外面一阵脚步杂沓，原来伺候凤宝的仆妇丫头全都来了，将军命令她们扶着凤宝回屋中，自己也要同行。凤宝仍掩着脸，低声说道："我求大帅过一点钟再到我屋里去，我不愿意这样见你，教你伤心。"

将军听了，更觉爽然自失，只得让她先回屋中，自己仍到素娟屋中等候。过了一会儿，忽然见凤宝贴身大使女媚珠走入屋中，说了声四姨太给大帅叩头来了，就掀起门帘，凤宝已换了一身新衣，浓妆艳抹，走了进来，低着头向将军盈盈拜了下去。吕将军正觉着满心对不住她，见她竟来给自己叩头，虽然没说明意义，当然是谢昔日所犯之罪，谢今朝赦免之恩。吕将军太不过意，忙伸手把她拉起，看看她脸上消瘦许多，但是眉含幽怨，目闪风情，倒比往日更添娇媚。不由满身都不得劲儿，想抚慰她几句，因当着素娟屋中的人，觉得不好意思，就道："我正要到你屋里去，你何必又来呢？"

凤宝低着眼皮，似含无限委屈说道："我太福小命薄，受着大帅抚恤，倒把我折演戏得五脊六兽，惹大帅生气，真是该死。如今大帅饶了我的小命儿，已是我前生造化，不想你还这么疼我，我真想不到还有这一天。"说着声音哽咽，似乎忍哭不敢出声，又道："我这有罪的身子，真不配再伺候大帅。可是大帅若肯到我屋里，容我诉诉委屈，我死了做鬼也得超生……"

将军这时心中已被久别胜新婚的意念充满，又听着如怨如慕的软语，更自承受不了，就立起携着她的手，一同回屋中。

凤宝这件公案，以照片始，以照片结，以照片致罪，以照片蒙赦，致罪的照片，由于他人故设陷阱，蒙赦的照片，却是她自己善行诈术。便终被浣秋一语提醒，将军当时也未必想得到她，这自是暗援的好处。素娟屋中人见将军被凤宝夺去，急忙给素娟打电话报告。素娟赶回已经人去楼空，大局尽变，追回不及。

凤宝凯歌高唱，夺宝而归，当然要分辩旧案，力雪沉冤，意欲把诬陷之罪，反推到素娟身上。吕将军却素知凤宝飞扬荡逸，此际只于不计前非，弃瑕录用，不肯信她是无玷白璧。结果仍装出痴聋好作阿家翁的态度，只安慰她一番，含糊了事。凤宝重邀恩宠，已出意外，也不敢过于烦渎，就揭过这篇事儿，且竭力承欲献媚。她虽和浣秋曾有盟约，但谁得着好吃的东西，也不肯放弃让人。于是浣秋又归了和素娟联盟时的覆辙，落得事前枉受辛劳，功成被摈局外，从此明白天下老鸦都一般黑，世上女人都一样毒。气得发誓赌咒，再不信任他人，轻言合作。这且不提。

大帅自入凤宝屋中，自然率由旧章，改换另一种的享受。当夜把人参鹿茸等补品消耗过多，次日直到午后，才暖带轻裘地上机要厅会见僚属。僚属们也早得报告之先，换了革履军装，展览开绸缎皮货，将军也绝口不提励精图治，满口谈起风花雪月了。在没几日中，已由凤宝的主张，更换不少将官，李栖梧得做警厅长就在这个时候。黄倬生、朱玉堂又提议许多游戏娱乐的事，把什么联欢俱乐部也恢复了。凤宝又风示众人，明年是大帅五十正寿，必须大申庆祝。到时外邦使节、各省代表都要前来，帅府虽然宽阔，但是旧式衙署，朴质不华，难壮观瞻，应该择空阔地方，盖座花园，以为大典之用。郭誉夫等承了凤宝意旨，就向大帅进言，将军初还谦逊，但郭誉夫又有一套冠冕堂皇的话，说这花园用来做寿，仅于一时，日后还可开放，任人游览，为本地添一胜迹。这样既如了众人庆祝千秋之愿，更符合大帅与民同乐之心，岂不是百利而无一害？吕将军听到"与民同乐"四字，才肯应允。

但是修花园需要一笔极大的款项，而且日限又紧，势必立即动工，才赶得上来春大帅的寿日，综理全省财权的梁保粹对于这种迎合大帅意旨，开阔本身财源的事，当然起劲。素日他对一切军政费用已惯于延迟克扣，如今又得了建造御花园的题目，自然越发振振有词。凡是与他不通声气，少纳贿赂的军政长官，一去请领薪饷，他便迎头一棒，说些现在用兵之时，收入减少，开支浩繁，对于财政久已煞费周转。如今又赶上大帅明年整寿，要建造花园，把款项都拨得罄尽，军政费须待另筹补发。倘有人逼得稍紧，他就痛骂那人没有良心，谁不是端着大帅饭碗，养家肥己，现在百年不遇地赶上大帅高兴，你们就倾家报效也是该的，只压上三两月的薪饷，你们就不能自己去想法儿？莫非成心拆台？谁不愿意，尽管去见大帅。大家被他一拍，全都垂头丧气而退。这事若在平时，也许能风平浪静，就过去了，偏偏赶在年关临近，从将官直到小兵，没一个不在盼望发饷。无奈人人知道梁保粹积压不发，存入银行生利，久欠军饷，已有几千万，并不致因拨付造园经费，便再拿不出钱。这不过借此题目，变本加厉地施展狠毒的累勒主义而已。而且梁保粹行事更不公平，虽然满口喊穷，但对于和他同党的军政官长以及情愿折扣领款的军官，都已领钱到手，只苦了另外一班没有关系，不能巴结的人，内中最受制的，是暂编第七旅的旅长马秃子。他自上月请领开拔费得罪了梁保粹，把事弄僵，以后托了湖北代表吴南芋说情，梁保粹真是赶尽杀绝，虽然允许七折发放，但始终也没发下去。直到年底，马秃子这一旅军饷已欠了三四个月。他本人又天性好要，输得连身下住的房契都押出去。实在急红了眼，去见梁保粹，梁保粹不见，托人说情，仍是无效。他受着部下和债主逼勒，闹得走投无路。正想拼命去见吕大帅告状，哪知还未等他实行，外面已传出风声，暂编的几旅即将合并成师，由吕克成做师长，全部军官都换外国留学的青年学生统带，旧人真要淘汰。马秃子气上加气，他那简单的头脑认为此事全由梁保粹作祟，就想带兵暴动，把梁保粹杀了，然后跑出去做流寇生涯。正当他跃跃欲动之际，便有吕将军敌对的一班秘密党人闻风而来。这个党便是本书第一回谋刺吕将军的那个刺客所属的，久在暗中做倒吕运动，一闻马秃子不稳，立刻乘隙而入。马秃子也是急不择路，就与他们合作，约定在除夕

143

起事。

到了除夕，马秃子部下本在城内分两处驻扎，临时一发号令，一部由那班党人率领，去攻帅府，一部由马秃子自己率领，去杀梁保粹。他到了梁宅，见人就杀，结果并没寻着梁保粹。问他家人，才知仍在帅府未归。马秃子放火烧了房，率兵又奔帅府之中。

当这除夕佳节，金门玉户齐开，火树银花争耀。那一番富丽繁华：只见金光银气，际地弥天，但也无非民脂民膏堆成砌就。前厅中一班嬖幸，分班聚赌，一面消遣，一面预备承应。大帅却在内宅和姨太太围坐欢饮。他高高坐在正中的大椅上，椅上坐褥不是通常所说的虎皮，而是金丝猴皮，并且由两张猴皮合成，在两个中间，现在虎头燕颔的大帅，几位得宠的姨太太，都打扮得花妍月媚，珠光宝气，分侍左右。大帅曾吩咐她们，今夜须要尽兴狂欢，无妨破除体制。于是姨太太们都仰体圣意，撒娇泼痴，弄巧抓乖。灯下花枝乱颤，樽前莺舌争调。素娟刚递过一杯酒，浣秋便将银叉签一片香蕉递到他嘴里，小翠在旁边榻上烧着烟，凤宝握着那支三四尺长的橡皮烟枪，吕将军吞吐烟霞。大家各献殷勤，各逞颜色，在筵前好似穿花蝴蝶。堂下立着二三十名婢妇，听候使令。

将军饮到微醺，便有管家婆子在帘外低声禀报，全体男女下人给大帅辞岁。接着又说给各位姨太太辞岁。大帅因每节例有犒赏，并不理会，凤宝这时特卖张狂，向大帅耳边低声说了两句，大帅笑着点了点头，凤宝就吩咐仆妇由室内取出两箱现洋，放在门口，打开盖儿，然后挑起门帘，一个仆妇高声喊道："这是四姨太太赏你们的压岁钱。"随即举起箱子，向外一撒。帘外满地乱滚洋钱，婢女们笑得唧唧咯咯，互相争夺。凤宝当着大帅和姐妹面前，明是恃宠卖狂。别的姨太太看着，虽然眼热心酸，却还不甚难过，素娟和浣秋却觉凤宝是卖弄宠幸给自己看，不由全气得变色。浣秋比较沉得住气，见下人们抢完了钱，一同谢赏，浣秋笑道："我这穷姨太太可比不了人家，没什么给你们。"

吕将军觉得不好意思，向浣秋道："那里有的是钱，你尽量用。"

浣秋酸溜溜地笑道："讨出来的桃儿，吃着有烟火气。跟人学也没味儿，我不想露脸，只别丢人就行。"

凤宝听了知道她是揭自己疮痕，方睁圆星眼，要反口相讥，那边素娟已高声向婢女笑道："你们今儿都肥了，还是四太太大方，我现在可没钱赏你们，明儿派人上洋行买些钟来，每人给你们一个小金钟。"

素娟这话，自是形容凤宝曾被大帅拿金钟打破了头的旧事，凤宝自然听得明白，哪里受得住这两夹攻的气，也不顾大帅在座，便破口大骂。素娟怎肯示弱，也不想当天是什么日子，大帅是什么脾气，本来女人若怀着嫉妒，再加怒气，连性命也可以不顾。她立刻显出英雌气概，顺手抄起个酒杯，便向凤宝掷去。但未掷中凤宝，倒由大帅头上飞过，撞到墙上摔得粉碎。大帅吃了一惊，觉得她们在自己欢乐之时，互相争斗，不由勃然大怒，随杯落地之声，一拍桌子，霍地立起，浣秋和素娟一见大帅发怒，全都吓变颜色，后悔不及。

哪知大帅拍案之声，好似给外面做了个暗号。随着那响声，外面砰砰的响起枪来。吕将军初听还不介意，仍要对她俩发作，不料枪声越来越密，随闻厅外一阵脚步杂沓，撞进来几个人，乱叫："大帅不好，外面乱了！"

吕将军大惊之下，见来者是承记处长孙宝锦和两个副官，忙问什么事，孙宝锦喘着说道："报告大帅，我正在副官处坐着，听着外面放枪，急忙出去，正遇这两个副官，他们说外面有队伍要闯进来，门上卫队拦阻，两边已然开了火。我就跑进来报告大帅。"

那些姨太太闻听，异口同声地嗷了一声，全都抖作一团。吕将军顿足道："这……这……怎么回事，快去探听明白。"

孙宝锦连声应是，转身又向外跑。因为身体太胖，直要跌跤。两个副官架着他，还没出门，又从外面跑进来政务厅长朱玉堂，这人更是不成体统，唔呀唔呀地叫着进来，看见大帅才立住了，口中的话随着他狂喘的气，断断续续地迸出来道："大帅，不……不得了了，有整师的兵叛变，差点儿攻进来，幸亏有个卫队的小排长，正在辕门里站着，看见变兵对站岗卫士放枪，他赶快就把头门关上，现在府里的卫队全上房守住了。"

话未说完，外面又有一群人跑来，领头的是新任参谋长贾全忠，拉着那承启处长还有梁保粹和郭誉夫。贾全忠高声叫道："是马秃子，马秃子一旅人全变了，可不知还有别人没有？现在把帅府三面都包围了。好在全是步枪，没带着炮，暂时不要紧。"

吕将军此时却知部下叛变，包围帅府，急得搓手顿足，举目乱寻。忽问道："卫队旅长老陶呢？他是不是在前面指挥？"

众人面面相觑，全说没看见。吕将军顿足道："糟了，城里就近还有谁的队伍，快打电话去调。"

贾全忠道："只有杨汝琏部下两营，驻在城内，恐怕已被马秃子解决了。第二师岳慕飞有一旅在韩柳墅，可不知怎样。请大帅赶快派人去指挥卫队，老陶大约没在府里。我赶紧去想法调兵。"他说完就向外跑。

吕将军看看眼前的人，忙叫住贾全忠道："陶开远真该枪毙，这里没有一个能打的人，还是你去指挥，孙宝锦去打电话，教岳慕飞、杨汝琏快带兵进来。"

贾全忠方才出去，外面又跑进了那一位新警察厅长李栖梧，身上穿着袍子马褂，慌慌张张地从人丛中挤到大帅近前，举手行个军礼道："报告大帅，暂时可以放心，卫队都顶住了。只是今儿告假出去的太多，府里剩下的不够二百人。陶开远也不知哪里去了。我在头门上查了一回，外面确是马秃子……"

吕将军听着，面上倏青倏白，忽向李栖梧道："外面怎样了？"

李栖梧嗫嚅道："我从晚上就来伺候大帅，给截在这里，没得出去。"

吕将军兜头喷了他一口浓唾沫，道："你担的是什么职务？还有脸说截在这里。外面全城的治安，归谁负责？趁早给我出去，带领全体警察剿灭变兵。若误了事，我要你的脑袋。"

李栖梧站得笔直，连声喷喷，脸上比死了爸还惨，大约是想着府外遍地叛兵，出去必死，不出去也活不成。于是眼光就看到大帅背后，还希望四姨太太给说句人情。哪知这时凤宝正和浣秋等还有别的姨太太都像失巢蜜蜂，抱成一个圆蛋，受了电气般的一齐做有节奏的哆嗦。凤宝挤在墙隅，乱念阿弥陀佛，哪还看得见他？

恰巧这时门外又有个副官喊有事报告大帅，吕将军忙喝令李栖梧快滚。那副官进来，也忘了给大帅行礼，就说："外面叛兵首领马秃子隔门抛进了一封讲条件的信。贾参谋长正在二门上指挥，接到不敢做主，派我拿信来请示。"

吕将军才接过那团皱纸，忽然孙宝锦走入，高声喊报告大帅。吕将军急于要知道调兵的结果，就把信递给朱玉堂，回头问孙宝锦道："怎样？"

孙宝锦哭丧着脸道："电话全打不通，想是叛兵把线断了。"

吕将军急得顿足，心想今天或是我的死期到了。忽然忆起儿子，就问谁曾见着克成，大家都不言语，只朱玉堂心中明白，吕克成正在他家中，和他儿媳韦稚珠谈话。若不是小吕到他家去，逼得他躲出来，他这时还在家和儿媳同乐天伦，何致在这担惊受怕？便此事怎能实告大帅？只可隐忍不言。

吕将军见众人不语，叹了口气，向朱玉堂道："这信上什么条件？你念给我听。"

朱玉堂就念道："沐恩马占魁，启禀恩帅台前，占魁兴兵起义，非敢造反，实为学古人清君侧之故耳。梁保粹欺压良善，克扣军饷，罪大恶极。恩帅将他交出，占魁与部下及受害军民，共食其肉，即当束身归罪，以正军法。如其不然，占魁已调来大炮四尊，正对帅府架设，拼玉石俱焚。勿谓言之不预也。切切。此信须于十五分钟内答复。沐恩马占魁谨禀。"

朱玉堂念完，大帅身后的那些姨太太听得秃子在外架的大炮，不久便要轰炸帅府，都吓得哭将起来，只有素娟比较还撑得住，立在大帅身后，独自怔着出神。吕将军强长英雄气概，回头骂姨太太道："干吗号丧，都给我滚开！这怕什么，至大不过是死。我姓吕的半生戎马，哪次也没把命看重。"

他口里虽这样说，但话声中已转了音，好似一张破留声机片发出倒仓须生的歌声那样颤颤微微、凄凄涩涩。再看着满室中惨白的脸，在这明灯四映的华堂上，直变了满座衣冠如雪的惨景。他咬牙顿足，先骂马秃子狼心狗肺，又骂手下人都是酒囊饭袋。朱玉堂见大帅只管叫嚣，毫无主意，忙张口叫道："大帅，马占魁限定十五分钟，事已急了，得赶快想个正经应付办法。要等他开了炮，可就不能措手。"

大帅闻言，看着众人道："你们看该怎么办？"

朱玉堂正颜厉色，现出庙堂重臣本色，侃侃说道："大帅，这时势迫太急，应该通权达变。大帅一身负两省安危，当国家重任，倘有不虞，关系非轻。古语说君忧臣辱，君辱臣死。在这时最要紧得阻止叛兵开炮，第二步再教他退兵。马占魁本有条件可以商量的，请大帅权衡轻重，毅然决断。"

朱玉堂本与梁保粹夙有积怨，今日趁这机会，便施展手腕，含而不露地点醒吕将军，教他自动牺牲。众人闻言，全都明白他的意思，几十道眼光全射到梁保粹身上，连吕将军也瞧着他。梁保粹忽放声大哭，扑地跪下，抱住吕将军大腿，哀呼大帅救命。吕将军看着他，只是摇头，忽然一抬腿把梁保粹踢开，一边高声叫道："好，你们都不用怕，我自己去跟马占魁说话，教他先打死我。"说着就要往外走，郭誉夫、朱玉堂方要拦阻，哪知七姨太太素娟早已拉住大帅胳膊，随着凤宝等全体姨太太，呼拉都奔过把大帅包围，这人抱住脖子，那个攀着肩头，都哭着乱叫大帅去不得。立刻大帅身上满是女人的手了。凤宝更来得特别，跪在大帅面前，双手抱住大腿，头直钻入裆下嘤嘤哭道："大帅要去，先看着我死。"

大帅在这群雌包围之中，肉感压迫之下，英雄气怎能不短？他因有僚属旁观，不好意思，忙推开她们，叹口气道："我不去见他，又怎么得了？"

话未说完，只见胡素娟忽地从大帅身旁闪出，蛾眉倒竖，杏眼圆睁，指着地下跪着的梁保粹道："梁保粹，你这无耻东西，这些年你比谁受恩都深，如今你替大帅惹下祸，马占魁指名要你，你早就该挺身出来，怎还缩着脖子求大帅护庇？现在大帅绝护不住你，你趁早自己滚出去，要不然你也活不了，白连累了大帅。这算你报大帅的恩呀！"说着又向吕将军愤然道："这种忘恩负义的东西，你还舍不了他么？"

吕将军这时望着内宠外嬖，在这生死关头，只剩了摇头叹气，更无主张。凤宝素日虽和梁保粹互通声气，但这时也帮着素娟，喝令梁保粹出去解围。梁保粹神魂离壳，已缩作一团。真正乱世混为王，朱玉堂也不管吕将军意旨如何，趁着姨太太们斥逐梁保粹的时候，就代为发号施令，指着两个副官道："你们扶梁处长出去，告诉贾参谋长，就说大帅派梁处长跟马占魁议和。务必快设法送他出门。"

梁保粹此际已半入昏迷状态，见两个副官过来扶架自己，吕将军对朱玉堂代发号令并无表示，情知祸到临头，大势已不复相顾，当即痛哭道："大帅你不管我了？好狠的大帅，我伺候了你二十多年，想不到落得这样结果。"哭着赖在地下，还要向大帅跟前爬去。素娟见他丑态百出，又迎头痛骂。吕将军听着，脸上也有些发讪，只得转过头去。郭誉夫真是梁保粹的朋友，这时竟向那两个副官打个手势，两个副官从地下拉着梁保粹向外硬拽。梁保粹像杀猪似的哀号，过门便攀，遇柱就拖，正在拼命，忽听外面炮声一震，好似地动山摇。要知马秃子是否攻破，下面便知。

在马秃子攻帅府第一声炮响之后，同时又一声轰隆巨响，这厅中的桌椅都震动了。大家惊得好像死了一半，连姨太太们竟没一个喊叫。人人心中都明白，必是马占魁因为过了时限，未得答复，已在开炮攻击。这第一炮不知打中了哪座屋子，说不定第二炮就把这厅堂打成飞灰。众人不约而同地呆了有一两秒钟，又同时恢复灵性，都向厅外奔逃。还是朱玉堂较为镇定，一面仓皇奔逃，一面还叫道："快招呼人到门上，告诉我们已经承认条件，就把梁保粹送出，暂且不要开炮。"

哪知就在这时，电灯忽又全灭，众人更是胆破魂飞，号叫着四下乱钻。吕将军已端不住大帅的架子，摸黑逃出厅外，听外面枪声更密，料着变兵必在加紧攻击。但不解大炮何以没继续开放。他伸手乱摸，想摸着一位姨太太，好同觅藏身之处。哪知摸着又被绊了一跤，原来地下倒着个人，他强力站起，摸着那人的手，觉得很为滑腻，又戴着戒指，以为是白凤宝吓昏了，跌在当路，就竭力拉他起来，奔到大厅后一条小过道里，已是筋疲力尽，就坐在地上喘气。这时外面的枪声好似暑天暴雨，比战场上还加恐怖。再加四外男女啼号之声，直疑到了世界末日。吕将军在这黑暗之中，不比当众需要矜持，就尽量战抖起来，猛然轰地又响了一炮，吕将军跳起老高，把头撞在墙上，也不觉疼。倒把旁边的人紧紧抱住，尽力偎倚。他倒不是享受温柔，而是为着补助胆量。及至他和那人一对脸儿，觉得有胡子楂儿，才明白不是凤宝，但在惊惧之中仍未释手，只咳了一声，便听那人颤声喊道："大帅救命。"

吕将军听出是梁保粹声音，心中好生有气，没来由错把他拉来，就低喝道："你别喊。"

梁保粹这时在大帅怀抱之中，不觉又现出他的本色，娇啼着说道："大帅还是救了我。你可别再把我送给马秃子。我倒不是怕死，是舍不了我的好大帅啊。"

吕将军此际哪还听得进这一套，猛地把他推开，思想方才这第二声炮很是奇怪，好像不是冲着帅府打的。马占魁既然造反，当然一不做二不休，先攻破帅府，把我们致死。如今他既把大炮架好，为何又停住不向里打了呢？接着又听枪声虽然照样紧密，但听着越打越远，好似战事焦点已离开帅府门前。吕将军才生出侥幸的念头，心想莫非有哪个忠义将士，领兵来救，把叛兵赶走了？

果然不大工夫，就听有一群人从前面跑来，为首的是贾全忠，手里举着电筒寻着大帅。吕将军急忙跳起，做出安静的态度，迎了出来。贾全忠见吕将军，就高声喊道："大帅洪福齐天，危险已经过去了。岳慕飞带着他的部下，已经把马秃子的变兵赶走。现在正四下追剿。不过府门还没敢开，请大帅放心吧。"

吕将军一听，立刻精神百倍，腰板一挺，咳嗽一声，恢复了原来的凛凛威风，手捻胡子道："本来这跳梁小丑，不值一击，我早知道很快地可以解决。好，我们到前边去办理善后。"说着就同贾全忠向前走，这时喜信已传遍府中，每个藏在床底、厕后的人都已钻了出来，个个都要表示不曾害怕。姨太太们都提高声音喊女仆，立时又变成一片喧哗，和外面的枪声相应。各屋中也都点了蜡烛。吕将军心内一松，才觉犯了烟瘾，但当此时实不能再去到内庭，就命取烟具送到前面花厅，并且教四姨太派个烧烟的婢女同去，他和贾全忠等走出，用电筒照着路，进了花厅，马弁们燃上多数蜡烛，随后便有捧着烟具进来，却并非是副官，而是那位死里逃生的梁保粹，才得着了活命，便又巴结差使。放下烟具，蹲下就要烧烟。贾全忠看见，对他说："梁处长告诉你个消息，你可别太难过。你的家被马秃子烧了，细情怎样还不知道。"

梁保粹一听，立刻晕倒。吕将军皱着眉头，令马弁把他扶到别的屋里救治，另外令四姨太太派来婢女急速烧烟，吸了两口，朱玉堂、孙宝锦等都进来向大帅道贺。吕将军一面吸烟，一面向大家询问细情。贾全忠道："马占魁叛变，大概是因为军饷的事，至于细情还不能明白。不过在他发动的时候，可真危险，若不是卫队上那个排长，抢着关上辕门，叛兵就攻进来了。"

吕将军道："那排长叫什么名字？保粹你先赏两千块钱，立即提升营长。"吕将军还照着往日习惯，把要务交梁保粹办理，及至说出才觉失口，很难为情，便自低头吸烟。

贾全忠接着说道："卫队族长从白天就回家过年去了，卫队也只有一百多人，没有统带，居然还能奋勇抵御，人人勇敢。把马秃子一旅人挡住，没容他们抢上来。幸而工夫不大，仰仗大帅洪福，岳师长的兵也就到了。最危险的是马秃子抛进讲条件的信来，已经架好了炮，只等答复。岳师长的兵恰在这时赶到，马秃子一面迎敌，一面发令开了一炮，万幸岳师长派两营人冲锋，没容马秃子开第二炮，就打了交手仗，把炮夺了过来。这真是大帅洪福齐天，保佑全府和全省人民免遭大难。"

吕将军举着烟枪道："贾参谋长，今天的事多亏你调试有方，慕飞的救兵也真来得神速。你两个都是头功。陶开远却非毙不可，但不知外面的治安怎样？李栖梧可曾出去了没有？"

贾全忠道："他并没出去，一直在门上帮我指挥。"

吕将军大怒道："好个舅子，不听我的命令，快抓他来。"

说着就见一个副官走入，立下报告道："报告大帅，叛兵已经向西退下去，岳师长才从府外经过，并没下马，只留下一营兵，帮卫队防守帅府。岳师长又向西追剿变兵去了。现在有陶卫队长在外面叫门，请求大帅，辕门可开不开？"

吕将军咬牙道："陶开远来了？好，放他进来，就势传我命令绑了他，就在门口枪毙。"

那副官连声领命，吕将军又道："李栖梧还在门上，把他也绑了。"

副官道："李厅长方才没等开门，就爬墙出去了。"

吕将军冷笑一声，挥那副官出去。稍迟一会儿，就听外面很清脆的枪声响。众人明白那陶开远已经身辞阳世，魂返家乡，不由都惨然相

151

视。吕将军吸足了烟，便对众人讲起道理，述说自己存心忠厚，待人无亏，马秃子本是早年收编的匪首，当时有多少人要收拾他，是我竭力保护，并且从营长直提拔到旅长。如今竟这样报答我？陶开远平日是我最信任的人，从一个军官学生，直升到带我的卫队旅。不想这样玩忽职守，在这紧要时候擅离职守。方才朱厅长说得有理，我的性命不算回事，可是我若死了，这两省立刻天翻地覆，几千万百姓颠沛流离，那是多大的罪孽？陶开远这样处分，还便宜他。说着又叹气道："反正是人心太坏，妈的都这么忘恩负义。我从此得了教训，对用人可小心了。"

众人听着，口中都唯唯称是，但心里全被刺了一下似的。又诧异大帅只骂马秃子、陶开远，却对罪魁祸首的梁保粹不提一字，好似仍有袒护之意，大家都有些不服。内中是朱玉堂却因曾作借刀杀人之计，暗示大帅献出梁保粹，眼看顺利成功，不料救兵一来，使梁保粹死里逃生，他日后如何能忘却此仇，不由心中怀上鬼胎。

这时外面枪声渐绝，府门已开。一般在家度岁的文武官员，夜中饱受惊恐，缩颈深藏，此际打听得叛兵已逃，帅府无恙，大家不约而同地都赶奔而来。文的要抢先做麻鞋赴难之臣，武的也争先地做单骑勤王之兵。夜间经过枪林弹雨的帅府门前，这时一变而为车水马龙，热闹非常。这班人见着大帅，有的叩头谢罪，有的伏地痛哭，渐渐把前厅都挤满了。吕将军大不耐烦，方要挥他们出去，忽又想起吕克成尚未见面，甚不放心。就问大家谁曾见着，这次却有个人知道踪迹，却是才来赴难的海关监军薛寿嵩。他听大帅一问，脸上忽红忽白，嗫嗫嚅嚅地答道："少帅在……寿嵩家里。"

吕将军听了，坐起瞪目问道："他在你家？怎么还不回来？"

薛寿嵩诚惶诚恐地道："少帅在前半夜到寿嵩家去，方才坐下，外面就响了枪，少帅便要回府，是寿嵩竭力央求少帅保重，不要出门。少帅非常着急，到后半夜才睡下休息，寿嵩出门时没敢惊动，大约少帅一醒也就回府了。"

吕将军听了，没说什么，但朱玉堂听着心中暗叫冤枉，原来小吕并没在自己家中长久逗留，早知如此，我又何必出来，在这里受尽惊恐，还为稚珠挂肚牵肠呢？他哪里知道，吕克成今日到他家去，不过为着消

152

磨时间，根本没想久留。因为他在半夜还有个要紧约会，这约会却与正在替他们吕家争夺江山，保护性命的岳慕飞大有关系。因为小吕对岳慕飞的女儿岳雪宜久已觊觎，只苦不得如愿。因为薛寿嵩的女儿和雪宜同学，雪宜常和薛家来往，小吕就缠磨薛寿嵩的太太代为设法。偏巧薛太太正是个惯操王婆事业的人，对于撮风弄月具有专长。薛寿嵩的官儿就由她那柄非正式的媒婆手段造成。她虽知岳慕飞厉害，但因贪图小吕的报酬，竟利令智昏，代为安排阵式。约定在除夕夜里，由她女儿凤枝出名，约雪宜到家玩耍。她却暗地备下损尽阴德的药，想给雪宜饮下，使少帅得其所哉。小吕得此良机，自然早去等候。哪知他一到他家，外面便已兵变，雪宜自然不能赴约，小吕对外面乱事尚不焦急，只为雪宜失望，懊恨万状。薛太太急得没法，只得派自己女儿暂且陪少帅开心。这就是夜中的事，薛寿嵩所说的少帅正在他家睡着，确是实话。不过另外还受着优待一层，却没对大帅表白出来，未免虚负盛情了。

吕将军方问过薛寿嵩，忽听门外有副官喊岳师长到。吕将军不由抛枪坐起，随见岳慕飞一身戎装，昂然而入。吕将军忙迎着叫道："二弟，你辛苦了。今儿你算救了老哥哥。"

岳慕飞正色行个军礼，报告道："叛兵已经剿尽，马占魁跑到郊外，用枪自杀。乱事完全平定。请大帅放心。"

吕将军拉着他的手道："好，好，二弟，你真是劳苦功高。若没有你就没有我了。你坐下，坐下。"

岳慕飞不坐，仍正色道："报告大帅，马占魁是因为梁保粹克扣军饷才叛变的，现在他虽死了，可是照梁保粹的行事，将来还不定逼反多少人，请大帅细想。"

吕将军此际万分感激岳慕飞，对他的直言自不拂意，但当着众人有些发窘，口中连说："这话有理，我当然有办法。"但心中恨不得把这段事快掀过去。恰巧这时吕克成由外面进来，吕将军猛得主意，就叫道："克成，你过来，给二叔叩头。我父子的性命是你二叔救的，基业是你二叔保的。你以后对二叔得跟对我一样。"

吕克成听得父亲命令，虽尚莫知就里，只得从命向岳慕飞叩头。岳慕飞连忙拉起，旁边站的薛寿嵩看着，想起夜中吕克成要做的事，再瞧现时所行之礼，不由转过脸去几乎笑出声来。

正在这时，又有人跑进报告，说犯人监狱曾被变兵攻入，打死监狱长，把那行刺大帅的重犯何鹏救走，其余犯人也全跑了。众人闻听全都一怔，马秃子这次叛变，可谓危机悬于一发，倘若叛兵攻进帅府，莫说闹到玉石俱焚，即使吕氏一人被杀，就算群龙无首，任有岳慕飞等忠勇之士，也将无以为力了。好在吕氏大运未终，尚有余福未享，那保卫的卫队长陶开远虽然远离职守，幸而卫队中一个排长当叛兵袭来，首先瞥见，急忙指挥兵士关闭辕门。辕门一闭，使卫队兵士得以从容防守，马秃子再攻辕门，受制于墙上屋顶的机枪，不能斩关而入，兵心已馁。这就犯了兵法屯兵坚城之下那条大忌。及至岳慕飞大兵一到，便自溃逃。这一招竟替吕帅保住了这一角江山。

事后吕将军论功行赏，第一个岳慕飞，封为津沽镇守司令，给了十万元的犒赏金，以外又把全省烟酒税局的局长，给了岳慕飞的秘书长洪大业，以资调剂。第二个是参谋长贾全忠，升为两省镇抚使团的总参议，至于那个卫队旅中的排长，名字叫曾士宝，依吕帅的意思，就想破格提升，把他补了陶开远的缺，但因他资格太差，恐怕兵士不服，若在普通队伍，还可以军令压制，唯有这卫队入脑，却是大帅身家的护法伽蓝，莫说全部激变，即使一二人心中不忿，也恐酿出危险。所以大帅斟酌之下，只得把他暂行升作营长，多赐金钱，以为抵补。另外还有个罪魁祸首，克扣军饷的梁保粹，和有忝职守几使全城糜烂的李栖梧，两人都该有极重处分。关于梁保粹，吕将军已经面许岳慕飞，决定从严治罪，但是当时未曾下令，到了大帅休息一日之后，由四姨太房中出来，对梁保粹的痛恨论调已改变了。梁保粹又请求私见，不知说了些什么话，大帅对他的处分竟再也不提，只于掩饰耳目，把他调作内府的财政处长。其实吕将军向来就以家天下为主义，在他管领下的财政，向来公家私财没有分别，所以梁氏改了名义，依然握着全部财权。至于李栖梧在变乱之时，若不是心中机灵，脚下滑溜，早一步跳墙出去，回警厅行使职权，恐怕也就和陶开远一路归阴了。事后也经四姨太太替他说话，他又竭力办理善后，不辞劳苦，以求将功折罪，故而大帅怒意稍回，但是叛兵砸开监狱，把囚犯放走不少，连那行刺大帅的重犯何鹏也逃跑了，这责任却要军法处担负，但军法处却把责任推到警察厅，说是监狱守兵本少，只能管理囚犯，却不能抵制外兵，附近本有警察分区，闻变竟未相援，否则不致失陷。这一状告得好像在李栖梧摇摇欲坠的饭碗上，又给了一下打击。李栖梧虽然拼命善后，两日不食不寝，把眼熬得桃儿似的，但每到帅府禀谒，吕将军总是不见。这不啻告诉他宠眷已衰，吉凶难定。李栖梧吓得走投无路，只想大帅所以震怒，大半是因为刺客何鹏逃走，自己倘能设法把何鹏捉住，或者可以获得转机。于是严谕部下，在全城中分头搜查何鹏，限期务获。他的部下也为贪图升赏，求免责罚，全体出动。在全城中都布满罗网，挨户搜查，但是查了几天，仍是杳无踪影。李栖梧急得要死，整天学着黄金台剧中伊立的话，莫非他上了天？莫非他入了地？向部下严厉追比，但是李栖梧做梦也想不到，天下竟有如此奇巧的事。那重犯何鹏，一面在他搜查之中，一面却又在他女儿保护之下呢。内中情由，还要从根源说起。

原来李湘兰自从投奔乔宅，送走志云，当夜便接到妓女玉花送来志云的信，报告已被劫入胡宅，逼允婚事。湘兰因恐志云执拗，危及性命，就甘心自行牺牲，假作乔夫人口气，写了封要志云允婚的信，托玉花带回。然后悄然离开乔家，投入风雨之中，踽踽行去。她自被李栖梧责打，逃了出来，因为实无投止之处，才忍耻投到未婚的婆家，这时又由婆家出来，当然仍无去处。她这闺阁之身，根本也想不到那暂供止宿的旅馆。心中凄凄惶惶、空空荡荡，自思几点钟前，由家里出来时走到河边，曾发生过投河的念头，如今恐怕非要实行不可。但是自己并不识路，想投河该向哪里走呢？幸而这时雪虽未止，风已渐息，可以容得她踏雪徐行。她心里虽想着奔到河边，但是古语说得好：蝼蚁尚且贪生，为人岂不惜命？所以她的觅死之中，仍不断求生之望，思索可以投止的地方，且延短时间的残喘。想了一会儿，忽然想起一个人来。

原来湘兰是李栖梧的侄女，对外假称亲生，在前文已然发表过。湘兰在本身父母生下之时，因为母亲多病，所以自襁褓便被乳母喂养长大。那乳母姓德，是位旗人，天生性情忠直，湘兰到八九岁时，父母双亡，自然更和这乳母相依为命。那德妈因无子女，待湘兰直比骨肉还亲。但是她自己看透李栖梧心里奸诈狠毒，自湘兰落到叔父手里，李栖梧看待确是不错，但德妈总说他不是真心怜爱。时常因为湘兰一衣一食供给不周，就对人抱怨。李栖梧听到耳里，自然恼怒，屡次要辞退她，都被湘兰央求得收回成命。直到湘兰十五岁的那年，德妈又惹恼了李栖梧，李栖梧雷厉风行，立行驱逐，湘兰央劝无效。德妈负气走后，仍是念记旧主，隔些日还偷来瞧看，告诉湘兰说，她已在河北二马路一家爱美女子学校做了女仆。湘兰念着旧情，每来必给她点钱，或是衣服。哪知又被李栖梧知道了，硬说德妈有盗窃嫌疑，吩咐门房不许她进门。湘兰由那时就和德妈消息不通，至今已有五年多了。

这时突然想起了她，幸而地名还记得清楚，好像凭空落下救星，决定前去寻觅。虽知为时已久，也未必还寻得着，但好容易想起这一条唯一指望，怎能不去撞撞运气？湘兰主意已定，欲待喊辆车子，无奈在这风雪冬晨，便是车夫也贪恋暖室温衾。拉晚班的业已归家休息，拉早班的尚在做着好梦。湘兰走远了，并没遇到一个行人，只得硬着头皮，向值岗的警士询问路径。幸而道儿尚非甚远，湘兰问了五六个警士，走了一点多钟，才到了二马路。她以一个伶仃弱女，方经连夜失眠，数番打击，又在晨风中跋涉风雪长途，早已筋疲力尽。只能忍着眼泪，挣扎前行。一进二马路，她看着两旁，多是两三层的高楼，却是家家闭户，鸡犬无声。好像这世界整个死了，只她一人活着。湘兰想着德妈曾说她执役的学校名叫爱美女子学校，门牌是一五五号，就沿途寻觅。走到马路中间，才寻着那家学校，门外挂着牌子，名称和牌子全对。

湘兰一见，就好像已经遇到亲人一样，通身全都生了力气。看看门上安着电铃，就按了几下，但半晌没人答应。湘兰只得再按，哪知连按十多次，里面一直没有影响。湘兰走路时候，身体因动生热，尚可支持，这时站得工夫一大，身上都冻僵了。心里一急，就举手捶门，又连捶了数次，忽听头上砰砰乱响，湘兰抬头一看，原来头上便是两扇楼窗，窗里有人也在捶着玻璃。湘兰便高声问这里可有个德妈妈，但只见窗内有个女人乱发蓬飞的头，向外观看。仅见她口吻张合，却不闻声，想是那窗子已糊住了，既难开放，又不通气，里面人的声音透不出来，湘兰的语声自然也传不进去。接着见那女人的脸倏然隐去，湘兰不敢再来敲门，又不肯走，怔了一会儿，便听门内有脚步声音。门开了，只见里面立着两人，一男一女，女的就是窗内所见的人，年纪起码有三十六七，满脸都是皱纹。但脸上的粉约有铜钱厚薄，干裂的嘴唇上，胭脂虽浓，但已斑驳剥蚀，一块块的深浅痕迹，好像伏着许多新吃饱的干瘪皮的臭虫，额上还挤着一行红点儿。身上披着一件深红色镶黑绒边睡衣，露着脚下的大红绣花鞋。一见便是个自觉着永是十八岁的老风流人儿。那个男子却只二十多岁，生得像个下妆后的小旦似的，鬓角下的短发直留到耳下，学作电影明星范伦铁诺的式样，也披着一件西装厚呢外衣，底下却露着嫩绿色华丝葛面的皮袍。通身上下，现着一派的油滑气。最妙的是二人看年纪好像母子，却是互相拥抱，好像因为天气太冷，借此取暖似的。女人的一只手，还伸到男子外衣袖管里。两个面孔，更偎贴到一处。湘兰一见，倒羞了个面红过耳。只得低下头去，方要说话，但那妇人已先开口，嘴似爆豆般地说道："这位女士，想是来报名的吧？你也太心急了，大概昨儿一见我们招生广告，今儿忙不迭地就跑来了。求学的心真太盛了。难得啊。"说着又向那男子抛个媚眼，笑道："这也是咱们学校名誉太大，所以这位女士只怕满了额考不上，起五更来报名。"说着似乎对那男子接吻，以资庆贺。幸而忽然生了羞耻之念，又兼那男子举首躲避，未及实行爱情表演。就又向湘兰道："女士，请进来，交报名费注册吧。"

湘兰听她住了口，这才自表来意道："我不是来上学，是找人的。"

那妇人一听，面色骤变，两眼瞪圆，大嘴一撇，立刻改了和悦声音，呵叱着叫道："你找谁？"

湘兰吃吃地道："我找一个女仆姓德的，请问可还在这里？"

那妇人听了，不知怎么竟大怒欲狂，摇头顿足，指着湘兰骂道："你是什么揍的，成心搅我呀？大冬天五更头上，捶门找人？你们家里大人怎么教训的？快你妈的滚蛋！"

她这一怒，身体乱摇，肌肉乱颤，脸上隔夜的厚粉，原就有些不相依附，要向皮肤告辞，这时更自不安于位，纷纷下落。被风一吹，湘兰眼前似起了一阵白雾。那男子瞧着湘兰，向妇人说道："她寻姓德的女仆，我没听说有这个人啊？"

那妇人愤愤地道："这都是没影儿的事，还是前四五年，我姐姐活

157

着的时候，有一个姓德的老妈，这个人早已走了，也许早已死了。今儿忽然半夜有人找她，教我无故地挨冷受冻。一气真想给她个耳光。"说着又向湘兰道："快滚吧，我这里没德，缺德！"说着将身一退，倚入男子怀里，忽的一声就把门关上，骂骂咧咧地进去了。

湘兰望着那已关之门，听明德妈早已不在，一阵伤心绝望，又加被骂得羞窘难堪，猛觉脑中轰的一声，眼前似见天旋地转，接着目中一黑，立刻失了知觉，跌倒在地。

不知经了多大时候，忽觉由喉咙冲入一股热气，直透丹田。随即四肢都觉得暖融融的，恢复了知觉，只是头脑尚昏。勉强睁开了眼，先看见灰黑色屋顶，接着又瞧见半段用旧纸糊的窗户，心里稍为清醒，自思我现在哪里呢。便听耳旁有人低声说道："醒过来了。"

湘兰一惊，头儿微侧，才见身边坐着个身穿青衣的半老妇人，向着自己微笑。手里还拿着只水碗。湘兰心中才恍恍惚惚想起自己夜中经历，不由怔怔问道："我这是在哪里？您是谁啊？"

说着便要动身坐起，哪知身上酸疼，毫无气力，只把头儿抬了一抬，仍旧倒下。那妇人按着她道："快不要动，老实躺着。这是我的家，在二马路后街。我看你准是位大家小姐，怎么会倒在马路上？哦，你先养神，不要说话。"

湘兰闻言，泪如雨下，凄然道："我觉着已经死了，这么爽快地死倒也不错，怎么又活转来？是您救的我吧？"

老妇人点头道："不错，你倒的地方，正在爱美学堂门外，我正上那学堂去，看见了你。本想先把你送到学堂里灌救，哪知那学堂的女校长说你清早敲门找人，搅了她的好梦，正恨着你，一定不肯收留。我只得把你搭到家里来。"

湘兰喘着气，望望房中，见自己睡的是一铺大炕，地下生着煤球炉，火光熊熊，满屋除了桌椅之外，并无长物。只是日用的炊具之类却极完全。看样儿这妇人必是境遇寒素，只住这独间房子。就道："妈妈，我现在实没法谢您。您贵姓啊？"

那妇人道："什么谢不谢？别多想吧。我姓赵，你呢？"

湘兰叹气不语，那妇人见状，便改口问她道："小姐瞧你这样儿，定是大家的闺阁，怎么冒着风雪，清晨奔波。莫非有什么难心的事么？你的家在哪里住？有什么人？可要我给送信去？"

湘兰摇头道："没有家，也没有亲人。"

那妇人愕然，望着她道："那么，你从哪儿来呢？"

湘兰含悲道："赵妈妈，不必问吧。我现在不能说，将来也许有告诉您的日子。"

那赵妈妈点点头道："你不愿说，不说也罢。不过方才我听那爱美学堂的校长说，你到学堂敲门，找一个姓德的女仆，是么？"

湘兰点头，赵妈妈道："你寻她做什么？小姐告诉你吧，我认识那德奶奶的。"

湘兰听了，不由又生希望，叫道："是么？您认识她。她在哪里？"

赵妈妈道："那德奶奶是北京人，约莫有五十岁，对不对？她早就回了老家，一晃三四年没音信了。我在这地方住了也有六七年，干着串百家门的营生。德奶奶在爱美学堂当老妈时候，跟我熟着呢。后来她走了，那个女校长也没另雇人，只用我每天去两趟，买买东西，收拾屋子。一月给几块钱。"说着忽然打住，又望着湘兰，"你可说哪，找那德奶奶干什么？"

湘兰未言早已心酸，颤声说道："她是我的乳母，从小儿抱大我的。我现在特意来投奔她，谁想她又早走了。"说着就举手拭泪。

哪知赵妈妈忽然握住她的手腕，瞪目叫道："哦，你姓李吧？"

湘兰吃惊道："您怎知道？"

赵妈妈道："我是听德奶奶说的。她告诉我，在一个李家连住了十五六年，抱的小姐叫……什么……湘兰，是你吧？德奶奶提起来就哭，说跟小姐比亲母女还亲，若不是你叔叔赶出来……"说到这里，似乎猛有所触，面色一变，望着湘兰摇头道："不对，不对，你若是那位李湘兰小姐，现在你的叔父李栖梧正是吕启龙手下红人，你怎会落到这样？"

湘兰听她说得这样清楚，不胜诧异，失声叫道："咦，您怎么知道我叔父的名字？"

赵妈妈脸上似乎现出笑影，但是一瞥即逝，说道："这也是我听德奶奶说的。李栖梧那样有名的人，谁不知道哪？"说着端详湘兰面上颜色，点头道："不错，我信你是李湘兰小姐，快告诉我，怎么落到这里？哦，我明白了，德奶奶常提你的人品心眼儿，又说你叔叔奸险阴毒，莫非你家里出了什么事吧？"

湘兰听她竟先提破自己隐痛，自觉不好再行隐瞒，但又想她只是个卖珠花的穷婆子，和自己素不相识，怎可以随便倾吐心事？正在踌躇未答，赵妈妈似已窥知她的思想，就立起正色说道："李小姐，你别把我当作好打听人家私事的无知妇女。实告诉你，我也是个有来历的人。不过这来历也和你方才那句话一样，暂时我不愿说。将来也许有告诉你的日子。我向来对人家没多说过话，没多管过事。今天既然问你，当然有帮助你的心思。可是你若不愿说，我也不能强你，自己忖量着吧。"

湘兰在初醒时，见这赵妈妈形容猥琐，口角粗笨，只是个穷巷老妇，及至这时向自己正色询问，竟似换了个人。双眸大眼，射出异样光来，脸上也添了无限英爽之气。不特减轻了十岁年纪，而且看出她年轻必是个出色的美人。再加意气洋洋，言辞侃侃，湘兰不由心喜，但非常诧异，她怎很快变了样儿？哪知赵妈妈说完，又缓缓坐到炕边，双肩一耸，腰儿一弯，立又变成猥琐老婆，方才的英武神光，忽又收敛净尽，不可复觅。

湘兰才悟遇到异人，就拉住她手叫道："赵妈妈，我现在末路穷途，您既救了我的命，论恩情像我的父母一样，我自然不能瞒您。不过我所经的事千奇百怪，得慢慢地说。二则我现在除了死，就得隐姓埋名，您可得替我保守秘密。"

赵妈妈点头道："我也是隐姓埋名的人，和你正该同病相怜。你放心吧。"

说着又问湘兰可觉饥饿，且吃些东西再说。湘兰腹中本饿，但口中还要推辞。赵妈妈已知就里，就不由分说将吃食备齐。湘兰吃完了，精神渐觉恢复，就倚墙而坐，把自己经历都仔细说了。情由虽长，但是悲欢离合，都发生于一夜之中。赵妈妈听着，时而惊心，时而愤恨，时而叹息，最后听到湘兰为救那志云性命，甘自牺牲，假作婆母书信，使丈夫另娶他人，自行出走，忽地红了眼圈，看着湘兰，猛把她抱在怀里，叫道："我的姑娘，你太可敬了。这种事圣人也做不出来。可是你把自己也害苦了，若有人对我说这样一段故事，我真不能信。世上哪有这等心眼的人？可是出在你嘴里，我信，我信，准没一字是假。我这眼睛会看人呀。咳，咳，还算上天有眼，教你遇见我。"说着又仰天叫道："吕启龙你作孽真够瞧的了，我若不为顾着自己的……"说到这里，忽又咽住，只哼了两声。

湘兰不知她说的话是什么意思，也未着意，仍接着诉说完毕。赵妈妈抚着她的肩头道："你现在把事已做绝了，那乔志云接到你的假信，一定要应允胡家亲事，等到他明白你的好处，那时已经生米做成熟饭，没法挽回了。即使乔志云永远心中有你，他也不敢得罪吕启龙，和胡家再行离婚。错非吕启龙倒了，胡家跟着势败，你或者还有指望。可是吕启龙势力若再接续十年八载，你的青春就算整个耽误，更莫说再长了。还有，乔志云那年轻的少爷，心里没一点儿准儿，一受胡月娟迷惑，连他爹的仇都会忘记，何况你呢？所以我觉得你这事情办得……咳，我也不能说你错啊。"

湘兰凄然道："我也没想错不错，只想若不这样办，志云将有生命之忧，他一家就全完了，我的前途更是无望。不如毁我自己救他一家。"

赵妈妈听着，怔了半晌才道："过去的事没法讲了，这时乔志云也许和胡月娟拜了天地，你也已经落到这里，便是后悔也来不及。只说你以后想怎么样吧？"

湘兰流着泪，才说出个"我"字，赵妈妈已拦住她道："我多余问你，你已说过，只在德奶奶一条路儿，你若不嫌这里受屈，就暂且同我住着，咱们慢慢想法。你若愿意，就不许客气。"

湘兰见她如此热肠，自己又正无家可归，就道："妈妈，您肯收留，我自然愿意，不过……"

赵妈妈笑道："够了，别往下说。我还养得起你。你从此就把我当作老奶母德奶奶，咱们一同住着，再不许说生分话。"

湘兰听她情意恳挚，心中一阵感激，又想和她长久同住，应该有个正式称呼，就提议认她作干娘，赵妈妈竟不谦逊，只笑着道："姑娘，只要你不觉委屈，我也不谦辞。你别看我是个贫婆，若是活动心眼，换个地方，只怕是干儿子干女儿要挤破门呢。你也无须行礼，一说就算了。"

湘兰也没注意她说的什么，跪下便行大礼。赵妈妈大马金刀地承受完了，拉湘兰起来，笑道："从此你就是我的女儿，可怜我孤鬼似的，过了这些年，虽然有个儿子，也和没有一样。今儿得到你，就算一桩喜事。料想你对别人那样好心，待我也不会错。可不知我这干娘几时才对得住你磕的几个头。"说着揽湘兰到怀中，抚爱半晌，又掀开窗帘，指着院内说道："这里虽是条小胡同，可是院里还清静，这小院只三间房子，一间东房我住，两间西房是一家姓朱的夫妇住。现在他夫妇回原籍办丧事去了，还得个把月才能回来，所以只剩下我一个。你来得正好，我上学堂干活儿去，有你看家，省得来回锁门了。"

湘兰听她提起学堂，便问："那个三十多岁的妇人，可是校长？怎那样凶横？"

赵妈妈笑道："她正是校长，名字叫张自美。提起她真是笑话，她本是个没有出阁的姑娘，年纪快四十了。从七八年头里，就和她姐姐张爱美立了这个学校。以后她姐姐死了，学校已归她自己。教着二三十个学生，请一个教员帮忙，收的学费倒够过的。哪知到了今年夏天，她忽然遇着个姓贾的少年，不知怎的，迷住心窍，简直成了老开花。闹得风声很不好听，她就半嫁半娉地把姓贾的弄到学校同住。那姓贾的唱过文明戏，真是个拆白党。张自美的积蓄都被他骗去花了，还执迷不悟，好得蜜里调油。你今儿在她正睡得香甜的时候，前去打搅，怎会不招骂呢？再说还有个缘故，这学校里长久请一位女教员，张自美自从有了这姓贾的，就改了脾气，因为那女教员年轻貌美，只怕姓贾的爱上人家，夺了自己的宠爱。就托了个缘故，把人家辞退，又另换了一个。过了没几天，她见姓贾的又和新女教员眉来眼去，一气又辞了。以后不敢再请女教员，就登报招聘男的。来了几个人，张自美爱财如命，都嫌要的薪水太多，唯有一个姓何的情愿尽义务，只要一张床，两顿饱饭。张自美贪图便宜，就聘用了。姓何的二十多岁，人既漂亮，学问更是出色。听张自美说，凭他的能为，教大学也用之不尽，自觉买了便宜货。哪知过了两三个月，就在前几天，姓何的那日早晨出去一直没有回来，直到昨儿，才听外面风言风语说吕启龙被刺，刺客姓何，已经捉住了，说的年

162

貌衣服都很仿佛。张自美听见怕受连累，正怀鬼胎，你凑巧清早捶门，她一定吓个不轻，还会不跟你发脾气么？"

湘兰听了，点头道："这倒巧了，您说的这姓何的，可是名叫何鹏？"

赵妈妈愕然道："不错，你怎知道？"

湘兰道："前儿我在家里便听跟我叔父的马弁说，刺吕大帅的刺客是个年轻人，经军法处审问，别提多么挺硬，上了许多刑法，一句话也不说，只承认姓何名鹏，至于住处党羽只是不招。昨儿我叔父进内宅去骂我，又说出这何鹏是乔志云捉住的。乔志云捉刺客的时候，正是他父亲在军法处被吕启龙枪毙的当儿。你看世上真有这样巧事，竟被我这苦命的遇上了。"

赵妈妈抿着嘴儿，啧啧两声才道："左不过冤怨缘罢了，往后看吧，除了死的不能复生，活的将来都该有报应。坏人不能长久得意，好人也不能长久吃苦。那个何鹏我早看出他大有蹊跷，只没料到做出这手儿的事。我若早知道他要去行刺，定要劝他稍忍几时。吕启龙虽然大运将终，可是现时贼星还旺，何苦白送小命呢？不过我看何鹏那人方面大耳，日后很有福泽，绝不至于横死，也许有救。"

湘兰听她说得这样通达，便问："干娘莫非会相面？"

赵妈妈微笑不答，湘兰更觉这位干娘意味深长，形迹诡异，绝非市井贫妪，必然大有来历。但料着问她也是枉费唇舌，只得留心暗自体察。

从此湘兰就住在这里，赵妈妈对她嘘寒问暖，比慈母还加温存体贴。每日去到学校两次，余时只在家中陪着湘兰。常常买些鸡鸭鱼肉，教湘兰帮她烧煮，做熟了围炉共食，谈笑融融，颇有天伦之乐。赵妈妈又常出去买来糖食果品，把湘兰当小孩儿似的，逼着她吃。湘兰因她过于破费，想她生涯细微，来源有限，为自己如此挥霍，心甚不定。及至发现了炕边席底藏着许多的钱钞，才知她非常富裕，因而把这位干娘看得越发神秘了。

又过了几日，这一天早晨，赵妈妈忽然由破箱内取出一件青布的男子棉袍，当作外套似的，披在身上就出门而去，直到正午方才回来。湘兰问她哪里去了，赵妈妈说上车站去看个热闹，湘兰问着什么热闹，赵妈妈道："我听说吕启龙的儿子吕克成新从外国回来，今儿到天津。我想看看吕克成是什么样儿，就上车站去等，哪知兵警把得太严，不许近前。我白等了半天，只看见吕克成坐的汽车，真不上算。"

湘兰当时也没介意，再过了两日，这天晚上，赵妈妈又穿上那件大棉袍，戴了顶破布帽，自己出门，到半夜方才回来。湘兰又问她何往，赵妈妈却含糊答应，二人便收拾安寝，并枕说着闲话。赵妈妈忽然问道："姑娘，你把我这干娘真当作亲娘一样看么？"

湘兰道："娘呀，莫说我受您恩惠，您只看在这世界上，可还有第二个爱我的人？"

赵妈妈道："是呀，李栖梧对你算是恩断义绝了，乔家又被你自己弄得绝断，这时你果然只有我这个干娘了。那么干娘问你一句话，你可要实说。"

湘兰道："您说吧，我怎能对您撒谎？"

赵妈妈道："好，我问你，你心里可还想着乔志云？"

湘兰想不到她有此一问，一时回答不出，红了脸儿。赵妈妈又道："你可说呀。"

湘兰才吃吃地道："我不知道想不想，他已娶了胡月娟，我还有什么可想？"

赵妈妈插口道："你怎知道他和胡月娟已经结婚？"

湘兰道："我只于猜想着，并没听谁说。"

赵妈妈道："你猜得很对，他们真的已经结婚了。你怎样寻思呢？"

湘兰将手掩面，半晌才道："我没什么可寻思的，不过我许给乔家，不管志云怎样，我总是乔家的人。"

赵妈妈道："我早料着你有这样想头，果然不差。姑娘，干娘并不是教你学坏，只是替你负气。你自己认定是乔家的人，可是乔家不把你当作乔家的人，你怎样呢？"

湘兰默然半晌，才道："您怎没来由地说起这个？不瞒您说，我自从那夜到了乔家，在母亲眼前跟志云行过了礼，就自觉把一世的事交代过了。志云应允胡家婚事，是我教他做的，并不是他负我，我怎能对他变了本心？"

赵妈妈道："这样说，乔志云自去和胡月娟享受荣华富贵，你就甘心永远为他熬受凄凉岁月了？"

湘兰颤声道："我也说不到为他，只是自己认命。"

赵妈妈拍着枕头道："好，你真节烈，可是在这年头儿，谁给你上烈女传呢？干娘我虽是一个老娘们儿，也闯荡了半辈子，敢说是历练出来的好人，眼睛赛镜子，心里有天平，没看错过人。如今遇见姑娘你，倒把我难住了。我看你这一朵花没开的人，若平白地湮没了，真疼得很。从认你那天起，没一时不替你想路儿。起初我还觉着志云虽然娶了月娟，既不是本心情愿，婚后回家，知道你这片苦恼，定然有个样儿。即使他惧着胡家势力，不敢反复，也得暗地撒出人来，各处找你，跟你定个后来约会。那样还算他有良心，你也算有了指望。我算着吕启龙大运将终，不出三二年，就要满盘都空。那时还可以抛弃月娟，跟你破镜重圆。我这想头，若是真能如愿，自然是顶好的结果。在前几天，我不时到乔宅左近探访，才知道志云自和月娟结婚，就同住在老吕赏的大楼里。两人燕尔新婚，男贪女恋，志云连母亲都忘了，一直没有回家。乔老太太每日伤心哭泣。我得了这个消息，还想眼见为实，耳听是虚，没敢对你诉说。直到今天，我因为听说老吕的手下今晚在闻家花园开欢迎吕克成的会，又去瞧看热闹。藏在花园外面汽车缝里，正等着吕克成，哪知志云月娟倒先来了。两人下车，携手抱腰向里走，那肉麻的样儿我看着有气。就装作叫花子，跟着月娟，故想用话嘲笑她，夸她称心如意。月娟起初自然嫌恶我，但到听我的话，立刻欢喜，赏了我十块钱，才和志云搂抱着进门去了。看他二人的样子，那没羞耻的月娟倒是真爱志云，志云更像被月娟迷得失魂落魄。那份儿人得喜事精神爽的得意神气，大概连死爹活娘都已忘了。"说着推着湘兰道："姑娘，我敢保他如今做梦也想不到你了。那样背义忘仇的混账人，还有什么指望？姑娘，你这片血心，算洒到粪土上了。"

湘兰听着，只觉头顶轰然一声，天旋地转，身体直如坠入万丈深渊。只想干娘所言，是非虚假，志云果然如此负心，自己真悔不如死了。湘兰当日既然自动牺牲，甘居局外，志云与月娟成婚，自为是意中当然之事。而新婚夫妇表现爱情，也是人间大道理，没有什么奇异。这时她听了赵妈妈所言，应该一笑置之，何以又这样动心呢？这就因为湘兰对于志云，原是情深一往，那时甘自退让，只为伟大的爱情所激。出走之后虽自觉都已解脱，但是春蚕自缚，仍在茧中。此际一闻刺心之言，不由真情暴露，方寸中不知是何滋味，似悲似恨，似苦似酸，似嫉妒，似懊悔，种种感情一时暴发，把一颗芳心真将用碎。

赵妈妈看她将被蒙头，身体抖颤，就掀开她头上的被，抚摩着叹息道："姑娘，我爽兴都说了，破解开你的死心眼儿吧。我回家路上，一面气愤，一面思索，乔志云实已曲降胡月娟，死心塌地过下去了。莫说吕启龙暂且不倒，就是立刻倒了，胡月娟有的是钱，必然挟着他一同远走高飞。也许上海，也许外国，反正不会想起你。再说乔志云恋着胡月娟，为她有财有势，本人又风流，又时髦。姑娘你呢，任你多么端肃稳重，只这八十年前的老脑筋，就比不上胡月娟那样狐媚，会迷惑人。再说财势，你空有个做官的叔父，也和我的儿子一样，好像在两个世界上放着。所以我看，无论变成什么样儿，你也没有得到乔志云的指望。你哪一样也争不过胡月娟啊。好姑娘，你死了这条心吧。我是替你生气，替你可怜，才说这不管你伤心的狠话。姑娘你要信服干娘，抛开乔家这一段儿，干娘准能给你打算个好收场。"

赵妈妈说了半天，嘴角都起了沫儿，以为总可以把湘兰说动，从此忘却影事前尘，免得终日愁眉泪眼。自己再替她另寻归宿，既免虚负她的美貌青春，也不枉自己认这干女儿一场。这原是一片热肠，一团侠气。哪知湘兰忽然拭干眼泪，微现笑容，淡淡地道："干娘，别提这话吧。我已和乔家断绝关系，任他怎样，与我无干。我现在心里只有干娘，你只肯长久收留我，就是我的福气。若说别的路儿，我觉着还不如死呢？"

赵妈妈见她起初闻言悲泣如痴，最后竟转回常态，说出这样的话，便明白自己的话算白说了，她若非怀疑自己所言出于虚构，便是仍抱着女子从一而终的古训，宁使男子不仁，自己不能不义。赵妈妈想着，心中甚为懊恼，方要再劝，但一转想，便住口不说，打个呵欠，自己闭目而睡。

湘兰却转侧终宵，泪湿枕畔。她并非如赵妈妈所想的那样思想腐旧，只是对于志云这桩婚姻，起首虽由家长所定，而实在由她本身当面自选，一种处女神秘心情，久已有所专注。又加雪夜投奔婆家，既受到乔夫人抚爱，又和志云行过交拜之礼，芳心密镂深镌，更有了生死不渝之志愿。且她把志云看得极重，所以自甘牺牲。把自己看得极轻，所以对本身前途根本不假思索。这时听赵妈妈这一番话，初还难过，继而想到自己虽和志云只有须臾晤对，但看他那端重诚厚的样儿，绝非负心无耻的人，即使他有月娟同居之后，未曾归家，那也许是由于月娟监禁之故，至于他和月娟情形狎亵，也许是虚与委蛇。这样一想就有些疑惑干娘所言失实，但也不好驳辩，只可含混作答，语气却暗示坚决之意。及至赵妈妈睡后，她又前思后想，觉得干娘虽多不入耳之言，只说自己无望与志云复合，却是实情。自己一身漂泊，终久如何是了。想着悲不自胜，哭了一夜。次日早起，赵妈妈见她双目血红，已知其故，也不说破，只和她说笑慰藉，从此再不提起乔家的事。

　　一晃又过了数日，已是大年除夕。赵妈妈置办了许多年货，预备和湘兰过年。在白天母女二人依着当地习惯，包着水饺闲谈，赵妈妈说起外面如何热闹，富贵人家过年如何挥霍，又提到在街上经过，见阔宅府第，都在悬灯挂彩，异样繁华。自己却在这蓬门陋室，忍受凄凉，真是夫妻本是同林鸟，大限来时各自飞了。不知他在新婚过着新年，也会忆起我这苦鬼么？思着又念自己虽孤，还有干娘相伴，那婆母乔夫人才真可怜，她的丈夫被吕启龙杀害，儿子被月娟霸占，我这儿媳，她那日曾说过要永久相依为命的，也抛下她走了。今日当着新年，她一人冷冷清清，不知如何难过。回想她那慈祥的面容，对我那样真挚的情意，真觉感念难忘。只如今被情势所迫，莫说随身侍奉，就想去见她一面也不能够。湘兰这样想法，满腹悲酸，不能自止。但因时当年节，对着干娘只得强颜欢笑。

　　到了晚上，点上煤油灯，赵妈妈忽然想起一事，向湘兰笑道："大年下的，还忘了给你买个花灯，点在房里也光华些。"湘兰见干娘常把自己当作小孩儿看待，就凑趣要自己去买。赵妈妈因她久未出门，这除夕街上热闹，可以开心。就给了她两块钱，令其就近购买，早去早归。

湘兰应着出门，信步南行经过铁桥，随着大队行人，瞧着街市风光，走出很远她还没寻着卖灯的店肆。到了一道街口，觉得腿酸，就小立休息。忽然有个半老的婆子，头戴红花，手提食盒，像是送礼的样儿，向街口闲立的一个男子打听道儿，湘兰无意中听这妇人所说的地方，正是乔宅那条胡同名，不由心中一动。又见那男子指点明白，老妇致谢而行。湘兰由那胡同名，想起乔夫人，又生孺慕之心。也不知要做什么，竟举步随那妇人行去。拐了几个弯儿，才到了地方。那妇人自向前行，湘兰将到乔家门前，方自愕然一怔，自思我糊里糊涂，来到这里做什么？随又转想，既已到了这里，不能和婆母见面，只得在外行个礼给婆母拜年吧。但反怕宅内人出来看见，畏畏怯怯走到门外，见大门敞着，门房黑暗无灯，光景非常凄惨。心中方自一阵悲感，忽然听远处似有咳嗽之声，湘兰只以为乔宅有人出来，仓促奔避。跑出几步远，才立住休息。忽听远处枪声四起，湘兰大惊，急忙向回走，经过乔家大门外，便见迎面有几个人跑来，喊着外面闹了兵变，街上枪子乱飞，咱们回不去了，先找个地方躲躲，喊着飞跑而过。湘兰吓得魂不附体，一时慌不择路，就进了乔家门内，又怕外面再有人进来，仓促中把门关上，这时仆人王升出来看见，请她进去。湘兰倒跑出门外，乔夫人母子闻讯追出，把她拉入宅内，这都是前书中曾表过的。湘兰入内，发现了胡月娟也在宅中，又察知了志云对月娟果然恩爱非常，方知干娘所言不虚。既而进入内室，月娟因误会志云心在湘兰，说出退让之语，志云竟哭将起来。湘兰更自灰心绝望，知道自己已成赘瘤，无颜再留。

　　正要寻机会躲走，恰巧这时梁保粹宅第被焚，大家出去观看。湘兰趁着乔夫人和月娟仰首上望，便悄然溜将出去，到了门外，疾走数步，掩入小巷之中，见弯便转。这时街上虽已断绝行人，小巷却无危险。她转出很远，料着乔家的人追不到了，才坐在人家石阶上休息。耳中听着枪声，恨不得有流弹飞来，把自己打死。想着方才所经的一切，不禁放声而哭。好在这时无人来往，她尽可哭个痛快。但是她心中并非全是悲恸，另有一种羞愤的情感，她便哭不出来，只觉心中隐隐作痛。她这时身体僵木，又料着大街不能通过，只可枯坐原处。直到天明日出，还是不见行人。她向街口探望数次，都被警察阻回，耗到将近正午，街上方

168

才解严，行人渐渐多了，湘兰方得觅路而归。走到大街，遇见洋车，忙唤了一辆坐上，直奔二马路后街。

到了家门，打发了车钱，见街门关闭，就举手敲门。哪知敲了半晌，没有答应。湘兰心中诧异，初疑干娘没在家中，但见门从里面上闩，又显见她是在家，也许是在家睡着了，就又用力捶门，一面喊叫干娘。这才听门内有人问道："谁啊？"

湘兰听这说话是陌生男子口音，大为惊异，倒向里面问道："你是谁呀？"

里面的人问道："你是赵妈妈的小姐么？"

湘兰应了一声是，随见门儿开了，门内立着少年男子，头发长如乞丐，面目垢污，有如病人。身上穿着赵妈妈那件青布大棉袍，形色非常诧异。湘兰大吃一惊，不知家中何以突出此人，又不解干娘哪里去了，竟在门外不敢走入。那男子摆手教她进门，湘兰才跨入门限，那男子已快把门关上。湘兰见他举动鲁莽，更为惊惧，忙躲开几步，问道："你是谁呀？"

那男子似欲鞠躬，但腰方一弯，似乎疼痛难忍，皱眉咧嘴地道："小姐，我是赵妈妈的朋友，才来了一会儿。"

湘兰听他言语文雅，心方稍释，又问道："我干娘呢？"

那男子道："赵妈妈出去寻找小姐去了。"

湘兰才想起自己终夜未归，外面又闹变乱，干娘必不放心，故而出去寻找。就又问："她出去多大工夫？"

那男子道："赵妈妈急坏了，从半夜就出去找小姐，中间回来过两次，这次出去才不大会儿。"

湘兰听了，深感干娘关切，欲等出去再寻找她，又恐弄得两下扑空，只得坐待归来。又想着男子既是干娘的朋友，自己以主人地位，应该招待，就招呼他房里坐。那男子唯唯，随湘兰走入房中。湘兰见他行走不便，似乎腿上有什么毛病，进到房中，又哎呀一声，扑地坐到炕上。湘兰料着必是有病，就自摸摸水壶，想给他碗水喝。哪知壶中只有冷水，就自斟了一碗，向他道："先生，你有病能喝冷水么？"

那男子道："谢谢小姐，我喝过了，请问您可有剪子？赏我一用。"

湘兰就由炕边取了一把剪子递给他，那男子接过，对着桌上的梳头镜子，把头上乱发和脸上长须全部剪掉。湘兰见他弄得满地头发，心中甚是厌恶，暗想这人好没道理，要剪发怎不上理发馆？却跑来人家房中弄得遍地污秽。人生面不熟的，又当着女子，真太不懂事了。想着又见他用干布拭面，更自不悦。却见那男子剪完须发，露出本来面目，不禁吃了一惊，原来那男子须发甚长，夹着泥污，把脸的皮肤都遮蔽了，这一剪除，又拭净面目，竟现出一个俊雅少年的本色。只是眼睛深陷，带着病容。

那少年似已看出湘兰神情，忙向她道："小姐，请原谅我放肆。我恐怕这时来个外人，认出我这囚犯形迹，又怕有性命危险，所以赶着剪去。"

湘兰听了这才明白，怪不得看他形迹有异，还只当是个乞丐，哪知竟是囚犯。囚犯怎会跑到干娘家里？想着不由又怕起来，变色说道："你原来是囚……怎么跑到这里来呢？"

那少年道："小姐你该听赵妈妈谈过我，我就是刺吕启龙的何鹏。今天夜里闹兵变，攻开监狱，我被人救出，砸开脚镣，放我自己逃命。我本在爱美学校做事，想奔回校里改了装再逃。不料走到河北，忽然遇见赵妈妈，她本是出去寻找小姐你的，看见我，问明缘由，听我说要回学校，她就拦我，说张自美夫妇狠心，见我回去，必然报官请赏。劝我另寻地方躲避。我因本地没有熟人可投，正自为难，赵妈妈就把我领到家来，教我等候。她说出去寻着小姐再给我想法子。小姐，你不要害怕。我现在虽难保死活，可是绝不会连累人的。"

湘兰听说他是刺客何鹏，不由注目端详，心想干娘真好多事，怎把个刺客弄到家里？又想这何鹏便是乔志云和吕启龙中间的介绍人，倘要何鹏不刺老吕，志云便不会立下救驾功劳，老吕也就不会特别报答，把胡月娟嫁他。那样自己和志云的婚姻，便不致有这样挫折了。这何鹏岂非自己命中魔星？但又转想，自己现在已被志云伤透了心，从此算义断恩绝，对这何鹏又有什么恩怨计较？只是这何鹏若知道我和捉他的人有过如许瓜葛，将要如何惊异。想就着问道："何先生，你为什么要杀吕启龙？"

何鹏摇头道："这情由暂时我不能说。"

湘兰低头，忽然看见地下的断发，不禁生疑，就问道："何先生，我记得你刺吕启龙不过十几天以前的事，怎在狱里长了这样长的头发呢？"

何鹏一笑，湘兰正要听说何鹏述说长发的缘故，忽听外面有人捶打街门的声音，湘兰忙走出去，隔门一问，原来是赵妈妈回来了。急忙将门开放，赵妈妈在门外听得湘兰的声音，已自惊喜欲狂，进门就一把揪住湘兰道："好孩子，你买灯买到哪里去了？这一夜差点儿把我急死。你到底截在哪里？怎么回来的？"

湘兰道："我的话长了，娘快进屋里暖和暖和，慢慢说吧。"说着就关上街门，母女就一同走进屋中。

何鹏立起招呼，赵妈妈道："何先生，你还不认识我这女儿吧。"

何鹏道："我已经自己拜见过了。"

赵妈妈指着湘兰道："她姓李，是我的干女儿。我跑了一夜，就为的找她。"又向湘兰道："你倒是躲在哪儿，快说呀。"

湘兰本想把经历的伤心事告诉干娘，但当着何鹏不便出口，只可说等会儿再告诉你。偏偏赵妈妈急于明白她夜中颠连景况，追问不已。湘兰无法，只得附在她耳边说道："我跑到乔家去了，细情不能当着人说。您且等会儿。"

赵妈妈听了，翻着白眼想了半天，才向湘兰点头道："这可新鲜，我真做梦也想不到。"说完便不向下问，看着何鹏，忽然想起一事，就问道："何先生，你从我走后，可曾出去过没有？"

何鹏摇头道："没有啊？我除了在李小姐来时曾去开门，一直连房门都没出。"

赵妈妈沉吟道："这可有点儿奇怪。我方才回来的时候，一进巷口，有个人拦住我，指着咱们这门儿，打听主人姓什么，我很诧异，问他有什么事，他说也没事，我说没事打听什么，我就是这院主人。那人也没回答，掉头就走了。"

何鹏大惊道："这人是什么样儿？莫非是官人已经发现我的下落了？"

171

赵妈妈道："那人是五六十岁的老头儿，凭我眼力看，总不是官人，倒像个大宅门的下人。何先生你不用害怕，那人也许认错了门儿。我只想问你，你年轻轻的，怎样这大胆量，敢去刺吕启龙？是跟他有什么旧仇么？"

何鹏道："我跟他并没有私仇。"

赵妈妈道："没仇为什么要杀他？"

何鹏道："赵妈妈，你原谅我，我暂且不能说。"

赵妈妈笑道："你不说我也明白，吕启龙这些年把老百姓害苦了。想毁他的人都结了群，你就是那群里的一个。"说着又笑道："你到爱美学校教书，也有不少日子，我真输了眼，并没看出你是这样人。若早年出一定劝你不要鲁莽行事。吕启龙现在贼星还旺。何苦白送小命儿。"

何鹏望着赵妈妈，面上现出诧异之色，道："你怎会早知道我杀不了他呢？"

赵妈妈笑道："我说是废话，你这样有学问的人，如何肯信一个女仆的话？何况我也只是迷信，并不能说出理儿来，你不用问了。马秃子已经被杀，乱兵完全解决，老吕的势力仍旧稳如泰山。"

何鹏听着颜色沮丧，叹气说道："这样说，我算没希望了？老吕必然派人拿我。住在这里，恐怕连累赵妈妈和李小姐，我还得快走。"

赵妈妈道："现在外面还戒着严，你身上又带着伤，能逃向哪里？"

何鹏道："至大不过被他再捉去。我只当昨夜没逃出来。"

赵妈妈道："你别把小命儿当儿戏，好容易活得这么大，我不怕连累。你老实住在这里，这院里没人来往，万透不出风声。官人搜查，也只着眼车站旅馆，不会搜到民宅里来。"

何鹏道："赵妈妈这样古道热肠，我真惭愧以前小看了你。不过我身上背着死罪，住在你这里于心不安，而且也怕不大方便。"

赵妈妈正色道："你在这性命交关当儿，用不着客气。我这院里的两间西房是姓朱的夫妇住着，年前他们就回原籍办丧事去了，总得出正月才回来。他们临行托我照管，钥匙还存在我手里呢。你且借住他们房里，有什么不方便？"

说着话走了院中，将西房门开了，教何鹏且进去休息。湘兰也随进去看，见那房中陈设粗备，一见便知乡人在外立家，一切因陋就简的样儿。而且米缸面袋，全散放着，饮食用具也摆在桌上，未曾收拾。想见这一双夫妇仓促奔丧的忙迫情景。赵妈妈教何鹏安心休息，自和湘兰回到自己房中，才细问夜中情况。湘兰已把赵妈妈当作唯一亲人，正要诉说衷怀，自然一字不遗，详细把在乔家实情说了。

赵妈妈听完，叹道："孩子，我的话应验了吧？你这可认识乔志云了。世上纨绔公子，个个都是桃花眼，猴儿心，哪有像你这样一条肠子的？这倒也好，教你明白明白，乔志云并不是无可奈何，实是真心实意地爱上胡月娟了。只看他一听胡月娟要跟他散，就哭得要死，心里哪还有你？不过听这情形，乔老太太倒是个有心的，还认你是儿媳妇。可是更看出乔志云的敷衍你，只为怕他母亲说话了。若不在他母亲面前，他还未必理会你呢。再者你说从胡月娟一露面，乔志云就没了魂儿，再不理你一句，就看出他的心了。孩子，你从此可少念记他吧。"

湘兰心中真是万分难过，又经赵妈妈这一解释，更觉悲中生怨，自誓和志云地老天荒，恩情永绝了，就凄然点头。赵妈妈又道："胡月娟很是厉害，她把乔志云把得风雨不透，好像看守囚犯似的。只看乔志云偷着回家，前脚进门，她后脚就赶到，使的是多大心机？别听她口里要自己善退，把志云让人，那只是以退为进的招数。也许是试验志云，她本心宁死也不肯让啊。"说着哼了一声道："树大千握终要倒，得意猢狲有散时。孩子，咱们揩干了眼往后看吧。"

接着又安慰湘兰半晌，便洗手做饭。三人一同吃过，赵妈妈又出门上街买衣服，给何鹏买了两套可身衣裳，教他换上。何鹏感激自不必说。到了晚上，大家都因为昨夜失眠，觉得困倦难支，只草草买了些大饼熟菜，将就吃些，便睡了觉。这一觉好似都要补偿昨夜损失，睡得特别香甜。冬天黑得本早，睡下时不过七点多钟，全是沾枕便着。

赵妈妈却是上了几岁年纪，没有少年那样善睡，到夜半十二点钟后，忽然醒了，饮了杯白水，肚子又觉空虚。因昨晚晚饭吃得太早，又加她年轻时曾受过奔波饥寒之苦，坐了病根，每一觉饿便须立时吃东西，否则心慌呕吐。恰巧这时房中没有食物，她正在难过，起来挑灯坐着，忽听街上有唤卖茶鸡蛋之声。她好似得了救星，急忙穿齐衣服，开门走出，向街上叫了两声，才见远远有一盏小灯，摇摇相近，等走到近前，才看出是卖蛋的挑儿，歇下之后，赵妈妈恐怕湘兰醒了要吃，就买了十几个。那卖蛋的见她大批照顾，为拉下次交易，就递些和气，向赵妈妈道："老太太，这么晚您还没歇着，是等着那件事儿吧？大约也快到了。我方才在孙家胡同看见他们了。"

赵妈妈听他头两句还以为是说坏话讨便宜，正要变脸发作，但听到后面，又觉事有蹊跷，忙问道："你说什么？我等什么事？又是谁在孙家胡同？"

那卖蛋的望着她道："敢情你老还不知道，今儿官面上不是挨家搜查么？听说警察厅全班都出来了。还有探访局帮着，也不是分成十几队，分拨搜查，要把全城都翻过来。"

赵妈妈听了，心中一惊道："查什么？没听见人说呀？"

卖蛋的道："听说是查逃狱的囚犯，我也闹不甚清。今天白天还没人知道信儿，到晚上冷不防地查起来。方才我在孙家胡同，看见连房上都是穿号褂子的，查得好凶，外面街口巷口，也都下了卡子，见人就拦住盘问。我这做小买卖的，还叫他们相了几回呢。"

赵妈妈听完，情知是何鹏的事发作了，不由心中乱跳，但还镇静得住，又问道："这样说，我们这时也得搜查，今夜睡不安静了。"

卖蛋的道："可不是，大概一会儿就到，你老趁早别睡等着。那群人凶极了，叫门开晚了，就把门撞倒进去。"

赵妈妈应着，付了钱，关门走入，连忙到西房窗户把何鹏叫醒了，教他快穿衣服，又进到东房，湘兰已被叫醒，揉着眼问干娘有什么事，赵妈妈一面催她快穿衣服一面摆着手，低头思索须臾，便听何鹏在院中相唤。赵妈妈见湘兰已着衣下地，就唤他进房，何鹏带着满面惊惶一心疑虑，走入便问有什么事。赵妈妈先叮嘱他不要心慌，随将由卖蛋人听来的话，诉说一遍。何鹏听着，倏时面白如纸，忽一咬牙，又一顿足道："完了，我快走吧。谢谢赵妈妈，你的恩情我但盼今生能报。"说着就要向外走。

赵妈妈还未说话，湘兰已听明内里情形，见他要走，心中好生不忍，冲口叫道："你怎能走？没听见街上也有人盘查么？"

赵妈妈这时已拉住何鹏，接口道："是啊，你出去就算自投罗网。"

何鹏仍向外挣扎道："快放手，我到街上教他们捉住，总比在这里查看连累你们好。"

赵妈妈推他坐下道："你先别慌，他们才查到孙家胡同，离这里还远，起码还得两点钟才到这里，咱们大家想个法儿，把他们瞒过去。"

湘兰道："教他上茅房躲着可好？"

赵妈妈道："傻话，没听见房上都查到了，怎会放得过茅房？"

何鹏道："我瞧没有法儿，还是依我的道儿吧。"

赵妈妈立起挥手道："你别乱吵，容我想想。"说着在地下来回走了几次，忽然把腰一挺，睁目望着何鹏，端详半晌，又转脸瞧着湘兰，湘兰见她双目灼灼生光，平添了无限英武之气。记得自己初来之日，也曾见她这种神态，心中正暗诧，赵妈妈已大声道："我有法儿了。"

何鹏忙问什么法儿，赵妈妈坐下道："法儿虽有，可是还得商量。"说时一指湘兰道："这法儿全得仗着我这女儿，她肯不肯还是难说。"

何鹏方问了句小姐怎能救我，湘兰已答言道："救人的事，我有什么不肯？可是你教我怎样救呢？"

赵妈妈道："你先别包揽，只怕我一说，你又不肯了。我这主意，是从西屋里朱家夫妻想出来的。他们恰巧不在这里，何先生和我女儿，正好假充他俩，在那屋里装睡，搜查的必然带着本区的户口册子，看册子上写着是两夫妇，已在这里住过几年，再见房里果然是两口儿，自然没有疑惑，不致仔细盘查了。"

湘兰听干娘教她和何鹏伪装夫妇，并且同室而居，不由绯红了脸，再不答言。何鹏也觉不好意思，急忙说道："这如何成？我不敢唐突李小姐，更不忍教她抛头露面，为我受累。其实就依您主意，我一人仍睡西房，假充那姓朱的男子，搜查的来了，见房中不过少个女人，并不是多了人，料想也不致疑惑，何必要……"

说着停了一停，赵妈妈已摇手道："你说的全是废话，请问你可能和搜查的人对面？他们手里必有你的照片，一对盘儿，就算没跑儿了。我这主意，是要他们不近前细看。你和湘兰都在炕上装睡，搜查的人来时，我去开门，你们作为没惊醒。他们到西门房外向里一看，见人数跟

175

户口簿上相合，又加着人家夫妇正在睡着，谁家里都有妻儿老小，谁都顾全脸面，既看着绝无可疑，自然不会近前细看你的脸了。我这主意敢说十拿九稳，万没闪失，不过……"说着又向湘兰道："女儿，你是开通人，明白轻重，天大事可重不过人命，这是作德的事。"

何鹏忙拦阻道："赵妈妈，你不必说了。就是李小姐肯受委屈，我也不能那样做。还是让我走吧。"

话未说完，忽听湘兰叫了声何先生，赵妈妈何鹏全都一怔，湘兰已挺立正色地向何鹏道："救命的事，但凡有点儿人心的，谁能不做？我干娘出的主意，实在是好。可是也太教我……为难，现在我问你一句，你可肯也认作我干娘的义子？"

何鹏不知她在百忙中提出这没要紧的问题是何心意，方觉一怔，赵妈妈却自己明白湘兰的衷曲，忙道："姑娘，你这是何苦，我是个在学校做女仆的，怎么敢当……"

湘兰哼了一声，仍向何鹏道："你若看我干娘真是做女仆的，可太没眼睛了。"

何鹏忙道："何必你说，赵妈妈若是平常人，也绝做不出这样侠义的事。她救我的命，已经就是重生父母，我早就愿意认她作义母。"

湘兰道："你既愿意，还不叩头？"

何鹏虽然并非不愿，但觉在这生死关头，弄这不急之务，未免过于草率，但被湘兰逼着，只得糊糊涂涂、迷迷惑惑跪倒向赵妈妈叩头行礼，赵妈妈急忙拉住叫道："这是怎么说？我可不敢当。"

湘兰插口道："娘，你不必让了，救他的命，这还不应当？"

何鹏拜罢立起，恭恭敬敬也学着湘兰叫声干娘，赵妈妈道："我也让不得了，就认你这干儿吧。"说着看着湘兰笑道："我给你们引见，何鹏你几岁了？"

何鹏心想只湘兰一个闹这闲情逸致还不够受，怎赵妈妈还帮着她起哄？她们好像都忘记我是在什么当口了？但虽这样想着，口中仍答应道："我二十二岁。"

赵妈妈道："那么你是哥哥，湘兰过来，见你大哥。只行新礼儿鞠躬吧。"

湘兰闻言，就端容正色地向何鹏鞠了三躬，何鹏照样还礼已毕，心想这段闲篇儿可闹过去了，耽误老大工夫，到底该怎么办呢？想着忽闻湘兰叫道："何大哥，你别愁了，现在你我都成了干娘的儿女，我可以照干娘说的法儿救你了。你别怪我多事，请想你我男女有别，又加素不相识，我一个女子，怎能和你同在一个屋里？现在你既拜我了干娘，就是我的哥哥，哥哥有难妹妹救你，就用不着避嫌疑了。"

何鹏听了，方才觉悟她的用心，不由在感激中更生敬重。但心中仍老大不安，方要开口，赵妈妈已拍着湘兰肩头道："好孩子，你的心真深，我越发地爱你了。方才从你一说，我就明白你的意思，所以何鹏拜我并没深拦。"说着见何鹏望着自己，似将有话，就摆手道："你什么也不用说，老实听我调动。若再闹客气，就对不住你妹妹这番苦心了。你更无须不安，日子比树叶还长，但盼你这次得逃罗网，日后发达，多孝顺我，多疼你妹妹就成了。"说着就拉着何鹏和湘兰同向外走道："他们也许快来了，咱们得赶着预备，别到时弄出破绽。"

三人到了西屋，见桌上油灯尚明，赵妈妈跑上炕去，将朱家夫妇留下的现成被褥完全打开，铺好棉褥，在上面将两副被都垒成被筒，并列成双。另用一幅被将被筒盖没，被头又放好长枕，令人看着，只疑是一个被筒，却不知底下竟是一宅分为两院，各有遮拦。收拾完了，又取来暖壶茶杯，放在炕沿，炕下并置了一只溺器。湘兰看着干娘布置，只觉一阵阵的面红耳热。想到少时搜查的人到来，这一道难关，不知能否闯过，倘若破露，便将不堪设想。再瞧着炕上枕衾，直如洞房中的布置，自己一个少女怎么竟和陌生男子弄到一床上去，这不要羞杀人么？虽然自己志在救人，问心无愧，而且和何鹏已成兄妹，可以免去嫌疑，但身当此境，任是心正不怕影斜，也自觉过于难堪。好在自己由乔宅归来，此心已冷如槁木死灰，把此身正看得可生可死，可有可无。今日将我这无足轻重之身，来搭救一个有志青年的性命，也算废物利用，不足珍惜。但若此事出在前天，那里我的心还在志云身上，恐怕宁忍坐视何鹏死亡，也不肯受这羞辱。看起来何鹏还算有运气，恰遇我这灰心时候，就迷信眼光看，在这时便可断定他脱险了。

湘兰如此寻思，但总有些羞惧交迫，坐立不安。何鹏也是不住搔腮抓耳，方寸悬悬。只赵妈妈从容料理，毫不忙乱，向房中各处端详，一一摆弄，务使做成小家庭的平常状态。及至收拾完了，才道："很好啦，任凭来个头等侦探，也看不出可疑地方了。你们先上炕去睡吧，别等他们来了闹得手忙脚乱，露出破绽。照本地风俗，都是女的倒在外面，好伺候男人，替他拿东拿西。何鹏就倒在炕里被筒里，便是搜查的人进屋里来，也离得远些。湘兰就倒在外面，快上去，我还有话吩咐。"

何鹏这时终有些不好意思，但经不住赵妈妈催促，只得说声"有罪了"，脱鞋上炕，钻进炕内被筒里。赵妈妈端详端详，又教湘兰也快睡，湘兰羞极欲哭，但想这样若一害羞，倒显着自己心中太不坦白，只得强忍羞颜，装作满不在乎，也照样在外面睡下。

赵妈妈道："你们先闭上眼装睡，我看看。"

二人依言，话未说完，猛听外面巷中人语喧哗，步履杂沓，更着开门闭门之声。三人面色同时变白，互相愕顾。湘兰心里立刻敲了小鼓，赵妈妈立起身来说道："大概许是来了。湘兰你可仔细了，千万不要羞愧。教人家看出破绽，不光你哥哥的性命难保，就连干娘我还若干不是哩。"

湘兰点一点头，赵妈妈将他二人安在房中，好似小夫妻过那美满的家庭状况一样，又说："湘兰你大方点，不要羞愧。你俩都太规矩了，搜查的人叫门一定很响，你俩装睡着没被惊醒，定然睡得极熟，哪有熬睡的人还这么直挺着端端正正，像练操似的？你们得改样儿。何鹏可以仰脸睡，教他们一目了然，省得细看。不过要用被子遮到鼻子下面，这是很自然的睡觉样儿。湘兰可以脸儿朝外，那群官人也许有不老实的，见着女人，难免多看两眼。你脸朝外，给他们看，就免得他们向里探头，连着看何鹏了。"

湘兰听着，暗服干娘的细心，就依着她的话，转身向外。赵妈妈又教她把左臂衣袖卷到腋下，将胳膊伸出搭在炕沿，又替何鹏矫正姿势，半天方才满意。点头道："好了，等他们来时，你们就这样吧，可别错一点儿。还要记住，别装着打鼾声，这是听得出真假的。不打鼾声倒妥当，细致的人睡觉，多半没有声音。"说着又道："你们这时可以起来坐着，等有消息再端架子。"

二人巴不得一声都坐起来，赵妈妈又到东房收来了蛋和纸烟，教他二人吃。二人哪里吃得下去，赵妈妈去吃了五六个，蛋壳抛在地下，也不打扫。吃完又吸纸烟，烟屁股也乱抛在地。过了一会儿，忽见地下放着何鹏的皮鞋，不由哟了一声道："我几乎失神误了事，这皮鞋不合派儿，在这小院住的人，哪有穿尖头皮鞋的？"说着急忙藏起，又翻箱倒柜，寻出房主朱先生的一双旧布鞋，放在原处，才坐下和他二人默默相对，只听着外面消息。

哪知过了很长时间，还不见来。何鹏和湘兰又不敢下地，只坐在炕上。这时三人心理都似生了变态，明知搜查人来了，便是生死关头，岂有不怕？但在坐待之际，倒看像等候好事佳音，盼其速至，几乎等了有些发急。而且当此境况，又没有闲谈的心绪，只剩下面面相觑，闷闷相对。湘兰坐在外面，身后对着何鹏，她一直不敢回头，只看着赵妈妈，半晌忽说出一句可笑的话道："怎么还不来？"

赵妈妈道："大约也快来了。"说完又沉默下去。

真是嫌人易丑，等人易久，何况三人又怀着异样心情，都觉得这夜特别长久，以为过了有一天工夫，但是外面天还没亮，证明仍在这漫漫长夜之中。既而听近处邻家的时钟敲了五下。何鹏叹气道："才五点啊，怎么还不来呢？"

赵妈妈笑道："你们倒盼着他们来啊？"

何鹏道："既然要来，不如早来。无论是死是活，也早落个心静。"

赵妈妈道："半夜时候，卖蛋的就说已查到孙家胡同，这里离孙家胡同只隔一道大街，论说早该来了。莫非漏了我们这里？那可是皇天保佑。"

又对湘兰说："孩子，你千万别教人家看出来才好。"湘兰点了点头，表示自己知道了，赵妈妈道："你预备着，我还回东房去等着开门。"说着挥了挥手，暗示教他们珍重，又将煤油灯的亮儿捻暗了些，使房中光线仅能辨人，便走出将门倒带，回了东房。

湘兰在赵妈妈出去后，倒好姿势，闭上了眼，屏息凝神地期待，但过了半晌，外面反倒寂静了。她觉得背后有人转侧，忽想到自己正和男子共枕同衾，方才有赵妈妈在着，还不觉得怎样，此际只剩了两人，虚

179

室残灯，孤男寡女，真是成何体统？想着不由心中热辣辣，面上烧烘烘，似觉背后一阵热气蒸炙，倏又变冷，从颈后有一条线似凉到脚跟，身体好像软了，意念中又像卧在独木桥上，稍一倾侧，便将落入万丈深渊。就把心揪成一团，丝毫不敢动。过了一会儿，听外面又一阵人语履声，随后静寂。好像查者由第一家转到第二家，湘兰忍不住睁开眼，见桌上残灯，半明半暗，火焰变成微黄，似有了曙光。正要看着窗户是否天明，因为这房连着前檐，就轻轻转过身，向窗上一看，天果然微现虚白之色，到了将明未明，俗称鬼龇牙的时候。心中直担心一整夜，到此际还在吉凶莫卜，真及苦恼。

正要翻身转回，无意中眼向下一扫，似见枕上有点儿光亮闪动，再一细看是何鹏的黑漆似的明眸，正对着自己看。湘兰立觉身上似被刺了一针，脸上似被打了一掌，急忙翻过身来，紧闭了眼，心中扑扑乱跳。半晌神思方定，忽听何鹏咳嗽了一声，低声叫道："妹妹。"

湘兰心中又跳起来，闭口不应，何鹏又低声道："妹妹，我真想不到在这种地方，遇见你这样侠心的人。我虽然生死难保，你的恩情总已有在那里。我若被他们识破，捉去杀死，咳，我向来不说迷信话，今天若盼着真有阴司，真有轮回，只好在来世报答你的恩情。"说着迟了一迟，又道："倘若我能逃活命，也许今世就要报答妹妹。今天的事，实在太委屈你了。你这青春少女，竟为救我这样受屈，真是英雄肝胆。恐怕世界上没第二人能做这种事。可是我心里怎过得去？你有多么深的恩情，我便留多么大的亏心，但盼……但盼将来我能补上这亏心。妹妹，我现在对天立誓，只要我不死，以后你这性命与身体的保障都归哥哥负责。妹妹应该明白我的意思，我若有一字虚言，立刻被他们捉去枪毙……"

湘兰听着，更觉心慌意乱，想不到他在此时此地，竟有如此表示。本来湘兰自始便含着一片坦白之心，毫未思及别情，所以要和他结为兄妹，才肯同室而居。这时听了他的言语，起初恨他轻薄，心想我忍耻救你，你怎倒说出这样话来？但一转想，似觉他别有体贴之意，并非邪僻之言。他大约看自己住在干娘家里，认为是孤苦无依的人。今日为救他性命，竟而忍羞忍耻，以黄花少女之身，和他假充夫妇。他感激之下，自要为自己着想。想一个少女，和陌生男子同衾共枕，虽说纯心洁白，但日后宣扬出去，旁人谁能相谅？也许因此败了名誉，丧失终身幸福，岂不造了大孽？他想补这可怕的缺憾，只有以身相报，所以在这时迫不及待地说出，当然是为着安我的心。由此看来，他倒是个忠实君子，绝非有意轻侮。但他哪里知道，我的心已经死了，自昨夜乔家归来，就决定终身与男子绝缘。从此只和干娘相伴，消磨残生。干娘若不管我，还可以投入尼庵，在木鱼蒲团上了此一生呢。他空有这番好意，可惜我不能承受了。

想着只听何鹏又道："妹妹，我知道你是孤苦的人，我也一样天涯漂泊，举目无亲。这番奇巧遇合……我又迷信了。我想不是没因由的。"

湘兰觉得听了不能不说话了，但既不接他这个茬儿，也不对答他方才的暗示，只把他的言语当作一句感谢之词，就回他没头没尾的话道："谈不到，你我在干娘的面前一拜，已成了兄妹，就是亲骨肉一样。何必说这种话呢？"

湘兰言中就是语妙双关，机锋深潜，何鹏听了，立觉撞了钉子，不由爽然若失。

二人正在都感难堪，猛听街门一阵踏得山响，二人都惊得一抖，互相报告道："来了来了！"立刻全都做好姿势，屏息装睡。

只听外面连捶一阵，方闻赵妈妈在东房内发出睡梦的声音叫道："谁呀？"

外面有人高声应道："查户口，快开门！"

赵妈妈应道："你们可等我穿上衣服呀，半夜查户口，这是没有过的事。"说完慢腾腾地从房中走出，随闻大门开了，便有许多大皮靴橐橐而入，有的靴底钉着铁掌，踏得砖地咔咔作响，脚步杂乱。

何鹏和湘兰都把心提到喉咙口，把耳朵伸到额角上，听那外面有人高声问道："你姓什么？住在哪屋里？有几口人？"

赵妈妈似乎故作怯官神气，叫道："老爷，我姓赵，又孤又寡，只一个人住在东房。"

那问的人似已看过东房内绝无可疑，就问道："这西房呢？可是姓朱的夫妇住着？"

湘兰听着，心想干娘果然料得不错，这问的人一定拿着户口簿子呢，就听赵妈妈答道："不错，是朱家两口儿。"

另一人叫道："你快叫他们开门。"

赵妈妈诺诺连声，似乎走过推着房门，口中喊叫"朱嫂"，但是房门本只虚掩，一推就开了。赵妈妈自己捣鬼道："朱嫂怎么忘记关门？"说着走入房中，便有皮靴声同着走进。赵妈妈走近里间门口，就住步叫道："哟，他们睡得真死，还没醒。"

湘兰听皮靴声也由外间走近里间门内，吓得一颗心要跳出口来，每听靴声一震，便觉跳动的心猛撞喉咙一下，身体也似乎僵了，想动也不能。这时房中一阵寂静，似乎那为首的人正在向屋中注视，湘兰知道这是千钧一发，生死分界的当儿，屏着气息，只念佛保护。过了须臾，忽听门口皮靴声一响，湘兰以为他们要向面前走来，暗叫可要命了。哪知靴声一动，许多靴子跟着都响起来，就听有个山东口音的人笑骂道："他妈小舅子，小两口真睡得香。想是前半夜练他妈的双刀破花枪，练过了力了。"余人闻言，俱都大笑。接着步声乱踏，都往外走去。到了院中，还听赵妈妈说道："众位老爷不坐会儿了？也没喝杯茶。"说完也没听见有人理她，只听一拥出门。赵妈妈才把门关上，对邻的门又捶得乱响了。

这时屋内的何鹏知道大难已过，直如死后还阳，在被窝中使了个鲤鱼打挺，坐了起来。但忘了腿上有伤，这一剧烈震动，猛觉痛入骨髓，忍不住切齿呻吟。湘兰却因方才神经过于紧张，及闻官人走去，心里猛然一畅，便要坐起。不料何鹏又号叫起来，这一下比方才有官人进来时还惊得厉害，几乎刚返窍了的魂儿又给吓跑，只疑房内还有官人，把何鹏捉住，他才有如此哀号。仓促惶急之中，哪里容得思索，她霍地一跃而起，翻身便把何鹏抱住，厉声叫道："你们捉他，就带我一同见李栖梧去。"

叫着只见眼前并无他人，只何鹏一个，皱眉咬牙地手抱着大腿，才明白自己想错了，立时羞得头上轰响，耳根烘热，眼中乱冒金星。忙放了手，转身跳到炕下，把被子都还落于地。才见赵妈妈带着满面惊恐，走进来着急道："官人并没走远，还在对面，你们怎大呼小叫。"

182

湘兰仓促无话可答，何鹏这时似乎已深深领悟了湘兰的关切，只不解她喊的话是何意思，更不解为什么她要见李栖梧。当时料难询问，便把这疑团存在心中。及见赵妈妈进来责问，忙点头答道："是我起得猛了，碰着腿上的伤，痛得一叫，李小……妹妹只当官人又来捉我，也吓出了声儿。"

赵妈妈听了，笑向湘兰道："孩子，你没听见我开门把凶神都送出去了？屋里怎会有人？"

湘兰听何鹏的话，明白他是以深悟自己所喊两句话的意思，他替自己瞒住，未向干娘直说。由此更可见他是有心的人，想着不由看了他一眼，又自解嘲道："我也糊涂了。"

赵妈妈叹息道："你一个女孩儿家，这还不难为你？现在大难已过，姑娘你算救人救到底，做成天大的阴德事了。何鹏你可不能忘了你妹妹的好处。"

何鹏道："我这个人从今天起，就算干娘和妹妹的了。我没法表示感激，古语说，大德不言报。看将来吧。"

湘兰方欲答言，又想起方才他自誓之言，便咽下不语。赵妈妈搂住湘兰道："我的儿，你昨晚儿奔波一夜，还可算是过大除夕，今儿大年初一，该是睡觉的日子，你又坐了个通宵，看你眼睛都眍䁖了，颜色也不成颜色，快随我睡觉去吧。"

湘兰应了一声，又道："这屋里给人家乱得天翻地覆，也得收拾收拾。"

赵妈妈道："何必忙在一时，明儿收拾还晚么？"说着把地下的被筒拾起，放到炕上，就向何鹏道："你也不用下地，就在原窝放心大胆睡吧。"

何鹏因腿上疼痛，也不愿动弹，就答应着道："干娘你安歇吧，妹妹明天见。"

赵妈妈和湘兰就替他带上门，走了出来。回到东屋内，又谈了会儿侥幸脱险的经过，就一同睡下。说来也是世间冤孽事，多半凑巧，赵妈妈因自己妙计成功，心中庆幸，又加新做了这件好事，精神怡快，躺下便睡着了。湘兰却因神经震动过厉，一时未能恢复常态，再加上回想方才与何鹏的一番离奇遇合，不禁由他的隐秘心情发生了许多的思索，心中一阵动荡，一阵凄冷，一阵羞耻，一阵悲哀。她思想自己既和家庭断绝，又与乔氏分离，如今一身漂泊，确已成了没有着落，没有拘管的人。此后虽然孤苦，倒也自由随便。想死想活，或嫁人，或出家，都可无挂无碍地自作主张。方才何鹏那样暗示，固然感恩报德应有之事，但为自己着想，似乎未尝不可接受他的好意。何鹏所作所为，实是个有出息的男子，再看他一言一动，心地也自光明。我们又同是天涯沦落人，若是结为终身伴侣，定然从同病相怜中发生幸福，保持爱情。何况还有这一层救命做保障呢？不过我自受乔志云打击以后，此心已冷如冰雪，自己立誓永不接近男子，自寻苦恼。何鹏这番好意，我只有辜负他了。

湘兰这样想着，自己甚为解脱，把以前的事看作浮光幻影，以后之境，也是水月镜花。自己身体尚不觉置意，当然更难绝杂念不使溜入灵府，但她的中心却完全互相矛盾。立誓不念志云，然而志云的影子一直不离开她的心头，这时又决意把何鹏请求付诸一笑，不加理会，然而何鹏所说的真心话，好似灌了留声机，放在她耳边反复唱个不休。故而她虽然疲乏，却辗转反侧，永不入寐。过一会儿又听何鹏在西房中的低嗽声音，被晨风传送过来。湘兰知道他至今未睡着，必在那里想念自己，和自己在这时想他一样。想到这里忽然醒悟，不由自己责问自己道：我为什么在这里想他呢？立觉惭愧非常。把头缩入被里，许久才睡着了。

但睡得很迟，竟而醒得也快，大约睡到十点多钟，她做了一个梦，梦中仍是晚夜光景，好像自己和何鹏正躺在炕上，那搜查的人又来了，却不是军警装束，个个都像戏台上的大花脸，并且身穿唱戏的服装，手中都握着洋枪。这伙人进屋便要捆绑何鹏，赵妈妈忽地从外面进来，跟他们打了交手仗。自己也不知从哪里生的勇气，哪里来的力量，居然趁空儿拉住何鹏，向外逃跑。跑了半天，到一座大楼前面，回头见赵妈妈也跟来了，三人跑进楼中，进到一室，把门锁上。方才喘息，不料官人们已追来了，在外面推门不开，就用重物来砸。湘兰眼看着屋门被打开一道缝隙，就在惊恐中惊醒了。

醒后揉了揉眼，心境尚在迷离，忽觉那房门声音似乎还在耳边，砰砰声不绝。她几乎重又坠入梦境，但稍一清醒，悟到才由梦中醒来，只是那声音确仍在耳，凝神细听，才听出外面有人叩打街门。不由暗叫奇怪，自己睡中被砸门声惊醒，怎么醒后恰闻有人叩门，只好像我被这叩门声惊醒似的。这梦可做得奇怪。其实像湘兰这种情形很是常见，只于精神感应的道理，并没有什么神秘。譬如我们睡觉被灯光照着，就许梦见大火。睡中受到寒冷，就许梦见赤身雪地走路。湘兰只是正做着梦，忽被打门声传入神经系统，梦境就转入打门的事。外面叩门一下，她心中就听见捶门一声了。

且说当时湘兰心中还留着夜中余悸，初闻叩门声，自有些惊恐。继而想到未必仍是官人，且到外面看看再作道理。就不惊动干娘，悄然下炕，开门走出。到了门口，就扬声问谁，外面有人答道："请问你老，有位李小姐可在这里住么？"

湘兰听这人语声很熟，眼珠一转，已想出是乔宅老仆王升的口音，随即忆到昨日干娘曾说有个仆人模样的老头儿在门外张望，并且向她打听主人姓氏。当时何鹏还疑是追缉他的官人。这时才明白定然就是这个王升。只是王升何以知道我在这里，必是前夜我由乔宅溜出来时，这王升看见，便暗地追随，看明我住在这里，回去报告。今天又复前来，想是奉命接我回去。我和乔志云业已陌路，怎能还弄这等牵扯？只可说谎挡他回去也罢。想着就道："这儿姓赵，没有这么个李小姐。"

话未说完，只听外面王升叫道："李小姐，您别哄我，我早听出您的语声。您请开门，我奉老太太的命，接您来了。"

湘兰心想既已被他识破，不如爽性对他说明我的决心，教他带信儿回去，使乔夫人绝了指望，从此免却纠缠。便把门开了道缝儿，向外一看，只见王升当门而立。他见门开了，就要推门而入。湘兰喝住道："你别进来，就站在那儿听我说，你回去告诉乔老太太，我已经与乔家断绝关系了，请她不要再念记我。我主意已定，宁死不能改变。你回去就这样说。"

王升听了，似乎吃了一惊，叫道："小姐，您这是为什么？老太太从前天您走了以后，急得坐立不安。幸亏我探知您的下落，老太太才安了心，昨天忙不迭就要亲自接你来，因为……"

湘兰拦住道："你别说了，说什么也没有用。快回去。"

王升道："小姐，我可不敢传这话，担不起这沉重，你同我们少爷说吧。"

湘兰闻言愕然，方说出"你们……"二字，王升已把身向后一闪，只见在门旁赫然立着个乔志云，先前湘兰只顾和王升说话，没向两旁瞧看，这时突然看见，不由心中乱跳。两人目光一对，志云已赶上一步，叫道："姐姐，咱娘请你回去呢。"

湘兰望着志云，见他面容憔悴，神情惨淡，方觉心中有些凄恻，但又看他眼光带着红肿，似乎曾经哭泣，不由想起前夜他为月娟痛哭，不顾自己难堪的情形，心想他既对月娟那样情热，此番前来，定是受母亲逼迫，无可奈何。大约口说接我回去，心里未必不怕我真个的回去。想着立刻把微热的心又变了冰冷，忙把门一推，只留了寸许的缝儿，张口向外说道："你是有太太的人，不要再乱称呼。我与你毫无关系，你接我干什么去？你请回吧。"说完猛地把门关上，插了横栓，身体向旁一闪，却不离开，仍听着门外声息。随闻外面又连连捶门，志云的声音连叫着："姐姐你请出来，容我说一句话。"

湘兰只咬牙不语，过了一会儿，外面不捶门了，只听志云低声叹道："这可怎么好，她只不理我，也不容说话。"

停了半晌，才听到王升答言："我看还得老太太亲身来一趟，要不然简直没办法。"

志云点头道："对了，我们就回去请老太太。"

王升道："还得请老太太快来，若工夫长久，怕她又躲到别处，就不易再找了。"

志云说道："对对，快走。"

说着便听二人走远，湘兰知道二人走了，忽颤微微向后退了两步，举手搔着头发，仰天叹了一声道："完了！"

猛听身后有人笑道："完了么？完了正好。"

湘兰大惊回顾，见赵妈妈正立在东房门口，招手笑道："来吧，好姑娘，你这件事做得好。我都听明白了，乔志云也应该撞这么个硬钉子。省得他再小看女人，这一来他算死了心，你也解了气。这才叫快刀切脆瓜，真叫痛快。"

湘兰摇头道："还不能痛快，麻烦就在后面，志云回去，就把他母亲搬来，乔老太太待我极好，她来了，我怎能也把她关在门外？只要她进来对我一说好话，我真没法儿翻脸无情。这可怎么办呢？"

赵妈妈也皱眉道："这倒是个难题，乔老太太那样年纪，倘若说到分际给你下上一跪，你可怎么对付她？难道就拼着一辈子受气忍辱，真跟她去么？"

湘兰道："我是宁死也不进他乔家门，可是您料的真在理上，只怕她软磨苦央，就要了我的好看。"说着只叫怎么好，在满院乱蹀。赵妈妈也想不出妙法，正在替她着急，湘兰走到西房窗下，忽然招手叫道："我有主意了。"

赵妈妈问道："什么主意？"

湘兰道："我先不能细说，您且跟我进来，一看就明白。"

说着拉赵妈妈进了西房，直入里间，见何鹏还在熟睡，就拍拍炕沿，将他惊醒。何鹏睁眼，看见她们，忙要坐起，湘兰摆手道："不要起来，还躺着，听我说话。大哥，我夜里救了你的命，你现在可能帮我一点儿忙？"

何鹏怔怔说道："成，成，当然成。你要我怎样帮忙？就是赴汤蹈火，我也愿去。"

湘兰道："全用不着，我只要你还在炕上照样睡觉，无论有谁来，也不许你动。我无论做什么事，你也不许问。你可以答应么？"

何鹏道："当然答应，不过你是什么意思？"

湘兰道："好，你仍旧睡吧，几时我叫你，你再醒。"

何鹏应声，就又闭上眼了。湘兰把被子整理整理，仍弄成夜中赵妈妈所创一宅两院的格式，收拾好了，回问赵妈妈道："您明白了么？"

赵妈妈道："我知道，你是照方吃炒肉，不过意思不一样。你是借这个阵式，把乔家母子挡回去，教他们永远死了心。"

湘兰道："对了，等他们来时，还得您去开门。她一问我，您就把这屋子指给她，教她们走进来一看，大概连话也不必说一句，拔头就走了。"

赵妈妈挑着大拇指道："好主意，可是也亏我摆下这个阵式，本为救何鹏一命，哪知又救了你的急。"说着忽听外面大门声响，赵妈妈吐舌头道："好心急的人，来得真快。"

湘兰连忙上炕钻入被中，面向干娘摆手，赵妈妈这便走将出去，这一开门不要紧，正是：床头景幻，只看侦骑回车；洞口云暗，又阻渔郎返棹。

这且不提他三人定计哄骗乔老夫人，返回再说在马秃子变乱后的第五天，天津地面秩序已完全恢复，帅府的解严布告已煌煌贴在街头。李栖梧本想捉回刺客何鹏，将功折罪，以求保固禄位，却做梦也想不到，何鹏竟因他女儿的保护得脱罗网。因此他自搜查多日，几乎把全市都给翻过个儿，那何鹏仍是鸿飞冥冥，弋箭奈何。这日帅府一布告解严，他只得自认失败，放弃了最后的希望，进府去报告，何鹏遍寻不获，想已远飏。当时被吕大帅臭骂了一顿，他还忍羞忍耻，不肯言辞，到底自讨没脸。出府以后回到厅中，不大工夫，便接到褫职谕令，他才知到了山穷水尽，无可恋栈。垂头丧气走回家中，等候交代后任。家中妻妾仆人，自然都遭了劫数，这且不提。

再说大帅府中的善后情形，经过这次变乱以后，马秃子的一派已然消灭，吕大帅对于这非嫡系军队，本不爱惜，自然并不急于补充。唯有新出的两个要缺，一个是帅府卫队旅旅长陶开远的遗缺，一个是警察厅长李栖梧的遗缺。一是关系大帅安全，一是关系地方治安，任大责重，一日不可虚悬。但是人选问题却是大费斟酌。一则因陶开远、李栖梧二人荒弃职守的前车之鉴，一则由于马秃子的教训，感到人心难测。万一所托非人，更恐患生肘腋，不堪设想。因此帅府的主脑人物为这两个要缺，曾密议了数日，直到下令罢免李栖梧这一天，尚未议得结果。这会议的中心人物，仍是郭誉夫、贾全忠、朱玉堂、梁保粹几个人，而以梁保粹、郭誉夫为主脑。

说来梁保粹真是神通广大，他虽然是这次酿乱的罪魁祸首，几乎因他一人，弄坏了吕家两省江山，而且国人皆曰可杀，吕大帅也预备牺牲他了。后来虽然事机一转，使他绝处逢生，在众人以为吕帅既已知道他的罪恶，纵不治罪，也该失宠了。哪知在乱后数日之中，他不知对吕大帅施了什么法术，说了什么言语，吕帅竟似忘了他过去一切。不但把权仍交给他，并且言听计从，一如往昔。梁保粹也似忘了过去受的惊恐羞辱，仍然作威作福起来。郭誉夫向来和他是一对狼狈，虽然郭誉夫曾对梁保粹下井投石，但梁保粹尚茫无所知。小人之交，本以利合，这时梁保粹既然恢复权势，郭誉夫当然一仍旧惯，他俩朋比为奸。二人素知吕大帅脾气，向来自己做不出确实主张，又要故作精明，表示不听别人主张。所以他们每逢想要怂恿吕帅做什么事，必须预先商量妥当，设法把这办法贯入吕帅脑内，再隔一天这办法就变成吕帅自己的老谋硕策，发表出来。而实际却做了他们的傀儡。

这时梁保粹知道卫队旅长和警察厅长这两个要缺，后任人选极关重要，吕帅必然有所咨询，就暗自打算。他自被马秃子杀灭全家，悟到自己树怨已多，性命时有危险，后日更当善做保护之计。自己常居帅府，虽有大帅护庇，但这卫队旅长若是马秃子一样的人，再闹起清君侧来，岂不瓮中捉鳖？而警察厅长掌管地方，关系自己身家性命，更不待言。所以对这两处人选，必须忠于大帅还是次要，而求其善于自己，更为先决问题。但是为资格继比两缺的人，必不出于现任的师旅长，而这师旅长中哪个可靠，却苦于知人知面不知心，任用何人真难决定。但是终要自己先行选定，他好抢先设法向大帅推荐，否则万一大帅竟派了自己仇人，那可如何是好？

梁保粹为此苦心焦虑，一直想不出善法，只得向郭誉夫求计。郭誉夫探知他的私心，就搜索枯肠，代为设了奇想天开的办法，就是先选了几个有继任资格的旅长，做一番试验，另外托一位同党的属官，假作他不堪梁保粹的克扣，同情于马秃子的行动，也要举行第二次的清君侧，邀那几个旅长加入，共同行动。却要把理由说圆满些，例如只要推倒梁保粹而不离叛大帅，并且只待梁保粹出外加以暗杀，并不惊扰帅府等等限制。但须分别个人试验，看那些旅长怎样表示。其中严厉甫绝，不肯附和的，必然妥实可用，就内定为两缺继任的人，向大帅设法推荐。务求成功，以后还可引为我们的同党。若有表示甘愿作乱，与我们为仇的，也可由此明白他的心迹，从此严加防范，再俟机排除。

郭誉夫这个主意，本不算十分高明，但在好弄机巧的梁保粹听了，以为却是神机妙算，决意照此行事。郭誉夫又劝他索性把这计策对吕大帅说明，可以直截痛快地排除异己。不过对大帅只要说试验其中是否尚有人包藏祸心，图谋捣乱。并由此选拔忠义之士，好付以保卫帅府和维持治安的责任。大帅被马秃子闹得对部下颇有戒心，必然听从。只要他答应了，我们行事时很可以便利。不过主试的人却要寻个同党，试验时仍用清君侧的原题。但若试验出有反对梁保粹的人，岂不较为痛快？梁保粹本来早把吕启龙的脾气摸准，料着如此献议，正中吕帅猜忌畏怯的心病，必然准能允许。就和郭誉夫详细商量了进言的方法，觑个机会，进内庭对吕大帅一说，果然吕大帅正因马秃子这条鱼搅得满锅都有腥味，又为警卫两处人选发愁，精神非常不安。一闻梁保粹献此两全良计，竟忘了这样欺诈儿戏办法不成体统，且将使人离心。反认为适合需要，实确可行。于是又请来郭誉夫，共同商议，结果选定了几个旅长，江汉生、郎太化、胡楚天、任缅寿等人作为被试验的对象。

至于主试的人却大费斟酌，因为必须要个色彩不大鲜明，与吕既非嫡系，和梁保粹又素少瓜葛的人，否则便为他人所疑，不能达到目的。研究半天，并没有适当人选。还是郭誉夫心灵，临时又献策教杨汝琏行回苦肉计，暂把他的第二师长职务，改委别人，降调他做暂编师长，可以宣传梁保粹因兵变时他的部下救援不力，以致全家被马秃子所害，故而向大帅进谗，把他降调。这样一办，外人自会深信杨汝琏反对梁保粹确有缘由。暗地与杨汝琏说明内幕，并许时毕酬劳，他自然乐于从事。可怜吕大帅只由着群小拨弄，并不顾这样轻举妄动，贻患无穷。就如此议定，郭梁二人自去分头进行。

这且不肯，只说吕大帅既定此议，好像得了什么长治久安的大计，心里非常高兴。回至内庭，进七姨太胡素娟屋中吸烟，因为吕帅素信素娟有学有识，常与她谈论政事。这时在谈话中间，不由便把这件事说将出来。素娟因为将领中颇有她的私党，心中关切，便问明个中详情，以及被试验的人名，及听果有自己亲信的江汉生在内，便想给他送个信儿，教他在被试验时，注意装得忠勇愤发，由此便可博得大帅信任。倘若真升了卫队旅长，好处更是胜不可言。想着便暗打主意，素娟心思最

190

细，知道此事机密非常，自己不便由帅府给江汉生通电话，写信也怕落痕迹，更不能在这时候亲赴江宅，只好寻个秘密地方借打电话，于是就想到妹妹月娟家里。等大帅吸完烟，陪着用过晚饮，就借着上天仙戏院观剧为名，坐汽车出府，直奔月娟的新宅。到了门外，将车停住。素娟猛看见门外立着个人，似乎见汽车开到，立即躲到一旁，一晃就没入黑影之中，倏然而隐。素娟以为是过路行人，也未注意，便下了车。门房仆人听得喇叭响，早赶出来开了门。

素娟直走进去，因为仆人是胡宅带过来的，便问二小姐可在家，门房回答正在楼上，素娟便走入楼上，直入起居室中。见月娟独自一人，坐在大躺椅上，旁边立着那德国古典式的落地烛台式高座灯。在乳白的柔光下，照见她仰着脂粉不施的清水脸儿，正在看书。玉肤微黄，蛾眉浅蹙，一双星眸因为目眶微青，显得眼儿有了凹陷，以做深思，神采一点儿不似往日飞扬。而且身上只穿件浅绿色素绒睡衣，更显得暗淡。素娟见她这般光景，而且当这时候，竟只一人独坐，不见她的可人志云相伴，不由暗自诧异。月娟听得履声，抬头看见素娟，就放了书，面上方现笑容。盈盈直立，叫声姐姐，就走过抱了一抱，携着手回坐在沙发上。

素娟道："妹妹是病了么？自从闹了这回乱子，我因为府里严了门禁，出入不便，也没出来看你，你也没瞧我去。只前天你打电话问候我，听你鼻子好像伤风似的，问你只说有点儿小感冒，现在看你脸上气色很不好，也瘦了许多。这场感冒别不轻吧？"

月娟听了，点头笑道："没有什么，只冷着点儿。过了两天吃了剂药，已经好了。"

素娟道："前天电话也没得细谈，除夕闹乱那夜，你和妹夫都在哪里？可曾受着惊恐？"

月娟眼珠一转，淡淡答道："我和志云都在家里，并没出门。好在马秃子的乱兵不从这南城经过，所以一点儿没有受惊。只于闷得难过，又担心你和吕大帅，别提多么着急。和志云直在楼顶晒台上站到早晨，我就在那时候感冒风寒的。到元旦午前，才得了消息，知道马秃子叛变已然平定，帅府平安无事，我才放下心。可是一回卧室就头昏眼花，病倒床上，也没得去问候你。前天病好了些，才给你打电话。"

素娟因不知月娟近日所遭的情海风波，所以听了她这一套谎话毫无疑惑，就问了几句害病详情，随即提起变兵之夜帅府被扰情形以及近日所发生的事，李栖梧已被免职，月娟想到湘兰，莞尔而笑。素娟忽然问道："我进门见你只一人在房里，就想问妹夫，却为你的病絮叨了半天，将他忘了。他难道这么早就睡了觉？怎不见面？"

月娟从姐姐来时，就已打点好回答的话，见问便道："他出门上皇宫戏院看戏去了。"

素娟道："你的病方好，他怎这样大的戏瘾？把你冷清清地抛在家里自己出去玩？"

月娟笑道："是我逼他出去的。这几日他伺候我的病，一直闷在房里。我看他精神也不大好，恐怕他出毛病。今儿已解了严，从进这正月节里皇宫戏院今儿第一天唱夜戏，是梅兰芳、余叔岩的《庆顶珠》，案目老袁给送了包厢票来，我就强逼着志云开心去了。"

素娟点头道："这就是了，我说呢，你们这样恩爱，他怎会教你自个儿冷清。"

月娟听了"恩爱"二字，觉得刺心，鼻头一酸，自料眼圈必然红了，恐怕被姐姐看破，急忙装作取台上纸烟，背过身去。素娟立起道："志云大概总得半夜回来，我也不能多坐，这就得走。先打个电话。"

说着就先关了房门，然后走到屋隅，取起电话耳机，拨到江汉生住宅的号数，叫通了，请江汉生说话。把吕大帅和梁郭等人所计议以试验要员人选的办法，仔细说明，又告诉了内定被试的人名，教他善自为计。江汉生那边不知说些什么，料想必是感恩戴德的话头，月娟在旁却把姐姐的言语听得明白，心中暗自盘算。素娟说完，放了耳机，又对月娟把这件事略加解释，月娟心内十分紧张，但表面上只装着漠不相关，唯唯诺诺。

素娟又坐了一会儿，便告别要走，月娟挽她稍留，素娟道："我若不为给江汉生送信儿，今天还不能出来。你不知道这几天我们又变成鼎足三分了，本来从这……"说着伸出四个手指道："这个贱货出了冷宫，又得了宠，我和她暗斗已很费心思，哪知从除夕以后，大帅好像吓了那一次，只闹着要静养，居然到三的屋里住了两夜。这一来，三的好像得了脸，这两天直有点儿要成精。大帅昨儿又到了我屋里，我怎能不防着那两个贱货，下功夫把着啊？你别留我，明天进府去瞧我不是一样？"说着反笑道："我忘了，你也跟我一样，未必匀出工夫来。那么过几天再见吧。"

月娟含笑不语，送她出门。素娟因她病体初愈，推回房中不许相送，自己下楼走了。月娟呆呆立在房门口，听那铁门开阖和汽车呜呜之声，须臾复归静寂，知道姐姐已经走了。她重仰在大躺椅上，思想一会儿，忽地扑哧一笑，自语道：姐姐这次来，直是给我送来一条妙计，这妙计可太绝些，未免对不住姐姐，还得害许多人。不过这口气我怄定了。"说着咳了一声道："志云的母亲把我看成恶人，志云固然爱我，可是有他母亲那样看着，他未必不觉着我是个狐狸精迷住他的心窍，消磨了他报父仇的雄心。你们母子把我胡月娟看错了，这次我做出来给你们看看。不用你们费力，我自己一手把老吕毁了，给你们报了仇，那时再看是李湘兰好，还是我胡月娟好。你们跪着来谢我求我回去的时候，我再问乔老太太，胡月娟是你家仇人还是恩人？可配做你乔家媳妇？再教志云仍去寻他的湘兰姐姐，要将他折磨够了，我才吐口儿呢？可是若把老吕毁了，我姐姐岂不跟着受害？我看姐姐对老吕本没爱情，即使老吕死了，姐姐手里已经有钱，还能另选个好男子做丈夫，享后半世的幸福。至于我自己呢？现在虽是沾了老吕的光，只能安富尊荣，老吕倒后，是否我连带受累？是否准能得到志云的长久爱护，以致落到弄巧成拙，变福为祸，也就顾不得那么多，想不到那么远了。我本自知是倒行逆施啊，可倘若真由我一人手里毁了老吕的基业，报了志云的冤仇，真可算能以自豪的事。只是老吕也真是倒运，我和志云母子负气，和李湘兰争胜，本是极小的问题，哪知因此牵连到他的百年基业，两省大局。倘我真能成功，老吕这份儿冤枉，可实是古今中外所未有。不过他作恶多端，也许上天假我的手，给他报应。要不然我怎么能想出这样的妙法儿呢？

月娟正在像发神经似的自言自语，忽由门外走进了看门的张升，向月娟垂手禀道："回太太，老爷又来了，从天夕就在门外打转，直到方才。大帅太太来时，老爷才走。我因受了太太吩咐不许老爷进门，在大帅太太进门时，我还怕他跟着挤进来，幸而没有，老爷一见大帅太太汽车开到，倒躲走了。"

月娟听着，明白他所谓老爷，便是志云，不由想到这样冷天害他冲风冒冻，守在门外，真是可怜。但转念到自己所定大计，就得狠着心肠。向门房说道："好，你还得加小心，若被他闯进来，一定赶你滚蛋。"门房诺诺而退。

原来月娟除夕夜在乔宅听了乔夫人教子的言语，又见着她母子对待湘兰的情形，一时伤心负气，就说出退让的话，及见志云痛哭，心已稍软，恰巧众人因窗上火光照耀，失惊出去观看，湘兰趁机逃走。及至乔夫人发现湘兰失踪，喊叫起来，志云在屋中听见，也自跑出。他母子都想到湘兰一个弱女，冒着外面的危险弹雨出去乱闯，很有性命危险，都万分焦急。乔夫人更因爱惜湘兰，关心太切，竟忘了前面还有胡月娟，力迫志云出去追赶寻觅。志云这时也因念湘兰出去的危险，不暇思想，就跑了出去。这本是很自然的行动，莫说湘兰和他本为夫妇，即使是不相干的人，遇到危险，也该舍身往救。但是立在反对地位的月娟因为嫉妒的关系，竟失去理性，并不想乔夫人所以着急，志云所以狂奔，只是因为湘兰身入险境，倒只想她母子终是爱重湘兰，故而如此关心。志云听得湘兰走了，如飞追去，可谓爱情流露于不自觉。他眼里哪还有我？由此看来，方才痛哭，也是假装着敷衍我了。月娟这样一想，哪里忍耐得住，就一直往外走出。乔夫人看见，急忙追唤。月娟不理，三脚两步，已到了外院。这时志云已出去半响，而老仆王升也早已自动地追赶湘兰去了。月娟一路无阻，走到门房，唤出车夫，一同出门就上了汽车，立命车夫开走。乔夫人追到门外，月娟的车已走远了。这时变兵已经去攻帅府，路上连警察都绝了迹，那趁火行劫的土匪尚在活动，月娟命车夫冒险开回家中，居然途中无阻，一直到家。

月娟进屋，先自哭了一阵，心如灰冷，而又怨恨，直想真个实践自己的约言，和志云永断葛藤，从此离异。但也不能叫湘兰得意，自己总得设法蹂躏她一下，以泄今日之愤。当时自己决定这样办了，但时光老人最是排难解纷的好手，世上许多大事，都可以被他解释得由大化小，小由化无。月娟初回家中，愤慨不已，直有对志云誓不相见之势，及至经过一夜思索，渐渐气平了些，又因乍尝婚后孤眠的滋味，寂寞之间，不由想起志云的好处。既然想起他的好处，自己不由便恨意渐消，嫉心渐灭，对他生了原谅。所为志云处在那样局面，上有母亲以大义责备，下有湘兰以旧情引动，所以当然心意慌乱，不能圆满应付。细想他对我并没有冷淡的表示、轻蔑的行为。至于当着她们未曾对我特别偏袒，可是他听了我退让的话，情急而哭，那情意也就很可感了。至于最后他抛下我不管，出去赶湘兰，虽很教我难堪，但他也是一半受着母亲逼迫，一半恐怕湘兰危险。他不暇思索地追出去，过后见我走了未必不十二分懊悔呢？这是月娟到第二日心理稍平时的想法，对志云已大半谅解，直有意设法转圜，使他归来重温旧梦。但又想到那夜自己负气表明退让，怎好轻易食言，这跟头栽给湘兰？而且自己走后，志云若把湘兰追着拉回家去，在乔夫人主持之下，势必仍认她做儿媳。同时也为她留住志云，不放出门。或者进一步，使他二人从权合房，以安志云的心，也未可知。难道我还用势力欺压，把志云强夺回来？那可太没味儿了。

再想乔夫人背地批评自己的话，直把我当作报仇的障碍物，也等于他家的仇人，这真太屈枉我了。我自嫁了志云，就已和他同心共命，及至第一次听到乔夫人教训志云，更生了同情的心。我想帮着志云上进，等到羽毛丰满之日，再助他实行报仇。但是他们一点儿不知我这片血心，倒把我当作家贼似的防备。如今落到这步田地，我一赌气，就得与他母子绝情断义，并且给他们样儿看。可是我实舍不得志云，若没有他我一世就算完了。但是与他复合，却又大有问题。若动势力压迫，固然手到擒来，可是那种无味的事，我不愿再做第二次了。何苦教志云把我看成恶霸似的？而且旁人也笑我无耻，仗势力夺男子。我必得另想个法儿，教志云与他母亲知道我的真心，自动前来谢罪。志云也抛了湘兰，死心塌地地爱我。更教外人看看，我胡月娟并不专会胡闹，也能做出男子做不出的事。

月娟这一打算，于是想到志云母子心心在念的就是复仇，所以爱重湘兰厌恨自己的缘故，也是因为自己是大帅的亲戚，我若自己能把老吕毁灭，做他母子所不能做的事，我竟替他们办了，他们本把我当作仇人，而我竟反替他毁了仇人，那时他该怎样想？管保乔夫人跑来央求我还做她儿子媳妇。那时我再旧事重提，定要乔夫人亲自打了自己的嘴巴，要志云给我跪一天，我才顺过这口气呢。

但月娟空自这样打算，老吕管着两省地盘，数十万军马，凭她一个赤手空拳的女子，想毁掉他真是谈何容易？哪知月娟实是个奇女子，胸中富有韬略，又加自从知道志云的心事，发生助他复仇的意念，就常常暗自盘算，心中已稍有成见。这时又因钟情和负气两种力量鼓动，苦心焦思，居然被她想出了眉目，就守在家中，仔细筹划，预备把步骤布置停妥，再出去实地进行。

于是数日不出大门，静坐凝思。她又料着志云或者难忘自己旧情，回来缠绕，应该如何应付。想了半天，决定自己既已定下这条大计，还是姑忍须臾，求个扬眉吐气，一劳永逸，不要小不忍而乱大谋。就切实叮嘱仆人，若是志云回来，定要闭门不纳。仆人知道月娟的脾气，只有从命，哪敢询问原因？果然在正月初三午后，志云真个来了，仆人对他说明太太命令，不许入门。

可怜志云只在贫穷窨内，受了湘兰欺骗，见她与男子同床，不但认她已失身他人，并且连带想她这些日独身在外，必然久和这男子发生关系。于是灰心气短，忽然归家。连乔夫人也无以慰他。志云因湘兰已负了自己，更自相信月娟，强忍了两日，到初三午后，可再忍耐不住，就偷着出门。乔夫人虽然看见，明知他是去投月娟，也不能拦阻，任其自去。哪知志云到了自己的公馆，竟吃了闭门羹。任怎样对门房央求威吓，终是无效，只得回去。但他终不死心，仍常到门外徘徊，希望见着月娟，对她细诉苦衷。但月娟因知志云时在门外逡巡，就更深藏不出。到素娟来的这日，志云正在门外，遥望楼窗中的灯光人影，见车来了，他方才避去。

月娟这几日在楼中，已把大计筹划到十分之九，即尚缺少一步要着，未得完成。好似下棋好手，布置一局，全盘都定，只差一个子儿不能决定。恰巧素娟为给江汉生送信，来到这里，月娟听她对江汉生诉说的话，忽动灵机，立刻把那棋中未定的那一着给想定了。及至素娟走后，她又盘算半响，门房进来，报告志云行踪，月娟挥了出去，凝眸想了想，忽地微笑道："我真佩服自己，居然想出这样绝招。大约老吕真个气数已终，要不然怎恰巧有这些好机会供我利用呢？这也是果子不烂不会生虫，他这样果子烂的地方太多了。"又自语道："志云你且委屈几时，我终久是你的。至多三两个月，我们就团圆了。"

说着立起在屋中走了几步，走到东面窗前，这窗子下临街，就除夕那夜，志云因听见行路的小孩儿想念母亲，大受感动，立逃回家，就是这窗子望出去的。月娟走到窗下，忽听有低唤之声，发于楼下，因为窗子紧闭，传声不畅，凝身再听，就知是唤着自己名字。月娟明白必是志云，在外面看见这屋中灯光，故而到窗下相唤。不由得一阵惨凄，呆呆地向前进了一步，忽又倒退，摇了摇头，就循着墙根走到窗旁，使人影不落在窗上，伸手把窗帘拉严。她对着窗外挥手送了个吻道："亲爱的，你原谅我。为着我们的将来，这时只得冷淡你了。"说完忽地转过身，回头自语道："我不理他，他若天天总来，可怎么好。这大冷的天，倘若把他折腾病了，不是罪孽？我应该想法儿挡住他，不要再来。可有什么法儿？我又不能跟他说话。若一开窗，怕就不易教他走了。我若被他央告得心软，闹得进退两难，岂不自寻苦恼？还是狠住心，不理他吧。"

就走离窗前，转到西壁下的沙发坐了，取下电话簿翻着，用纤指指着上面一行行的字，须臾寻到胡字部的中间，手指停住不动，念道："胡楚天公馆四〇七六八。"随即向电话盘上拨对了号码，叫通以后，便听那边有人问谁，月娟道：我找你们胡旅长，你不用问我是谁，快叫他来接。"

那边听话的想是仆人，好像被女子声音所震，居然不再询问，立刻请来了胡楚天说话。月娟便问："你是胡旅长么？"

那边答道："是，您是哪位？"

月娟道："我的名暂且不愿明说，只能告诉你，我是令妹楚芳的朋友，因为楚芳的关系，所以通知你一个要紧的消息。"

那边听了哦哦两声，便问："有什么消息？"

月娟道："吕大帅恐怕人心不稳，已派杨汝琏施行苦肉计，假装要图谋叛变，来试验军官们的心理，你就是被试验的一个，可要留神。倘若露出不满大帅的意思，恐怕立时就有危险。可是你若表示忠心耿耿，

197

立时就能升官。我只能告诉你这些，至于怎样应付，请你自己斟酌吧。"

说完听那边连声诺诺并问道："是真的……有这样的事……谢谢你。你到底是谁？请告诉我。日后……"

月娟接口道："真不真你过几日自然知道，至于我是谁，你不必问。好在我是教你们对大帅表示忠心，总不是害你。你自己想吧。"说完也不等他再答，就把耳机放下，微笑自语道："这一招虽是利用胡楚天，却是无形中救了他的性命。自从吕克成糟蹋了胡楚芳，他就恨透了吕家父子。杨汝琏一试验他，管保上当。如今经我说破，他自然有番盘算。便盼他装作得好，能将杨汝琏哄信了，教老吕放他卫队队长，就算是老吕来个养虎自卫。第一步便成了功。那胡楚天念着吕克成的仇恨，将来到第二步发动时他定然里应外合，做颠覆老吕的先锋。只是知道这消息的还有江汉生，卫队旅长未必就能落到胡楚天头上，好在缺有两个，他能得着警察厅长也足为老吕致命之患，且看结果如果，再作道理。"

又想第一步棋已经走了，我就跟着进行第二步。第二步的风潮却需要个制造场所，这场所不须他求，早有个现在地方，明日我就出去拨动好了。主意打定，又把前因后果以及日后变化情况想了一想，不由叹息，老吕生了个佳儿，本希望可以继承中业，哪知竟成了倾覆江山的根源。倘若吕克成尚未归国，老吕任如何作恶多端，我也没有收拾他的把柄。看来世上的事，真是迷离莫测。老吕信宠他的儿子，怎晓得儿子便是败家祸根。老吕起初利用我笼络志云，又怎知我倒反为志云图谋他呢？想着见时已不早，恐怕志云仍在窗外守着不去，只得强狠心肠，又向窗外抛了个吻，才捻灭了室中电灯，使他知道自己业已就寝，今日再无相见之望，便可自行回家。但志云是否业已走了，抑或熄灯后还在留恋，月娟回到寝室安睡，也不能知晓了。

按下这里不提，且说到了次日，帅府果然施行下了撤换杨汝琏的命令。因而军政两界，议论纷纷。人人传说杨汝琏是为梁保粹所陷，很有同僚为杨汝琏不平，杨汝琏本人却从这一日就称病在家，不见宾客。而且那被升作继任第二师长的贾全忠也恰巧在早一天害病，入了医院。所以并没有举行交代。一晃过了两天，这两天军队中都以杨汝琏这件事当作谈料，到处都听到痛骂大帅昏庸和梁保粹奸佞之辈。杨汝琏却已暗中安排，将他的几个亲信部下，素日和那指定被试验的各旅长较为熟识者，分头前去延请。因为预定在一夜里试验完毕，好向吕帅复命。而且这种事恐怕他们各怀疑忌，便是素有异志的，也不敢显露出来。故而斟酌好了约会时间，和他们分别见面。俗语说小人无信，真是不错。梁保粹虽和杨汝琏结为私党，但行此秘事，还怕他或因感情作用，有所袒护欺蒙，竟约了郭誉夫到时同来旁听。在杨汝琏会客密室的隔壁隐藏，属耳于门，偷听实情。

他们预备妥当，到了晚上八点钟，第一个受试验的第二师第一旅的旅长丁振远来了。这人本是杨汝琏直属部下，但是由帅府直接派的，和杨汝琏并无密切关系，而且感情不和，所以杨汝琏倒很愿意他失陷落井，毫无关照之意。当时延入密室，寒暄几句，丁振远做梦也不知幕内隐藏如许机关，提到杨汝琏左迁的事，自然要替他发了几句牢骚，这本是应有之谈，不能作准。杨汝琏先装作不介意的样儿，说这样平常的事无所怨尤，继听人告诉，你老兄为我的事很抱义愤，非常不平，我是十分感激。丁振远其实毫没生过义愤，抱过不平，反而倒有些趁愿，但听杨汝琏这样说法，只得卖点人情，就趁坡儿说道："实在这事太教人不平了，听说都是梁保粹在内鼓动的，真是奸臣在朝，忠良被害。我为这事直恨得两天没好生吃饭。"

杨汝琏听他提到梁保粹，便徐徐引入正题，先骂梁保粹怎样奸恶，马秃子上次的行动，深可同情，可惜没有成功，留了他这个奸贼，事后只怕我们这班替大帅卖命的人，枉有汗马功劳，终久都得受他的害。莫说别的，只说我们这班师旅长，本来除了薪饷以外，照例还可以有很多外快，就只为财权在梁保粹手里，有点儿好处都剥削了去，害得我们人人闹穷，这气真没法生。只怕还有第二个马秃子出来。杨汝琏把话说到这个分际，只望丁振远自动地说出，劝他兴事除掉梁保粹的话，便算收了第一功。哪知丁振远闪转腾挪，虽然在不着痛痒时也陪着他骂梁保粹，但说到这真有关系的当儿，就含糊起来，只跟着哼哼哈哈，不加可否。杨汝琏见他不着边际，便知就要徒劳无功，但试验需要弄个切实清楚，不能及此而止，只得仍说下去。装作越说越气，最后直吐出自己也要做清君侧之举，问他可能相助？丁振远听了半天，就改了口吻，反说出解劝话头。言说我们军人以服从为天职，受大帅洪恩怎能背叛？收拾梁保粹虽不同背叛，但难保不使大帅受惊险，我们于心何安？再说大帅爱梁保粹，我们杀他无论当时未必成功，有马秃子前车可鉴，而且即得成功，大帅在事后也未必肯容留犯上作乱的人，我们终必有罪。总而言之，此事万不可行，师长还是暂忍这口气，等待将来机会的好。

丁振远这番忠告，好像很关切杨汝琏，其实是自图免祸，婉转地辞谢了他。杨汝琏知道无可再说，只得装作闻言大悟，滴泪谢他的善言，表示取消这糊涂念头，又叙谈几句，丁振远便自辞去。梁郭二人在隔室早听得明白，认为这丁振远虽不忠义愤发，却看得出是胆小怕事，稳健一路的人。今日这场试验，只算无功无过而已。

过了一会儿，第四混成旅旅长任缅寿来到，杨汝琏迎入密室，仍是使了方才那一套，任缅寿起先却比丁振远似乎沉着，只慰问杨汝琏，并不骂梁保粹。杨汝琏千回百转，把话锋引入正道，由自己的私愤，谈到军中团体的公愤，又转入清君侧的话，任缅寿却忽然慷慨激昂起来，似乎他胸中的积怨，比杨汝琏还深，顿足捶胸，指天誓日，大呼誓除此贼，以报大帅知遇之恩，兼为同寅除害。并且情愿不顾生死，做个举事先锋。杨汝琏心中暗喜，居然没白设陷阱，竟有一个落进去的了。但面上还劝他且莫急躁，行此大事，需要小心。任缅寿唯唯，又和他商议了半天施行计划，并且询问共事尚有何人？杨汝琏答以已有数人加入，明日还要开个全体会议，你到场自然明白。任缅寿也不再问，又对杨汝琏做了许多忠诚的表示，说了许多叮咛，约下了明日会期，方才珍重别去。

杨汝琏以为有了成绩，进隔室去才要报告，郭誉夫先向他笑道："怎样？任缅寿要造反么？"

杨汝琏道："你没听见他的凶话？这人好危险，幸而早试验出来，得以防备。要不然，他这样包藏祸心，将来必有日爆发，不知闹成什么样儿？"

郭誉夫笑道："你上他的当了。以为他有心助你么？我却早听出来，他起初态度非常冷淡，到你说出起事的话，他忽然激烈起来，就是生心要卖你了。只看他前后变得太快，又详细问你起事的计划、同党人名，就为打听明白了好去出首。他那样装作，只能瞒你。我从他一发誓就看出破绽了。他和梁保粹向没芥蒂，何致那样愤恨？何况他的话头虽凶，气却不盛呢？你不信就看，他或者这时已进帅府，也许到了梁大人家里。可是他若沉得住气，却要等明天察明同党，再去献功。"

杨汝琏听了，不甚谓然，但还未出言驳辩，忽听门外铃响，急忙走了出去，这次来的却是暂编第二旅长郎大化。这人却是直性汉子，久已不满梁保粹，经杨汝琏照着原套，对他一试，郎大化立刻表示赞成，但不像任缅寿那样激昂，只答说久蓄此志，情愿合作。不过他是一介武人，没有韬略，只能暗地布置兵卒，静候杨汝琏命令行事。商议定了，即得辞去。杨汝琏以为这人意态平淡，迹近敷衍，未必不内藏奸诈，郭誉夫却认定这个郎大化实是真诚地帮他举事，其意甚坚，绝非诈伪。杨汝琏只是不信，梁保粹也很有犹疑。

那郭誉夫眼力真高，到了次日，任缅寿果然到梁保粹家告密，再派密探向郎大化旅窥探，果然他已暗地购买许多白布，裁成臂章，预备在夜间起事的暗号了。这是后话，暂且不提。

且说当时，梁保粹和郭誉夫在密室中听得外面又来了人，和杨汝琏互相寒暄，知道是江汉生，便侧耳细听。杨汝琏渐渐提到梁保粹，率由旧章，越说越有气，拍案大骂，只听江汉生笑道："你真不英雄，这样背地骂人，他又听不见，当得什么？"

杨汝琏以为他已表同情，所以就话激动，就趁势说道："我岂止骂，还想杀他呢。"

江汉生道："你要杀他？好大口气。有什么法儿杀他？"

杨汝琏道："只要有人助我，我自然有法做。"

江汉生道："对大帅怎样呀？"

杨汝琏道："我怎敢冒罪大帅？只要杀死梁保粹，出了这口气便罢。我们是老朋友，你总能助我。"说完听不见答话，杨汝琏又道："这件事我是为我们除害，并非为己。"

话未说完，江汉生忽厉声答道："你莫非活够了，要找不自在么？什么为大家除害，我知道必是因为大帅把你降了一步，心里怨恨，要借题造反。什么叫清君侧？马秃子也曾这样说，可是架上炮打帅府。我看你与他一样心。我姓江的受大帅深恩，怎能助你这叛贼造反？可是以前既和你是朋友，也不忍把你献功。杨汝琏你既然生了叛心，我为大帅安全，绝不能容你在这里，你快收拾行李，带着家眷离开这省城。限你明天早晨动身，若是不然，我就对不起，把你的阴谋揭穿。你丧了性命可别怨我。"说着只听皮鞋声向外走去，走到门口，又高声叫道："你还是别想行险侥幸，我现在出去，就给帅府打电话，教卫队防备，再派我的一连兵守在你门外监视。我的话一言一句，你可趁早走。"说完鞋声橐橐，渐渐走远。

杨汝琏好似吓呆了，声息都渺，就见他推门进来，向梁保粹苦笑道："二哥，瞧你赏我的好差使，无故地挨了这一顿窝心骂。还要驱逐出境。"

郭誉夫笑道："想不到江汉生这样骨鲠，行事也大有道理。他忠于大帅，破坏你的阴谋，可是又顾着朋友，不肯害你，只逼着你走，还怕你铤而走险，又说明他的布置，教你不要妄想。这人真是有智有勇，又忠又义。我以前真失了眼，小看了他。"

杨汝琏答道："你且别赞成他，也替我想想。"

梁保粹笑道："少时我进府报告，先去对江汉生说明缘由，他就不会再监视你了。"

杨汝琏鼓着嘴道："反正他算走好运，骂我一阵，不是吃师长饷的卫队队长，就是发财的警察厅长，反正准有一份儿。我这费力挨骂，丢人现眼，为的什么？"

梁保粹道："大帅当然不会白了你。"

杨汝琏摇头道："什么白不白？反正是这一回我算尝够了滋味，下次再遇这种事，就升我八级也不干。幸而只还有一个，就功行圆满了。"

梁保粹道："只剩一个胡楚天了。那小子晕头晕脑，容易对付。准得和郎大化一样。"

杨汝琏道："但盼如此，多毁两个倒霉的，也替我解恨。"

说着外面铃声又响，杨汝琏忙跑出去，须臾迎着胡楚天进来。胡楚天举止粗豪，向来不拘礼法，一进屋中，便坐在对面的椅上，和杨汝琏说话。因为坐的地方离着通隔室的门太远，所以梁郭二人听不真他们说

202

何言语。过了一会儿，就听胡楚天大声叫好，又哈哈大笑，杨汝琏也笑。梁郭二人以为果然不出所料，胡楚天真被杨汝琏说得投机，表示同意了。哪知笑声未已，忽砰的一响，肉声清脆。随着杨汝琏高声叫道："哎哟，你怎么打我？"一语未终，又闻咕咚一声，似乎踢翻了桌椅，胡楚天声震屋瓦地喊道："好小子，你真想造反哪？还想拉胡大爷下水，你可太瞎眼了。姓胡的杀人放火，啥坏事都干，只不会忘恩负义。小子别做你妈的春梦了。你今儿不找别人，单与我商量，看我是那种人哪？好小子，我教你认识认识，打死你这嗷贼，替大帅除害。"

说着只听杨汝琏那位百战英雄忽然呀的叫了起来，声犹未止，又闻桌椅乱响，脚步奔动之声。杨汝琏又叫"哎呀"，胡楚天同时喊"你哪里跑"。接着似乎两人互相追逐，遂闻扑通一声，似乎有人跌倒。杨汝琏高叫："你别放枪，我有话说。"胡楚天作切齿声音道："你这反贼，还有什么可说？"杨汝琏好像挣着命哀号道："你们还不出来，他要毙了我！"

房内的郭梁二人本想不到胡楚天如此忠直，竟要严惩这反叛的杨汝琏，正在听得貌变色动，不料又变本加厉，动了全武行，眼看要出人命。又听杨汝琏呼救，二人实在不能不出门，只得开门奔出，连喊"不要动手，杨师长不是真……"但这时胡楚天已把杨汝琏按在地下，一手抵着他的胸口，一手持枪对着他的前额，似乎没听见有人出来，只低头向杨汝琏喝道："我不打死你也成，你起来老实跟我进帅府自首去。"

这时杨汝琏仰面朝天，却已看见梁郭二人，着急喊道："你们可拉开他，快说话呀！"

梁保粹这才醒悟，忙叫道："胡旅长你放手，杨师长是试验你，我……"

话未说完，胡楚天抬头看见了他，好似入了梦境，两眼睁直，嘴儿大张，怔怔地说不出话。

梁保粹忙拉他立起，杨汝琏也翻身爬起，使劲拍着屁股，怨气冲天地向梁保粹道："瞧我这份倒霉，你真害苦了我。差点儿挨了枪弹，你们还忍着不露面儿。要真教他打死，上哪儿诉冤去？"

梁保粹忙赔笑道："对不住，教老兄受屈。改日小弟请客赔礼。大帅当然还酬谢你呢。"又转脸瞧胡楚天，见他直着眼儿，瞧瞧这儿望望那儿，好似迷了魂一样，正要对他细说缘由，却不料胡楚天猛然眼珠一转，似乎明白了个中秘密，立时颜色一变，转身就向外走。梁保粹忙喊："胡旅长别走，请回来！"

胡楚天一声不应，竟自走去，梁保粹等急忙蜂拥追出。正是：揖盗开门，女陈平施展奇计；移薪就火，蠢公子再种祸根。

这且不提，再说吕将军自从梁保粹郭誉夫杨汝琏三人用奇计去选将以后，就下令派江汉生兼警察厅长，胡楚天为卫队旅长，杨汝琏不久官复原职，并且因人设职，添了个军官训练处，委他做长官，以为酬劳。至于那曾经试验出心怀叵测的旅长郎大化，自然借题免职，另派他人继任。经过这一招改革，吕将军以为保卫尽属忠良，不肖都已黜退，自觉从此高枕无忧，江山更加稳固。却不知已经引狼入室，与虎同眠，危险更不堪言状。那少帅吕克成见胡楚天忽然越级高升，负起拱卫帅府之责，想自己曾污辱过人家，结仇匪浅，心中也很觉不安。但是他自己胡作非为的事，既不敢直告吕帅，又想胡楚天耿直，不会阴谋，现在经吕帅以恩相结，或者他为着前程，将旧憾忘却，因此也就不加防备。其实吕克成哪里知道，胡楚天性情爽直，不会阴险，但被逼到极处，懦夫也会变成凶横，直人也会变成阴毒。俗语说，老虎吃人并不可怕，绵羊咬人才真算危险呢。

且说吕克成天性好色，却因久住外国，学得一身外国的绅士脾气。一方面好像品行很高，对狎伶嫖妓等等污下之事向不沾染，却只喜向交际场中转向一班闺阁的姑娘动念头。他以少帅之尊，当然无求不得，自归国以后，把文武属僚的内眷已玷辱不少。在这交际社中有名的四大美人，他已到手两个。一个是朱玉堂的寡媳韦稚珠，一个是胡楚天的妹妹胡楚芳。至于胡月娟，他还因着辈分的关系，忟着素娟，未敢即得追求。而且月娟因着志云竭力远避着他，故而未曾出什么事端。还有吕克成最迷恋倾颠，朝思暮想的，就是岳慕飞的女儿岳雪宜。他虽极怕岳慕飞，但经不住色胆如天，竟有一度与走狗勾串合谋，借邀请岳雪宜夜宴为名，用计灌醉她加以玷辱，幸而恰巧那夜马秃子闹起事变，岳雪宜不能出门，才逃脱这场劫数。以后她又因害了一场小病，谢绝应酬，深居简出。吕克成空害相思，也无法可想。

他因起首便遇这领袖群芳的四大美人，曾经沧海，眼界已高，再寻求好的人才便苦不易，而且胡楚芳自经被他蹂躏，事后几乎自杀，幸而婚期已届，男方虽知此事，亦无如奈何，到期仍娶过去，不几日就借着蜜月旅行为名，和她的丈夫远避到上海去了。所以吕克成只剩了韦稚珠。韦稚珠貌美善媚，身体又完全自由，虽然和翁公朱玉堂有些说处，不过朱玉堂也以巴结少帅为前提，只好妒在心中，笑在面上，绝不敢阻碍儿媳行动。所以韦稚珠很可无拘无束，长陪少帅行乐。但克成和她缠绵既久，竟犯了久则生厌的脾气，以为一个美人就好比一处名胜山水，任风景如何美丽，若长住其中，日夕游赏，把好处全探尽了，就没有再流连的价值。只苦一时寻不着替身，只可暂时将就，慰情胜无。但一心终在岳雪宜身上，屡次和亲信人曹芝皋等像会商军国大事似的，研讨图谋岳雪宜之法。却因为忌惮岳慕飞的兵权，足以左右大局，威胁大帅，若为此事惹翻了，他便将不了。故而结果都是摇头而散，吕克成精神十分抑郁。

忽有一日，他在晚间感觉无聊，闲翻报纸，忽见戏园广告上载清明大戏院梅兰芳演《花木兰》，就对曹芝皋谈起梅兰芳，曹芝皋劝他去看看开心。吕克成一时高兴，就立时前往。他因向来不上这等地方，也没派人先去包厢定座，而且也没预先吩咐下边，当时说走便走，只带着曹芝皋和一个副官，出府坐上汽车，便奔了清明戏院。到了地方，副官才知道少帅要看戏，急忙先驱而入，到了楼上，向戏园中人说明少帅要厢看戏。戏园中人吓得屎滚尿流，急忙叫人跑到后台，通知止住了戏，先吹打一套得胜令，再跳一回加官。这本是当时一种风气，戏园中见了军人，毕恭毕敬，但求得免搅扰听众，延迟时间也在所不惜。所以仿照堂会办法，每逢有军官入园听戏，或是抱大令的查街军队入园歇腿，便要暂时停戏，吹打一套得胜令，以表恭敬，日久便成为惯例。军人认为是应该承受的荣誉，若吹打稍有迟误，这戏园主人便要遭到申斥。这时他们因少帅到来，不敢以常礼相待，所以外加一场跳加官。又忙着给找包厢，无奈包厢都已人满，只有第三厢的客人尚还未来，戏园中人也管不得什么营业规矩，就请少帅坐了第三厢。吕克成并不晓得这等优待仪注，见台上空无一人，文场单独作乐，又出来跳加官，还只当方才开台呢，就向曹芝皋说："我们来早了。"幸而曹芝皋还明白此中情形，对他解释，少帅才晓得这是对自己致敬。

须臾加官跳完，正戏又开了场。是王凤卿的《文昭关》，少帅看着毫不感觉兴趣，回头见副官在厢后立着，就吩咐他自去寻座位听戏，不必伺候。那副官巴不得一声，就走出向戏园索要包厢。戏园中人因实在没法腾挪，央他在散座暂坐，副官以为不可不肯依，直要另找地方，幸而园中有聪明人，对他好央歹央，园主出来给他几句好话，他才不作声了，便坐在散座看戏。

再说少帅那边，看了半出《文昭关》，忽听背后有高跟鞋声响，回头看时，只见一个艳装少妇，穿着男式水獭大衣，盈盈立在身后走道之上，眼看着这第三厢，面现诧异之色。和少帅眼光一触，那秋波中射出两道媚光，黑漆般的眼珠好像说出了话，质问你是何人，为什么坐我定的包厢。少帅见这少妇生得秀丽异常，一张略为清瘦的脸儿，没有一处不充满美意。整个窈窕的身躯，无一处不流露风韵。尤其那玉柱般的凸鼻和那小得可爱而紧闭的小嘴儿，更衬出她的宜嗔宜喜春风面。只看她正当娇嗔之际，已经美不可当，若是回眸一笑，更不知怎样迷人。俗语说，天生丽质难自弃，真是不错。大凡美人都能自知其美点所在，必然加意表彰，不肯淹没。这少妇不过有二十上下年纪，打扮得很是清雅，毫无妖艳之气。然而她的面上，似乎隐有一种英爽气氛，有似美男。由此可见她穿这男式大衣并非无意的了。少帅看得心动神荡，暗想这人怎好美貌，在四大美人之外，别有一种动人风度。此地有这样人，我怎会不知道？

正在这时，只见由前面赶过一个案目，到那位少妇面前张手作势，似乎请她出去。低声叫道："吴太太，你请这边。"说着似恐少帅听见，神情非常紧张。那少妇见了大怒，高声叫道："你教我上哪边去？我定的包厢，为什么教别人坐？还不快给我腾。"

那案目听了，只吓得变颜变色，只向她挤眼努嘴，乱使眼色。那少妇更怒道："你这是什么意思？我要我定的包厢，凭他是谁，也得讲理。

叫你们管事的来。"

那案目本来是戏园中特派在楼梯口等候这第三厢的定主，就防着在少帅面前闹起纠纷，惹他生气。偏这案目一时疏忽，竟没看见这少妇上来，此时已急得要死，如何敢去招唤？只望着把这少妇叫到旁边，对她诉说原委，料着她必然畏势而退，自己就卸了责任。哪知这少妇只立着不动，厉声责问。他急得没法，正要说出包厢被少帅占用的话，吓她一下。哪知少帅这时已走出厢外，走到少妇近前，做出绅士派头，鞠躬尽礼地道："小姐，对不起，是我占了你的包厢。现在旁处实已没了空隙，今天我做主人，请小姐进厢去坐。千万不要客气。"

那少妇听了，似乎一惊，望着少帅道："你占了我定的……如何反说自做主人？好好，我并不定要听戏，就让了你吧。"说完回身就走。

少帅见美人就要走逝，心中一急，想要伸手拉她，又觉不好意思，正在焦急无策，旁边知趣的曹芝皋忙对少帅使个眼色，自赶到少妇身旁，鞠躬叫道："小姐你请留步，我们怎能占你的包厢，倒把你赶走？来来，你还请进去坐，我们走了。"

那少妇听了，才止步回头，曹芝皋已伸手把厢中放的帽子手杖取出，装作要走的样儿。那少妇以为他们知礼退让，就点头说声"对不住"，走入厢中坐下。曹芝皋又对吕克成使个眼色，吕克成就跟着进去，悄然坐在少妇身旁。那少妇方展开戏单，猛觉旁边有人，转脸看见吕克成，又惊又恐，急忙立起，就要向外走。吕克成一手挡住她的出路，一手取出名片，递到她的面前。那少妇已气得花容失色，说道："你这是什么道理？强占我的包厢，还不许我走，我可要喊了。"

吕克成仍鞠躬含笑道："女士不必生气，请你先看看我的名片。"

吕克成的意思自然是想借着自己的势力，使她慑服。那少妇本来愤恨，已掉头向外，不去看那名片，但那名片近在目前，不由用眼角扫了一下，似乎看见吕克成三字，立刻面色一变，又注目细看了看，猛然脸上一阵绯红，又由红转白，现着惊惧神情。目光直注意那名片怔怔地不知如何是好。吕克成见她这样，明白是名片发生了效力，她已知道自己是威威赫赫的少帅，想她芳心可可，生了爱慕英雄之意，只于尚含娇羞，不肯自表衷怀罢了。于是就放下胆量，伸手抚着她的香肩，低声说

207

道：“吴太太，今日真是幸会。我对你实在万分爱慕，要不然也不肯这样唐突。请你原谅我，并且别当我是少帅，只当是寻常朋友，不要客气，请坐下谈吧。”

那少妇自知身落陷阱之中，不免悔惧交集，但态度尚还镇定。听吕克成说完，才勉强现出笑容，发出恭顺而冷涩的声音道：“谢谢少帅好意，我能和少帅做朋友，真是幸运，不过……现在我还有点儿小事，得回家一行，只得暂且失陪。你且请坐，少时就来。”

吕克成听了，明白她说话虽然委婉，实际是借词做脱身之计，不肯和自己亲近，不由心中微愠，但念头一转，仍拦住她，作笑说道：“你这是说谎了，明明前来看戏，怎又说家中有事？吴太太，你这样绝人太甚，太辜负我的诚心了。”

那吴太太闻言，似乎羞窘交集，把清水脸烧得红霞片片，更显出无限妩媚。颤声说道：“我是临时想起一件要紧的事，必得立刻回去。不过半点钟必然回来，再和你长谈。”

吕克成他是仗势欺人，毫不讲理，又笑嘻嘻地道：“你想起什么事呢？可以告诉我。”

那吴太太听了，气得星眼圆睁，银牙直咬，秋波一转，随即恢复原来笑容，低声道：“我们女人的事，不能告诉人的多了。你问得不过分些么？你暂时纳会儿闷吧，少时再见。”说着又向吕克成嫣然一笑，向外便走。

吕克成此际心中也改变了主意，不再阻拦。又见她改变神情，作态相媚，而且口中称呼也改称为你，传神发话，俱都脉脉含情。心中虽明知她这是以进为退的脱身之计，但爱心更自勃发，不可遏止。就一言不发，悄悄跟在后面。曹芝皋又跟在他的背后，遥遥相随。

那吴太太出了包厢，不觉通身吓出冷汗，一颗心也是要跳出喉咙，腿脚更酥软欲趺。她心中却自念着阿弥陀佛，以为得着上天保佑，居然脱开这场意外的危险，难免的差辱，就好像汉高祖逃出了鸿门宴似的，只顾奔命前行，哪敢回顾。一直奔到楼下，出了戏院的门，暗叫一声惭愧，这可逃出龙潭虎穴，便自举目寻觅自己的包车，急忙回家。哪知这时吕克成正在身后，早已暗地吩咐副官将汽车开过来。吴太太看眼前没有自己包车，心中焦急。她要走过对街寻找，不料由旁边开过一部净光耀目的紫色大汽车，直向她面前冲来。吴太太急忙退回便道上，那汽车恰恰在她面前停住。吴太太方要重下便道，不想左臂已被人握住，大惊回顾，见又是吕克成。她直如一个落水的人，才得挣扎泅到岸边，忽然又被一只鳄鱼咬住了腿，重拖入万丈深渊。一阵又羞又急，几乎晕倒。吕克成也善于利用机会，就趁她这惊恐失措的当儿，已扶入汽车厢内。曹芝皋和副官都上了前面，汽车就开动了。

吴太太一清醒，已然是身在车中，并且入了吕克成的怀抱之内。急忙挣扎离开，就要和他拼命，推着车窗，厉声喊道："你这是什么意思？还不停住放我下去？"

吕克成笑道："你别着急，到地方自然放你下去。"

吴太太瞧着他那狡恶的样儿，直想给他几个嘴巴，但一想他的威势，再想到自身的利害，不由又心怯了。只顿足说道："你打算把我带到哪里？"

吕克成道："你不是回家么？我送你去。"

吴太太道："你可知道我家在哪里住？"

吕克成道："我自然不知道，请你告诉我，我好吩咐车夫。"

吴太太一听，心中自思他既把我强劫入车，难道真的就能送我回家？但事已至此，只有告诉他住址，且看他如何举动。就把住址说了，话一出口，心中又后悔起来，想到被他知道住址，以后必然常去缠绕，后患已无宁日。但是若不告诉他，他也未必就肯放我下车，势必闹到更危险的地方，那就更不好了。现在只可听天由命。

汽车转入大路，向自己家中开去，吴太太心中稍宽。吕克成握住她的手，很温柔地笑道："你似乎太怕我了，我得对你道歉。我自知行动太已鲁莽，不过你也未免弃我太甚，直想躲避。我实在太爱慕你了，自从方才见你，就觉得我的灵魂已附到你身上了。倘若教你躲走，我就收不回魂灵，必然为你害相思丧命。你明白我是为着性命，才不得已冒犯你，总可以原谅我吧？"

吕克成这一套本是在外国时追逐妇女早已学就的风月游词，自以为十分漂亮，能动女人的心。但吴太太听了，只觉肉麻可恨。但因投鼠忌器，仍自不敢发作。只得强笑答道："少帅好意，太教我荣幸了。不过我当不起。"

说着便要把手徐徐缩回，那吕克成紧握不放，又接着道："你当不起，这世界上还有谁当得起呢？我敢赌咒，平生见的女子，属你最美。今日实是我终身最享福的日子。我情愿把我的名誉地位，换你一笑。你真太美了，只恨我久在外国上学，直到现在才遇见你。方才我听戏院里的人称你吴太太，请问你那有福的丈夫是……"

话才到这里，吴太太已望见自家的家门，不自主地喊声："到了，停车。"吕克成闻言，很快地拍了车夫一掌，车子戛然而止。副官首先跳下，开了车门。吴太太走下，就回身说道："谢谢少帅，您请回吧，改天……"

她因恐吕克成再做纠缠，故而先向他致谢告别，哪知这样言外示意之法，只是拘束知礼君子，怎能抵制急赖小人？底下"再见"二字还未说出，吕克成已跳下车，扶着她走上门前石阶，且行且语道："我既然到了贵府，怎能不进去拜望？"说着就举手去按门铃。吴太太闻言，急得通身抖颤，恨不得立时死在当地。因为她知道丈夫现在家中，自己引了这霸王式的少帅来家，教丈夫何以为情？而且还不知惹出什么祸事，恐怕这安乐家庭便要毁在今日。从此丈夫不能见人，自己不能做人，一切都要完了。想着就顾不得开罪少帅，向他说道："你不能进去，你太逼我了。"

吕克成道："为什么我不能进去？"

吴太太急得把话儿连顿，说道："不成，我的丈夫在家。"

吕克成哈哈笑道："你的丈夫我有什么不能见的？"

吴太太发着要哭的声音道："我……我丈夫是你的副属，怎能……"

吕克成摆手道："这样更好了，我见见面，以后好提拔他啊。"

吴太太见他只管缠磨，又央告道："好少帅，你开恩请回吧，我万万不能让你进去。"

吕克成方欲答言，只见大门已然开了，一个仆人立在门内，吕克成不由分说，挽着吴太太直向里走，穿过院落，直入楼门。吴太太抵御不住，挣逃不脱，随他走着，心中直比罪犯赴法场还要痛苦。因为罪犯自知一经处决，便算一了百了。她却自知一进家门便有大祸发作，不知闹到什么地步。身体抖得如同秋风落叶，若非吕克成挽着直将跌倒。

果然一进家门，方走到起居室门外，猛见一个身着便服的翩翩少年由室中奔出，口中叫道："静娴你怎这时就回来了？戏可听完么？"

说着已到近前，看见静娴身旁立着个男子和她携手搅腕，静娴神色又似醉如痴，不由大惊。立住瞪目再看，才瞧出静娴身旁的男子，是自己的长官少帅吕克成。他这时虽觉惊恐欲绝，但因久在军中，对长官的礼节已成习惯，当时也忘了身穿便服，不由就双脚一并，右手上伸，行个军礼，峙立不动。

吕克成一见，认得这少年是自己的新军第一师中的参谋吴凌亚，立刻松开静娴，赶前一步，哈哈笑道："我当是谁，原来是我们吴参谋，这更好了。今天我是不速之客，你不必拘束，我也不客气，进房去谈谈。"说着就昂然进入起居室中。

吴凌亚峙立之间，心中想着少帅怎么与自己爱妻携手同归，此事太已奇怪。而且也素知少帅风流伟迹，又看着当前静娴神情，觉着好生不是滋味，举着的手，不由就落不下来。见自己夫人仍痴立在对面，就用眼光向她询问。吴太太愁眉苦脸，只向他做无可奈何之状。吴凌亚方要开口问她，哪知吕克成进入室中，见主人不跟着进来，就叫道："你们怎么还不来，干什么呢？"

吴太太无奈，只得向丈夫使个眼色，一同走入。吕克成这时倒像到了自己家里似的，早坐在沙发上，代执主人之礼，让他夫妇就座。望着吴凌亚笑道："今天真巧，我在戏院遇见你的夫人，因为戏太坏，她不愿听下去，我就送她回来，想不到又遇见你。这太好了，都是一家人。哈哈。"说着又向吴太太道："吴参谋学问知识都是头等，我早想调剂他，今天认识了嫂夫人，更提醒了我。明天我就去对大帅说，起码给他个局长当当。"

说完见吴太太和她丈夫相视无语，他又问道："嫂夫人，你看怎样？"

吴太太没法，只得望丈夫使个眼色，夫妇同时立起，说了句"谢少

211

帅栽培"，吕克成仍向吴太太道："嫂夫人，不要这样称呼，更别客气。咱们往后就是顶亲近的朋友。"

说时眼光向他夫妇转了一转，似乎明白这时当着吴凌亚，不会得遂自己心愿，再留下去也是无聊，不如且把种子埋在他们心里，令其自行萌芽。等他们自己结成的果实，给我送去享受。想着就立起来，装着正人君子的态度道："我已经把嫂夫人送到家了，因为想见见吴参谋，才进来坐坐。我还有事，不打搅了，改日再见。"

吴凌亚自见着吕克成，就又惊又气，迷惑失智，一直没说出话。这时见吕克成要走，才说出一句客气话道："少帅何妨再坐会儿?"

吴太太虽巴不得吕克成快走，却也跟着丈夫让了一句。吕克成笑道："我不坐了，再见吧。"

他说完向外走，吴凌亚夫妇只得在后相送，方出屋门，吕克成回身拦住吴凌亚，连说"不要送，不要送"，吴凌亚以为少帅同他客气，仍跟着向外走，吕克成忽一沉脸儿道："吴参谋，你是军人，该懂得服从命令。我说过不要你送了。"

吴凌亚听了，方悚然止步，吕克成又转为笑容道："倒是嫂夫人送我出去吧。"说时已拉住静娴的衣袖，向外便走。吴凌亚才明白他的用意，只是需要静娴相送，所以拒却自己。只气得颜色更变，伸手向衣袋中去摸手枪，直想把吕克成打死。哪知把手伸空，却摸不着裤袋。方知身上穿的是中装便服，那手枪却在军服袋内，只得眼望着自己爱妻被吕克成拉出楼门。不过他这时便有手枪，是否真个有胆敢放，那倒是个问题呢?

再说静娴跟吕克成走出，心中更觉惊悸。只怕这恶魔再动手把自己挟到别处，那可如何是好? 不料一出大门，吕克成便低声说道："亲爱的，恭喜你，明天就是局长太太了。现在本地厘金局长出缺，我一定保举你丈夫。这是发财的差使，你要明白我是为谁。明天委任准可以下来，可得你亲自去取。明天下午六点钟，我派汽车来接你。"

说着见静娴低首不答，他又说道："这可关着你丈夫的前途，吉凶祸福，都在明天咱们见面时决定，你可注意些。"

吕克成本是挟着静娴，且行且语，这时已走到街门，他居然贼不走空，抱住静娴重重按了一吻。静娴惊惧之间，还未及撑拒，吕克成已松开她，拉开门走出。回头说句"明天六点"，就跑上汽车，又从车窗中抛个飞吻。得意扬扬，挥令车夫疾驶而去。

静娴痴立门际，好像做了一场噩梦，知道自己落入离奇灾难之中，这安乐的家庭已似腾上半空，即将倾跌粉碎。再想起自己在前一时前往戏院消遣，丈夫送到门首，看着上车，那时心意畅满，自觉是世上第一快乐的人。哪知只隔须臾，自己竟把灾患带到家中，看看自己的贞操和丈夫的身命，已立于不能两全之地。自己若拒绝吕克成，这家庭必然倾覆，自己若允从吕克成，这家庭仍是不得安全。凌亚岂是软弱男子，能忍受这样羞辱。可恨自己过于享乐，今天宁把凌亚一人在家，也要出去看戏。如今招出大祸，连累凌亚，我可把什么脸儿见他？

静娴正在心酸肠转，觉肩头被人拍了一下，知是凌亚，也不敢回头看他，叹息说道："凌亚，我害苦你了。咱们进去说吧。"

凌亚无言，就关上街门，扶她同入室中，并坐在沙发上。凌亚怀着满腹疑云，忍不住冲口问道："到底怎么回事？你怎与他会到一处？"

静娴默然顷会儿，蓦地眼光一亮，悚然立起，重又坐下，自语道："我愁也没有法，羞也没用，现在最要紧的是想办法……"才向凌亚说道："我太对不住你，惹来这样大祸。不过现在也没别话可说，先把细情告诉你吧。你若爱我，千万不要着急，不要生气。"随即将自己到戏院遇着吕克成，以及被送回家的情形，都详细说了，只于把他侮辱的程度说得稍轻，因为恐怕丈夫神经承受不住。又接着道："他真是作恶的魔鬼，明知丈夫你在家，偏要进来，当然是仗势欺人。我很怕祸事就要发在今日，幸而一见你，倒规矩些了。我还不明白什么缘故，直到他走，强迫我送出去，不明白他是另有打算，借着给你发表什么局长，教我亲自去取委任状。明天六点他派汽车来接，这是什么意思，不用说我就很明白。"

吴凌亚听到这里，颜色大变，眼睛几乎突将出来，拍案跳起骂道："好东西，我和他势不两立。你若早告诉我，我绝不教他出门。"

静娴揪他坐下，说道："你先沉住气，慢慢商量。"

吴凌亚顿足道："吕克成这小子，真瞎了眼，他把公家的官儿换人家妻女，便宜已经占得多了。今天竟欺侮到我头上，看我也是那种无耻的人哪？我非要他性命不可。"

静娴大声道："你不是无耻的人，我也不是无耻的人。咱俩既是同心共命的夫妻，如今无端遇着灾祸，只好来想躲避的法儿，若是没有法逃避，至不济还可以一块儿死呢？你现在拿什么去杀吕克成？管保杀不死他，你先陷进罗网。那时我可怎好？"

吴凌亚听着，渐渐把头垂下，颓然而坐。静娴又接着道："这祸事完全起在我的身上，若不是我看戏，何至于撞着太岁？可是现时我也顾不得埋怨自己。事到如今，只有先想法儿要紧。"

吴凌亚道："有什么法儿，明天他必来接你，你若不去，他会派人强架你去。到那时我一定用枪打死他们几个，再打死你，我也自杀。"

静娴摇头道："你且听我说，事情还未必走到那个地步，我们也不至于拼命……"

吴凌亚听着，冷笑道："哦，到不了那个地步？你的命还值钱呢？我明白，你被吕克成说动心了，愿意跟他……"

静娴伸手堵住他的嘴巴，气得浑身打战，颤声说道："凌亚，你不能再说下去，咱们结婚三年多，难道你还不知道我的为人？居然说出这话？可是我不怨你，在这时候，你的心已经乱了。"

凌亚听了，面上现出羞愧之色，似乎觉着自己过于鲁莽，不该怀疑到静娴的人格。但口中说不出话，才握她的手，又用眼光向她谢罪。静娴也握住他的手，表示已经恕他。仍接着道："你以为我想着做局长太太呢？哪知你的局长做不成，连原有地位都要完了。我问你，你以前常说只要有我，什么都可以牺牲。现在快到了你牺牲的时候。想保全我，什么都不能顾了。小吕心毒手辣，方才已经对我说，明天的约会关着你的吉凶祸福，就是暗示我要不从他，他必然设法毁害你，再强夺我。现在这地方是吕家的天下，没处讲理。我们既不能忍受耻辱，还只能逃走。好在离明天六点还有时候，可以从容逃脱。你想怎样？"

吴凌亚拍手道："好，咱们就走。我除了你什么也不在心上。"

静娴答道："可是太苦你了。自从你在学校毕业，总没好运气，从去年才在军械处得个小差使，苦熬苦修，直到上月吕克成回国组织新

214

军，又托了许多人情，才得这参谋职位。日子过得稍为舒服，我才为你前程高兴，你也觉得以后可以好下去了。可怜我往时受的贫苦，只想教我快乐，就像今天你在戏院定了包厢，定要我去。就为我随你在此处住了几年，还没听过梅兰芳的戏。哪知你的好心，竟闯出这样祸事？咳，我本该明白，凭我的身份实在不配花许多钱看这样好戏。早些劝你去退票好了。如今闹得此地不能存身。我们逃虽容易，可是到外边既没有钱，又没有熟人，你可怎么挣扎啊？我真害煞你了。"

凌亚闻言，抱住她说道："且不要想得这么远，只要有你在我身边，我就是卖力服苦，也是乐的。何况船到桥头自然直，人生到处都有机缘，我们逃出去再说。"

静娴听了，望着他流泪无言，说道："趁这时下人都在睡觉，我们快收拾东西，等天明就走。"

凌亚点头，二人又相视半晌，觉得在患难之中，更增加了无限爱情。心头虽觉凄怆，精神却很安慰。虽然前途茫茫，渺无归宿，但夫妇都互相看作落海的救命圈，以为只要紧紧抓住，就不愁沉落。任凭风涛如何险恶，终有得生之望。

二人这时都把忧愁消失，一同收拾起来。静娴把东西检视一回，觉得件件都需要携带，但逃难又怎能多带行李？只得强狠心肠，减了又减。结果仍装了三只箱子，两只提篮，还有一个大褥套。二人一面收拾，一面商量去处。凌亚想起山东尚有一位军界朋友，就决定前往济南。

及至收拾完毕，二人也不再睡，就在床上互相偎倚，坐以待旦。这时情味的甜蜜浓厚，直使他们都想起结婚的前夜，也曾有过这样感情。因为他二人在婚前便常公开往还，却为家庭管束，别人议论，时常在提心吊胆之中，直到结婚前夜，才觉得从今走入光明之路，再不致畏首畏尾挨受精神痛苦了。这时二人因被爱情鼓动，完全忘了畏惧，忘了忧愁，只觉今日虽在难中，但明日一离此间，便算解免。而且似乎前途处处都有乐境在等待他们。于是这失意的逃难，直变为赏心的旅行。只于静娴因丈夫得到这样地位，非是容易，如今移居他乡，还要他重新努力，造就前程，应付环境，不知要受何等劳苦，不觉十分怜恤。但想到丈夫少年英俊，才能出众，这番换个地方，倒许转了好运，从此升腾也未可知。这样一想，心中便又释然。当下夫妻喁喁密语，直到天明，凌亚便唤起男女二仆，对他们说因有急事要上北京，不定何日回来，也许就在那里长住，你们趁这机会，回家看看，另投主人去吧。二仆听了，既惊且怅，静娴就多给了一月工钱，又许她房中所遗的东西，任意携取。二仆方才大喜，伺候他夫妇梳洗完毕，就去收敛东西。两人说妥，衣服陈设归女仆，木器什么归男仆，倒没起什么争竞。女仆因所携轻便，就先带着东西辞别走了，男仆却要等主人走后，再寻车子把所得搬走，尚在等待。静娴见转眼之间这个家竟似遭了盗劫，满目纷乱凄凉，回想这家庭是自己费了无限尽力，无限钱财，许多光阴才创造布置成为夫妇双栖之所，如今只一会儿，就完全失掉。而且立时即将离开，不能再做须臾贪恋了，不由凄然欲泪。凌亚也惘然无语，只握紧她的手，又看看表道："够时候了，我们该要动身。"

就派男仆雇车，静娴见仆人出去，移步向各房中都仔细看了一下，走到卧室，见壁上还有凌亚幼时的照片，就取下来，放入外衣袋中，向空房低声叹道："我要走了，在这住了好几年，今天竟抛了你！咳，这是我享过幸福的地方，我到死也不能忘记。倘然上天见怜，我们有日回来，我仍要住在这里。"说着又手指窗上绣帘和帐上的绣额，向凌亚道："这都是我亲手做的，不知费了几个月功夫。咳，又岂止这个，这房里，哪一处没有我的手迹，当日不辞辛苦，实指望跟你长久享受，哪知全留给别人，真好惨啊！"

凌亚知道她心中难过，只得勉强安慰道："你不必伤心，来日方长，我们还都年轻，无论走到哪里，我都要照样地给你立个安乐家庭。这点东西，值不得可惜。"

静娴叹道："我不是可惜东西，是可惜我的心力。我的心力还包含着爱情呢。你可明白，这里的一草一木，都是我们的纪念品啊。"

凌亚也自可惜，但仍劝道："你难过也没用了，我们先出去等车，省得在这里伤心。"

静娴无言，随他出了卧室，走近屋门，见外面天已黎明，只见阴云密布，满天都作灰白惨淡之色，颇有雨意。似乎天公也悲悼这一对失路的人，将要代为垂泪。静娴走出屋门，立在阶上，望着墙角的两株香椿，高过檐头，挺然并峙。因为时在初春，尚未茁发枝叶。静娴想着自移居此地，每届春中，香椿绿芽初生，常在微雨之后，教人采下供膳。嫩碧清香，是凌亚最爱吃的东西。以后香椿重茁新芽，不知供何人口腹？我们却不再看见这绿叶繁殖，也不能再在夏中倚树乘凉了。又见廊下摆得许多盆景和院中数种花畦，畦中新经静娴种下花籽，尚未出芽。但标志花名的小竹牌却纵横排列，行伍整齐。静娴方凄然思想，畦中花开之时，自己已远在天涯，不知花儿可会想念种它的人？忽然看见廊下挂鸟笼的空绳，猛有所触，忙回身走入屋门，须臾取出两个鸟笼，一个鹦鹉，一个画眉，她拿着鸟笼说道："我要走了，你们也去吧。我不能教你们再受别人监禁。去吧，从此远走高飞，在山林里享受清福，千万可别再到人世，这人世太坏了。你有好看的羽毛，好听的喉咙，都是杀身的祸根。我这是经验的话。"

说完把笼门开启，那画眉首先飞出，飞到香椿树枯枝上，落了一下，随即在院中打了个旋，高飞而去。那鹦鹉却迟迟不出，静娴把笼开了两次，它才缓缓飞出，哪知竟飞到静娴肩上，用嘴儿轻轻啄着她的鬓发，口中学着英语"大令"，这原是静娴夫妇日常互相呼唤，被它学会了的。但此际静娴听着，直如想到良朋诀别的呼声，不由泪滴如雨，伸手抚着它道："大令，我最爱你的，除了凌亚就是你。但我有一丝之路，也不会舍你。你是灵鸟，要常想着我。去吧。"那鹦鹉被静娴抚摸，并不稍动，但手方离开，它就忽地飞起来，越过房檐而逝，"大令"的叫声还从远处曳着余音，送入静娴的耳里。

静娴倚入凌亚怀中，哽咽不已，凌亚正要慰她，却见仆人走入，报告车已雇到了。凌亚就吩咐把行李搬将出去，静娴又周视院内，做最后的告别，才凄然挽着凌亚，一同出门。洋车一共五辆，三辆已装满了箱笼，夫妇坐上车去，见仆人立在门首，深有惜别之色。静娴忍不住，就又取了两张钞票递给他，却又怕他作谢词，便催车夫急行。

一行车走出没有几丈，忽然由宅傍小巷中溜出两人，望着车子，交头接耳地说了几句，便见一人奔走如飞，随在车子后面跑去。一个人却向着相反的路径，奔驰而去，须臾却无踪影了。真是世上万事怕犯小人，若只有吕克成，静娴夫妇本可安然脱逃，绝无险阻。只为小吕的身边，有个足智多谋、勇于为虐的曹芝皋，竟使静娴的谋策完全失败。

原来昨夜吕克成从吴宅出去，坐汽车回府，途中便把详情告诉曹芝皋，自觉大功已成，美人从可到手，非常得意。曹芝皋却是眼光锐利，旁观者清，他已在戏院中看出静娴对这威势熏天富贵绝顶的少帅只有畏惧之意，毫无羡慕之情，又见过吴凌亚少年英俊，和静娴必是恩爱夫妻。少帅虽然横行情场，无战不胜，但这次却未必能够得意。就把这意思说了。少帅以为若干大僚眷属，尚对自己巴结唯恐不及，何况这处在自己手下的小小参谋？再说自己曾以肥缺诱她，好虚荣的女人又怎会不上钩呢？就不以曹芝皋所言为然。曹芝皋解释半晌，吕克成才有些相信，就问："倘然她真个不愿，又有什么法儿抗我？"

曹芝皋说："他们自然无法相抗，想不出脱于逃跑一途。少帅若是真爱这女子，还得严防为是，免得被她逃脱，空遗后悔。"

少帅觉得自己想要御用某人妻女，便是赏某人的脸，只沾我雨露之恩，已是绝大荣幸，应该感激涕零，何况我还以高官厚禄相酬？吴凌亚若是不识抬举，反对供献妻子，那直是大逆不道，罪不容诛。就把这意思告诉曹芝皋，交他全权办理。倘若吴凌亚真个携眷潜逃，便趁势收拾了他，教他看着享受他的妻子。曹芝皋得了这命令，急去安排，分派手下走狗分头行事。不特实行监视，而且把以后应付步骤也筹备停妥。故而静娴夫妇方一出门，就被人赘上，并且数分钟内，他夫妇图逃的消息，便传到许多关系者耳内。但他夫妇还茫然无觉，自庆将脱虎口，只要踏上火车，一出这座危城，所向都是康庄，尽是乐境。

车子到了车站门外停住，便有脚夫奔过代运行李。凌亚付了车钱，和静娴买票入站。哪知才走到月台上，便见迎面立着许多灰衣军人，正在检查旅客行李。脚夫走至近前，便将箱笼放下，只见为首的一个小军官喝令打开，凌亚若是常时，很可以说出自己职名，要求免验。但这时隐瞒还恐不及，怎敢自露姓名？只得帮着脚夫把箱笼打开。那小军官嘱令手下检查，立时过来七八个兵士，动手翻起来。就见内中一人高喊一声，随即跳起，手中拿着一只四寸多高的小瓶，里面盛着白色东西，说道："呀，这是海洛因。"话犹未了，另一个也由袖口伸出手来，擎着同样的瓶子，那小军官本立在凌亚身旁，一伸手把他揪住，道："朋友，你好大胆，私运这些毒品。没说的，认命打官司吧。"

凌亚大惊之下，立即明白遭了陷害，在旁边没有阅历的静娴起初还只诧异自己箱内何以出现两个小瓶，继而听他们喊出海洛因，又见那小军官很快地抓住凌亚，便也明白了内幕。本来这陷害手段如同儿戏，很易看出。不过主使的人仗着势力，并不怕显露有破绽。只要借个罪名，陷人入罪，又怕谁来打不平？但是哪知道这时旁边竟立着五十多岁的妇人，身穿黑衣，头裹黑帕，神情猥琐，像是个仆妇到车站送人出门的。但当兵士搜出毒品，小军官捉住凌亚的当儿，她忽然双目直瞪，射出神光，面上现出惊异之色，缓缓迈步凑近。这时兵士已把凌亚捆住，簇拥着向车站外而去。

静娴红了眼睛追上前去，嘴里叫着凌亚。吴凌亚被兵士揪住头发，连头也不能回。静娴此时想与丈夫同死，就抓住那小军官的手道："我是他的妻子，你把我也带去。"

那小军官把手一挥，说："走开，不要胡吵。"就跑出站外。静娴再向前追，不料一个兵士挡在面前，不容她走出。静娴乱骂乱跳，眼看着凌亚被架上一辆汽车飞驰而去，她猛然两眼一直，手一伸，不由栽倒在地。

这时那个穿黑衣的妇人上前将她抱住，盘上腿儿，又掐人中，捶后背，救治半晌，静娴方才醒转，哭出声来。那黑衣老妇人态度十分沉着，见看热闹的闲人围绕面前，也不问静娴所遇何事，只向她低声说道："你不要哭，哭也没用。现在你一个人料想不能出门，还是先回家再打主意吧。"

静娴神志俱昏，正在六神无主，见这不相识的妇人前来相助，就好似遇着救星一样，自己也想丈夫既被捉住，尽留在站上，也于事无补，只可先回家去，就点了点头，也没顾得询问老妇姓氏，就扶着她立起。老妇道："你家在哪里住？说了我送你回去。你的箱笼行李呢？"

说也奇怪，那班军警查得毒品，理应将同伴的人以及所带行李完全带案，但这次却破了旧例，只带走凌亚和搜得的毒品。不但把同伴的静娴留下，而且连箱笼都置之未动。此际老妇叫了几个脚夫，把行李送到站外，自己扶着静娴走出，问明住址，雇了几辆洋车坐上，便离站归家。

静娴心中只想着丈夫，神志皆昏，有若痴呆，只由着那老妇摆布。及至到了家门，老妇在前扬声问她可是这个门儿，静娴才一张眼，看见自己旧居家庭，才招手叫停住。这时她那仆人尚在里面收拾东西，听见门外车声，走出来看见主妇一人独归，神色诧异，又不见主人，倒多添了一个面生老妇，不由惊异非常，就问："太太怎么回来了？"

静娴听了，不禁哽咽难言。那老妇就向仆人道："你们太太遇着事，你先不必问，快照管着把行李运进来，打发了车钱。"说完就扶着静娴走进院中。

一进正房，静娴看见房中残破之状，在一点钟之前尚与丈夫相伴。那时只打算比翼同飞，永远离开这旧宅了，怎想得到须臾之间，自己又回到这里，已变成只身单影。想着心肠崩裂，扑到迎面的大椅上，放声大哭。

那老妇走过，用力在她肩上一拍道："你年轻轻的人，怎这么没出息呀？遇着逆事得挺着担承，尽哭有什么用？"

静娴被她打得肩上甚痛，才抬起头看了她一眼，老妇就坐在她身边，正色说道："你的事我已看出大约莫了，一定受人陷害，只还不知细情，你对我说。"

静娴这才详细打量这老妇，见她衣衫寒素，面容猥琐，形状若非仆妇，也是寒家老媪。心中虽甚感激她的热心相助，但觉她绝非有知识的人，莫说用她帮忙，就只对她诉说原委，也恐未必听得明白，自己当这样时候，这样心绪，哪有工夫和她闲谈？不如谢她几个钱打发走了，先图个清静。就含泪说道："老太太，多谢你帮我，我的事你管不了。现在也没工夫对你说，这儿有几块钱，你拿去买茶叶……"

话未说完，只见老妇把脸儿一沉，眼光一亮，似乎愤然将有所言，但随即恢复了原状，冷笑说道："吴太太，你的眼力不强，只当我是求财来的么？哈哈，我也不怪你。现在你且别管我能不能帮你，权当发泄怨气，把细情对我说说。万一我能给你出个主意呢？"

静娴见老妇此时目光如电，瞳子比孩童还加黑亮，而且灼灼逼人，

220

已知有异，又听她言谈不俗，立刻心中一动，自思平常人怎能管这样闲事？也不会有这样言语。或者是有来历的，我何不就对她谈谈底细，才立起说道："老太太你原谅我，我乍遭祸事，神经错乱，说话太已冒昧，你跟我进来谈吧。"

说着就拉着老妇进到起居室，在沙发上坐下。这时仆人来到门外，报告说东西已收进来，车子打发走了，说着就要向里走。静娴尚未答言，老妇已向他挥手道："好，你先出去，等会儿太太再和你说话。现在先给泡些茶来。"

仆人因为心里惦记所得东西，只怕主妇回来，又要收回成命，所以心中悬念，急欲探知底细，又不知这老妇是何人，见她代主妇发令，心甚不悦，但见主妇无言，只可应声退去。这里静娴又问老妇贵姓，家住何处，老妇道："我姓赵，人们都称我赵妈妈，你不必细问，只说自己的吧。"

静娴便把所遭的事述说，才说到一半，赵妈妈忽然跳起，愤愤道："吕克成啊，吕克成啊，好，好，真是父是英雄儿好汉，我还在想……"说到这里，忽然住口，见静娴愕然相视，忙摆手道："你别理我，还往下说。"

静娴心中打转，觉得她有些可疑，对后半段事情就不敢再加丝毫议论，只据实直述。赵妈妈听说完，怔了半晌，才对静娴挑起大拇指道："你是好的，你丈夫也是好的。现在有许多无耻人，想寻你们这样巧宗儿还寻不着呢？好吧，现在我才明白这件事的前因后果了。"

静娴低头不语，赵妈妈道："你何必还装糊涂？事到如今，还有什么想的？这件事就是三岁孩子也能明白，定然是吕克成弄的圈套，给你丈夫栽赃。他看透你这步棋，所以先派人在车站等着，把你丈夫收进去，再收拾你。"

静娴本已想到这层，闻言点头，切齿说道："你看得对，我也明白是这个路数。"说着又顿足咬牙道："千刀万剐的吕克成，你是白费心思，你的势力虽大，我的命却属自己管。我宁死了，也不从你。"

赵妈妈微笑道："可是他把你丈夫捉去做押包儿，这种官司说大就大，说小就小。你不从吕克成，他必把你丈夫问成贩毒犯，军人贩毒，准定死罪。你可该怎么办呢？"

静娴听着，悚然无语，忽厉声道："那我就随着和丈夫一块儿死。"

赵妈妈笑道："只怕你死不了，便是死也不能一块儿。"

静娴听着，忽然眼珠一转，跳起叫道："哦，我还当你是好人？原来你就是吕克成派出来的说客。怪不得这样巧呢？你快滚出去，告诉吕克成，昨天我对付应酬他，是为着丈夫，现在我丈夫既已遭祸，我还有什么可怕的？豁着这条命，与他拼了。"

赵妈妈听了，只向她笑，静娴正要骂她，只听外面有敲门之声，就见仆人在门外出现，禀告道："外面有位姓曹的要见太太，说有要紧的事。"

静娴方自一惊，赵妈妈拍手笑道："你骂我是说客，现在真说客来了，快请进来问问吧。"

静娴还不知这姓曹的是谁，但不甚信赵妈妈的话，心想也许是丈夫被捉在什么地方，派人来送信息，自己总要问个明白。想着不由走出门外，向院中张望。只见一个獐头鼠目，身躯瘦长，直如涂了臭油的电线杆的人，已走到楼梯，脱帽向自己鞠躬。静娴一见，便认出是昨夜与吕克成同伴的人，心中方明白赵妈妈的话不错，方要骂他出去，但转想自己总要问明丈夫的消息，如果吕克成以此相逼，自己再寻死路。反正既立场自身不辱，现在便与这姓曹的说上几句，也不为丧节。就沉着脸儿说道："你是谁？见我有什么事？"

曹芝皋鞠躬说道："吴太太，我为吴参谋的事，特来与您商议。请借一步说话。"

静娴无语，向后退了几步，曹芝皋鞠躬而行，静娴也不让他坐，但向房中一看，那赵妈妈已经不在。这房中另有侧室，通着别室，料想她必是走出去。静娴也顾不得寻她，就向曹芝皋道："吴参谋已经被吕克成陷害了，我心里早清清楚楚，你来送什么信？"

曹芝皋抿嘴道："罪过，这怎么能说少帅陷害？少帅连影子都不知道呢，我是才听见信儿，因为素日跟吴参谋至好，我在四处打听，原来是犯了贩毒案。听说毒品很不少呢。"

静娴愤然道："你住口！我嫁了凌亚许多年，就是不知道有你这位朋友。再说你们栽赃的诡计连小孩子都瞒不过，何必跟我装好人？"

曹芝皋脸上一黑一紫地道："吴太太你太冤枉人，我实在是关切吴参谋，来跟您商量营救他的法儿。你听我细说。"

静娴冷笑道："我倒要听你怎么个说法，其实你不说我也明白。"

曹芝皋逡巡坐在椅上，把手杖放在身旁，先咳嗽了一声，然后开口道："我实在不信吴参谋会做贩毒的事，吴太太猜得不错，许真是受人陷害。不过我听军法处的人说，确实当场从吴参谋行李里搜出两瓶海洛因，约有七八十两。现行法律，贩卖五两以上，就要枪毙。这罪案情太已严重，太已危险。论吴参谋的年岁才志和前途希望，若因此……咳，那不疼死人么？何况还有嫂夫人你，莫说真遭不幸，便能从轻而又从轻，也得个十年监禁，他把青春岁月都糟蹋了，多么惨呢！所以我想必托用大力量，根本解决。不从法律上着手，只由人情上想法，求个人把他硬保出来。"

静娴接口道："求谁呢？我并不认识有大权利的人。"

曹芝皋以为逼到分际，但还不愿畅口说出，正嗫嚅着要使个迂回转折的笔法，再转到正题，静娴已经指向他骂道："也不必多费你那狗肺狼心，我替你说了吧，这事就去求吕启龙也不成，必得求吕克成，吕克成把我丈夫捉进去，当然也能放出来。可是有个交换条件，就是拿我的身体去抵丈夫所有罪名，服服帖帖任凭少帅玩弄。姓曹的对不对？你再说出不过这一套，可以免开尊口吧。我若肯答应吕克成，乐得地等着当局长太太，何必奔奔逃逃，倒落个丢脸求人？吕克成也许认为世上女子真没廉没耻，见不得金钱势力，今儿教他开开眼。你回去告诉他，这一段小事，用不着张皇，不过两条人命罢了。"

曹芝皋又鞠躬说道："吴太太真是圣明，把我的话都替说了。我不必絮叨，不过还得你念着吴参谋的生命和前途，不要为一时负气，把他害了。你现在家中，自觉这样才对得住吴参谋，可是你怎么能断定吴参谋不盼望自轻一时的小节，保百年的永好呢？他若你这样固执，全不以他的性命为重，又怎么保他不怨你呢？"

静娴听到这里，忍不住一口吐沫喷了他个满面生花，大声骂道："你不要拿小人心来度君子！凌亚才没有这样卑鄙想念，一定赞成我的

223

行为。除非你这样无耻的东西，才愿意用女子巴结上司。"

曹芝皋耸一下肩道："是，是，不错，只可惜贱内脸子太坏，一直没巴结上。我就不在乎这个，我认为夫妻只要有爱情，牺牲身体并没有一点儿关系。少帅对于女人向来不贪长久，只三朝五日，就算了事。便是屈辱，时候也很短。得的利益却是享用无穷。你只要答应，释放吴参谋不算，局长的事还照原议。另外少帅还有几件好首饰奉送。"说着又低声道："吴太太恕我说句放肆的话，少帅是最能给女人快乐的，凡是和他有过关系的人，都……"

静娴听他居然说出这种混账话，气得星眼圆睁，跳脚大喝："快滚！"

又怕他再说出难听的话，只见桌旁立着他的手杖，就抓起来，向他没头没脸地乱打，曹芝皋被打得嗷嗷乱叫，一面举手遮拦，一面向外逃跑。静娴本是个深闺弱质，有生以来也没打过人，今日却因怒气冲心，不自主地动起武来，而且不知哪里来的偌大气力，打得曹芝皋鼻青脸肿，抱头鼠窜。

静娴好似疯了一样，直追到院中，追出街门，见曹芝皋已到街上，才把手杖抛了出去，关上大门。这时觉得怒气稍减，心内一松，全身失去紧张，才觉得气力俱尽，手脚一软，就伏到门上，嘘嘘娇喘，汗流溢溢。

但曹芝皋还在外未走，又捶着门说道："吴太太，多谢你这顿饱打，打我没一点儿关系，只求你详细想想，聪明人别做糊涂事。少帅为你费尽了心思，万万不能罢手。你要明白些，别闹到没趣儿的地步，敬酒不吃，倒吃了罚酒，何苦呢？现在我走了，下午还来听信儿。告诉你吧，下午你再不应，吴参谋在狱里就要受苦；晚上你再不应，吴参谋的尸首就从狗洞里往外拉了。请你详细忖度，我午后再来。"说完就听他上了汽车，呜呜地开走了。

静娴仍伏在门上，心中自思，这可到了山穷水尽的地步。自己若不从吕克成，丈夫就难活命，若从了他，即使能救丈夫性命，日后又何颜相见？何况我自幼曾受闺训，深知女子贞操的贵重，又与凌亚情深义厚，宁死也不忍失身于人。固然凌亚性命危急，他的遭祸，完全受我所累，我应该学通达权变忍辱救他，即使在他脱难之时，我以一死相谢，也未为不可。但是凌亚为人我所深知，这时他宁愿丧生，也不愿我受辱。而且他一心在我，我死了他也未必能活。那我救他等于不救，反而白落个失身丧节。这可怎么好呢？

静娴左思右想，毫无善计，只有仰望苍天，抱怨相扼太甚。人生到此，真落入最艰难的境地了。她一阵焦急欲死，忽急怒攻心，忘了吕克成与曹芝皋的仇恨，也不再思想吴凌亚的危机，只自己对自己动了肝火，一想自己不该生来这样惹祸的容貌，既生了这容貌，就该善自隐藏，怎竟出去到人前显耀。就说昨夜老实在家和凌亚相守，有何不好？偏偏要出去听戏。可见我实是一个不安分好浮华的女人，本来容易惹事招非，可是惹出祸事来，自作自受也罢了，却偏偏害了丈夫，自己倒安然无事。现在即使上天保佑，立刻教凌亚无恙归来，我也没脸见他。何况当前还摆着绝大难题呢？

静娴既然痛恨自己，又感到无计可施，不由把心完全碎了，只觉局势万难，怎样办也没有好结果。自己既罪孽深重，而且伶仃弱质，无智无勇，又无帮手，遇此奇祸，实在无力支持。而且软弱神经也禁受不住，只可自己求死，且走出这个苦境，口眼一闭，后事茫茫，全不管了。静娴想到这里，猛觉凌亚影子浮在眼前，心中又有些犹疑不决，但忽一想死，吕克成与凌亚本无仇恨，目标本只在我身上，我若一死，吕克成不但不害他，必然释放出来，想着猛然精神一振，便离开大门，一直跑上楼去。进了卧房，回手把门关上，心想应给丈夫留数行诀别之言，但觉写了也未必能到他手，人之将死，何必还顾念后来？凌亚日后知我自杀，当然明白缘由，我无须多增加他的悲苦了。主意已定，便坐在床上，从手上摘下只金戒，看了又看，心知吃下去就要断肠而死，不由落下泪来。

正在这时，忽听门外脚步声响，有人高喊"吴太太"，静娴听出是那赵妈妈的声音，不自主地应了一声，外面这赵妈妈听了，循着声音来推房门，一见房门紧闭，就惊问她："吴太太，你关上门做什么？"

静娴在应声以后，便觉后悔，听外询问，只得答道："我要睡一会儿，请你回家去吧。"

话方说完，外面的赵妈妈不知是触动灵机，还是听出声音有异，猛然说道："你必是胡闹，这可不成。快开门。"

　　静娴道："你去吧，我不开……"底下的话还没说出来，只听轰的一声，那很结实的门锁竟被踢断，门便大开。赵妈妈直奔而来，静娴惊惧之下，仓促把手中的戒指很快地送到口中，在她的意思，本想把戒指先吞入肚中，再和来人说话。哪知赵妈妈眼光更快，一见她把个黄澄澄的东西送入口中，就从门口一跃已到床前，这行动比猿猴还要敏捷，一只手先掐住了静娴的脖子，另一只手就向她口中掏取。静娴没得把戒指咽下，就被她掐得喘不出气，就闭紧了嘴，咬定牙关，伸手和她支拒。赵妈妈一面挖她的嘴，一面说道："你这是糊涂主意，事情不是没有活路，为什么寻死？快吐出来，咱们好商量。"

　　静娴只是不应，支持半晌，赵妈妈着急说道："你真糊涂，怎不替你丈夫想，你死了他怎么活下去？"

　　静娴这时才在牙缝里断断续续地道："我死了，他倒可以活。"

　　赵妈妈道："错了，你活着，他才可以活。救他的法子有的是，何必行这短见？"

　　静娴听着，似乎疑惑她所言是表示自己顺从吕克成，就骂她滚开，又用手挣扎。赵妈妈道："你还把我当奸细呀？实告诉你，我另有救你夫妇的主意，绝不劝你做丢脸的事。你要信我，快吐出来，听我慢慢地说。"

　　静娴仍自不信，气息仅属地道："你瞎说，一个妇道会能救我？去去，别管我的事。"

　　赵妈妈见事在危急，不由叹道："我二三十年没有露过形迹，今天可没有法儿了。要你信我，只得说实话了。"就向静娴说道："这样说吧，在世界上能管吕克成的，除了吕启龙就是我。你大概还不明白，现在你吐去戒指，听我几句话。若是还不信我，或是觉得我不能救你，性命还是你自己的，接着再寻死也耽误不了很大工夫。"

　　静娴这时心中盘算，这老妇来得形迹诡秘，而且目光怪异，言语离奇，我已看出她不是常人，再加方才把这么结实的门一脚踢开，我只觉眼花缭乱，不知她怎么到了面前，直仿佛飞进来的。静娴平日好读小

226

说，脑中常有渺渺思想，此际寻思小说中常见患难中人意外遇着侠士拯救，虽然向不认为实事，但今日这老妇实在可怪，自己何必固执，就是听她说些什么，也无妨害。如其语出虚谬，我再死不迟。想着就点点头，把嘴张开。老妇一松手，把戒指接住。但仍交与静娴道："你收着，预备第二回死。"

静娴顾不得回答，呕逆了一阵，又用水漱了口，喘息略定，才向赵妈妈说道："老太太，你是真心来救我的，我可太失礼了。"

赵妈妈道："不用谈这客气话，我今天本是送一个人出门，才在车站遇见你。当时觉你怪可怜，才送你回家，等到知道了细情，心里很是不平，就打算救你，可是还没打好主意。那姓曹的来时，我听你说的话，暗中直挑大拇指，更决定非救你不可。哪知你心眼这么拙，跑上楼来就要吞金死。"

静娴道："老太太，多费你的好心。可是你是谁？有什么法儿救我？要知道吕克成的势力在这省里没有人敢惹，老太太你救我一个人没用，除非救出我丈夫，才算真救我呢。"

赵妈妈默然半晌，才道："现在我问你一句，你可能一心信服我？别问我是谁，只要听我的调动，成不成？"

静娴摇头道："老太太，你要明白，这事关乎我的贞节，我丈夫的脸面，性命倒在其次。我怎能不问明白，就冒昧信服人？不怕你过意，吕克成他料到我先寻死，他也许先派人来使稳军计呢？"

赵妈妈拍着静娴肩头道："你是好的，真称得起外慧内秀，这样非得问个明白不可了？好，我就实告诉你。可是你不要害怕，也不许告诉人。"

静娴点头道："我到这步还有什么怕的？你要我守秘密，自然从命。"

赵妈妈道："你若知道我是谁，还不惊慌，我更服你。至于泄漏我的形迹，只怕于你没有好处。要记住了，现在先告诉你，害你丈夫的吕克成，就是我亲生自养的儿子。"

静娴听了这一句，就好似中了电一样，霍然立起，两目如痴。赵妈妈笑着拉她坐下道："你怕了吧？可是别当我是帮着吕克成来图谋你。

他还不知道有我这个母亲，连吕启龙都不知道我还在世上。我且把身世对你说说。前二十多年，吕启龙在河南做武官，我那里也正在河南边境上做女贼头。吕启龙奉命去剿我，论势力他一千条性命也被我收拾了，可是我一时动了凡心，竟改邪归正，嫁他做了太太，又把我同伙都替他收抚过来。吕启龙从我身上升官发财，转了好运。过了一年，我生了个儿子，就是吕克成。正过得好好的，不料我的同伙部下因为弟兄受了军法，都哗变了，带着军械跑回老巢。吕启龙因此受了处分，回家开枪打我，我夺过枪，本要打他，但一想既有今日，何必当初？就没忍下手。可是闹到这个份儿，绝不能再跟他了。当时就抛下孩子，自己跑了出去，投到山中一座尼庵去当尼姑。过了没几个月，被我的同伙知道了，大家跑来央告我，还出去率领他们。我辞不脱，又干了七八年旧营生。年岁渐渐老了，觉得在绿林杀人害人，终是没有好下场，就遣散了同伙，自己单身各处飘荡。本打算几时游倦了，就仍回尼庵修行，了此残生。哪知我自从离开吕家，虽然已经把男女之情全看淡了，但是儿女情肠却断不了。这和年纪很有关系，初从吕家出来，丢下亲生孩子，满没理会，以后简直忘掉。可是一到老来，竟另换个心情。在前二年，偶然听说吕启龙已经做了二省督军，我忽然想起我还有个儿子在他吕家。我在世上孤孤零零，心怀冰冷，但一想到儿子，忽然又热起来。觉得自己身上落下的肉，虽已离别多年，却不能不在殁世之前，见他一面，以慰凄冷之心。我因为这个念头把我从四川引到这里，细一打听，原来我的儿子已被送到外国留学去了。我只得投到人家做女仆，安心等待。因为我既不愿露出形迹，更不愿和吕启龙相见。其实我与老吕一年夫妻缘分，到如今我虽没有恩情可恋，也没有仇恨可记。去见他本自无妨，而且我若真的前去，莫说老吕不忍不认我，也不敢不认我。只于老吕在我走后，早已另娶太太，我又何必多留一次痕迹，使他不安呢？我在此处隐居二年，实地考察吕启龙所作所为，俱是伤天害理。天道循环，终必受到惨报。而且我更算出他不得好死，结果家破人亡，无法挽救。我对他认为是自作自受，绝不关心。吕克成是我的儿子，就决定长住此地，等待吕家遭到报应之时，我或是事先超度，或是事后拯救，总要保全了吕克成，也算尽了母子情分。然后我再出家修行，了却夙愿，这心就可以海阔天空，无挂无碍了。及至待到年前克成从外国回来，我装作乞丐在大门外见了他一面，他因为乞丐到了门前，埋怨警察护卫不力，警察厅长因此丢了官。其实警察就再多些，也拦不住我啊。以后我再留心克成的行为孽事，比他老子还加倍万恶。回国不多日子，就像对待你这种事，已经做过多次。因为人家太太小姐被他强奸软诱的，都没有数儿。我已经十分寒心，想不到今儿又遇见你这件事。你总听明白我的来历了，但不知可信不信？"

静娴听她说得奇怪荒谬，心中半信半疑，见她相问，只可点头道："我信，我信，从方才我已觉得你不是平常人，却想不到竟是吕克成的母亲。"

赵妈妈笑道："你还是未必信我。本来我的经历太已奇怪，也难得人信。其实这也没什么关系。现在说我的来历，只为教你明白我有能力救你。可以安心等我施为，不致再寻短见。"

静娴这时望着她，倒不知怎么称呼好了，吃吃地道："老……吕……吕老太太，你打算怎样救我呢？"

赵妈妈道："你不要这样叫，我不姓吕，你还叫我赵妈妈，凡是认识我的全这样叫我。"说完沉了一沉，又道："我救你的法儿，想了两个，头一个，你听着更不会信，我想教你先另到一个地方等着我，在夜里飞进军法处狱中，把你丈夫救出来，你夫妇还是一同逃走。"

静娴听着，觉着她说得大有张桂兰盗金牌、十三妹能仁寺的风味，未免过于戏剧化。在这时代，谁看见过飞檐走壁的人，进牢狱偷走囚犯？何况又是个女子。不由呆自无言，只自发怔。

赵妈妈道："你不信是不是？其实我说的真话，我本是出名的女贼，得工夫可以给你试验一下，不过这一招我还不想用。预备先使第二个法儿。"

静娴道："第二个怎样呢？"

赵妈妈道："我本来是为着救你，可是也想借着救你，假公济私，图自己的方便。你也得帮我点忙。"

静娴道："我怎能帮你呢？"

赵妈妈笑道："人老惜子，这话实在不错。吕克成这孩子，本不是好来头，我在他初生时，已知道了，爽性都告诉你吧。我在十九岁时，已经嫁给一个乡农人家，正在怀孕，恰赶上我父亲被人连累，打了盗案官司。官府判成死罪，我在产褥上闻得消息，急得要死，央我的公爹和丈夫出头营救，他们偏生怯官，袖手不管。我要自己上衙门喊冤，他们又借口孩子初生不能离乳，不许我去。我心疼父亲，怨恨婆家，就狠心不给孩子奶吃，生生把他饿死。以后我就跟婆家强要婚书，断了关系，跑出救我父亲，可是已来不及了。等父亲死后，我立刻上山做了贼首，陆续把害我父亲的人都治死了。报完大仇，闯荡了二年，以后嫁给吕启龙，生下克成，在落生的时候我一看就吓坏了。原来克成的相貌和我以前饿死的那个孩子一模一样，连身上的红痣都不差分毫。我知道不是讨债就报冤来的，打算抛弃，结果没有舍得。我又不好对人诉说缘故，只好将就抚养。生下几个月，就妨得我几乎被吕启龙打死。如今看他这等行为，可知实是个逆种。不过我总想是自己亲生，又是世界上独一的亲人，不能不关心他。所以还得借这个机会，超度他一下。他若还不点福分，就许听了我的劝，从此改邪归正。或者将来在吕家失败时，得以保住性命。若是不听我劝，那就是他在劫难逃，我也许早自治了他，以免再多害人。自己生的，自己杀掉，倒也不错。"

静娴听着，打了个冷战，颤声问道："这个我可不敢参与，不过我想你最好还是善劝。"

赵妈妈笑道："你当真以为我忍心杀死自己生的儿子么？你尽管放心，无论如何，绝不会连累你。"

静娴这时由赵妈妈的言语神色之中，才看出她诚实恳切，心中才转疑猜为信赖，就又问道："你打算怎样对吕克成？他对我追得很急，再过一会儿，那姓曹的又要来了。"

赵妈妈道："他来时你就答应他好了。"说完见静娴脸色又变，赵妈妈笑道："你又不放心我了。你不答应他，我怎能近到吕克成面前呢？"她又附在静娴耳边，低声说了许多的话，静娴听得忽而诧异，忽而惊骇，忽而犹疑，继而思索，最后才现出领悟之色。

赵妈妈又提高声音道："你只依我的话，准能转祸为福，至不济也能教你夫妇重新团圆。我既出头管你的事，这要救你救到底。你只静等丈夫回来，不要再犯愁了。"

静娴点头，望着她道："你这样好心救我夫妇，我真不知怎样报答你。"

赵妈妈拦住她道："现在谈不到这个，你就依我的话去办事，不要耽误了。"

静娴闻言便下楼叫进男仆，对他说因为凌亚遭了意外事故，自己暂时还得在这里再住几日，但已另有女友做伴，用不着男仆伺候。你可仍依旧议，立时离去。至于屋中家具，业已说明赠你，总不食言。只是还得借用两天，你到第三日早晨再来搬取。那仆人不知是依恋旧主，还是舍不得离开所得的东西，自言情愿仍在这伺候主人，无论日期长短，不受工资。静娴却是坚执不可，必令他立时离去。仆人只得悻悻自去。

静娴见他走后，又上楼去，见赵妈妈已代她把箱笼行李打开，把卧室又重新布置，静娴也帮她工作，忙了一会儿，这房中虽未尽复旧观，但起居已足可舒适。赵妈妈收拾完见天已将午，就笑道："你把你的下人打发走了，现在到了吃饭时候，我该替代他的驱使，下厨给你做饭去了。"

静娴道："这怎敢劳动您，我自己去。"

赵妈妈道："我是伺候人惯了的，你这饭来张口的娇惯人儿，怎能下厨？"

静娴仍自不敢劳她，结果二人一齐到了厨房，草草做了些饭菜，端回房里。静娴请赵妈妈上座，赵妈妈却放下卷着的袖子道："我不能陪你吃，得回家了。"

静娴大惊道："您怎能抛下我去？"

赵妈妈笑道："你别慌，我回去瞧瞧，一会儿就回来。你不知道我家里还有累赘，一个干女儿，一个干儿子。今天早晨是送干儿子出外，在车站和你遇见。到这早晚还不回去，我那干女儿必不放心。我得回家告诉她一声，今夜好在这里替你办事。"

静娴道："你便是回家，也可以吃过饭再去。"

赵妈妈笑道："世界上小姐太太不会做饭的不止你一个人呀，我那干女儿也是要人伺候的。我不回去，她守着干粮也会挨饿。"

静娴听了心想她自言为人佣仆，干女儿也不会高贵，何以说得如此娇气？但这时也不暇询问，只叮嘱她快回来。赵妈妈答应道："我自然不会耽误，倘若我没回来，那姓曹的先来了，你就照我的话对付他，可是不要露出破绽，惹他疑心。我想你这聪明人，一定能装得像样。这本和演戏一样啊。"

　　静娴点首领会，赵妈妈便自下楼。静娴直送到门外，又谆谆叮嘱，赵妈妈应着，见街的东端放着个卖糖的担儿，有三五儿童围着买，那小贩虽然衣裳破烂，但面目丰润，神情精悍，一望便知是出于乔装。再回头看街的西端，在一家大门阶上，有一个乞丐踞坐向阳，满脸都涂着污泥，但是目光灼灼，只向这边张望。不由心里好笑，吕克成对付情人竟如同盗贼，在四外都下了卡子，到这时还怕静娴跑了呢。但这想是走狗所为，吕克成倒未必有此细心。于是也不对静娴说破，只嘱她快回房去，切记不要出门，就自走了。

　　静娴掩上街门，回到屋中，独坐自思，这赵妈妈形态过于诡秘，她又自称是吕克成母亲，所述情节，直比小说还要荒谬，实在令人不敢尽信。但是她好像心肠极热，意思很诚，自告奋勇要救我夫妇。但细想起来，她这人是否可靠，已自难定，而且即便她真是仗义而来，是否能制伏吕克成，更自难保。不过我的境遇已坏无可坏，前后左右俱是绝路，只有她这一条可望的生机，纵使明知难悖，也只得权行一试，这就是病急乱投医的话了。若是此路失望，我仍不过一死，还有什么顾虑？想着心里倒觉宽松许多，生死置之度外，便心认命，不再焦虑，只打点精神筹备应付曹芝皋。

　　凝思许久，见钟已到了三点，料着他要来了，果然不大工夫，便听门外有汽车声音。静娴立起由楼窗中下视，见曹芝皋由外面推门而入，先向房门扎了一头，看见里面无人，又走出来，直奔楼上，口中直喊吴太太。静娴只不作声，回房便在椅上低首而坐。须臾楼梯声响，曹芝皋上来，又唤了两声吴太太，诧异得自言自语道："人上哪里去了？莫非又……不能啊？"

　　他叨念着已到卧房门外，用手掀了门帘，才见静娴，不由哈哈笑道："吴太太原来在这里，害得我好找。您也不答应一声。"说着就鞠了一躬，伛偻而坐。静娴仍坐着纹丝不动，毫不理他。

曹芝皋又道："吴太太，怎一人在此？贵管家呢？"说着见静娴不理，就搭讪着挪过一张椅子，坐到对面，发出好笑之声道："我才从军法处来，看见吴参谋还平安，听说晚饭前就要过堂，只怕吴参谋一定不能招认，可是军法处的刑法是厉害的，动不动的就是一百蟒鞭。"说着又用手比画着道："这么长的特制蟒鞭，打起来真像一条怪蟒似的，从背后下去，鞭梢正扫着胸口，打上二十下，胸口就破个大窟窿。若打上百八十下，从伤口就看得见五脏。那真怕人哪。"

静娴初尚坚持不动声色，及至听到后面突然身体乱抖，泪如泉涌。抬头看看曹芝皋，又低下头去，以手掩面，曹芝皋看着，觉得她已为自己的危词所震，心中欢喜，又接着道："打蟒鞭打得晕死过去，就用草纸熏活了，跟着三打三熏，若还不招，就要动新鲜刑法，什么竹签扎指甲啦，什么猪鬃探马……"说着忽呸了一声，自打嘴巴道："胡说，该死，该死，对吴太太怎该说这个？反正刑法都凶极了。我曾亲见惩治一个拐军械的逃兵，用一块铁板烧红了，叫他光脚在上面走。只见那兵嗷嗷乱叫，跳一下，板上就冒一股青烟，烧得喷喷的响，好似热锅煎鱼声音。等到搭下来，两只脚都焦了，直流黄油。你看惨不惨？"

话还未说完，只见静娴身儿一歪，倒在地下，嗷的声哀号起来。曹芝皋一见，心想哪怕你不动心，这一哭就屈服的先声，我算已有五成把握了。就连忙屈身来扶。静娴推开他的手，坐在地下，哭着道："凌亚凌亚，我可害苦你了。这，这……"一下就噎住了气，似将晕绝。

曹芝皋忙扶住她说道："您先不必这样难过，吴参谋现在并没到这地步，还有法儿转圜呢。您只要回心转意，立刻他就能平安无恙。这不是没指望的事。"

静娴听了，却转身伏在椅上，仍自哭泣，但哭声渐细，似乎心中已在思索。曹芝皋更觉有望，就又问道："我并不劝您做坏事，实在因为吴参谋太危险了。若一受刑，便是不死也要落个残废。您难道一点儿不可怜他？凡事都要审量缓急轻重，不能只看一条道儿。我说一个故事，出在我的……痛快说吧，就是出在我家，这事并不算丢人，可以说得讲得。我们三世单传，四十年前，我的父亲被疯狗咬了一口，过了两天毒气发作，身上都生了白毛，满地乱爬，见人就咬，据说七天准死。把我的祖母和母亲吓得要死。当地只有一个医生，会治这病，没有二份。我祖母就去求他，哪知那医生说，这是向他买命，定要二百两银子，还得先付。可怜我家里一两也拿不出，只得向他苦求。谁想那混账医生看上我母亲的姿色，生了坏心，对我祖母说，当天晚上教你儿媳到我家来住一夜，就算抵了二百两。明天一早，我便治活你儿子。我祖母无法，回家对我母亲实说，婆媳对哭了半夜，我祖母疼儿心切，劝我母亲从权，我母亲节烈冰霜，怎肯答应。但眼看丈夫性命就在自己身上，若不依从，曹家定要断根。那份为难，就不用提了。哭到定更，我祖母忍不住给儿媳下了一跪，我母亲把脚一顿，一言未发，对镜擦粉梳头，换件干净衣服，就出门去了。次日那医生果然把我父亲治好。这件事后来传说开了，没人不赞成我母亲做得好。虽然失身，可是比节妇还加倍可敬。当地知县还要给立牌坊，后来因为研究不出用什么字眼，才作罢了。我父亲病好，对我母亲更加敬重，只怕她为前事芥蒂，就和那医生认了干亲，常来常往，好泯去以前的痕迹。直到如今我做了官，乡人还都说是母亲贤孝之报呢。吴太太，我这是现身说法，请你细想一想。"

静娴听着他摆出家史，述说先世盛德，暗想天下竟有这样无耻的人，直恨不得打他一顿嘴巴，但为着自己计划，不得不装糊涂，而且还要表示已受感化。就停住哭声，又哽咽半响，才一抬头道："好话好话，亏你厚脸说得出来，我一点儿也不听你这无耻的道理。可是从你的话里，我明白人到了不得已时，也只好牺牲自己，不能犹疑。凌亚也是单传，我怎忍他家绝后？何况祸事本是我惹起的，怎忍单叫凌亚挡灾？便是他死了，我跟了去，也是对不住他。咳，我只得走这条路了。"

那曹芝皋大喜道："吴太太，这才是聪明人的行为，太已好了，我就去报告……"

静娴没等他说完，已哼了一声道："放屁，你当我是答应了？少要妄想，我是决意自杀，舍了这条性命，吕克成没的指望，没的挟制，何苦还害凌亚？当然可以把他饶了。"

曹芝皋初闻一怔，继而笑道："这样吴参谋死得更惨。少帅在你身上失望，还不在他身上解恨？少帅心狠手辣，一受打击做事更毒。你把

234

他当作慈心人可就错了。"

静娴听了，二目失神，怔了半晌，忽地一跃而起，咬牙冷笑指着曹芝皋答道："曹先生，你胜利了，回去报功吧。现在只问你，我丈夫可准能没事出来？"

曹芝皋道："只要……"

静娴很快地抢着道："那是自然，只吕克成现在放我丈夫回家，我就任他的便。"

曹芝皋沉吟道："只若事成，少帅绝不骗你。和你见面以后，吴参谋必能回家。"

静娴道："这是怕我变卦，还要留着押包？好吧，吕克成目的在我，本与凌亚无仇，我应了自不致害他，这到可以相信。我现只求保丈夫性命，管什么贞操？莫说吕克成，就是阿猫阿狗，我也甘心受辱。曹先生，你可也有亲近我的心，不妨就来。"

静娴说着好似狂了一样，向曹芝皋扑去，曹芝皋倒吓得倒退，张手遮拦道："不敢，不敢，吴太太请坐下说话。"

静娴才笑着坐下道："你既不敢，还赖在这里做什么？你还不忙着回去报功请赏？"

曹芝皋这时倒被她闹得不知所以，但心里却深信她已无奈屈服，这反常的现象，不过是神经受压迫的反应罢了。就鞠躬问道："我当去回复少帅，可是你几时和他见面？"

静娴发怒道："我不能像你娘似的那样凑合人家，教吕克成上这里来，他若嫌屈尊，就不要来。他若怕我害他，也不必来。"

曹芝皋知道她这是牢骚余波，又晓得少帅对于追求女人常是随遇而安，不嫌简陋。就代为应道："是是，那么我就回去，少帅今日早晚必来，这就一言为定了。"

静娴应了一声道："你快滚吧，可是我一夜没睡，这时要歇息会儿。你要他晚上过十点再来。可不许带一个狐朋狗党，我丢丑给一个贼就够了，不能教许多贼眼看着。如若不然，我可把他骂出去。"

曹芝皋听着，心想这妇人虽然口硬，却已心荡，只要她说先要歇息，便见是养精神，预备奉承少帅。这些硬话，不过对我遮遮虚脸儿罢了，就故意调侃她道："是是，少帅一定尊你的命，不过少帅来时，你可对他温存些儿。其实这话不用我说你自会……"

话未说完，猛见静娴由桌上抓起一只花瓶，就对他劈头掷来，撞到墙上，落地粉碎。曹芝皋早吓得呀的一叫，抱头鼠窜。方跑到楼下，便听静娴发出凄厉幽长之声，哈哈大笑起来。

静娴依着雪里红的计策，对吕克成的走狗曹芝皋做了一次表演以后，静娴就等雪里红归来。等至日暮，雪里红果然来了。静娴见她言出有信，更觉放心。二人又下厨通力合作地弄了晚饭，一同吃完，时将入夜，外面市声渐寂，院内更是万籁无声。二人同坐在楼下客厅里，静娴心中害怕，瞧着灯光都觉得分外惨淡，不安的程度过一刻便增加一些。天才九点，她就向雪里红商议说："小吕眼看就来，您要和她观面，我却不愿再看他。您看我应该躲在哪里就快躲进去吧，别等他来时闪避不及，又撞上了。"

雪里红想了想道："他不会这样早来的。不过街门又不能关，也得提防他万一闯进来。好，我们就上楼吧。"

说着便一同出了客厅，静娴要熄电灯，雪里红拦住道："不必，也得给小吕留个眼目。要不然摸黑儿怎么上楼啊？"即挽着静娴上楼，进了里面卧室，雪里红笑道："这是正式的戏场，你当然要在卧室等着他啊。"说着见静娴一怔，就又笑道："不是你，是我代表你的。应该在这里等他。你却应该藏起来。藏在哪儿呢，最好近些，能只隔着一道墙，才可以听见我对他说什么话。"

静娴当初只是胆怯，恐怕万一有什么意外变化，自己再落吕克成圈套，在这黑夜之中，更无脱逃之计，所以希望离得越远越好，能避到门外或暂居旅馆，把善后事宜都交给雪里红独任，明日再听她报告一句经过最为上策。但这时一听雪里红的话，她又生出欲明真相之心，又想这卧室只这一间小屋，是素日仆妇所居，既可锁闭，和卧室断绝交通，又另有侧门，通着外面阳台楼梯。自己何不躲在里面，窃听雪里红与吕克成做何交涉，以免被人蒙哄，即使雪里红与吕克成同谋，我还可以由楼梯逃走，否则由阳台跳下去自杀，也能自保贞操，免为所辱。想着就道："好吧，我躲在这小下房里就成。"

雪里红指着那下房道："这门从里面能锁吧？"

静娴一怔，道："你怎么知道？"

雪里红笑道："若不锁，你绝没胆量敢藏得这么近。"

静娴不由苦笑了一下，当时便避入下房，把门关闭。雪里红也把电灯熄了，靠在床上，闭目养神，只没声息。这时光景大有《水浒传》上小霸王醉入销金帐，花和尚鲁智深假扮新娘，等待周通前来，用特种佛法度化他之势。岂不好似一出变相的《桃花村》？但事实相似，情节不同，结果也完全相异。因为《桃花村》全本连台，鲁智深到底用拳头才度化了周通。这出新《桃花村》却只排成了而未能演唱，这一点儿差异，可关着吕氏江山的气运。

读者试想，譬如吕克成来到吴宅，必然和雪里红相见，雪里红必然施展武技，先将他制伏，然后加以劝告。吕克成若是不服，雪里红势将说明自己来历，以母训劝诫。吕克成对于生母轶事，未必毫无影像。闻言一动天性，便得唯唯从命，而且回去报告父亲。老吕对雪里红即使久别怀淡，但看在儿子面上，也必对故妻有番敬意。雪里红一受骨肉情分感动，必然对他父子披心沥胆地大进忠告，历陈危机。吕氏父子即不因此而翻然悔悟，也许稍敛凶焰，深加谨慎。这样一来，江山就又暂得稳固，不致即得倾覆了。

但是吕氏父子造孽万端，已到恶贯满盈的地步，上天又怎肯给他个悬崖勒马的机会呢？但上天若不肯给他机会，吕克成既费尽千方百计，才把静娴谋取到手，今日已然约定，岂肯不来？一来就必与雪里红相见，又有谁能拦阻呢？岂知天道至巧，自有安排。吕克成把奸淫人家妻女看得比军国大事还加紧要，对于已到手的静娴本无辜负佳期之理，但上天却使他到更加十倍紧要的事，教他于不自觉之中失却千载一时之机，这才是造化弄人呢。

且说雪里红和静娴在暗室中等待吕克成，由九点起直到夜半十二点过，还是不见来到屋中，只闻钟声滴答和远处汽车呜呜。外面越来越静，她二人搔头着急，不但雪里红，就是静娴也好似忘了吕克成对她是何等关系，反而像在舞台前等候开幕的观众，心里恨不得他立刻前来，瞧个结果。二人都焦急地想，吕克成何以此时还不见来？莫非失约了

237

么？她们哪里知道，吕克成果然失约不来了，谁也没有作书人心中明白。

吕克成好色成性，欲焰甚炽。军政大事倒常延迟因循，至于追逐美人却原来勇往直前，永无反顾。今日并不是改常，而是在别处另圆好梦，故而对此间有误佳期了。至于内中缘故，却要从胡月娟身上说起。胡月娟自从恋爱志云，结成鸳侣，要想安富尊荣，百年偕老。不料受乔老夫人歧视，认她为吕氏私党，报仇阻碍，月娟受了刺激，由伤心而负气，立志要倾覆吕氏江山，替志云报了父仇，好教乔老夫人看看，她和湘兰谁真是乔家儿媳，谁肯为志云牺牲。月娟实不愧巾帼奇才，居然因儿女柔情引起英雄辣手。先与志云暂时断绝关系，用全力进行她的计划。既从素娟口中探出吕氏选将办法，就暗通消息，使吕克成的仇家对头做了帅府卫队旅长，撤去吕氏内防，将来外敌一来，便可全局尽翻。她安置下这一要招，便再去给吕氏制造外敌。她因是内戚，当然对吕氏以及僚属一切秘密无所不知。她知道吕将军原有两员大将，卢鸣天是擎天玉柱，岳慕飞是架海金梁。地盘势力，多由这二人造成。不过卢鸣天为人机警，善于趋奉帅座，结纳党羽。岳慕飞却为人硬直严冷，对于吕氏佞倖，概不搭理。所以在前年为扩充地盘而和邻省起衅时，谁都知道邻省兵力脆弱，无论何人挂印为帅，都能以摧枯拉朽之势，收开疆辟土之功。当时论到拜帅领兵的资格，卢岳二人却是位望相等，无可轩轾。吕氏很费了一番斟酌。结果毕竟因卢鸣天营谋有术，争得先着，以总司令名号带兵进攻邻省，大获全胜，吕帅因之成为两省镇抚使。自然把卢鸣天保为邻省都督。卢鸣天虽然名义上仍受吕帅节制，但在邻省却已唯我独尊了。岳慕飞相形见绌，自难免抑郁不平。吕帅也深知对他不住，也曾多方笼络，但无论如何，总是徒受虚荣，不得实权。吕帅不肯只留镇抚使虚衔，把本省地盘匀出给他。所以终无法使这两个比肩事主的旧人得到地酺德齐的待遇。吕帅曾表示第二次扩充地盘，必由岳慕飞尽先享受，但是邻近诸省，都畏惧吕帅野心，已成立联盟，共同整军经武，成了合纵之局。吕帅在众怒难犯的局势之下，怎敢惹牵一发而动全身的大祸？那面岳慕飞对于吕帅的许可，认为是抹在鼻尖上的糖，闻得到香到不了口，当然毫不领情。近来又经马占魁一番变乱，岳慕飞独力勘

238

平，建下大功，吕帅仍是无以为酬。除了赠崇高的荣号，大量的宝玩，别无使其满意之道。不过岳慕飞心地深沉，虽然他手下将官都替主将抱屈，言说卢鸣天不过因利乘便，替吕帅占了一省地盘，我们主将却是竭智尽忠，给吕帅保住全家性命。若没我们主将，他的命早没了，还说什么名位地盘？可是我们主将现在仍是个光棍师长，卢鸣天竟成了一省首领，手下人人升官发财，我们还与主将挨穷受气。吕大帅这样装聋作哑，真是令人寒心。岳慕飞有时听见这些怨言，就把说话的人痛加申斥，并且解释自己和吕帅关系久远，情谊深厚，一时待遇稍差，不足挂怀。你们只为着自己不得升腾，嫉妒他人发达罢了。以后再有此言，定然重责不贷。因此手下都抱怨岳慕飞庸碌无能，没有大志。而岳慕飞在表面上看也真是吕帅的不二之臣，好像即使待遇再凉薄些，也不致稍萌异志。而且他善于治军，威望素著，有他在省中坐镇，吕帅天下真有磐石之安。看他荡平马占魁的事，便是榜样。

月娟深知吕帅的安危完全关系在岳慕飞身上，若要颠覆吕氏，非先去岳慕飞不可。但去岳慕飞绝不可能，若要从岳慕飞身上想法，倒许有望。一则岳慕飞久为卢鸣天所抑，虽然表面上善自韬晦，心内未必无所怨望。不过他老成持重，不肯妄为而已。若再遇有特殊刺激，也许一发而不可制；二则恰巧有着绝妙机会，吕克成正在暗算他的女儿雪宜。只因雪宜温静娴淑，不肯上他圈套。吕克成又有所顾忌，不敢使出对付胡楚芳的横暴手段来对付她。因此迁延多日，未得到手。一直到除夕那夜，吕克成实忍耐不住，又得到薛寿嵩夫妇的帮助，他们设下陷阱，预备乘雪宜到薛宅饮宴，用药麻醉，加以奸淫。想不到马占魁乱事一起，断绝了交通，岳雪宜不能出门，无意中得免此劫，以后她因害小病很少出门。最近病已痊愈，却仍深居简出，想是听得小吕在闺阁群中的不法情形，故而蓄有戒心。也许受着庭训，令其隐晦。现在若趁此机会，把岳雪宜引将出来，使其受到小吕的侮辱，我再设法传到岳慕飞耳朵里，岳慕飞绝不是能忍受这等耻辱的人，那时对吕氏的旧怨新仇，一时并发，必然大动干戈，吕氏就算完了。

胡月娟打定这个主意，就努力进行。她为着志云和自己的前途，还要杀人不落两手血，以免为岳慕飞仇视，到他得势时，不能在此地安身。于是就先去拜访津海关监薛寿嵩的夫人万莆贞和他的女儿薛凤枝。这薛寿嵩向以惧内著名，任凭太太在家广蓄面首，车夫仆役，都是太太的近人。他一个在津海关署中有很优厚的位置，但他夫妇虽然为他人所间隔，好似肉体上不甚亲密，但精神上却是非常融洽。因为夫妇都是醉心利禄，但求有官可做，有利可图，有财可发，不论什么无耻的事都能道同志合地通力合作。薛寿嵩的初步混近官途，就是仗着太太裙带之力。所以太太才得了永久的自由权，绝不受丈夫限制。例如这次薛寿嵩所以得海关监督的美缺，太太也与有力。不过这时太太业已年近四十，任如何善于修饰，也战不胜光阴的痕迹。除了卖弄特有的风情，去迷惑中年以上的人还有力量外，若追逐少女群中，向少年对垒，那就军容欠整，军威不扬了。自从少帅回国以后，万莆贞观察他的行为嗜好，认为这是一座宝山，若能接近，便能富贵无穷。于是施展媚术，向昌克成面前晃了几晃，但结果都遭了失败。她知道少帅年纪正轻，阅历尚浅，并不知道徐娘风味胜雏年的玄妙，只解追逐少女。自己眼见无望成功，就急忙退下阵来，换上她的女儿凤枝。

若说也可怜，这薛凤枝小姐年方十七岁，新从学校毕业，还是朵出淤泥而未染的莲花，竟因她母亲的利禄熏心，临时教以做人道理，媚人法术，就驱上疆场，代替作战。凤枝生得本来不错，又是黄花少女，天然有一种娇怯风神。少帅一眼看中，就和她跳了两场舞。万莆贞见大功将成，又恐良机再逝，急忙上前代女儿邀少帅到家中小坐，少帅居然既然恩允，同至薛家，万莆贞备了一席盛宴，饮宴之后，硬说少帅醉了，不能归去，把她扶入女儿闺阁，万氏便替女儿完结了终身大事。万莆贞满以为从此就把少帅把持住了，哪知少帅不甚爱惜凤枝，只来住了两三夜便自绝迹。薛家白赔了个黄花女儿，连一张空头支票也没换得，自然大为失望。而且万莆贞更自惹了麻烦，原本她之所以勾诱小昌，原不为丈夫升迁。因为海关监督已是极品美缺，若再高些，便做了财政厅长，反倒减少实惠。她所望的一在虚荣，能把持住少帅，谁敢不来巴结；二在实利，有少帅常常来往，自有人来说事谈缺，便可擅权纳贿。但她空想得好，少帅竟浅尝即止，不受牢笼。眼看煮熟肥鸭又飞走了，反落个赔了夫人又折兵。

她已然有苦难诉，有泪难挥。哪知她还有个很心窝子的面首，就是第一回书中所述，因为吕帅四姨太太和票友合影照片被累落职的帅府财务所长王开元。此人最初本是薛宅管账先生，因为人才出众，特为万莼贞宠爱，加意提拔。先随薛寿嵩做事，薛寿嵩无论到哪里为官，都是他做会计课长。以后又磨着万莼贞，代谋独当一面的事。在外办了几年税务，积有多金，广行交接。又借着万莼贞的代为钻营，竟渐渐打进帅府，做了财务所长。但是和万莼贞的关系仍是亲爱如初。万莼贞对他也是异样深情，十几年来情人换了不知多少，只与王开元永好不衰。而且不知何故对他竟有些由爱生惧，王开元每到薛宅，不但薛寿嵩望影先逃，叫谁走开，连万莼贞也不能挽回。据人说万莼贞私囊历年来也不知被他掏去多少。这次他被累革职，已常来缠磨万莼贞，替他设法。及至万莼贞用女儿做阶梯，结识了少帅，王开元更认为天赐良机，觉得万莼贞若对少帅代为说项，不难重膺显职，自然竭力催促。他哪知吕克成并没容万莼贞得到进言缝隙，便已飞鸿冥冥。万莼贞又具有爱好虚荣的根性，起初既将交结少帅的事对众人荣耀，以后受了少帅抛弃，她认为奇耻大辱，恐怕被人讥笑，便尽力隐讳，连王开元面前也讳莫如深。只暗地图谋把少帅重拉回来，以圆脸面。但少帅以行云流水之身，到处做拈花惹草之事。行踪不定，比神龙还难捉摸，又哪容易拉得回来？可是王开元以为少帅仍在薛宅走动，以万莼贞愈逼愈紧。万莼贞此时再对他说实话，也不能得他听信。

　　正在苦恼非常，忽然一日少帅自己送上门来，万莼贞以为他又相信凤枝，重来叙旧。正在欢喜，哪知少帅说明来意，原来前日在房厅长宴会上，看见凤枝和雪宜在一处谈笑，情谊甚密。向人询知凤枝和雪宜同学，并曾结为姐妹。故而来托薛家母女代为设法，使其了结对雪宜的相思旧债。万莼贞听了当然扫兴，但觉少帅前来相托，直是赏下绝大面子，而且若立下这件奇功，报酬当然不小，起码也可以把替王开元的事办成。当时没顾细想利害，既然承命，情愿巴结这件差使。但是她女儿凤枝却没有她令堂那样雅量，见少帅全不以自己为念，气得哭了几天。然而毕竟拗不过母亲，终在哄劝逼迫之下，收拾起本身幽怨，暂昧下天理良心，打点出虚伪面目，帮着母亲安排骗局。因为雪宜曾到薛家去过，颇为熟悉。万苇贞费了许多心计，才预先邀定雪宜，除夕到她家小坐，并且也已通知少帅届期前来赴约了。不料马占魁大煞风景，恰在除夕作乱，以致雪宜临时被阻住。少帅却早来竭诚恭候，进门不久，外面枪声四起，及至辨明起了乱事，知道雪宜绝不能来，他也不敢冒险出去，自然焦急非常。万苇贞却以为这是天赐女儿的机会，就和丈夫避开，使凤枝与少帅清静谈话。少帅也慰情胜无，把凤枝消遣了一夜。次晨临走，仍是托付万苇贞继续办岳雪宜的事，他静待佳音，速成必有重谢，说完扬长而去。

凤枝才知自己又白献了一夜殷勤，少帅仍是只串神经，未入内脏，这样替代品都够不上，直如戏台上演大轴的正角误场，一个小丑临时来一出大逛灯，台下观众只等待正角，任这小丑卖尽气力，简直视而不见，听而不闻，小丑怎能不伤心呢？万苇贞却抱怨女儿不善逢迎，发了一大篇理论，说这种事儿既不在乎年纪，也不用人教导，只要自己能够悟会。你天生没有出息，拢不住少帅的心，不自己害羞还有脸生气？我可惜岁数大了，外貌引不动人，就叫没法。昨夜若是我当你那份儿差使，到这时候，小吕还想什么风宜雪宜？连他自己的姓都得忘记，管教他从此舍不得出这门儿。凤枝听了，更是气得要死，跑回自己房中，关门痛哭。

自此以后，万苇贞仍紧记少帅重托，多方和雪宜联络。无奈雪宜一次小病之后，就不大出门。任她屡次延请，终不一至。少帅也绝迹不到薛宅，只偶然来个电话，询问雪宜的事可有希望，万苇贞怎敢令他失望，只向后推延，许以过几日便有佳音。一面王开元又常常催促，讯问对少帅请托的事，可有眉目。万苇贞也只得以应付少帅的法儿，对他拖延。她处在这种境地，正在感觉万分苦恼。

月娟却已深知底细，这一日就去薛宅拜访，万苇贞见大帅的小姨到来，真乃贵客临门，自然竭诚接待。月娟述明来意，说有几位要好姐妹，因闲居无聊，听戏打牌都玩腻了，想做点清雅的事。多约些朋友，组织一个益友会，在会中聘请教师，学习中西音乐以及书画等等。现在已有多人加入，大家商议请凤枝小姐做一基本会员，特来征求同意。万苇贞素日就好联络逢迎，凤枝又喜热闹，闻言便欣然应允。既而问起加入的都是何人，月娟举出几个人名字，都是当地品德高尚的闺秀，又说预备邀请尚未接洽的还有几位，如黄道尹的小姐、岳师长的小姐等等。随即提到岳雪宜，月娟说："雪宜人品极好，这会中一定要请她加入，不过我和她没什么交情，不好登门造访。听说凤枝小姐和她至厚，可否转邀一下？"

万苇贞便说："凤枝与雪宜是手足姐妹，代邀本没问题，只是近来岳慕飞对女儿管束很严，不大好教出门应酬，就是我们这里也有很多日不来了。凤枝邀她一下，自然可以，不过恐怕徒劳无功。她父亲不放出门，怎能加入这会呢？"

月娟道："岳慕飞管束女儿，是怕她学得浮华，失了规矩。像我们这会学习音乐书画，都是有益的事。又不许男子加入，可说再正当没有。任凭多么顽固的父亲也不会反对的。今天我把印的简章带了几份来，凤枝小姐送给雪宜，可以请她父亲看看。"

说着就把印的简章递过，万苇贞看了看，心中顿有所触。暗想我屡次约请雪宜，都被她回绝，大约因为所用的题目不好，吃饭打牌观影听戏等事，她家人认为无聊，又不正当，所以拦阻雪宜，不令前来。可是我又想不出能够引动她的新鲜题目，今日胡月娟忽然为组织这小姐益友会而来，真是提醒了我。这题目确是堂皇，岳慕飞总不能拦阻交结女友，学些书画。雪宜静极思动，也必愿寻这合乎闺秀身份的消遣。借这题目，必然能引她出门，我也可乘此机会，收获全功。我以前用了许多心思，怎竟想不出这好办法？今天胡月娟此来，真似上天特意助我成功，要不然怎这样巧呢？她想着欣喜不胜，觉得月娟大可供自己利用，就满口答应，教凤枝极力向雪宜劝驾。但她做梦也想不到月娟安排巧计，倒是前来利用她呢。

当时月娟见大事停妥，就约定次日再见，起身告辞。临行又托付万苇贞代为觅寻会址，最好就在薛宅附近。因为此处居于城市住宅区中心，交通便利而且清静。这一着更中了万苇贞的意，一口担承起来。月娟离开薛宅，又到几位女友处相访，仍是接洽益友会的事，但把发起人的名义却推在薛凤枝、岳雪宜身上。她自称是受托代邀朋友入会，那班女友都是好玩的人，又关着月娟的情面，无不应允。跑了半天，已邀得十余人，足够敷衍一时耳目，也就不再多邀。

次日又去薛宅送信，原来万苇贞因别有用心，对于邀岳雪宜入会比月娟加倍热心。当月娟走后，她就教给凤枝一套说辞，令其亲往岳宅，与雪宜当面接洽。凤枝还不解她母亲暗蕴奸谋，只当是有意巴结月娟，就从命前往。到岳宅直入内室，见雪宜正在绣阁中开着无线电，身穿布素衣服，脂粉不施，淡雅得一朵白菊似的。迎着凤枝寒暄之后，问道："你怎不常来看我，我很想念你呢？"

凤枝说："你家有一股严肃空气，不许跳舞，又不许打牌，能把人郁闷死。谁又愿意来？我三番五次请你出去散心，你又不肯赏脸。这时倒有嘴说我？"

雪宜握住凤枝的手道："妹妹，我得对你道歉。前者你和伯母屡欠约我，我都没去，实在太对不住了。你可别怪我。"

凤枝道："我知道伯父不大教你出门，怎会恼你？"

雪宜摇头道："我父亲倒不十分管我，只是我天生不好热闹，往日出去应酬，也只出于勉强。父亲倒常劝我上外面散心，不过前些日老人家对我说，近来外面太乱，顶好少上乱杂地方。我也没问什么缘故，反正老人家说话必有道理。妹妹你想，像我这大岁数的人，若再教老人家多担心，惹老人家多费话，还有什么意味？何况我原来就不爱乱跑，所以一直守在家里，没有出门。有时也觉闷得慌，想有人来谈谈，偏你们嫌我家古板，都不肯来。"

凤枝听着雪宜的话，深深佩服她的温柔淑婉，真是少有的好女子。但同时想到自己的堕落烂污，不免心内惭愧，面上发热。再想自己母亲对她的阴谋，更觉脏腑都似被尖针刺痛一下。所幸她还不知此来的另有作用，所以尚能运用后天习染的恶性，压下了先天具有的良心，勉强尽其使命。倘若她知道乃母的老谋深算，差她来做刽子手，她手中所持的益友会邀请函，便是雪宜的勾魂取命符，恐怕她的恶性就要战不过良心，难免露出破绽了。

当时她定了定神，便徐徐逗引道："姐姐在家里天天做什么消遣呢？"

雪宜笑道："左不过是些无聊的事儿，你知道我好种花养鸟，现在

244

天冷，房里几盆花，都是花窖送来的，没有一点儿意思。只帘前那两架鹏哥和这三间房里十几盆小盆景，每天得费时候收拾，是我的功课。前几日我拾掇旧箱子，寻出几种是在校内的书籍，就动笔涂抹了两张，自己看着很不是样儿，就急忙撕了。"

凤枝听她说到这里，急忙捉住题目，笑着说道："姐姐学画儿么？"

雪宜点头道："在学校就没用过心，现在再想学又跟谁学去？"

凤枝道："你要学，我有地方。今儿就为这事来的。"

雪宜方问什么事，凤枝就把益友会的章程递过，雪宜愕然地看着，凤枝又从旁讲解道："这个组织太好了，联络友谊，修养性情，对我们益处很大。而且完全女性团体，聘请的音乐书画各门教师，也尽是女子。再说会期又不多，每星期只两三次集会，并不碍我们的正事。不过因为限制人数，免得杂乱了，就糜费多些，我们也出得起。姐姐务必要加入，我们要请你做会长呢。"

雪宜摇头道："你先别胡扯，我还不认识这会里的人，人家也不认识我，世上哪有这样冒请会长，混充会长的么？"

凤枝道："不然，不然，这会里发起人跟你多数熟识。"说着就把月娟告诉的人名转述一遍。这些人本是月娟精心选择的闺秀淑女，绝无声名狼藉之人，雪宜听着，由发起人的本身，而看重这会的价值，觉得必是正当组织，又看那简章上的例则，真是宗旨正大，立场光明。想到自己性情不近繁华，厌恶俗事，平人所好的娱乐一概应付不来，因而以交游，连朋友都稀少了。自己索然深居，也觉寡趣，正需要有这样的一种清雅组合，供我养性怡情，消闲解闷。并且因此也可得几个素心伴侣，时相往还，免得众人议我孤介。想着心里已经动了。但她向来性情谨慎，事无大小，自己既要三思，还须禀明堂上。这时虽已愿意，但仍拿着那简章不做表示。凤枝忍不住催促道："姐姐到底怎样，可愿意加入么？"

雪宜道："这个会确是很好，对我也极合适。"

凤枝道："那么你当然加入了？"

雪宜道："现在我还不能决定，明后天再给你回信吧。若是加入，就请你介绍。"

凤枝道："那不成，人家已经预备差不多了，三两日就正式成立。从前天已托我来请你，我因为有事缠住，已经耽误了两天，你可不能再耽误，快给个痛快话儿。"说着又柔声道："好姐姐，你那些人对你多么敬重，多么盼望呢？就是妹妹我以前跟你同了四年学，那时天天见面，耳鬓厮磨，何等亲热？自从毕业以后，虽然谁也没离开此处，可是弄成分居两国似的，轻易不能见面。姐姐也许忘了我们旧日交情，不理会妹妹了。可是妹妹哪一时也忘不下姐姐，每逢我来请你，三催四阻，总请不到。你家里我又不愿常来，难道我们就这么冷下去么？姐姐你忍得，我可忍不得。现在好容易有这机会，我姐妹每星期可见几次面，我是多么高兴，姐姐你就……"

说着忽然停住，小嘴一鼓，似乎气得要哭。她这套话，本是万莩贞所教，居然大有功效。雪宜被她用旧情感动，又加姐姐叫得震心，立时软了心肠，也连带决定主意，就抚着她肩头说道："看你气得这小样儿，何至于呢？我本赞成这会，现在就答应你加入，不过……我们还得去问问父亲，明天再回复你可好？"

凤枝不肯，定要当时回信，雪宜无法，只得拿着简章去向父亲请示，岳慕飞恰巧在家，听得女儿一说，他本深知雪宜品格高尚，向来守礼，若是不正当之事，根本不会向家长请求，又见那简章所列，都是合乎女孩儿身份的作业，有利无弊，当下既然允许。雪宜回房报告凤枝，凤枝大喜，就说本会不日要开筹备会议，凡是加入的人，都要集齐，互相介绍，并且研究进行事宜，姐姐那时可得准去。"

雪宜答应说："我只接到通知，届时准到。"

凤枝见事已成功，又坐了一会儿，便自告辞回家，把经过对母亲说了，万莩贞更喜得心花怒放，好似雪宜一来，自己便算揪住吕克成的龙尾，立即一步升天。但却没想此事一成，就如捋住岳慕飞的虎须，先将自身难保。其实她并非未虑后来祸患，她是认为根本没有祸患，因为普通人常好以己之心，度人之心。比如小窃眼中，看世界上人人都有偷盗的嫌疑，荡妇看着世界上人人都是邪淫嗜好。万莩贞因本身阅人甚多，就不信世上会有贞女。她的理论是放着快乐不享的只有呆子。所谓贞洁的人，多是故意装作以博美名。或是未经人道，根本不解个中滋味。所以她对于雪宜，认定她的守身如玉是由于知识未开，只要经少帅给以甜头，就会一变初心，从此成为同道。那时瞒哄家庭尚恐不及，又怎能泄露呢？

她这样想着，自然肆无忌惮，欣然布置。当天便在附近租下一处楼房，作为会址。把自己家中的富余家具搬过去许多，并且打电话唤来了海关署中的庶务课长代为办理，限令一天内布置完成。及至第二日月娟再到薛家讨信，才知不但约请雪宜的事已经成功，连会址也已收拾停妥了。月娟虽曾料定万苇贞必然从中取事，却想不到竟如此风炽火急。明白她的机关已经发动，即将用捷速手段实行。这样一看，自己只出个题目，把文章起个头儿，她就立刻顺着笔路，滔滔汨汨地做下去完篇了。这妇人作恶的才干，真不可及。自己起初本想替她开一条路，等这益友会组织成功，把雪宜诱出家门以外，再慢慢把她点醒，替她筹措，使她撮合雪宜失身少帅，以挑起岳吕两家的风波。如今想不到她竟如此脑筋灵活，行动迅速。看来这件大事，竟是由她一手包办，真乃天缘凑巧。既使我省了无限力量，又替我泯灭许多痕迹。这才是百年难遇的俏事呢。

月娟想着，便把自己进行的也报告了。万苇贞万分热心，催促月娟急速召集会员，先开筹备会议。月娟听着万苇贞的急迫语气，心想她替少帅办事，比少帅谋岳雪宜的心还来得急，看这情形，大约已预备在开筹备会议那天，便要教雪宜不得完璧而归。这妇人儿狼心辣手，好生可怕。也许她是恐怕雪宜万一对会中有所不满，第二次谢绝不来，又失机会，故而在第一次便来个当机立断，岳雪宜只怕难逃劫运了。当时自然乐得应允，万苇贞又提议次日替发出通知，约于第四日晚上七时，在新会址齐集开会，作初次的会见。由薛宅厨房代备酒宴，请大家饮宴。月娟明白她的意思，赞成不迭。就开出各会员的姓名住址，把发送通知的责任也推在万苇贞身上。万苇贞哪知月娟的深心，便自欣然允诺。当时月娟又和薛家母女同去看了新会址，就告辞回家。觉得天下一件事情，竟轻轻易易地卸却了责任，好似万钧重担得到代为肩负的人，并且还担保她能尽力执行，等于成功。自己只做到这个阶段，就算功行圆满，以后就可袖手旁观。一个主谋的人，竟做得如此干净，连嫌疑都受不着，

247

天下还有比这再便宜的事么?

月娟快乐非常,回到家中就闭门不出,将息前些日奔走筹划的劳倦。到了第二天晚上,果然接到万莆贞代发的益友会初次召集的通知。她看着笑了半晌,因为她这主谋的人,不但届期决定不去赴约,而且决定永不再和这会发生关系了。她知道这会的寿命只有一天,万莆贞毁完雪宜以后,再不会热心会务,而且那时不知闹出何等巨变。刀兵一动,这会自然随而失之。在万莆贞已代自己安排停妥,到了会期,无论自己到不到,即使其他会员完全不到,也没问题,只要岳雪宜一人到了,万莆贞就不会放她逃走。我又何必白去现形,多留一回痕迹,惹后来的嫌疑呢?

于是月娟便从此置身事外,消消闲闲地静听消息。但万莆贞那边却忙碌非常,到了会期前日,又派凤枝去岳宅再申前约,雪宜答应必到。万莆贞虽然放了心,但不敢先向少帅报告,因为除夕使少帅扫兴,这次虽然有把握,但恐怕临时再生意外变化,雪宜托辞不来,便要重犯诳驾之罪。于是特别小心谨慎,决定等雪宜入了罗网,再请少帅光临,也给他们意外的惊喜。

及至到了会期,万氏母女早把会址收拾得十分华丽,恭候嘉宾,真比她自任主人还要尽心。天到黄昏,会员陆续到来,大家因多半是月娟所邀,进门都问月娟,见她未到,正在诧异,万莆贞进来报告,乔太太府上来了电话说,今天因为帅府七太太害病,乔太太进府瞧看,还未回来,大约在帅府里住下,请各位太太小姐不必等候。大家听了,自不免有些扫兴,所幸相互间多半稔熟,也无须介绍便可作笑酬酢。又过了一会儿,岳雪宜来到了,万莆贞如接着宝贝一样,竭力周旋。及至入席,万莆贞以长辈资格,被推为会中顾问,坐了首座。她本来心里只注意岳雪宜,并不要谈什么会务,就说:"今天你们会员来得不齐,不能会议,这一次就算大家联欢。我来领头,劝你们痛饮几杯。"说着就劝起酒来。

万莆贞本意是要灌醉雪宜,无奈座中闺秀都不善饮,也闹不出高兴。雪宜更是滴酒不沾,百劝无效。既而把饭吃完,大家见无事可议,无话可谈,都纷纷告辞,雪宜也要回去。万莆贞对其他人都不挽留,只拉住雪宜,说少待有话说,雪宜只得稍候。至众人散尽,万莆贞又邀雪宜到家中小坐，雪宜推辞不肯，万莿贞使出亲热的劲儿，像绑票似把她挟至己家。雪宜无奈，只得稍留和她母女谈话，过了一会儿又要告辞。万莿贞留她吃杯咖啡再走，雪宜却不过她的盛情，只得从命。哪知一杯咖啡饮下，就觉头昏目眩，心神迷乱，摇摇欲倒。万莿贞扶她倒在床上，雪宜两眼一闭，就失了知觉。万莿贞喜得直拍屁股，教凤枝给她脱去衣服，送入屋中。凤枝这才明白母亲的用意，望着雪宜，一阵惭愧，一阵羞愤，忽然把身一转，跑到别室中哭泣去了。万莿贞也顾不得呵斥女儿，自将雪宜安排睡好，忙去给少帅打电话。哪知她请少帅来偿夙愿之际，正是少帅将要别赴幽期之时。

原来无巧不巧，这一日正是少帅施用手段，震伏了吴太太静娴，由曹芝皋代定了夜中约会。少帅得报，欣喜非常，晚上理完公私事务，天已十点多钟，正要出门赴约，不料这时恰接到了万莿贞的电话，真是妙境逼人而好，好事从天而降。少帅怎会不喜上加喜？但是两下时间冲突，鱼与熊掌，怎能一口同吃？到底是消受久萦魂梦的雪宜呢，还是去享用新经猎取的静娴呢？少帅真煞费踌躇了。著者这时且暂歇秃笔，容他考虑一下吧。正是：春色两家分，羊车安适；芳魂一劫尽，鹃血空留。

在薛宅里面，自从万莿贞将好事通知少帅，闻听少帅在电话中稍一沉吟，随即答应就来以后，万莿贞可就忙了方脚。预先发下第一道令，教她的德配薛寿嵩先生做外庭戒严司令，执行欢迎接待少帅，并且牺牲一夜睡眠，督同仆人厨司，预备茶水酒宴，若有迟误，唯他是问。第二道命令，差个心腹仆妇，令其在少帅进门入了洞房之后，就把电话的电流塞断，以便少帅得以尽欢，不受外间搅扰。这两道命令都立刻顺利颁布下去，但到第三道命令却发生障碍了，因为万莿贞心细如发，把一切都想得周到，务求尽心竭力，把少帅伺候就无毫发遗憾。她想到少帅今夜初入桃源，岳雪宜又在昏迷之中，递烟送茶，既须有人服侍，而且万一岳雪宜清醒，有撒泼怄气，扭手扭脚，更需要有人解围。要寻取适当的人选，自然非女儿凤枝莫属。于是她命人去唤凤枝，去人回报说，小姐还在屋中哭着生气，只不肯来，万莿贞只得屈尊自往。

到了女儿房中，见凤枝正倚枕而卧，眼圈通红，小嘴儿鼓得包子似的。万荪贞走到床边坐下，推着她道："好孩子，你也得打扮打扮，少帅一会儿就来了。"

凤枝不应，万荪贞又说了一声，凤枝愤然推开她的手道："他来关我什么事？他为的雪宜，有雪宜在那里就得了，我出去算干什么的？"

万荪贞道："哦，孩子，你别瞎说了，我们是主人，不出去照应照应，是什么理数？再说你与少帅又有过好儿，怎能不照面呢？"

凤枝唾了一口吐沫道："别提他与我的事，那是扯淡，人家急死急活，只为着雪宜，你发昏把我白填了限，还有脸说呢？"

万荪贞道："你糊涂，这好比做买卖，各人做各人的生意，俗语说事多不碍路啊。譬如说你到瑞林祥买了两件衣料，又到敦庆隆买了两件皮袍子，两家都能从你身上赚钱，都认是好照顾主儿。瑞林祥见你买别家皮货，就生气把你推出来么？没这个理儿吧？孩子，你等着，早晚你从少帅身上得着好处。那时就明白娘的心怎样为你了。现在已没有工夫，你快起来洗脸擦粉，换件衣服。还有很要紧的差使等你当呢。"

凤枝翻身坐起，揉着眼道："哦，这倒怪了，今儿还有我的要紧差使？"

万荪贞道："这差使还是非你不可。雪宜在房里昏睡，少帅来了，面前总得有个人伺候，也许得要人帮把手儿。再说夜里端茶送水，时时都得用人哪。你去当这差使，管保得少帅喜欢。"

凤枝听着，脸上一阵发红，倏又变白，摇头说道："什么话？人家两人在屋里……我凭什么去当这份梅香？我死也不干。"

万荪贞道："好孩子，别教我着急，你不去可教谁去呢？你别忘了，我们一家都沾着吕家的光，吃着吕家的饭。今后还有多大指望，不巴结好……"

凤枝愤然接口道："怎样没人？我们这些丫头老妈，谁不能去伺候？再说你要巴结他，为什么不自己去伺候？"

凤枝也是气极了，才对母亲说出这样无理的话来。哪知万荪贞竟然不以为然，咦然说道："我倒愿意去，而且也曾打算着去，只因细想觉得不妥，才来找你。你想少帅不论怎样，总是年轻人，脸皮还薄。我与他连手都没拉过，总算生人。强凑到这屋里，少帅一定觉着不方便，把我赶出来，落个没面子还是好的，倘若他为这个不高兴起来，我们这股的心血不都白费了么？"

凤枝插口道："别说我们，我没费过心血。"

万莱贞道："好，就算我自己的事，孩子今儿也总得捧我。你和少帅有过好儿，是一床上的人。进去伺候他一定喜欢。明儿你爸爸一升官，我准教他给你立一个十万块钱的存折，等你出嫁时带着走。还有你上回要买的大钻石戒指，你爸爸嫌贵没有买，这回包在我身上，明天少帅一走，我就打电话给三德金店，把那戒指送来，不到正午，准叫到你手上。好孩子，你快洗脸吧。"

凤枝还是不肯，但禁不住乃堂妙舌莲花，连哄带吓，结果凤枝终于屈服，只得起身强打精神，抱着无谓的心情，做无谓的修饰。万莱贞把女儿劝好，又叮嘱了些话，才离开另行布置他事去了。

及至天近夜半，听外面有汽车到来，呜呜两声，宅内恭候已久的薛寿嵩已如飞奔出迎接，只见由车上走下来那西装笔挺的少帅，带着满脸的云情雨意，满身的粉饰脂香，神情好似戏台上跳花墙的张生。和那日在帅府师团部威武严厉的少帅，似已另易一人，但是车中并无一人护卫。他下车就摆手令车夫开回去，自行走入薛宅。薛寿嵩把腰儿弯得到九十度，在门外敬礼迎接。少帅把手杖向他背上敲了一下，笑道："老五车，你少闹这些虚文，我们是谁对谁？快进去，再弯腰撅着，我就敲破你的硬盖儿。"

薛寿嵩听着，毫不感觉侮辱，只觉受宠若惊，连声诺诺。其实少帅也只是素日和他常作诙谐，今日又看他耸肩驼背，以为颇有所似，故而信口加以比拟，绝没有得着便宜及卖乖之意。两人向里走着，少帅向来具有领袖气概，与人同行，总是走在前面，好似自负有领导之责，要别人追逐着他。这时他大踏步前行，薛寿嵩两条罗圈腿向不合作，左脚尖向着右方，右脚尖向着左方，一走起路来，左脚只想向右方横行，右脚也想向左方横行，两脚相反的力量，虽因全身的平衡而得互相抵触，但右脚总是较为雄壮，于是走路常向左方偏斜。譬如十步外有人唤他，他本是要对着那人走去，但若略一失神，忘却努力帮助左脚，身体便要出轨，必然走到目的地左方二尺以外。这时他因少帅走得太快，尽力追逐，脚下常常失却管束，离开原定起线，需要时常加以矫正。而且走得一快，两只脚尖互相争斗，屡次几乎跌倒。

少帅走到内宅，薛寿嵩见他要自行开门，恐怕失礼，急忙说道："少帅等等，我来，我来。"

少帅闻声回头，薛寿嵩打一溜歪斜地赶到，将门推开。少帅看着他，不禁好笑道："你何必呢？我们自己人，不客气。"

薛寿嵩哪里肯听，直追逐少帅上楼，到起居门口，看见万荸贞母女已在门外迎接，他才觉得接引职责已尽，以后的正式左作，自有妻女担任，他再殷勤反倒惹厌，于是急流勇退，向少帅鞠了个加深加长的大躬，便自退下。

这里万氏母女延少帅进了起居室，万氏因逢迎贵人，早已吩咐婢女远避，自己送烟递茶。少帅见房中没有雪宜，并不落座，只在地板上站着，露出情意迫切的样儿。万氏因为自己这场汗马功劳得来不易，想要先和少帅说两句闲话，自己表表功劳，使他多多承情，就赔笑道："少帅今儿公事忙吧，这半天才来？"

吕克成道："忙倒不忙，不过今儿夜里正有件要紧事，几乎不能到这儿来。"

万氏笑道："哟，什么要紧事，比这里还要紧？今儿你要不来，我岂不白费了心？"

少帅道："所以啊，我就怕教你白费心，才临时丢下那边的事，来办你这边的事。"

说着面上微露笑影，但随即消逝不见，这时凤枝递过一支纸烟，吕克成把手一挡，说了一句"我不用"，眼中好像并没看见凤枝，就转向万氏道："你说雪宜已经来到你这里，到底她在哪儿？"

凤枝撞了个小软钉，又见少帅对她的存在根本没加注意，不由又感难堪，赧然躲过一旁。万氏在少帅面前全部精神向他专注，哪还留得出半只眼注意女儿呢？在少帅一问雪宜，觉得到了自己表功的机会，就搬出早已打好的腹稿，预备作篇冗长的叙事文章，忙郑重说道："雪宜在旁边房里呢。我为请她来真是不易，费了千方百计，经过许多日的预备备……"

那少帅已听明雪宜在旁边房中，就已急不可待，万氏这刺刺一说，他更大不耐烦，摆手叫道："好，她既在旁边房里，就快领我去。别的话以后再说。"

万氏见少帅不许她再说下去，甚为扫兴，但知他心急，怎敢违拗。只得应道："是，是，就在凤枝的卧房。"

少帅一听，好像对于她的卧房久感熟路似的，转身向外便去。万氏忙叫了声凤枝，你陪少帅过去。说时又想到一件事，觉得有向少帅声明的必要，忙又赶了两步，叫道："少帅，我对你说，雪宜可是我用药酒迷过去的，大约两三点钟内就要醒来。那孩子爱撒娇放泼的，少帅可温存着些。只要哄过这一遭，以后就好了。她这回不说，以后就随手儿转了。"

少帅听了，似乎不甚满意道："原来迟了这些日工夫，还用这样办法？我还以为你把她说明了呢。"说着沉了一沉，又抬头道："不论怎样，我总算如了心愿了。"又转向凤枝道："好，你就领我去。"说时推着凤枝，直走出去。

万荓贞初因少帅不听她表功，这时少帅又似对她这件空前绝后，制胜出奇的伟大勋绩像似尚有所不满，不由有些懊丧。等少帅与凤枝走出，就倒退几步，颓然坐到椅子上，自语道："少帅真难伺候，我使尽了心机，又白饶上一个黄花女儿，到如今倒落得他一口冷气，真教人窝心。我到底图的什么呢？"想到这里，回忆起自己并非无所贪图，本来这件大事动机第一就打算利用岳雪宜贞洁的身体，恢复情人王开元失去的官职，吕克成无论如何，总算欠下我情分。少时等他出来，必然向我道谢，乘机向他请求，他绝不好意思驳我，这事总有九成希望。何况雪宜和少帅一发生关系，以后必要借我家常做幽会，外人见少帅时常莅临，谁敢不来巴结？走道路，买缺分，更要争来投止。我就纵用雪宜家教严厉的弱点，对她挟制，令她转去缠磨吕克成，任我拨弄，从此财势俱得，简直可以操作一切了。想着又高兴起来，立起对着大镜，做了个得意笑容。

她一会儿听得外面静静悄悄，杳无声息，她又想出去向卧房外听听少帅的动静，正要推门走出，不料外面有人也正推门闯进，和她正撞个满怀。万荮贞大惊看时，原来是女儿凤枝，她惨白着面色，十分气恨的样儿，进门便直奔到大椅上，扑地坐下，屈膝抱头，将脸埋在椅背之上。万荮贞大为诧异，忙赶过问道："你怎么？自己出来，少帅……"

凤枝猛地抬头，望着她娘的脸说道："都是你出的倒霉主意，还有脸问我？"

万荮贞大惊道："怎么了？少帅有什么事？"

凤枝发恨道："他有什么事？他没一点儿事，只我无故地吃亏受气，往后宁死也不听你的话了。"

万氏听了半天，仍是莫名其妙，只得耐性连哄带问，凤枝才气愤说道："你想昏了心，只用我填限，人家可用得着我啊？白去讨没味儿。方才我与他进那边房里去，雪宜还在床上昏睡不醒，他搂着抱着，爱了半天，一句没搭理我。等到他上床时候，我又回去伺候脱衣服，哪知他把手一摆，像吩咐下人似的，说这儿不用你，快出去吧。我听了这话，还能再赖着不动么？于是就出来了。这都是你的好主意，害苦了我了。"说着又落泪哽咽。

万氏听明只是凤枝吃了没趣，并非少帅有何问题，心中方才释然，就劝慰了凤枝几句，送她回房安息。万荮贞仍回到卧室门外，屏息站立，一面暂代少帅的近侍护卫职责，一面满足自己耳官的好奇欲望。这时若有人在旁看着，一定可以见到她忽而耸肩，忽而倾耳，忽而皱眉，忽而翻眼，忽而面红耳赤，忽而微笑摇头，种种表情，真是瞬息万变。好像电影公司招聘新进演员时，在镜头前试面部表情的光景。但演员若能有她这样的全能尽心表演，恐怕定要迷着几位导演，还不定羞杀几位明星呢？

万荮贞听了足有一点多钟，尚没有离开的意思。她自己想少帅真不愧将门虎子，大约他由外国军事学校所学的才能，今日都给雪宜施展了。可惜雪宜未经人道，又在昏梦之中，等于暗哑的人在戏院听杨小楼和梅兰芳的《霸王别姬》，白白作践了名角好戏，若是换上我这样顾曲周郎，知音种子，那才是人间大快事呢。万荮贞这样一想，不由有些心跳，随因心跳而觉心酸，因心酸而腿软，正想回起居室中休息，忽听远处有鼎沸之声，急忙回头看时，只见自己丈夫薛寿嵩正立在丈许外的楼门口，扬着雪白的脸，挥着颤抖的手，口内发出舌抵上颚的声音，似乎要招呼自己，又恐惊动少帅，故而此做作。万莆贞连忙向他奔去，走着似觉两股之间有些不得劲儿，腿也酸软异常，勉强奔到楼门口，薛寿嵩已拉着她，气急败坏地哑着叫道："要命！这可怎么好？你做的事你自己挡，我可惹不了。"

万莆贞听他说得乌烟瘴气，并没有一句事实，就打了他一掌道："老狗你叫唤什么？到底是哪儿的事值得大惊小怪？"

薛寿嵩顿足道："还怨我大惊小怪？人家已找上门来了，立等着要把人接回去。"

万莆贞听着，心中已有了几成失料，头顶轰地一震，但口中仍问："接谁呀？"

薛寿嵩着急道："你还装糊涂，接岳雪宜呀。"

万莆贞吸了一口冷气道："是岳慕飞来了么？"

薛寿嵩道："还用岳慕飞亲身来？派了个弁目坐车来接，传他主人的话，立刻要接他们小姐回去。来势挺急，好像你安排下的计策不知谁说走了嘴，岳慕飞知道了什么似的。这……这……我看快叫起岳雪宜来，教她回家。要不然老岳……"

万莆贞没等他说完，已摆手道："胡说，这怎么成？少帅正在高兴头上，谁敢打断他呀？再说雪宜还在昏着，怎能……"说了不住搔头。

薛寿嵩本来蠢然无知，素日只倚仗着太太，这时见太太也彷徨无策，想到岳慕飞惯动手枪的凶相，立刻惹起肾亏的病根，脊背一阵发冷，不自觉地走了小水，和太太一样有了更换中衣的必要。但当时尚不觉察，只急得乱拍屁股，忘了惯说蓝青官话，发出乡音，直叫："唔呀弗得了哉，我得逃上海，你害苦我了！"

叫着又彷徨回走，但忘了正在楼梯口，一足踏空，就落了下来，幸而七八级下有一道转折，被楼栏把他接住，虽未受伤，但额上已起了个绝大的舍利子。左臂擦破一块肉皮，鲜血淋漓，痛得他直作鹿鸣。万氏赶下去，把他扶起，厉色断喝不许作声，可怜薛寿嵩以如柴之身，突遭坠楼之祸，一缕幽魂虽未离壳而飞，通身骨节却将解体而战。疼痛程度可想而知。无奈贤妻竟禁止呼喊，他只有张着大嘴流泪，饱尝哑子吃黄连的味道。

万氏这时更不顾丈夫的死活，只凝视思想主意，猛把手头回额上打了三下，便已得计，忽用力一推薛寿嵩道："你给我走开一边，夹着卵子睡去。我自己会办。"说完便跳下楼，直入客厅，按铃招呼仆人进来，问岳宅来人在哪里，仆人回答还在门外车上等候。万氏便骂道："一群不明人事的东西，怎么把人家留在外头，还不快请进来。"

仆人唯唯，将要退出，万氏又叫住吩咐道："你把那弁目请到这里，你就出去，不要守在旁边。"

仆人出去，须臾便把岳宅派的弁目陪入，望着万氏介绍了句："这是我家的太太。"便自退出。那弁目给万氏行了个军礼，万氏看来人身躯高大，面目庸俗，却带着愚蠢贪婪的神情，就含笑说道："你贵姓啊？"

那弁目又行个礼，惶恐道："报告太太，我叫张德标。"

万氏笑道："你家师长怎样不得人心哪，你家小姐轻易不出大门，今儿好容易跟小姐妹凑到一处，正玩得高兴，偏又派人来接。这不成，你回去见你们师长，就说我们小姐不放她走，一定要留住一夜。明儿我这里有车送她回去。不用派人来接。"

那弁目听了，摇头说道："太太，我们师长谆谆嘱咐，务必接小姐立刻回去，你知道我们老爷的脾气，说话就是一句，我若接不回小姐，准得挨一顿皮鞋。太太就教我们小姐走吧。"

万氏听了，眼珠一转道："今天我就是不放她走，你知道……回去可不要对你们师长说，今天恰巧是我的生日，凡是来的太太小姐，都不许走，给我凑个热闹。你们小姐引头一走，大家全要散了。你就依我的话，快回去吧。"

那弁目本是贪鄙之徒，又在阔人家庭间走闯惯了，时时张着鼻孔，嗅取财气的来路。这时听万氏自己说是寿日的话，怎能放过机会？当时就抛开正文，向她猛然跪下，叩了个头，回说"给太太拜寿"，万氏正要他这样，很客气地说声"起来"，又从身上取出二十元钞票，递给他道："拿去买茶叶喝吧。"

那弁目先说"怎敢领太太的赏"，却即伸手接过钱去，又说了句"谢太太的赏"，同时找补了个军礼。万莆贞微笑说道："好，你就回去吧，对师长说得好些。"

那弁目得了二十块钱，虽然由于拜寿，与接小姐的事无关，但他既因拜寿而得钱，对接人的事就不好意思再坚持了。心中固然知道回去不好交代，好在有二十元钱在身上壮胆，居然忘了忧虑，诺诺连声而退。

万莆贞见他走了，不由愕然自笑，心中深服自己的才能，这样一道难关，居然略施小计，就搪塞过去了。这弁目回去当然善为说辞，使岳慕飞不再来接，有这一夜工夫，既使少帅得以尽欢，并且对雪宜也可以应付圆满。我真是个能人，遇事一动政治手腕，无不成功。须臾听得门外汽车发动声响，渐渐远去无声，知道那弁目已自驱车归去，就出了客厅，寻着在后房榻上呻吟的丈夫，报告风波已平的佳音，又骂了半天他的庸碌无能，夸了半天自己的神机妙策。自己得意扬扬地重复上楼，走到自己卧室门外，忽然想起稍时雪宜醒来，发现自己已为少帅所弄，也许有一番做作。我虽有法应付，但总不如凤枝和她容易说话。还是去看看凤枝，教她暂且不要睡觉。想着就推门而入，见凤枝正在床上倚枕而坐，仍是原身衣服。呆呆地低眸视地，似有所思，看样儿便知她这姿势已维持很久了。万莆贞走到床前，坐到她身边，徐徐诉明来意。凤枝起初仍是不肯，但她终敌不过老奸巨猾的母亲，每有交涉，都是女儿起首反抗，结果屈服，几成公式。这次自然也是照样。

万氏因夜已将阑，恐怕凤枝独自无声睡了，就拉她出来，走过少帅洞房门外，又立住窃听，里面已经悄悄地没了声息。万氏算算时刻，少帅自入洞房，已有两点半钟，在这长时间里，当然他完了心猿意马豪情已倦，想必巫峡暂停，阳台梦断，正在酣睡养神呢。但是雪宜过这大的时候，药力已减，应该醒来，怎么还没有声息呢？正在想着，忽听屋中嘤然有声，似乎叹息，似乎呻吟，声音非常惨厉。万氏明白这是雪宜醒来，也本在预料之中，但听着声音，不自觉地毛发悚然，通身发冷。她忽然心血来潮，低声向凤枝道："她醒了，你进去看看好么？"

凤枝咬牙摇头，虽不作声，但已示意誓死不从之意。万氏方要再用别的言语劝导凤枝，但耳中又闻房中起了很轻微的声音，先是床栏微

257

响，接着楼板有拖曳之音，好像有个人坐在床边，将脚伸入地下的鞋内，用力略重，将鞋拖动，发出很轻的摩擦声。但在这声音之中，又夹有极低细的呜咽，仿佛人在深悲极痛之际，竭力遏制感情，不使发动，但终禁抑不住的情景。

万氏听着，又低声道："她下床了，少帅一定正睡着，你进去看……"话未说完，猛听楼下砸门声音大作，像是有人敲打街门。万氏心中怀着鬼胎，不由便转身隔窗向外观。看见自己立的地方，是正楼上甬道，后面是一溜房间，前面却是一面明窗，可以看到院中和街门。这时二人由玻璃窗向外窥视，只见家人向外询问，外面的人大喊是岳公馆来的，家人便亮了电灯，开了街门。万氏借着灯光，看见门外停着部黑色大汽车，车内坐着车夫，车前立着两人，一个军装的是张德标，一个穿着长袍马褂的却不认识。本宅家人向他们问了几句，因为声音甚低，没有听见。但闻那穿长衣的大声叫道："我们接小姐来了，请你们太太快放我们小姐回家。我们师长在家正发脾气，把张德标也打了。又派我接小姐立时回去，片刻不能耽误。你们快给说声儿吧。"

万氏听着虽甚吃惊，但想已经使少帅偿完心愿，今天的节目总算演唱完毕，可以放她回去。不过自己对雪宜本预备有一番控制，一番教导，现在时间已来不及，只可叫出她来，嘱咐几句就放她走。想着一面叫凤枝去唤雪宜出来，不料正在这时忽听在背后嗷的一声，万氏、凤枝回头看时，猛然打了个冷战，几乎呀的叫将起来。她们眼中见从门内出来的，确是雪宜，但几疑是另一个人。因为雪宜几乎完全变了，那张玉面可爱的瓜子脸本来很丰满的，此际好似肌肉都已消蚀，颧骨突起，两颊深陷，两只剪水明眸此际也枯涩失神，现出痴迷失智的光。头上秀发蓬散，脸上颜色变得非青非黄，而且浮有一层很奇怪的油光，再加眼儿瞪着，嘴儿哆嗦着，这副神情非常怕人，简直就是戏台上演《红梅阁》或《阴阳河》女鬼带的那副鬼脸儿。凤枝也回头看见，三点钟前的花容月貌的绝代美人，转瞬间竟带了鬼气，不由吓得叫道："娘，你看她……"

雪宜两眼发直，由门内走了出来，摇身地挪了两步，身上四肢百体好似都已失了联系，双手乱摆，脚步飘浮不定，直像影子移动似的，一

258

团阴气逼人。不由凤枝看着害怕，连忙倚入母亲怀中，便是万氏也觉奇怪，心想雪宜和少帅合欢，正该喜气透酥胸，春色横眉间，即便初经风雨，不禁摧残，也不过颊额红霞，目凝清泪而已，又何至像害了一场大病似的，变成小鬼模样？而且她眉目间隐含死灰，看着怕人。这是什么缘故呢？想着不由向后倒退，口中却叫道："岳小姐你起来了，这屋里坐……"

雪宜对她的说话好像并未听见，眼睛明明望着她母女二人，却似并未看见她们，直着眼向前移动。万氏更为害怕，心想她这样儿好像神经错乱，将近疯狂，莫非犯了什么毛病？听人说有种梦中游行的怪病，睡着觉起床乱跑。但她的神气也不像啊。想着只见雪宜已走到近前，万氏和她一对脸儿，才看出她眼中白青通红，乌珠发凸，射出一种阴惨的凶光，惊得通身发冷，连忙拥着凤枝向旁挪开。雪宜就挪到她母女原立处，脸儿贴近玻窗，立住不动。

万氏母女正在惊疑无措，只见看门的家人由楼梯上来，看见她们在窗前立着，就跑过禀道："岳宅又派人接小姐来了，一定要立刻……"

万氏摆手道："好，我知道，教他们等一下，岳小姐再喝碗茶就走。"

那家人应声退下，万氏心想，雪宜这样回家，被她父亲看见，必要诘问，固然雪宜必和普通儿女一样，万不会对家人去说失贞的事，必然设法遮掩，绝无后患可虑。但只愁她阅历太浅，口齿欠利，又加正在迷迷糊糊，万一回去说得驴唇不对马嘴，岳慕飞看着她这难看的样儿，就许生了疑心，不许她出来。以后少帅再向我要人，岂不仍要为难？想着就打算先把雪宜扶到起居室中，一面替她稍加修饰，一面对她略行教导，再送出回去。

这些念头在万氏脑中不过转了两三秒钟，便已打定主意，急忙转身，向雪宜道："岳小姐，你家里来车接你了，先上你妹妹屋里擦擦脸再走。我还有话嘱咐。"

说着见雪宜似木雕泥塑一样，毫无反应，就又向凤枝道："扶你姐姐……"

不料才说出这几个字，就见雪宜身体好似机器骤然开动，突然挺身

259

往前一跃，有如运动场上立定跳远的姿势，用的力量非常之大，因为前面紧挨玻窗，就把头撞到窗上，大块玻璃撞破两块，碎片直落到楼下，发出巨声。凤枝吓得狂叫欲逃，还是万氏比较镇定，也有急智。知道事有蹊跷，急忙奔过，将雪宜抱住，一面叫"你怎么了"，一面对她细看。说也奇怪，雪宜撞太多玻璃，脸上竟连油皮都未擦破，精神仍和方才一样，两眼勾勾望外注视，僵立无声。

万氏知道事情并不能如自己想的那样顺利，要出意外麻烦，急忙顿足叫道："凤枝，凤枝，你别尽看着，快帮我把她……"

话未说完，就觉雪宜将一挣扎，随即发出像被杀时将绝命的一声惨叫，又哀声喊道："表舅，表舅，我被人害了！"

万氏大惊之下，急忙用手去掩她的嘴，哪知雪宜这时两眼一翻，双手上举，往后一仰，就栽倒在地。万氏望着她手足无措，想把她扶起来，无奈雪宜身体僵直，她也因惊吓而没了力气，只得无理由地乱骂凤枝。凤枝更吓得软瘫，连本人尚无力支持，莫说要她帮助这贤母了。二人正在手忙脚乱，那岳府的来人早听见雪宜的喊叫声音，那个穿长袍的已带着张德标直奔上楼，万氏听得脚步声，更自惊恐欲死，但同时又心中生智，忙转到雪宜旁边，用手先抚着她的口鼻，觉得尚有呼吸，先放了一半心，就装作用力要扶的样儿，口中喃喃说道："年轻人不管不顾，一味逞性，我没口地拦，直说小姐不能喝酒，你们一劲儿灌她，瞧醉到这样儿，我怎么对得住岳师长？"

说完已听得脚步到了背后，抬头看时，见张德标和一个穿长袍的中年人正立在窗前，对地下的雪宜愕视。万氏立起，与张德标说道："很对不过你们府上了，岳小姐和小姐妹们闹酒，竟喝醉了。方才你来接的时候，我因为醉着，怕她回去挨说，所以托辞打发你走，想教她睡醒了再送回去。哪知她这么没酒量，直到这时还睡迷不醒，神梦谵语的。其实喝了不过三两盅酒，何至于呢？这次你们又来接，说岳师长犯脾气，我知道留不住，就唤她起来，她也好像清醒一些，还说要梳梳头，擦擦脸，我和我们小姐才扶她上卧室来收拾，不想半路又发了酒疯，胡喊乱叫，还捶窗撞墙的，差点儿吓掉我的魂儿。她又倒在地上睡了，这可怎么办呢？"

张德标听了，只把眼望着那穿长袍的，似乎要他做主。那穿长袍的看着地下的雪宜，直咂牙缝，脸上现出疑诧的神情，摇头说道："喝两盅酒，何至于这样儿？你看，姑娘脸上都成了香灰色，眼泡也青了，好像害过大病。出来时候好好的呀？"

万氏听着，一颗心都跃到喉咙口，又听这人说话口气，料着不是下人，就哦了一声道："我还忘了，她曾出过一回酒。岳小姐身子太娇，禁不住折腾。"又向那人道："您贵姓啊？"

那人还未开口，张德标已代介绍道："这是我们表舅老爷尤副官。"

万氏明白这必是雪宜外家的长亲，在岳宅管理内庭庶务，故而岳慕飞才派他来接甥女，就向他说道："尤先生，你看该怎么样？岳小姐这情形怎好回家？只好还在我这儿住一夜，你回去给说好些。现在我们都有点儿吓糊涂了。竟看着她在地上倒了半天，来，尤先生，快帮我抬她屋里去吧。"说着就伏下作势，预备动手。

那尤表舅摆手道："不成不成，我们师长正在发脾气，吩咐一定要小姐立刻回去。你不知道他说的什么话呢？我也明白，姑娘这样儿不便回去，住在贵府最好，可是……没有法儿，姑娘的衣服在哪里呢？啊？怎么身上只穿这点衣服？还没系好扣儿？"

万氏听着又一阵心跳，忙道："咳，都是喝酒的害，她呕吐的时候，只闹着心里发烧，把衣服全脱了，只剩贴衣单衣服，还是我强给她又重穿上两件。"

尤表舅点头沉吟道："姑娘向来可没这样过，我是看着她长大的，永未见她错过格儿。得得，薛太太快把姑娘的衣服拿过来吧。"

万氏因不放心雪宜这样回去，仍苦苦挽留，无奈尤表舅畏惧主人，不敢违令，定要带雪宜回去。万氏无奈，只得把衣服取来，和尤表舅将雪宜扶起，替她草草穿上外衣。尤表舅见雪宜仍然昏迷不醒，虽觉有异，但因万氏已说明酒醉的话，心虽疑惑，却不好诘问。及至雪宜衣服穿好，就和万氏一左一右，连扶带拖，三人勉强搭下楼去，直至大门，将雪宜推入车中倚定。万氏已累得娇喘吁吁，但还得竭力强支残喘，向尤表舅深致歉意，假装关心雪宜，托他在岳慕飞面前代为遮饰，免使她挨说。尤表舅答道："那是自然，不用您说。我这外甥女儿，素日别提多么疼我，我还有不护卫她的？您放心吧。"

万氏听了，果然真放了心，因为他替甥女遮盖，就等于替自己遮盖，闻言自然如意。当时尤表舅和张德标也上了车，万氏还不住叮嘱，不住道歉，直等汽车开行，方才转身入门。

且不表她回去怎样向少帅邀功请赏，对丈夫如何耀德显能，以及怎样刷洗她卧床上的被褥，如何添补楼窗上的玻璃，凡是薛府一应大事小节，俱都抛开不管，只说岳府汽车飞驶而归，在途中尤表舅便打定祖护甥女的主意。第一先决定雪宜这副神情绝不能和她父亲见面，第二既在外耽误了半夜，只有把酒醉的话实说，但把罪过都推到薛太太身上，好使雪宜不致深受斥责。及至将到家门，先令车夫不要按动喇叭，静悄悄在门前停住，轻轻地叫开大门，然后尤表舅抱起雪宜，同张德标在旁扶掖，悄悄走进去。从侧面过道转至后面楼门，由后楼梯走上，走到雪宜卧房，轻轻将她放在床上。尤表舅素日极畏惧岳慕飞，今日为护关甥女，第一次做欺骗的行为，心里非常慌乱。而且因为相信雪宜只是醉酒，并无他异。把她放到床上以后，也没顾得细察情状，立即自己走出，到后房叫醒一个侍候雪宜的婢女，告诉她说小姐已然回来，令其速去侍候。说完便跑至前面，向岳慕飞报告了。

不料他所唤的婢女年岁甚轻，只有十三四岁，正在打盹善睡的年龄，这时被尤表舅唤起来加以吩咐。在尤表舅以为她已经清醒明白，定能遵命行事，但哪知道这婢女只由黑甜乡中伸出个头儿，听他说话，他说完一走，立即又把头缩回，重续中断之梦，把这件实事也当着梦境的一部分，随着鼾声便散于空气中了。

尤表舅却以为料理停妥，到前面见着岳慕飞，报告小姐已经接回。岳慕飞愤然拍案道："她在哪里？怎么不来见我？想不到她也这样没规矩，我非得严办她不可。要不然以后更不知闹出什么事来。"

尤表舅听他对女儿力主严办，虽知这是他用惯了官场语的缘故，但也代为吃惊，就答道："雪宜已被我送进房里安睡下去了。"

岳慕飞方一瞪眼，尤表舅忙接着道："我问明白了，这怨不上雪宜，因为今天在薛家吃饭，有她许多的同学，拼命劝她吃酒。她却不过面子，只得吃了一杯，哪知她量浅竟醉了，睡倒起不来。头一次张德标去接，薛太太因为她正睡着，不有放回来。这次我去，她虽醒了，还闹头晕，勉强回来。我见她实在站不住脚，只得把她送到房里去睡。雪宜素日最守规矩，这回定是驳不过别人面子，才吃醉了。也怨薛太太不好，纵着她的孩子胡闹。"

岳慕飞听着，猛把桌子一拍，大叫道："一个女孩子，在外面吃酒，什么规矩？这薛寿嵩本就不是好东西，我今儿只知她上什么益友会，若知道上薛家，早就不许去了。你去告诉门上，以后薛家来人别教进门。电话也不要接。"

尤表舅唯唯应命，岳慕飞又道："雪宜已经睡了？"

尤表舅道："睡了。"

岳慕飞哼了一声，便挥他退去。尤表舅知道他已不再追究了，心中方才安稳，以为一天云雾尽散。虽然还不放心甥女，但料着早有婢女侍候，自能舒贴扶养，明日酒醒，便可霍然，也就没再向后面去看，自去睡觉不提。

如今回头再说那冰清玉洁的雪宜。论起雪宜，确已被少帅玷污，似乎不该称她"冰清玉洁"四字，但作者援着春秋褒贬之法，略迹原心，认为雪宜受人陷害，事非由己，身体虽污，灵魂自洁。再说她受污后的行为，岂止清洁，直更可证明她是处女呢。

原来她自被药力蒙住以后，知觉全失。吕克成的侮辱，全在梦中度过，直至吕克成完全得偿大欲，倦极而眠。又过了半晌，雪宜方悠悠醒转。先觉身体似在半空飘荡，继又徐徐落下，心中微微明白，自己是在床上睡着。但下部着实感觉不好受，待要睁眼看看，眼皮似重有万斤，只张不开。待要细想自己睡前是在何处，脑中又似变成石块，不能运用。木然过了半晌，脑中神志稍清，身上神经也很为灵敏，她猛觉身上一部分非常刺疼，而且疼得非常奇怪，不由把腿儿一蜷，更感觉有异，心中突有感触，想到一件可怕的事。一阵发急，竟不自觉地把眼睛睁开，眼光最先看到床头的浅玫瑰色电灯，更使神经一震，明白不是在自己家里。眼珠再一转，看见墙上的装饰品，心里一阵迷糊，方诧异自己这是到了哪儿，但身上那一部分又非常痛楚，这一来使她脑中把景物的生疏和身体的变态，联想到一起，立刻大惊欲绝。这一吃惊，更把她刺激得神志清醒，筋骨灵动，猛一翻身，便要坐起。身方移动，立觉胸际有物阻碍，低头一看，竟是一只男子的大手。由手再看过去，才瞧见身旁睡着个男子。雪宜在宴会上曾见过吕克成两次，这时一瞥即已认识，同时也明白了自己的全部遭遇，在睡梦中已被吕克成污染了。雪宜本性清洁，又自小受礼教的熏陶，把身体看得比性命还重。这时一觉着此身已污，更无暇寻思怎样来到这里，如何受了欺骗。只觉脑中轰的一声，似乎灵魂出窍而去。又似乎坐的地方，突然陷成大洞，把身体直落下去。万丈深渊，一坠无底。胸中又似乎爆发火气，要把身体涨裂。心中别无他想，只想自己遭到奇耻大辱，比死还酷。盼望立时死去，又想这耻辱到死后也不能消灭。这种刺激，实在太深刻了，她的软弱神经，怎能禁受得住？瞪着眼睛，对着吕克成，却似看着一张白纸，茫然无知。忽然眼睛又恢复了作用，看见吕克成的脸，心中隐约明白他污辱了自己，猛然推开他的手，好像疯子似的，一跃下床。又在床前立住，将手掩住脸，随又放下手，喉咙哑声自语道："完了，完了。"忽然向前一走，就觉脚下有什么东西绊住，低头看时，原来鞋子直落到脚下，这还得多谢吕克成，只给她结开纽扣，并未脱去衣服，否则雪宜就光着身子出去了。

这时她虽然把鞋子提起，又把旗袍的纽子扣上，这些动作，全不由理智支配，而是由于动作的习惯性，因为这时雪宜的灵性已然蒙昧，唯一的念头就是想死。循着床走了两步，无意中眼光触到墙上，墙上挂着两只大镜，是薛凤枝放大的肖像照片。雪宜一瞧到凤枝影像，心中就又一阵清白，因认识是凤枝的住室，而想到自己受少帅污辱，是凤枝安排的陷阱，由再想到万氏凤枝必然同谋。不由把怨恨羞耻的感情，化作一团怒火，这怒火都在一瞪目一咬牙中勃发出来。但一股发泄不出的怒火，挟着积郁之气，上冲脑府，使她又复迷昧。而且由这一刹那的刺激过度，竟使身体全部起了变化，四肢变松弛，脸上肌肉骤然消失，面容现出死气，倏然带上鬼脸儿。这种现象，作者不会用生理学解释，只能用旧话来讲，好似她已心碎肠断，或而魂魄丧失，所以虽然活着，却已似行尸走肉，介于人鬼之间了。此际她如在梦中，人也如同鬼影，飘飘走出门外，看见凤枝，好似仍把她当作镜中虚像，毫不理会，直走过去。及至到了窗前，眼光射到外面，不想正看见院中立着的尤表舅，人的神经真是奇怪，不可思议。那尤表舅本立在大门之下，而离楼窗约有两丈多远，且尤表舅立的地方，又在灯影掩映之间，常人尚看不清面目，哪知惘惘中的雪宜倒看真切了，因为脑中的旧印象，却又引起知觉的作用，猛地打破楼窗，高声喊了两声。但因气力用尽，她即栽倒。尤表舅闻声而入，扶她上车回家，以至到家归入卧室，这一节的事，她是懵懂无知，一直就睡下去。

直到天将黎明，她才转醒。但醒后仍是神经麻木，自己身躯僵直绷在床上。她并不能记起吕克成和万氏的事，也不知道自己现在哪里，但脑筋上只印着一个"死"字。因为她在醒悟被污之时，刺激太甚，把人疯了。而在将疯之前，脑中恰决定死念。故而这"死"字成为她唯一的思想。就如同妇人因思子成为疯狂，疯后逢人便认作她的儿子，原因就为她思子而疯，未疯前脑中正深印着她的儿子的影像。故而神志虽失，这一念头永不磨灭。雪宜也是如此，醒后只想要死，挣扎下地，东寻西觅，居然在抽屉里寻出一柄并州利剪。她拿着舞动两下，又寻着一块大的端砚，仍倒在床上，也没有悲痛，也没觉害怕，更没思索因何要死，死后如何，只心无杂念，口无一声地将剪子扎了喉咙，用端砚努力钉了一下，即已沉陷入内，立刻香魂渺渺，归向西方。可怜一个绝世美人，无端受人陷害，竟遭到这样惨死，真乃冤枉。只不解她一个娇怯的人儿，何以竟有此决心大力，把自己扎死。虽然由于疯狂，却也令人难解。这又得生理学精神学各种科学专门加以研究了。

雪宜死后，尸体横陈，直等到三四点钟之久，才被人发现。那个被尤表舅唤而未醒的婢女睡到九点多钟起来，还以为小姐终夜未归，自己梳洗完毕，才进小姐房中打扫房间。一进内室，看见小姐横陈床上，颈上插着剪子，一手握着砚台，放在胸上，鲜血由颈上流了半床，地下还汪着一片。吓得大惊而倒，连滚带爬地才到了外面，狂喊起来，把全家俱都惊醒。岳慕飞闻听，急忙跑入屋中，见爱女死状奇惨，痛急大哭，但只哭了几声，忽然想到女儿的死必有缘故，连带记起昨夜的事，就把牙一咬，把脚一顿，住声不哭，反身走出，叫尤表舅和张德标进来，尤表舅听见甥女惨死，自然惊痛，又想到自己颇有干系，吓得战战兢兢。

岳慕飞瞪着在前线上督队作战的眼光，现着在军营中处决死犯的颜色，但声音倒放低了，向尤表舅道："雪宜现在已经死了，昨夜是你把她接回来的，我并没见她的面儿。这孩子素常极规矩，久没出门，昨天初次到外面赴什么会，从薛宅接回来，今儿就死了，而且血都凝住，必然死得很久。你是从薛家接她回来的人，又亲自把她送进卧房，还有张德标也在数，今儿我问你们两个，到底是怎么回事？若有含糊，就教你二人偿命。"

尤表舅吓得乱抖着叫道："我……接她回来，是活人……没死呀？"

张德标也在上下牙齿的交响乐中颤着声音说道："尤老爷说得不错，我们接……接小姐的时候，小……小姐只晕迷不醒地在地下躺着，并没……没死，薛太太说是醉……"

尤表舅听他说话多不检点，恐怕越说越和昨夜自己报告的不符，难免要担干系，忙对他使眼色，不料被岳慕飞看见了，忽然由袋中取出手枪，厉声说道："尤副官，你还是雪宜的表舅，你也来哄我？"说着持枪作势道："我打死你个舅子的。"

尤表舅吓得连忙跪倒，连叫："别打，别打，我说，我正要说……"

岳慕飞道："快说，雪宜怎么晕迷不醒，在地上躺着？你快把细情告诉我！"

尤表舅见已瞒不住了，只得把昨夜在薛宅所见情形全盘托出，又解说自己只恐怕姑娘挨说，故而代为遮盖，不想会出这大事情。

岳慕飞骂道："混蛋，你既听见雪宜喊被她们害了，又看见脸上变了样，为什么不切实根究？"

尤表舅道："我原也疑心，只因听薛太太说她醉了，我又想不出会有别的因由，所以……"

岳慕飞听了他末一句，才把眼珠一转，挥手道："你们先滚出去等着，不许离开，也不许将小姐的死信传出去。"

尤表舅和张德标同声应诺诺，四条腿都弹着琵琶出去了。岳慕飞扶头想了想，随即高喊外面："快把跟小姐的奶母高妈找来。"

外面应声去叫，岳慕飞在房中来回踱着等待走到里间门口，屋内望望女儿遗尸，就咬牙切齿，但是隐忍无泪，惨默无声。似已胸有成竹，才把门帘放下，又踱了一会儿，老奶母来了，进门就哭，岳慕飞喝住道："不许哭，你先替我办件事，我赏你二百元钱。"说着向帘内一指，又低声说了两句。老奶母似有所惧，迟疑不应。岳慕飞又拿出枪来，老奶母一见，立刻掀帘走入内室，口中连叫："我验我验。"

岳慕飞隔帘说道："你可验明白了，这可大有关系。"说完又来回踱着。

过了约十分钟，老奶母才颤微微而出，面色惨白，涕泪交流，哭着说道："老爷，老爷，小姐可不是教人欺负死了！我的天爷，怎么小姐……"

岳慕飞听了头二句，已跳过抓住她的衣领，目眦欲裂地叫道："怎么？真的？你看她是早就……还是昨儿才……才失了贞。"

老奶母拍着大腿哭道："小姐可是好小姐，这不是才……见红么？我明白了，小姐就为这个死的呀！"

岳慕飞闻听，忽然纵身一跳，几乎头触屋顶，又狂叫了两声："好！好！"随手抓起一只椅子，把房中陈设均砸了个粉碎。老奶母吓得爬滚而逃。岳慕飞疯了似的闹了一阵，大叫："哎呀，好可恶的薛太太，我派人去请她，给女儿报仇！"

既而渐渐清醒过来，在房中负手徐行，踱了一会儿，忽高声叫尤副官。尤表舅在外面一听，立刻把久已忍着的一泡小水遗在裤中，哆嗦着走入。岳慕飞已不似方才凶厉，和声说道："尤副官，你是孩子的表舅，她的死，你负一半的责任。你也不必声张，你去给我办一件事。你可替我跑一趟。"尤表舅听着，只疑他是疯了，但又不敢争辩，只得听着。

岳慕飞又道："你就说雪宜昨夜从薛宅回来得慌促，忘了和凤枝小姐说句要紧的话，今天因为身上不舒服，不能出门，请凤枝小姐过这边来吃早饭，顺便谈谈。请你现在就去，务必把薛凤枝接来，若是接不来，你可估量着，我可教你找雪宜去。"

尤表舅听着吓得战战兢兢，不知所措，初还迷惑，不知岳慕飞是何用意，继而一看甥女雪宜尸陈室隔，恍然大悟，不由毛发悚然，大叫："哎呀，好可恶的薛太太，我去请她，给甥女报仇。"

尤副官下了楼，到了门房叫车夫开出了汽车，说明上薛监督家去，车夫开车而去。

不言尤副官到薛宅去请凤枝小姐，返回再说薛宅中万荑贞把雪宜送走之后，满以为大功成就，雪宜已被自己捉到把柄，自此再不会守身如玉，但归去必然守口如瓶，自己以后只等着少帅酬庸了。和凤枝回到屋中，满面春风谈说方才的经过，自夸神机妙算。凤枝听着本已不耐烦，而且疲倦难支，就要回房去睡。万荑贞还要她伺候少帅，凤枝闻言，气得一言未发，转身便走出去。万荑贞也知道不能相强，只可任其自去。但自己却不敢睡觉，恐怕少帅醒来，有误承应，就先差个小婢到厨房去吩咐预备燕窝粥、莲子羹、鸭汤面、西米稀粥、牛骨茶等等十多样中外不同的点心，以供少帅醒时选用。然后自己悄悄掇把椅子，到卧房门外静坐听候声息。她所以不敢进去，大约一半鉴于凤枝撞钉之事，一半也有自惭形秽之明，否则早已入室做进一步的巴结了。

自己坐在室外寻思，少时怎样向少帅索取报酬，将来对雪宜怎样尽情利用，想了半天，只见楼窗已渐透晓光，外面的夜色已渐次消失，现出黯淡的灰色云天，一颗孤星，倏倏地对着窗户眨眼，光景十分冷清。凌晨寒风又从窗间吹进，万荑贞觉得身体微冷，一个呵欠，又引了倦意上来，想要睡觉又怕误了差使，只得回到室中，取了一件皮斗篷来，围在身上。又坐了一会儿，身上这一温暖，更觉支持不住，上下眼皮只向一处合拢。听听房中仍然毫无动静，心想少帅想是身体过乏，睡得十分沉酣，我就打个盹儿，他也未必便醒。这样一想，立刻向后靠着椅背，头脑一昏，顿然入梦。

她这一天一夜，劳心劳力，都已过度，这一睡着了可就不易醒了。又过了半点多钟，东方升起的朝阳照到房顶，楼外树上群雀啼噪，她越睡越沉，毫无闻见。不料房内却已有了声音，先闻大声呵欠，随闻咦了一声，接着有着履下床之声。不大工夫，少帅便蓬着头，凸着眼泡，推门走了出来，身上的衣服敧斜不整，纽扣多半开着，外衣挟在臂间，出门看见万荑贞，耸了耸肩，自语道："雪宜不知什么时候走了？这老家伙也不叫醒我，倒坐在门外打盹儿。"说着抬腕看了看表道："七点过了，我还有约会呢。早叫醒我，还可以上吴家去再来个乐子。这一耽

268

误，只好晚上去了。"说完对万苇贞做了个丑脸，从衣袋中取出皮夹，拣了一张现成的支票，丢在她身上，便掉头自去。下了楼，才想起自己的车并未在此，就奔到门房喊醒仆人，教他寻薛寿嵩的车夫，开车送他回去。仆人急忙到车房唤醒车夫，把车开出去。少帅已等得不耐烦，骂着上了车，直回帅府去了。

汽车在开行时，响了两声喇叭，楼上睡的万苇贞早不醒晚不醒，偏在这时闻声惊醒，睁开眼先觉卧室的房门开了，她方觉诧异，又听街门外汽车呜呜开行之声，不由心中一动，跳起来向房内一探头，见床上已空无人影，急得变了颜色，立刻转身奔到窗口，向外一看，只见大门已开，看门的仆人张泰正在门内向外张望。万苇贞知道少帅必已走了，不由急得跳脚。由方才雪宜撞破的窗口，向外叫喊，令那张泰上楼来。才听得张泰答应，方才回身重坐到椅上，忽见地上有张浅橘色的洋纸，上面印着字，就俯身拾起一看，原来是百利银行的一张支票，数目八百元。票主图章是"吕克成"三字。万苇贞初尚莫名其妙，想了想方才醒悟，这必是吕克成给我自己的酬谢，立刻好似头上受了一下重击，几乎发昏。她这样竭智尽忠，甘为丧心昧良之事，来巴结吕克成，又白饶上一个黄花女儿，毫无顾惜，原是有大愿存焉。如今吕克成竟只酬以区区八百元，她怎不灰心短气？但在初见支票之际，虽已想到少帅的作用，只把这酬金数目和自己功劳比较，觉差得太远。因而猜疑这支票不是少帅有心给她，也许是无意中由身上遗落。自己总共贡献给少帅两个黄花幼女，虽然一个是本园班底，一个是外出角色，一个是自行投效，一个是辗转邀聘。但少帅总算实受双层艳福，全是由我鼎力玉成。他难道不想想人家下了多少本钱，费了多少心力？也不打听打听女人身体的市价，也不忖量他少帅自己的身份？就是一个平常人，在普通娼窑中梳拢一个原封未动的清倌人，也得三五百元，何况我们是比娼妓高尚千万倍的官家小姐。难道也只值这点钱？我们凤枝本来不是他看中的货色，只当商店中买货赠彩的附带赠品，也好像饭庄中在客人所要的正菜以外附赠的敬菜，仅能用以吸引主顾，联络感情，不能向客人要钱的。就把凤枝抛开不算，只算雪宜，他对雪宜迷恋这些日子，几乎得了相思病。当初求我的时候，什么大许什么，就向他要这省的都督，他好像连他爹都肯宰了，把印拿来酬谢。如今我把事替他做成了，他享受了，只给这一点儿钱，真太不知人心了。他知道寿嵩是海关监督，广有银钱，怎会把小数的钱看到眼里。我替他办了这样大事，还没开口索要酬谢，他又何从知道我愿意要钱呢？即使他料着我们女人爱财，自作主张这样办理，又何至如此吝啬？他吕家父子，对于这一省的钱，就像挑水夫对于河中的水似的，取拿不尽，用之不竭，花完一座银山，跟着就一座金山涌出来，乐得大大方方地挥霍。像这件事情，他这张支票的数目后边若加上两个圈儿，变作八万，我倒相信是酬谢我的了。如今这八百……实在太已支离，教人难信……

万苇贞这样想着，越觉不合情理，心里猜疑的也就是她所希望的。她希望这支票只是少帅无意失落，并非给她的酬金。因为倘若真是酬金，少帅就算用这小小微资，补完了她的盛情，她再也不能向少帅有所挟持，连为情人谋求复职的起码希望也已断绝，更莫妄想其他了。若这张支票不是报酬，她就仍是少帅的债权人，一切都还有望。她想了半天，几乎要断定事情的真相，必符合自己的希望，但又一转想，想到这支票恰在椅下发现，少帅即使去得慌速，何以恰巧单落下这张支票？又恰在自己脚底，揣想情势，似是少帅走时，把支票放在自己身上，自己方才惊醒时起立起得太快，所以把支票落到地下，也没觉察。如少帅把这支票放在我身上，必是有意，所谓有意，自然是有意把这个酬谢我了。而且他走得也十分可怪，论理我给他成全这样美事，他心里应该对我大有好感，何况醒来见我坐在门口，明白我是这样尽心伺候，更应当满心感激，即使有万分要紧公事，也该叫我一声，说句客气话再走，怎这样悄不声地暗溜了呢？

万苇贞这一转想，又觉得少帅或者有点儿不乐意，故而掷下少数的钱，匆匆而去。所以不满，莫非因为醒时发现雪宜失踪，有什么欢怀未尽的遗憾？但他也该对我说明，我可以教凤枝再去应差啊。万苇贞这时好似追踪出真正原因，认为少帅是因为雪宜半途离去，大感不快，因而迁怒于她，减少报酬，以为惩罚。在恍然大悟之下，想到这事只怨雪宜的爹混账，把她早早接回，害我失了少帅欢心。一件极漂亮的事，竟弄成这样糟糕，不由把拳头猛击大腿，顿足咬牙地道："他妈的真该死，

270

那么早就来车接走……"

话方说完，忽听背后有人干咳着颤声说道："太太，是才走的，没来车接，是坐咱们车走的。"

万莆贞吓了一跳，回头看时，原来是看门的仆人张泰。那张泰因听太太呼唤，走上楼来，正赶上万莆贞举着支票出神，又不住地耸肩搔头，唉声叹气，做出许多奇怪样儿，他就不敢言语，只立着静候吩咐，及至万莆贞开口自言自语，他听说那么早来车接走的话，还以为是说少帅，故而那样回答。万莆贞吃惊之下，瞧见了他，才想起自己曾唤他上来，但不解他说的事，就问："你说什么？"

张泰道："您不是说少帅么？少帅才走，帅府的车没来接，他教我喊醒了开车的毛二，送他走的。"

万莆贞道："他走时说什么来？"

张泰道："没说什么，只是因为小毛乍一喊醒，昏昏迷迷，手忙脚乱，越要快越不得快。少帅嫌耽误工夫，发了脾气，把我和小毛都骂了一顿。等到车开出去，我瞧见少帅就把小毛推到旁边，自己坐司机位上，开着走的。"

万莆贞听了，更认定少帅走时必然怒气冲天，所以见人就骂，自己这场好梦真要白做了，心中好生难过，就厉声喝道："你真混蛋，少帅要走，你就让他那样走？也不上来告诉我一声，真一点儿人事不懂。可惜我的大米饭喂你们这群蠢猪。"

张泰被骂着昏头转向，不知什么来由。心想少帅要走，可不那样走可怎样走？我敢拦他？而且凭什么拦？少帅又不是小偷，需要盘查，谁不知道他是来的乐子的，我们那位王八老爷，从他来时就缩着脖子上清静地方，躲着少帅跟你们这两个不要脸的太太小姐，还有外串来借台玩票的岳小姐，横竖都在一张横床上滚了。少帅乐够了自然要走，你早先又没嘱咐我见他走就报信。你们娘们儿虽然教少帅嫖着，可是这外面总是薛监督大人的公馆，门口没贴着堂名，内里没照着班子规矩行事。我姓张的只应着公馆门房的差使，不是班子打更的伙计。难道应该替你们考察客人，不开住局钱不放走么？再说你手里的支票准是少帅给的，钱赚到手，凭什么还骂我？大清早的哪里来的晦气？这些话都在张泰胸膈

271

之上，喉咙以内，暗自嘟囔，口中却没一点儿声音。万荫贞哪能知道，只顾用张泰煞气。张泰心里把她骂苦了，万荫贞又发作一阵，说一声滚蛋，把张泰喝退。

她仍自己坐着，生了半天闷气，想着费尽心机，受尽凌辱，结果竟未酬所望之万一，仅只得了八百元。这数目还不及薛寿嵩关上一两天的收入，真是越想越觉难堪。满腹冤苦，无可申诉，真有仰天泣血之概，但不知恨谁是好，骂谁是好。后来悲愤至极，真要给自己一顿嘴巴，却又不忍下手。一阵心中焦躁，立起来跑进卧室，看看床上的凌乱被褥，越发伤心，就拉过用力撕扯，把一幅被面撕成碎条，方才放手。又看见雪宜遗下的一件小袄，也给撕成两半。

又从房中走出，茫茫然走入女儿房中，见电灯仍在亮着，光焰被日光欺得昏黄无色。凤枝和衣睡在床上，下身只盖着一角薄被，外面皎洁的阳光，穿过玻璃窗的纱帘，射到立黄色的墙壁上，变成柔和的光线，再反射到床上。凤枝头儿斜枕在粉红色的软缎枕头上，耳上垂着的妃色珍珠长耳环尚未卸下，也搭在枕边，身上穿的印度红旗袍，领纽松放，高的硬领直耸上耳际，遮住香腮。这横陈之态，显得妖艳动人。只是脸儿微现清减，柳眉微蹙，好似芳心有所抑郁，睡中也不得好梦。粉颊之上隐隐有两道泪痕，又似曾经哭泣。

万荫贞却理会不到这些，看着女儿睡中媚态，想到少帅的可恨，自思凭我这样女儿，虽不及四大美人，也足看得过。无论把她献给谁，都能得到善价。前三年安肃知县王瘌子把个丫头假充侄女，送进帅府，住了两天，跟着王瘌子就升了道尹。丫头尚且如此，何况真正的千金小姐？现在凤枝竟算给雪宜当了饶头，少帅白占了便宜，还情不答义不答。也别怪孩子委屈，我实在对不住孩子，把她白淹践了。万荫贞想着，也有些良心发现，打算着把这八百元支票给凤枝买件首饰，安慰安慰孩子的心。但又想抛开雪宜不算，只说我这一朵花儿似的女儿，前数日还是冰清玉洁，现在床上睡的已经变为残花败柳。这一变只值八百元，好混账的吕克成。看起来还是老吕忠厚，我若把女儿进献老吕，报酬绝不仅此。可是人家办这种事都有贪图，我又贪图什么？丈夫的官，在这一省已经做到头儿，财产也足够了，还有什么值得用女儿身体抵换的事？怎么竟糊里糊涂地把女儿糟蹋了呢？又一转想，自己也并非无所贪图，本来大目的在操纵少帅，以求揽权纳贿，初步希望却在替王开元谋事。如今别的不提，王开元就没法交代。昨天我已许他有十成把握了，现在事情这一变卦，他必因失望而生气，就许一怒跟我断绝。那没良心的向来做事斩截，若真闪了我，那不要命么？

万苇贞想到切身的事，更觉难过。而且心里觉得吃亏上当，无可声说。肚里一股横气喘不出来，虽然由她的推想，少帅所以辜负功臣愤然而去，定是因为雪宜退席太早，有失承应。雪宜若一直留着伺候，局面绝不会变到如此恶劣，少帅贵人脾气，恼了可以把人推坠深渊，但高兴了也会把人加诸膝上。雪宜若是没走，这八百元就许变为八万，我的图谋也许三言两语全成功了。看来谁也不怨，只怨岳慕飞那老该死的，鬼催着似的把雪宜老早接走，坏了我的大事。思想直恨不得把岳慕飞咬上两口，无奈岳慕飞不在面前，怨气无可发泄。咬牙切齿半晌，忽然想起家中现放着一个泄气的家伙，正可拿来一用。就走出凤枝屋中，直奔楼下。

本来人当愤怒至极之时，若是积郁在心，很容易受病。故而必须尽量发泄，方合卫生之道。一旦发泄必有对象，而这对象又必须是实质的。譬如一个人受了所以气恼，只望空詈骂一顿，终嫌发泄得不痛快。所以我国古代有位大官，向以娄师德自命，奴颜婢膝，唾面自干。因此博得上峰器重，得以位致通显。但他终是个男子，养气功夫并未到家，所谓泥人也还有些土性，每当在外遭上峰或同僚欺辱，当面固然色悦容和，心领面受，但回到家中，也有时心中怫郁难堪，恐怕日久成疾，于是奇想天开，特用重资雇两个仆人，却不司使役之事，只供打骂之需。每逢他受气回来，就把这两人打个头青卵肿，骂个爹泣娘愁。将本身所受气恼羞辱，完全移转到他人身上。他自己就可以清神畅旺食瘾餐加，因此寿登期域，成为人瑞。这个妙法，后来传播甚广。虽然普通人未必雇得起泄气专员，但官场仆人，多少也得兼当这等差使。混账王八蛋的恶声，常常无因而至，那就是老爷把他当作泄气对象，实行卫生之道了。至于外国人，因为尊重人权，保护动物，只能用无机物做泄气工具。瑞典火柴大王在业败破产之前，每到夜总会饮酒，入醉之后，必令

273

仆役取过数百磁碟，一一掷碎，才照价赔偿，付账而去。法国巴黎并且有专营的碟盘商店，店内遍置日常用物，布置一如家庭，标明价目，任人进去捣毁，据说生意鼎盛，仿设风起云涌。可见人类气恼之多和泄气是怎样需要。至于平常家庭，既雇不起仆人，也舍不得毁东西，那就要视长幼强弱，而为经济的泄气了。丈夫豪横的，在外面受了气，回家就找碴打老婆，太太凶悍的，和街坊打了架，气不出可以把丈夫骂三天。父亲在外被上司申斥，想要辞职，又怕失业受穷，就许没来由给一顿嘴巴。这样日子长了，成为习惯。于是每人都有了泄气的专用品了。

万荪贞固然奴仆成群，家私满屋，可以任意打骂摔砸，但是奴仆多有火气，骂急了恐怕拼命铤而走险，把家伙砸坏了，还得重买，仍破费自己的钱。唯有一个老物，打死骂死，管保不会还手还口，任摔任砸，也不易损坏。即使损坏了，也无须重买，重买也不用花钱，这就是她的丈夫薛寿嵩了。薛寿嵩自从入了中年，失去维系太太的能力，就走了背字儿。因为既不能供太太泄欲，只可供太太泄气。若干年来，常常净洗头颅，长伸脖颈，甘心认命地接受太太赏的翠绿头巾，坚其膝盖，挺其脊梁，安常守分地挨受太太的粉嫩拳头。至于脸面，是太太敲不碎的唾壶，身体是太太捶不烂的箭垛，其余不用提了。这泄气的老家伙用了多年，业已得心应手。这时受了大气，当然立时想起丈夫，就下楼直奔到丈夫的卧室。

他夫妇分房业已多年，平日有事，都是薛寿嵩登楼请命，万荪贞却把丈夫住室视同化外，轻易不肯屈尊光降。这时薛寿嵩因在楼梯上跌了一跤，腰腿疼痛，正蜷卧在烟榻上，半死不活地呻吟，万荪贞脚步一响，他惊醒睁眼一看，还以为太太惦着他的伤痛，前来慰问，却不知少帅已走，觉得她百忙之中，居然还念着自己，真是天恩高厚，异数非常。几乎感激涕零，正要开口说话，不料万荪贞已走到床前，用力戳着他的脑门，先骂了一大串，这一串都用死字当作骨干，什么死人、死鬼、死骨、死尸、老不死、死不了，薛寿嵩被骂得面如死灰，惊惧欲绝，不知所为何来。万荪贞骂着还不解气，又把他拉过来，推过去，揪住衣领乱抖。薛寿嵩本已跌得四肢酸楚，经这一抖，直觉通身骨头互相告别，大有各奔前程之意。痛得忍不住，才拼死冒险哀声问了句："你为什么？有话好说。"一言未了，嘴巴上已叭叭响了三声，立见满面红光，颊肉丰满，突然现出福相。而且一口浓唾由眉毛上挂了下来，飘飘荡荡，直似珠珞流连状态。万莘贞这才骂着把少帅不辞而别的事，断断续续夹骂夹叙地说出来。

薛寿嵩对于这次的事，原来无所关心，而且也未参加意见，只是沿着向来家庭规例，全由太太主持操纵。薛寿嵩偶然有所举动，也是由于命令差遣，根本不能稍参末议。因为万莘贞深知丈夫疲软无能，除了有时用他以家主身份，摆摆样子以外，什么事都是独断专行，不屑与他商量。即便加以驱遣，也是用民可使由之，不可使知之的办法，所以薛寿嵩对这次万莘贞笼络少帅的事，虽然处在局中，便实际却只知大概，并不甚明了万莘贞的神妙作用。只女儿失身的经过，他倒深悉首尾，不过知道时已在木已成舟之后，心中虽有些不是滋味，但一想到和少帅发生翁婿关系，何等荣耀，道如嚼食烂果，初觉苦涩，可是回味甘芳，便把苦涩忘了。至于凤枝失宠，和万莘贞别具深心，他却懵然罔觉。这时万莘贞来用他泄气，打骂之下，把自己心中冤苦也声说出来，薛寿嵩倒觉前所未闻，明白了许多秘密。心中最难过的，是女儿被少帅浅尝即止，尤其万莘贞把她自己一意孤行，毫未和薛寿嵩商量过的事，全推到薛寿嵩身上，好似少帅的过河拆桥、岳慕飞的接走女儿、凤枝的笼络无功，都是薛寿嵩一个所致。一切失败责任，都要他担负。打了又骂，骂了又打。

薛寿嵩本来常受这样折磨，业已养气功深，任凭自己怎么冤枉，万莘贞怎样欺凌，都能忍耐到底，让她打得臂酸无力，骂得喉哑无声，便可了然了事。但今日薛寿嵩才受了跌伤，正在痛苦，万莘贞打骂得又分外加劲，而且这件事又完全是万莘贞一人做错，白赔了自家女儿，并未博得少帅好感。薛寿嵩自己心疼，万莘贞又自恃过深，轻藐丈夫太甚，把王开元的事也顺口说了出来。薛寿嵩昔日虽因曾得过裙带之力，又因自己孱弱无能，曾默许太太广置面首，不加干涉，但这时听明万莘贞所以千方百计笼络少帅，并非为丈夫打算，而是为情人营谋，居然甘心牺牲了独生的爱女。这一气可非同小可，立觉身战眼蒙，但久处淫威之下，表面还竭力抑制，不敢现于词色，但暗地把牙一咬，把心一横，斗然生出致死于万苇贞的心。

论起薛寿嵩的庸懦猥琐，久已驰名。有人比他作奇种乌龟，即使放在万斤大石之下，压上三年，也不会伸一下长脖，放一声响屁。万苇贞更是摸准了脾气，认定他具有十足的奴性，即使欺凌至死，也只有服从，绝无反抗。那柔软劲儿，连棉花都不能比拟。因新弹的棉花虽然柔软，但多少还有些弹性，一下打瘪了，仍要鼓起来，多少带点不服帖的劲儿。薛寿嵩只能算一块烂泥，随人捏扁捏圆，轻敲重击，连一点儿弹性都没有。任凭如何收拾，绝无危险。但万苇贞却看错了，常人都知道老虎吃人最为可怕，而不知绵羊咬人更为危险。因为老虎凶恶，人人都知道，而有戒心，可以小心趋避，绵羊却向有柔顺之名，谁也不加注意，可是它一旦被欺侮急了，拼命致死于仇敌，攻其不备，一咬便着。

薛寿嵩素日虽然忍气含羞，甘受万苇贞侮辱，从无怨言，但是气愤和羞耻却是有的，只于深藏心中，不使发泄。再加他久在官场，练得气量既然广中，排泄又自多方，所以仍然不识不知，怡然自乐。但这时听见万苇贞自承把女儿的宝贵贞操做情人的终南捷径，这刺激却太大了。同时把多年积存的怨气妒情都勾引上来，又加身体上的创痛，助燃了心头的怒火，这时他虽低着头不敢仰视，但望着万苇贞的胸腹之间，直希望手中能有把利刃，立时戳她个透心凉。无奈手头既没有利器，而且也不敢发作泄愤，暗自切齿。万苇贞梦想不到在这转瞬之间，只因自己一语之失，竟把个鼻涕般的丈夫激出了英雄志气，将要杀她而甘心。仍然照样泄她的气。

薛寿嵩这一勃发凶心，倒觉气壮起来。身上也不甚疼了，任着万苇贞打骂推搡，只像个不倒翁一样，闭口无声。最后万苇贞气也出得够了，力量也使得乏了，方才住了手。薛寿嵩仍照着往日情形，逆来顺受，雨过天晴，好像没事人似的，点上烟灯，自己烧泡狂吸，借以助气止疼。并且叫太太看着自己虽被打骂，然而心悦诚服，毫无怨言。

万苇贞休息一会儿，缓过力来，又在旁叨叨唠唠地数落丈夫没用，说道："我嫁你这无能的废物，真是伤心这些年了，家里外面，大事小事哪一件不得我操心劳力？你只懂得出门摆架子，回家抽大烟，何曾帮过我一点儿？现在这件事你但分是个有用的，替我多看一眼，多说一句，就落不到这个份儿。就说方才少帅在我打盹时走了，你若是个活人，在楼上帮我照管着，见他要走，不用你拦，也不用你劝，只借着送他，高声说两句话，把我惊醒，事情就可以全盘变了样。妈的你才犯不上帮我，有工夫还在床上装死呢。"

薛寿嵩忙分辩道："我不是跌伤了走不得路？再说你也没吩咐我这样办。"

万苇贞听了，猛拾起一只茶碗，掷了过去，幸而没掷中薛寿嵩，在床栏上撞碎了。她戟指大骂道："你还敢用话堵我？你的腿又不是齐根摔折，寸步难移？倘若现在着了火，看你跑得动不？你说我没吩咐你，你就不管闲账，这是多么大的事？有多么大的关系？你就不会自己寻思寻思，难道你脑子空了，把脑髓卖给药铺配了兔脑丸？"骂着又故意啰唆薛寿嵩，向他讹赖道："今天这事，只怨你不肯替我留神，把少帅放走。我只朝你要人，你不把他想法弄来，我这口气没法喘。咱们有死有活。"

薛寿嵩在平时若遇这等难题，定要张皇失措，战栗无言。但此际却好似有了主心骨儿，闻言并不惊慌，一面滚着烟膏，一面凝眸寻思。万苇贞瞧着越发有气，厉声骂道："你不用装没事儿，告诉你说吧，三天之内，你若没法子把小吕弄来，我不把你小子背人的事抖搂出来，教你进模范监狱过后半辈子才怪。"

薛寿嵩听了，仍慢条斯理地道："你何必这样着急，小吕还用我去找他？他自个儿自然会来。"

万苇贞道："放屁！你看今儿他钱都留下了，好比算清了账，永断葛藤，他还有个来呀？"

薛寿嵩急道："你怎么不明白，方才不是小吕因为醒来不见雪宜，才恼着走的么？由此可见他对雪宜并没足兴，还正恋着呢。今儿虽生气走了，明儿想起，要再和她聚会，自然不能上岳家登门明找，势必还寻你来。何必急在一时呢？"

万苇贞听了，觉得他所说倒也有理，自思怎么没想到这层，白生了半天的气。小吕只要对雪宜尚未厌弃，迟早终必和她重叙欢好，那就仍得我来操纵。想着心中重生希望，不由怒气渐平，身体觉得乏了。但对着丈夫仍不肯稍逊颜色，失却平日的尊严，为他所轻，就又数落了一顿，方才饶了丈夫，走将出去。在她出门时，可惜未曾回头，若一回顾，必然可以望见向所未见的奇景。那薛寿嵩本来闭着眼，颓然倦卧，现着半死的样儿，但万荮贞一转身，他突然双目睁得比牛卵还大，切齿握拳，向着万荮贞的后影儿作势猛击。据人传说，古时武术家有一种气功，在数十步外挥拳作势，向人打去，对方必受内伤而死。薛寿嵩若有那种功夫，看他所用力量，必然使万荮贞五内俱崩。可惜他只练烟枪，未谙拳术，万荮贞竟毫不知觉地走了。但只这种背后挥拳的情形，已是薛寿嵩向所没有的壮举。他已习惯奴颜婢膝，笑骂由人，眼睛永是笑眯眯的，未曾睁大过，腰儿永是弯曲曲的，未曾挺直过。在太太面前，尤其驯似绵羊，柔堪绕指，任凭打骂，没有第二副面孔，今日却因太太行为，过于刺激了他的心，突然发生了英雄气概，危险思想。不但背地形于外貌，而且在万荮贞走后，他还对着烟灯做了多时筹划。至于筹划的什么，那就不得而知了。

万荮贞做梦也想不到这久经制伏万分服帖的丈夫，竟会在片刻之间突生离叛心思，仍满不在乎地回到楼上自己的卧室，也未吩咐仆妇，自己拉过枕头，安置了她的娇躯。这时她的气愤已经在丈夫身上发泄过了，并且由丈夫解释，重得了新希望，心中已平静许多，精神也实支持不住了。就拉过副被子，盖在身上，闭目安睡。

过了不大工夫，忽被敲门声惊醒，她蒙眬中问了声谁，外面是个女仆，高叫道："太太，小姐请您过去。"

万荮贞一听女儿传唤，甚为不悦，她家中本来就不大讲究尊卑长幼之礼，万荮贞不悦，并非为着女儿没有规矩，而是因为料着女儿必无要事，不该无端惊醒好梦。就骂那女仆道："滚开，我才睡下就来吵嚷，小姐有什么事？她不会自己过来？"

那女仆忍气说道："太太，倒不是小姐请您，是外面有人来接小姐，小姐不去。外面又催请得紧，小姐生了气，教我来和太太说。"

万荮贞道："什么话？你说得糊里糊涂的，到底是谁家接小姐？"

女仆道："就是昨儿来的那位岳小姐。"

万荮贞一听，猛然一撩被子，跳到地下，披上一件旗袍，开门跑出。几乎把向外的女仆撞倒，直向凤枝卧室走去。忽见在楼梯口旁边，立着门房张泰，在那里似有所待，万莘贞忙招手叫他过来，问是谁家来接小姐，张泰回禀道："就是夜里来时接回岳小姐的那位尤副官，方才又开着岳公馆的汽车来了，说是岳小姐请咱家小姐去一回，有事面谈，顺便在那边吃早饭。我就烦孙奶奶上来回小姐，小姐说不去，我只好托词回复尤副官，哪知尤副官说他们小姐吩咐，定要请凤小姐去，有要紧事，非得立刻见面不可。他们小姐因为昨天路上吹了风，头痛很重，不能出门，要不然就自己来了。凤枝小姐若不去，他没法交代。尽力磨着我替他说好话，他还在门房里听信儿呢。小姐倒是去不去，该怎么回复他？"

这时孙妈也在旁说道："小姐一听岳家来请，就说不去。以后岳家来的人磨着不肯走，一死儿央告……"

万莘贞摆了摆手，心想雪宜半夜才回家去，这时也不过才睡醒一觉，想着看看手表，已经将到正午，忽地恍然自悟，暗自点头。雪宜昨夜回家以后，必然倦极昏睡，早晨醒来，忆起夜间的事，她那小心眼里必然有所寻思。第一女孩子心是软的，任凭外貌多么端庄，禁不住一尝到男子滋味，就要把心翻过来。她一寻思和少帅这一夜姻缘，必然爱上了他。再说雪宜是个旧脑筋的姑娘，心思绝不能像现在的摩登太太小姐那样开通，把男女的露水姻缘看作随意消遣，偶然看对上眼，就可以发生关系，春风一度，各自东西，连询问姓名都嫌多事。桑间濮上，密约幽期，直如流水行云的沾滞。若是一个女子，相与了一个男子，就要嫁他，一个男子结识了一个女子，就想娶她，那就要被认为思想落伍，迂腐可笑。并且令人望而生畏，不敢接近。因为新人物都主张两性自由，谁肯放弃了多方面快乐，而只被一个人把持住了呢？雪宜却还未曾接近这样欧美的新潮美俗，而仍保持着她旧闺阁的固执心理，这由平日言行上便可看得出。也许她多读了女儿经，认为女子终身只能接近一个男子，虽然平日极自矜重，择婿甚苛，但若因为意外原因，和一个陌生男子有所沾染，也就不管对方的品貌年龄如何，甘心认命地嫁他。像古时钟建负我的事就是例子。雪宜以前虽然未必有意于少帅，但既已失身于他，那迂回的心或者觉得此身已污，不能再事他人，因而倒把芳心寄托到少帅身上，决定一与之齐，终身不改。更希望少帅有所表示，俾得安心。但她不能直接去寻少帅，只好仍求中间的人，替她正式撮合。大约这就是她来请凤枝的缘故。料想她这时不知如何芳心辗转，才那样切嘱来人，非把凤枝请去不可呢？这倒是我的好机会，方才老东西说少帅恋着雪宜，必然仍来求我，话虽说得有理，但小吕那没准的脾气，迟早却难决定。现在雪宜这面主动邀约小吕，他当然闻呼即至，我便又可从中取事了。

想着就决定怂恿凤枝前去岳宅，探听雪宜消息。当时推开女儿房门，见凤枝仍面向床里睡着，知道她必非真睡，就坐在床边，推着她肩头，柔声呼唤，满以为她必然装睡不理，哪知凤枝猛一翻身，现出泪痕满面的脸儿，哭着喊道："你还逼我，我是哪一世造的孽，难道非得死了不能饶我？"

万苇贞才知道她正在哭着，就说道："这又为什么？好孩子，快起来，我跟你说话。"

凤枝发狠道："说什么话？我知道，你是要我上岳家去。我就是不去。"

万苇贞道："为什么不去呢？人家诚心来请你。你跟雪宜又是同学，素来要好。昨夜她又从咱们家醉着走的，就是不请，你也该去看她。"

凤枝摇头道："少来这一套，我说不去一定不去。让雪宜恼了我更好。"

万苇贞道："就是不看雪宜，你也得帮娘到底呀。这件事你是知道的，雪宜夜里那样回家，今儿一早就来请你，定有要紧的事。她不能出来，所以非你去不可，你明白这件事关着咱一家的运气，你爹的官职。现在雪宜和少帅有了这一回好儿，她就是少帅的爱人了。你现在不去，得罪了她，就跟得罪少帅一样。好孩子，别教娘着急了。"

凤枝听了，心中更气，不由哼着说道："别吓唬我，我不怕。她跟他睡了一夜，就是爱人咧？我跟他……"说着觉得脸上发烧，就咽住了，但仍摇头坚决不允。

上文已经说过，凤枝每次任如何拿定决心，终敌不过乃堂的花言巧语，恩威并用。无论什么事情，都是凤枝倔强下结果终为万苇贞屈服。

但这回事情出于往例，凤枝本是个天真少女，虽然有这样滥污的母亲，却因尚在学龄生活之中，与万荑贞形迹疏隔，便有习染，也不甚深，还保持着少女的本质。自从去年暑假学校毕业，回居家中，渐渐出去交际，稍染繁华，但也毫无轨外的行为。不料恰在这时，少帅归国，广交女性，大有潘安风流，群情趋附之势。万荑贞势利熏心，想要抓住少帅，遂其大欲。却因自己年老色衰，不堪进奉，只得把女儿贡献出去，谁知依然未能得法。凤枝在慈母照顾之下，就这么委屈地牺牲了。论起凤枝，固然全由母亲拨弄，本身既不怀春，也未行媚，而且根本不爱少帅，但既和少帅发生关系，就难免心情转变，渐渐有了感情。这本是人情之常。譬如一个没有成见、没有对象的少女，一旦被父母主婚，嫁给一个男子，她对这陌生男子，不但没有爱情，而且有些畏恶，但至结婚之后，因为他名义上已是丈夫，身体上又生关系，就要心情一变，不特想占有这个丈夫，而且希望丈夫和她恩好异常。凤枝在和少帅发生关系以后，方才渐茁情苗，哪知立刻发现少帅并不爱她。她虽伤心，尚怀后望，以后渐次体察，竟证实少帅并没把她放在眼里，更别说心上了。这刺激已经够大，昨夜雪宜又被落入陷阱，那毫无心肝的母亲竟强她入室伺候，又被少帅赶了出来。凤枝羞愤之中，不自知觉地生了嫉妒。她本无嫉妒雪宜的理由，而且根本没那样思想，却只因少帅对雪宜太已重视，对她太已轻视，比较着过于难堪，因此她虽然自觉已把少帅当作仇人，任他与何人要好，自己都无所动心。又知道雪宜完全处于被害地位，自己并没有恨她的道理。然而心中竟有了一种潜意识，认为雪宜是自己伤心的根源，简直再不愿见她了。故而今日一闻岳家来接，就决意不去。万荑贞前来相劝，又无意中说出雪宜是少帅爱人，需要巴结，这更刺痛了她的心坎，更坚固了她的意念，以后任万荑贞说破了嘴，她只咬定一句："宁死不去。若是定要我去，只有先弄死我，把死尸抬去。"

万荑贞急得满身是汗，问她什么理由，她也不说，急得打她两下，她也不哼气。耽误得工夫大了，孙妈又敲门报告，岳宅来人又在催促，万荑贞只说教他等着，一会儿就去。但是凤枝百劝无效，最后说出一句道："你怕得罪雪宜，不会自己去么，老伯母瞧看侄女，不是正应该，何必一定逼我死？"

这句话提醒了万苇贞，心中豁然开悟，暗叫："对呀，何必死逼她，自己去不是一样？雪宜要见凤枝，当然为着少帅，有话烦她传递。我去了还许比凤枝有用，有该计议的事，可以当面商量，省得来回耽误工夫。雪宜现在必已明白我的主谋，有话也不致碍口。而且我去到岳家，借口因雪宜酒醉回家，不放心前来瞧看，她家人不但不会疑心，还显着我有礼呢。"想着就向凤枝道："小死丫头，你算会折磨我。这一点儿事都跟你娘拿糖。好，不用你，我就自己去，回来再跟你算账。"说完便匆匆走出，直奔浴室去洗面整容。

气冲冲地把脸盆放满了水，洗了几下，方用毛巾把脸上涂满肥皂，忽听楼梯中间的电话响起来，随闻孙妈在外喊太太电话。万苇贞因自己正在洗脸，凤枝又正怄气，一定不肯起床，孙妈又天生是电话聋。耳朵本没毛病，但一听电话声音，就错到岂有此理。有一次官产处来电话，她听了大怒，骂人家说："你是棺材铺？你们家才用棺材呢！有这么揽生意的？他妈的祖宗奶奶。"骂了一顿，惹得对方大兴问罪之师。因此再不敢教她接听电话。这时万苇贞因为无人去接，又料着或是关上来的，就吩咐孙妈给拨到楼下去。原来薛宅一架电话，共有三个拨机，楼下的拨机恰在薛寿嵩卧室内，拨到楼下，就是教薛寿嵩接了。万苇贞吩咐完了，又继续整饰了容颜，回到卧室，换了衣服，挟着大衣，径自下楼。

方到楼下，猛见薛寿嵩立在室门内，向外探头，脸上颜色甚为奇怪，两目睁得很大，似乎精神方受震动。万苇贞因为素日对他这种挨打受骂的情形看得惯了，以为他瞧见自己下楼，恐怕又来寻事，故而震惊，所以不觉奇怪，反以他能下床走起为异，就问道："你怎么下床出来了？足见夜里并没真跌着，只是装蒜躲懒。"

薛寿嵩并不理会她的话，只睁着眼儿吃吃地道："你……上哪儿？"

万苇贞道："我上岳家去，看看雪宜。"

薛寿嵩咦了一声道："岳宅不是接凤枝去……去么？"

万苇贞听了，并没想他在卧室高卧，何以知道岳宅来接凤枝，只没好气地答道："小姐端架子，可不得我这老业障跑么？"说着，就转身出去。

薛寿嵩看着她，张口似欲有言，随即把眉一皱，把眼一闭，脸上现出怨恨之色，咽了口唾沫，转身扶着桌子，一瘸一拐又回到床上。咬牙自语道："随你倒霉去吧，我才犯不上管。顶好教这贱人得点报应，替我解恨。"说着冷笑不已。

原来方才来的电话拨到楼下卧室，薛寿嵩挣扎下床一问，对方是个男子，却不肯自述姓名，问明了薛宅是谁，就说现在岳慕飞家派人去接你们小姐，不是好事，最好别教你们小姐到岳家去。薛寿嵩尚不知道岳家派人来接，听着莫名其妙，就向他问是什么缘故，那人不肯再讲，只又说句你记住别教小姐前去，说完便自把线断了。薛寿嵩寻思半天，才想出一点儿因由。他并不知雪宜已死，事情已变到万分严重，还想雪宜昨夜在此与少帅幽会，雪宜必不会自己声张，旁人更不能知道。这来电话的警告叫凤枝勿去岳宅，也许岳慕飞因女儿昨夜迟归，怒其失检，然而怨及延请的人，所以要叫凤枝去责骂一顿。但他一个堂堂师长，怎能和小女孩儿吵嘴？可是这打电话的虽不知何人，却说得似乎严重，莫非失身的事业已破露？那可就不了得。我只宁可信其有，赶快嘱咐凤枝，勿赴岳宅，以资保重。凤枝被她娘已毁得苦了，可不能教她再受委屈。想着挣扎走到门口，方要唤人，忽见万莿贞从楼上下来，正要拦住她告诉，不料先被她迎头骂了两句，又由她口中知道岳宅果已派车来接，又知道凤枝不肯前去，万莿贞自充代表，立时心中一动，想起她方才发现的劣迹，自己正在腐心切齿，如今恰有这事，倘然岳慕飞那里真有歹意，就教她领受也好。她为情人把凤枝毁了终身，现在她代表凤枝去受点凌辱，正是公道的事。古人说惠毒于人甚矣哉，真是不错。薛寿嵩为着怨恨，竟坐观万莿贞趋入危境不加阻止。万莿贞若非今日过于张狂，过于大意，泄露王开元的秘密，激动了薛寿嵩的积恨，也必不致如此。可是薛寿嵩也实不知事态变化恶劣到那样程度，只认为万莿贞此去最多受番凌辱，替自己稍解怨恨，才任她自去。若知道雪宜已死，当然要联合自卫，又岂肯知道不管呢？

且按下这里，再说万莿贞出了大门，见汽车正停在门外，她拉门走上，那位在车旁立着的尤副官一见是她，不由大诧，叫道："薛太太，您……您……小姐怎不去呢？"

万荔贞道:"我们小姐也闹不舒服,不能出门,我替她见你家小姐。"

尤副官吃吃道:"我们小姐敎请薛小姐,您去……我看还是请薛小姐……"

万荔贞发怒道:"请薛小姐,薛小姐病了,可怎么办?难道还抬了去?我去不是一样?她们小姐妹的事,我全知道,你绝落不了包涵。"

尤副官心中为难,主人要的点儿本是小姐,如今太太顶了去,恐怕不合主人意旨,这差事又要干砸。但若坚持定要小姐前去,又恐她生疑,闹得一个不去,越发没法交差。好在她母女全是一案里的,就带她走吧。想着喷喷两声,忙上到前面车夫座旁,车夫立刻把车开了起来,其速如飞。不大工夫,车已到岳宅门外。只见门口站了七八个人,军服便装全有,内中一个穿军装的赶下台阶,开了车门,看见万荔贞,似乎一怔,口中叫声薛太太。万荔贞认识是昨夜去过的张德标,就点点头走下车去。那张德标向才跳下的尤副官问怎么薛小姐没来,尤副官回答说小姐病了。张德标使个眼色,说声"你陪太太进去,我先禀报小姐",如飞跑进去。

万荔贞随尤副官徐步入门,只顾向前看,并没留神门口这群人脸上颜色多么惨淡可怕。及至经过庭院,将入楼门,张德标已迎出来说小姐请薛太太楼上坐。尤副官就引导她一直上楼,到了一间房门,尤副官一掀帘门,万荔贞走了进去,只见是很大的一间房子,陈设非常精雅,只是地下有许多破碎瓷器、玉器,好像新经摔砸过的,不解何故。向东面看,见还有一间内室,挂着门帘。向西面看,立刻大吃一惊,原来是自己最不愿见的岳慕飞正在一张写字台后面端然坐着,口中吸着雪茄烟,面色青得可怕,但微带笑容。万荔贞看见他笑,心中方觉稍安。岳慕飞见了欠欠身,和声说道:"薛太太来了,难得光降,您是来看小女吧?小女在房里,请里面坐。"说着向那挂门帘的内室一指。

万荔贞见他如此和气,心中还想听说岳慕飞凶厉,倒未见得,这不是有说有笑,很近人情的么?她赔笑向他说了声"师长没出门啊",才款动风流步,向室内走来。到门口一掀门帘,因为走得快些,左脚迈进门,右脚也跟了进去。向迎面一看,并没有人,再转脸向旁边一看,猛见身旁不远的一张床上，躺着雪宜的尸身，面如白纸，阴气逼人，胸口插着把剪刀，鲜血流满胸腹，已凝成紫色。万苇贞这一惊，直惊得魂飞天外，魄散九霄，只觉得迎头被泼了满身冷水，通体的骨头都突然缩小，使她的肉体完全软瘫。又觉得身外的墙壁地板以及一切东西，也都向上升，只脚下所踏的一块地方，直向下沉，似要沉入深渊。她起初大睁两眼，望到雪宜身上，心里想要把眼光移开，但眼光似被吸住了，想要逃跑，但身体也似被钉着了，想要呼喊，喉咙也似乎被塞住了。呆立约数秒钟，在她直觉有经年之久，渐渐软得不能再站立，摇摇欲倒，竟向床那面倒过去。她心里明白，只怕倒在尸身上面，但眼看雪宜的脸越来越近了，立时便要挨到一处，她惧极猛然生出力气，用手向下一按，勉把身体站住，一只手挨着雪宜胸口，沾了一手凝血，这才狠命地喊出声来。随着向后一退，跟跄跄失足跌倒，这次跌得方向很巧，恰把上半身跌到门外，她眼中看不见可怕的形象，这才用力连爬带滚，离开内室门口，爬到外面，才坐住不动，用手抱头，只是抖战。

忽听头上喝道："你可看见了！"

万苇贞又是一抖，仰面看见岳慕飞仍坐在写字台后面，对她望着。她不知是惊是痛，眼泪直涌，颤声哭道："你……看她……她是怎么……"

岳慕飞喝道："你还问？谁也没你明白。你站起来，我问你。"

万苇贞口中说："问我什么……我怎么明白？好可怜……雪宜……真坑死人了。"说着就要放声痛哭。

岳慕飞高喝道："快站起来，少跟我弄这个。"

万苇贞似闻狮吼，战兢兢立起。岳慕飞招她走近一步，立在台前，正相对面。万苇贞见岳慕飞拉开抽屉，却没拿出什么，只把手伸入里面，才又和声说道："薛太太，我女儿死了，怨她的命短，绝不招寻别人。不过我要明白一件事，我女儿敢保是洁净身体，可是昨儿从你府上回来，就不洁净了。这事一定发生在你府上。请你告诉我，糟蹋她的是谁？"

万苇贞情知已落虎口，深悔此来自投罗网，若一承认，他必不能轻饶，只有尽力分辩抵赖。但心中慌得要命，说话每个字儿都分别由喉咙中迸出，颤声道："这……这是……没没有……的事……她只……只在我……我家喝酒……哪有哪有……人来……糟蹋……"

岳慕飞目眦欲裂，猛一咬牙，那藏在袖中的手霍地伸到台面上，握着冷碧森森的手枪，直对着万苇贞说道："你要替那个人死，就不用说。"说着手臂一动，似将开放。

万苇贞吓得怪叫道："别打，别打，我说，说。"

岳慕飞道："快说，若是假话我仍要你死。"

万苇贞举手抱头，抖得如秋风败叶，应声说道："我说……实话，饶……饶我……真……饶我……那……那是……是……"

岳慕飞眼光直注着她，好似两条电光，口中随着道："是……是……快说是谁？"

万苇贞似受了催眠，跟着说道："是……是吕克成。"

这个"成"字方才出口，同时砰的一声，写字台上冒出一团白烟，万苇贞额上现出个圆孔，红血白浆，直涌出来，猛地向后而倒。

岳慕飞杀死万苇贞这一天，恰正是帅府七姨太胡素娟的二十五岁寿辰。吕帅的三位宠姬，三姨太浣秋只于和吕帅保持相当感情，实际已有些落伍了，于是剩四、七两位姨太太平分春分。四姨太太白凤宝出身微贱，毫无知识，只知争宠于枕席之间，用心于金钱之上，所以虽然有宠，却是声誉不彰。素娟因是女学生出身，深有心计，懂得怎样树党固位，怎样占势弄权，又常以夫人资格陪吕帅接待外宾，参加典礼，久已出尽风头。外面的人几乎误认素娟便是大帅适体夫人。一切文武属僚也认为素娟权力超乎群姬之上，所以对她十分巴结。这时遇到寿辰，自然有趋附之徒先期提倡张罗。召集了津京出色的名伶，演唱堂会，为她大规模祝寿。这日帅府之中，除了浣秋、凤宝等一班同势，难免因妒宠而气愤，其余的人都欣然奔走，比在大帅做寿时还加热闹。

且说素娟的妹妹月娟自从用计把岳雪宜陷入薛家，就自脱清静身，守在家中，闭门不出，只听消息。她知道雪宜一被小吕污辱，定然不肯苟活，无论能死与否，只要被岳慕飞知道，这场风波就起来了。月娟真是聪明，把岳家父女的个性久已认识清楚，她为这事预备了三条计策：第一道是使胡楚天成为帅府卫队旅长，把祸患先种在心腹之中；第二道便是倾陷岳雪宜，使受小吕污辱，激怒岳慕飞起兵复仇。若一攻帅府，胡楚天必与他里应外合，立将吕氏倾覆。但若是岳雪宜被辱并不声张，或是岳慕飞知道后仍隐忍不肯举动，月娟还预备拨弄的办法，但岳慕飞便是有意复仇，也许因为图谋万全有所筹备，需要延迟些日子。月娟在这延迟的日期中，还有第三条计策发动。由此看来，月娟为要成全志云志愿，也真煞费苦心了。不过雪宜的被辱是她料得到的，雪宜自尽也是她料得到的，岳慕飞发觉女儿身死的缘故，去向薛家报仇，也是她意料之中，不过她认为岳慕飞报复薛家，必应在倾覆吕氏之后，或者同时，因为他若有意举事，不会先打草惊蛇，反弄得不可收拾。月娟却绝没想到岳慕飞是由万荛贞口中探出女儿死因，一时愤恨难禁，竟将万荛贞打死，事情正逼得火烈风狂，欲罢不能，欲迟不可了。

在万荛贞驾返瑶池后两三个时辰，当天午后四点钟，月娟正坐在起居室中，暗自思索。岳雪宜的事不知发展到什么程度，大约她的劫数总已难逃，不过她受污之后，作何归着，也许她外面玉洁冰清，而实际杨花水性，竟能包羞忍耻，毫无表示。倘若她真个如此，那就盼她从此改贞为淫，和小吕来往不断，我仍有法去激动岳慕飞。只怕她忍了这口气，一声不响，从此杜门不出，那就大费周折了。现在我一点儿消息也不知道，真觉气闷。岳、薛两家都是是非之地，不好去看，只得仍旧耐心等候，但盼外面有了岳小姐病亡的消息，那就算天助我成功了。

想着忽听电话铃响，懒洋洋地前去接听，原来是旧日狎友白太太从帅府打来的。那白太太借着月娟的介绍和自己的努力，已经巴结上七姨太，得以出入帅府，这时正在那里张罗呢。只听她笑着说道："二小姐么？"随后又呸了声道："我真该死，还叫二小姐，打嘴打嘴，乔太太……"同时听得两下清脆的掌声，原来她在那边真个自打嘴巴，打完又笑叫道："乔太太，我是白斩鸡，哈哈，这是你二小姐……呸……乔太太给我起的好外号，我自己说出来，省得你叫。我说乔太太，你怎还不来呀？这儿拜寿的人全已来齐，只等你一位。方才帅太太可抱怨了，她说别人全到了，就是我妹妹架子大，这会儿还没影儿。我的好太太，你快来吧，这儿有新鲜玩意儿看。毛道尹送了两盆桃树小盆景，树身树枝全是赤金，树叶是翡翠，树上结的桃儿是珊瑚雕的，另外二十五朵金花，花心全嵌着大块钻石。这份儿礼值大发了，我真开了眼。还有任知县送了二十双高跟鞋，是上海订做来的，满镶珠宝，在鞋底印着那知县一家人的名字。好东西多着咧，你快来看。这时台上也正唱着好戏，小楼的《状元印》才下去，现在改了昆腔，是柳依荷的《佳期》。你听，这不正唱着'小姐小姐多丰采'，简直是夸你呢。你可记着当初那个磕儿，快来看。这小伙儿更漂亮了。"

月娟本来正在含笑，听到这儿，立刻沉下脸儿，发出怒声道："白斩鸡，你少胡扯，可知道现在我是什么人？"

那白太太听了，知道把药下错，急忙又自打嘴巴，连骂了许多声，道："我真该死，我真混蛋，您担待我个酒后无德。谁教我多灌了黄汤呢？"

月娟笑说："我不跟你计较，少动这一套，你告诉我姐姐，我这就去。她已亲自催过我两回了。"

那白太太诺诺连声，又说："请乔姑老爷一块儿过来。"言下好似自居为月娟娘家人了。月娟说了声"姑老爷没在家，闭上你的嘴"，随即把线挂了。自思我倒忘了，这时帅府女客甚多，岳雪宜经了昨夜的事，当然未必能去，薛家母女却必在座。我可向她们询问，而且雪宜倘若发生了什么事故，此际必有人知道，或者已在那里传说了。想着就上浴室洗了脸，又回卧室坐在妆台前梳妆。小姐们的修饰，向来是费功夫的，何况今日又是胞姐的寿辰，自然更要打扮得花枝招展，教姐姐高兴，好在大众中出风头。于是她自己两手不闲，又加上婢女女仆们的六只手，一直赶忙，还费了一点半钟，方才收拾停当。她立起对镜端详，左右顾影，又燃了支纸烟吸着，才吩咐汽车开出预备。

她才出室将要下楼，忽见门房进来，低声说："乔老爷在门外站着呢。"

月娟心中一阵凄然，暗叫："志云你也真痴了，难道几天也等不了？我已为你费尽心血，布置得差不多，过几天或者便能大功成就，咱们就可以长久厮守了……现在我还是不能见你。"想着就向门房低低吩咐一声，那门房把两扇铁门俱都开放，让汽车倒入院中，月娟由楼上走出，一跃上车，车夫立刻开了出去。转入街道，恰在志云身旁掠过。

志云望着车内的月娟，见她低头下视，好似故意不睬自己，但是身上穿得非常华丽，脸上更修饰得珠光宝气，显得特别美丽。不由更添爱慕之心，但转想自从那日她从我家里回来，就似恼了我，任我每日在门外盘桓，绝不理我。十数日前的恩爱夫妻变成了陌路，真教我心碎肠断。但我很原谅她，她必是因为瞧见我母子对湘兰的亲热情形，听见我母子背地里对她的议论，认为爱重湘兰，对她只是虚情假意，故而负气和我断绝。如今湘兰已然另有男人，负我到底。我要把苦衷申诉，她只不给我机会。但我总以为长此以往，必有一日得她回心转意，因为看她情形，她似十分伤心失意，常在家中独居孤守。有时出门，也只粗头乱服，毫无兴致。但今日却改了常态，看她打扮得多么漂亮，记得只有新婚后一同出门时，曾是如此打扮。自从拒我不纳，也再不见她修饰，我还叹息女为悦己者容，我不在她身边，她竟梳洗无心了。然而今日她忽然漂亮起来，坐车出去，对我睬都不睬，莫非她又为另一个悦他的面容了？志云想到这里，不禁心中难过。再想月娟昔日那样浪漫，和我结婚后立誓收敛，几乎另易一人，好像全改邪归正了。但她那样悔改只是为我而然，现在既已和我离开，自难免故态复萌，或者现在她已经又有爱人。当然我已在不足齿数之列，再在这里徘徊，只有招她的厌，又有什么用处呢？志云想着心伤欲绝，又气又恨，怔了半天，低头掩泪而去，这且不提。

　　再说月娟在车上思索了一路，所思的当然不外志云本身和关乎志云的事，及至到了帅府，由侧门走入，穿过花园，便到东花厅的大院。这大院便是寿堂，五间大厅的对面，搭着一座很宽阔的戏台，中间还有四五丈见方的空地，容纳上千的男女来宾。这时院中已在开筵，各席上觥筹交错，烛光相辉。许多仆役在人隙中来往送菜，但墙根檐下，却站满了人。因为台上这时正是名角张毓庭的《捉放曹》，唱来声容并茂，客人们看得忘了饮啄。那五间正厅挂满红绿，缀满电灯，照得喜气盈盈。在这初春天气，竟有几十只茉莉白兰编成的花篮，密排在檐下，浓香扑人。中间三室，全都隔扇卸下，一敞通连，布置寿堂。除中间香案之外，却是密排的条桌，桌上摆满了所受礼物，五光十色，斗巧争妍，内中不知有多少人民脂膏，多少官僚心血。若论起价值，大约给一个便可成为当地首富。

月娟由人丛内走进厅中，厅内坐的几个女客，看见了她都迎上来，殷勤招呼，好像众星捧月似的，把她围在中间，说长道短。月娟不耐烦理她们，就问"我姐姐呢"，一位五十多岁鬓发苍白的老婆儿应声说道："我干娘在东里间歇着呢，这半天多么乱哪，亏她老人家精神很好，直支持到这时候。方才是我劝她老人家进去歇着了。"

她说完了，其余的女客都同声咂着嘴儿，咨嗟不已，似乎全心疼这位寿星，以娇嫩之身，酬应千百客人，受了前所未有的劳苦，向所未遇的磨难。凡有人心的谁能不为怜惜？但这怜惜之忱，需要高声表达出来，以求室内的人听见。月娟倒不注意，她只是听那老婆儿称自己姐姐为干娘，觉得诧异。不由注目细瞧，才看出这老婆儿是本地一位绅士赵敬亭的太太，那赵敬亭向来以办慈善为业，曾当过善堂董事，兼恤黎会会长、放生会会长。只因善于夤缘，巴结认识了两位阔人，就渐渐地节节爬高。居然他的太太有一次跟胡素娟同席，这赵太太有种特长，善于说笑话，能够说相声似的把自己糟蹋得猪狗不如，以博众人的笑乐。素娟和她谈了几句，次日就上帅府请安，从此缠上了，跟脚进步，替丈夫谋差事。素娟被她磨得没法，便对吕帅说项，委赵敬亭做了屠宰场场长。于是放生屠宰，就并行不悖起来。赵太太因对素娟无恩可报，居然奇想天开，要认她作义母。素娟真是拿她开心，竟承认了。这一来赵敬亭却如虎生翼，在外自称是帅府门前的娇客，在外倚仗势力，欺压良善，无所不为。有一次向一家商店劝捐，那商店捐少了，他一怒就把店主送了警察厅，说他阻挠善举，务必重办。恰值那厅长是房正栋，恶他无耻，就把这件事向吕帅请示，吕帅大怒，立刻撤了他的屠宰场的差使，从此赵敬亭再不兼生杀之权，只可别了待屠的牛羊，专向鱼鸟行善去了。赵太太自丈夫落职，也曾几次央求干娘，素娟也已知道他夫妇的行为，不但未肯施展回天之力，反而连干女儿也飨以闭门之羹。于是赵太太绝迹于帅府已然甚久。月娟也久违这位老义侄女了。这时见她居然在座，心想这老厌物真是神通广大，姐姐早已不许她进门，怎么又钻了进来？就也不屑理她，转身走向东里间。那位赵太太已赶过来，代打门帘。

月娟走入房内，见素娟正歪在软榻上，身下凡有空隙都垫满了绣枕，在她脚下却发现了白太太，正侧身坐在短榻上，弯着颈儿，又把两只白肥的拳头向素娟腿上轻轻捶着。她见月娟进来，忙立起迎接，接斗篷，接皮包，又搬过只凳子，请她坐在素娟对面。口中滥用新文化的情书名词，叫着："我的小八宝罗汉的活佛爷，我的天上掉下来的活宝贝，你怎这时才来呀？帅夫人又教我打过一回电话了。"

　　月娟本来嫌她讨厌，只因以前曾是狎友，调笑已惯，不好变脸，只淡然不理她，也不接受她的让座，自坐在素娟身旁，笑道："我还没给姐姐拜寿呢。"

　　素娟拉住道："来到就是，哪有这些闲文？这半天把我都搅昏了，方才躲进来歇一会儿。你且陪我说说话。志云来了么？"

　　月娟觉得这话有些难答，就附耳低语道："他今天本该来给姐姐拜寿，姐姐千秋，外人还都到齐全，己亲岂有不来的呢？而且他从晚儿也打算要来，是我把他拦下了。这里面有个缘故，等明儿清闲了，我再对你说。"说着由身上取出一个紫绒小盒道："这是志云教我带来的寿礼，瓜子虽小，你看个人心吧。可是我的礼还没预备，只可先欠着。"

　　素娟笑着打了她一下道："谢谢妹夫，我也不想你送礼，只要你莫把别人送的带走几件就成了。"

　　月娟笑道："那你说着了，少时我准得拣好的带点儿走。"

　　素娟道："你都拿去也成，只是别动任知县送的高跟鞋。"

　　月娟道："为什么？我听说那鞋上都有名字。"

　　素娟道："是啊，就因为那名字，方才我还问那位任太太，她说求帅夫人给我们增福消灾。帅夫人好比一层天，踩着我们，就好比太阳照着我们。我也没的可说，只好留着当玩意儿。你想鞋上有男子名字，怎能穿呢？"

　　月娟道："这个不要脸的东西，若依着我就把鞋分散给丫头老妈，教她们踩着，外带免了他的知县。"

　　素娟道："何必呢？官儿不打送礼的，这总算他一番苦心了，我又何必计较？"

　　当下姐妹说了一会儿，月娟问吕帅可曾过来，素娟说："方才曾在这边听了一出李吉瑞的《独木关》，又点了杜银红一出《桑园会》，因为老生黄福山配得不好，又太没规矩，唱到半截，就给赶下去。杜银红倒赏二百，黄福山一个钱没落，还丢了大脸。我倒觉得他怪可怜的，何况又是好日子，就派杨副官去抚慰他两句，又给了一百块钱。"

正在说着，忽听外面台上文场突然止住，只闻人声纷杂，似乎发生什么事。素娟大愕道："怎么正唱着止住了？难道又……"

月娟听着也觉诧异，因为旧戏的乐器向来嘈杂，而且高得聒耳，照例除了遇到戏中情节该哑场，乐声才偶然止息，否则即在两戏的过渡期间，也仍继续吹奏。尤其在演唱中间，突然，既显得异样沉寂。而且乐止后显出人声似乎都在窃窃私语，许多人的小语喁喁，却似众蚊成雷似的合为嗡嗡巨响，情形实可诧异。素娟要走出去看，忽然有一个浓装少妇慌慌张张地跑了进来，向素娟道："姐姐又出事了。这准是梁保粹出的毛病。"

月娟见来者是新任警察厅长江汉生的太太，和素娟是干姐妹，江汉生之所以成为素娟的亲信，历受素娟嘘拂，就全由这位太太鼎力玉成。平常月娟因着素娟关系，也和她姐妹相称，感情甚好。这时闻言就插口问什么事，江太太看见月娟，只拉着她的手，并不顾得寒暄，就喘吁吁地道："台上唱着《捉放曹》，张毓庭和穆麻子唱到一半，梁保粹忽然跑来，喝令立刻停住了。也不知为什么，底下的戏还没扮好，竟空了台了……"

她才说到这里，只闻外面响起了小锣，原来临时抓个丑角，先垫唱《连升店》了。这里素娟见江太太满面惊惶，更摸不着缘故，就问她道："难道这出《捉放曹》又唱出错儿来了么？大帅也没在这儿，真怪了。"

江太太道："《捉放曹》这出戏并没有唱砸，不比方才黄福山唱《桑园会》，对旦角失了规矩，是他自取。现在张毓庭跟穆麻子都唱得满不错。姐姐你想，这出'捉放'里面可有一句玩笑的话么？"

素娟点头道："是啊，这真……我曾听人说过，穆麻子唱戏没有板眼，难道为这个不许他唱？大帅又哪懂什么板眼？可是除了大帅和我，谁敢说这句话？这得我出去看看。"

说着立起就向外走，这时月娟心中忽有所悟，正要说话，忽见外面又走进一人，却是那位四美之一的韦稚珠。她和江太太素日要好，进门几乎和素娟撞个满怀。她连忙说了一句："我太慌了，差点儿没撞着您。"就转向江太太道："梁保粹这小子真该死，我才向孙副官探问明白，原来这边点什么戏大帅不知道，他正和贾参谋长等人在书房闲谈呢。梁保粹这小子看见这边唱《捉放曹》，不知他狼心狗肺里怎么想出来的，竟在鸡蛋里挑骨头，跟大帅一说，大帅向来是听他的，不但立刻教煞住了戏，听说还发了阵脾气呢。"

素娟瞪着眼儿道："这《捉放曹》是一出顶正经的戏，再说……"

月娟不等她说完，便已插口道："我明白了，他准是这么挑的，《捉放曹》里不是有个吕伯奢被曹操屈杀了么，普通都简称作'杀吕'，这'吕'字岂不正犯了大帅的姓？上面又安个'杀'字，人们平日听熟了，自不留神，可是在这里却对了景儿。有人一破解，自然显着太不吉祥了。"

韦稚珠点头道："对，对，一点儿不错，我听见孙副官他告诉，梁保粹那小子就是借着这'杀吕'两字对大帅说的。"

素娟才恍然大悟道："哦，我这才明白，可是梁保粹为什么……"

说着忽见江太太面色惨白，瞪目切齿地出神，手中把一条丝帕用力拧绞，绞得手指都要破了，还是不觉。素娟不由诧异道："煞一会儿戏，又算什么？我并不在乎这个，梁保粹那小子单在这时候开搅，我早晚会给他个乐儿。二妹你又何必生这闲气？"

江太太听着，忽然把脚儿一顿道："我不是生气，我是……"说到"是"字，猛又停住。

素娟愕然道："你是……你到底为什么？"

韦稚珠接口答道："七太太这半天在房里，大概还不知道这出《捉放曹》是谁点的？是江厅长点的呀。"

月娟这才明白江太太所以如此着急的缘故，她丈夫犯了吕帅的忌讳，受了很大的耻辱，结果还不定落到什么地步，她怎会不惊惶愤慨呢？这时那江太太得韦稚珠代为说破，立刻挨到素娟近前，才身一矮跪倒，拉着她手儿哀叫道："这实是汉生惹的祸，汉生可不成心，他若能想到'杀吕'这一层，天胆也不敢点这出戏。这只是梁保粹成心打磕儿害他。我直说吧，自从汉生升了警厅，梁保粹就对汉生露出要钱的意思，警察厅长是肥缺，汉生才接职几天，哪有钱孝敬他，因此就得罪了。他这次定……"

话方说到这里，忽然听外面有人叫着"江太太"，直奔进来。月娟认得来人是帅府中的旧婢女，早已嫁为黄团长夫人，虽然贵为命妇，但一回到帅府，就仍执奴婢之役，不但供旧主人的驱使，而且对到来的较有地位的阔太太都巴结得十分圆滑，所以人人都喜欢她。这位团长夫人进门一见江太太在素娟面前跪着，就要抽身退出，但江太太已回头瞧见她，素娟叫着她问有什么事，团长夫人道："江厅长在外面等江太太说话，托我请她快去。"

素娟就拉起江太太，令她快去，江太太把含泪的眼儿望着素娟，似乎求她等待自己回来，继续祈请申诉，素娟点头道："你去吧，问明白了咱们再商量。"

江太太才匆匆走去，这边素娟对众人痛骂梁保粹，说："这小子真混账，你就是和江汉生不对，安心毁他，也该看看日子，瞧瞧地方。怎么偏择今天？这不是给我眼里打拳头么？我真后悔，在马秃子造反那天，没早早地把他献出来，留下这兔子咬人！"说着哦了一声道："他收拾江汉生，大概就是对付我的先步。在马秃子围帅府时，我曾竭力主张推他出去受死，好平马秃子的气。这小子从那里就记下我的仇了。一定是……"说着就沉吟不语，似在暗中打算。

月娟心想，姐姐突然触发的这一点儿思潮，比江太太哭求三天的效力还大，她因忆起旧事，认定梁保粹对她仇深似海，把本身屡入漩涡之中，难免要挺身去与梁保粹对抗。至于替江汉生做主，自然是意中应有之事了。这也是江汉生夫妇的洪福，才使姐姐如此着想。梁保粹却该是倒运，只顾和江汉生不对，不料惹出这样劲敌。其实姐姐和江汉生的关系，久已明显，梁保粹难道不知，竟贸然做这打草惊蛇的事？倘然由此吃亏，也是祸由自取。

想着见江太太已由外面回来，走到素娟面前，又要下跪，素娟连忙拉住，按她同坐在榻上，便问："江厅长说什么了？"

江太太咬着牙，恨恨地道："真气死人，若不是今天好日子，我就拿支手枪去找梁保粹，给他偿命也是乐的。汉生也太糊涂了，上他这样恶当。您做梦也想不到，汉生点这出《捉放曹》还是梁保粹出的主意呢。虽不是他直接说出，也是他有意画好了圈儿，骗汉生向里跳。你们看这小子多么坏，还不该千刀万剐呀？"

月娟听着笑道："二姐，你真气昏了，说了半天，没一句正文，到底是怎么回事？"

江太太闻言不由在悲愤涕泣之中，破颜扑哧一笑道："我可不是昏了？原来方才汉生在院中吃酒，同坐的有官产处王受余、造币厂季守白，这两块料在席上高谈张毓庭唱的怎样好，尤其《捉放曹》最是拿手，有两个没人能学的好腔儿，若再有赵桂山配个曹操，简直太过瘾了。可惜老赵在上海，凑合不上。但换个穆麻子也足听一气。你们知道汉生也有点儿戏迷，好唱两句儿，听了他们的话，高起兴来，恰巧人们让他点戏，他就毫不思索地依着他们的话，点了'捉放'不想勾出这么大乱子来。汉生事后才明白上了圈套，王、季二人是梁保粹的私党，他们暗地计议好了，先教他俩在汉生面前假说闲话，引诱他点这出戏，等到真点了真唱了，梁保粹就上大帅跟前一说坏话，大帅一发火，即令停止，汉生的脸面就算丢尽了。再说大帅因为这出戏生气，还有不问谁点的么？再加上梁保粹跟着撒土扬灰，所以我只怕后面还有大不了呢。依着汉生是要先迎着头呈请辞职，我觉得那样又太对不过姐姐的栽培，只好劝他先沉住气，听听再说。现在我实没有一点儿法儿，只求姐姐给我们做主。"说着眼泪像小瀑布似的，直涌出来，又要下跪。

素娟一手拉住她，一手在她腿上重重打了一拳，愤然说道："辞职？凭什么辞职？你说得也太软化了。这就该由着梁保粹一个人胡闹了？就凭他想要上欺天子下压群僚，还有点儿不配。哼哼，今若教你男人丢了警察厅长的职，我胡素娟就也辞了帅太太的职。我这就去跟大帅说话。你去告诉江厅长，教他安心坐着听戏，这也不算回事，更不用难过。我知道他丢了脸，咱们哪儿丢了哪儿找。"说着又叫着那团长夫人的名儿道："香桃，你去对杨副官说，教他到小账房提我的话，拿四百块钱，给张毓庭、穆麻子每人二百，并且告诉他们，守在后台听信，不许离开一步。少时还要补一出《捉放曹》，唱好了我还有赏。妈的什么杀吕，我也姓吕，我就不怕杀。哪儿来的这些忌讳？今天我的寿日，偏在破除迷信，晚上压轴戏来出做寿堂会永不许动的《宁武关》，教小余儿反串回老旦，杨小楼周遇吉，钱金福一只虎，痛快痛快唱一下，周遇吉上寿，家败人亡，我到底看看家败不败，人亡不亡？"

说到这里，忽听帘外有呛哑喉音叫道："哟，干娘可别这么说，你得留个例儿呀。"

月娟知是那位赵太太，不由笑了。素娟却似不闻，自颤微微地就向外走。白太太忙上前搀扶。江太太这时自然心意畅满，但外面还装着抱恨的忧愁神气，反劝素娟道："姐姐何必生这么大气？我们都不算什么，气着你可罪大了。好姐姐，你这半天还不够累，还架得住又为我们操心？这全怨我们无事生事，给姐姐招烦。你先倒下歇歇，慢慢地办。何必忙在一时，反正姐姐脱不了清静，我们不依仗姐姐，可还依仗谁呢？现在您这样着急生气，我们可太不安。只求姐姐先抛开这件事，欢欢喜喜过好日子，就是疼我们了。"

这位江太太把姐姐叫得震心，话又说得那么委婉亲切，所以表面虽是劝阻，而实际反收了激动的效果。素娟沉着脸儿，一言不发，又把白太太一把推开，自己跑出房去，寻吕帅交涉去了。这房里的人自免不了又有一番议论，左不过抚慰江太太，咒骂梁保粹，颂扬胡素娟。

月娟却是另有心事，懒得听她们的闲是闲非，就悄悄溜出房去，才到外间，那位赵太太不知怎样算她这时出来，竟先捧着一杯热茶，赔笑叫了声："姨母，您喝茶，正凉得可口。"又低声道："这不是普通待客的，是从干娘日用的小壶斟的。"说着又把茶递到月娟口边，月娟虽然讨厌她，但因口中正渴，也就说了声"劳你驾"，伸手去接，无奈赵太太不肯放手，只向唇边送过。月娟只得就她手中呷了两口，又谢了一声，赵太太得了脸，喜得年光倒流，缩回了十岁芳龄，竟把腰儿一扭，臀部一撅，肩儿一耸，底下缠成不等边三角形的小脚儿也似离地跳了两跳，先哽了一声，然后发出九成鼻音，一成舌尖音的娇声问道："哟，我的姨儿，跟自家小孩儿还许这么客气呀？"

月娟听着，觉得一阵反胃，心想幸而尚未用饭，否则一定要呕出来，急忙一闪身逃开，走至院中。这时台上的《连升店》垫戏早已中止，正换演着龚云甫、陈德霖的《母女会》，一对老伶，互施绝技，唱得调高韵厚、响遏行云。座客听得鸦雀无声，时时停杯击节、辍箸出神。月娟向来与剧无缘，虽有佳曲，不感兴趣，就向院中各处走走。她的熟人甚多，无不对她趋奉，月娟到处都得点头应酬，只得寒暄数语，心中虽以为烦，但她别有用意，时时流盼回顾，寻觅她目中的人，及把院中欢宴的男女来宾都观察遍了，她要寻的人却是一个不见。心想这太可怪，岳慕飞本来不甚趋附权势，又厌恶酬酢，他不来并无可异，他女儿岳雪宜也颇具父风，很少出门交际，这父女二人本是社交场中的稀客，又何况雪宜昨夜又有特殊遭遇，不来更是我所意料到的。但是薛寿嵩一家都不见面，却是向所未有之奇。薛寿嵩以帅府老仆自居，莫说这样大规模的寿日他万无不来，平时就是哪位姨太太爱犬下小狗，他知道了也要衣冠拜贺，而且每次帅府有事，他都是绝早到来，夜半方退。在人群中钻出钻入，竭力卖弄精神，唯恐大帅瞧不起他。来宾也注意他，所以他若来了，万不会躲到阴山背后不见，不向人前露脸之理。由此可证他绝对未来，至少万莯贞和她女儿凤枝，更是一对逢席必到的人。万莯贞向来打扮得花蝴蝶似的，和女儿比美争妍，在座中尤喜搔首弄姿、纵声谈笑，似告诉大众"某在斯某在斯"，希望座上男子都对她注目，为她着迷。以她那样善于巴结好出风头的人，逢着今日这样大典，竟会缺席，真比日出西方还为奇怪。而尤其可疑的，是岳、薛两家好像约上似的，全都没来拜寿，这就不可思议了。莫非他两家因着昨夜的纠葛，竟已发生事故了么？月娟不由疑惑起来，猜测半晌，也猜不出所以。忽想到来宾之中和岳、薛两家有关系的谅必不少，倘若他两家发生意外之事，试想雪宜昨夜才在薛宅失身，现在已有十余小时，无论事故是生于雪宜本身，或是生于她的父亲身上，总该发生在今日早晨以及午前午后之间，料想事情必已传播出来，来宾中知道的或不乏人。只在这大庭广众之间，饮酒闻歌之际，总不好放言谈论，也许在别的清静处所正在人言啧啧，我不可不查访一下。

　　想着就转至东西两面的憩坐室中，见里面虽有很多的人，但经她注意听察，所谈却是不相干的话，绝无一人涉及岳、薛两家。又转到院外别的待客室中，仍是毫无所得。月娟心中非常纳闷，只得回来。经过戏场中间，恰遇见黄倬生的二太太和贾全忠的小姐，正在一只形势极好的席上，看样儿似乎第一拨已经吃完了，她们来吃第二拨儿，方才入席，还未举箸。这位黄二太太素日对月娟感情颇佳，见了她便一把拉住，定要同吃。月娟本来无可无不可，见着贾小姐旁边有个空位，便随纵入席。黄二太太对她寒暄一阵，便饮起酒来。月娟素以酒重著名，但这时却因心不在酒，竟推辞不饮。黄太太哪里肯依，说："今儿是你姐姐的千秋，你处在主人地位，应该来陪我们多喝几杯，怎么倒要我们劝你你还推辞？"

贾小姐在旁抿嘴笑道："黄太太，你别不识时务吧，人家有不喝的缘由，何必强人所难？"

黄二太太笑道："瞧你倒像知古今似的，批起我的不是来。请问我怎么不识时务？"

贾小姐笑道："真瞧不出来还是装糊涂？向来咱们在一处吃饭，哪一回不是她提头闹酒？现在她居然劝着不喝，这和先前不是大相反么？你想想她从几时相反的？"

黄二太太听了大悟，拍手道："我明白了，原来是有了拘管的缘故。"

贾小姐道："你这字眼儿用得不恰当，怎能说是拘管？我想那位乔先生大概是戒酒会会员，所以乔太太也入会，这是应该的。倘然一个喝酒，一个不喝，接起吻来未免不大方便。黄太太，你就别勉强了。"

黄二太太大笑，月娟若在昔时遇到这样笑谈，自然有一番酬答，但这时却只对贾小姐白了一眼道："你这倒是阅历之谈。"

黄太太听了，觉得月娟不但态度特别端庄，言辞也极为稳重，和昔日好似变了个人，怪不得有人说她自结婚以后，但已力改前非，改浪漫为贞静。今日看来，果然不虚，我说话可得检点些了。想着就对贾小姐递个眼色，两人立即收拾起轻狂谑浪，改谈眼前闲话。月娟也不介意，稍吃了几箸菜，便看戏消遣。

这时《母女会》已经下去了，来宾因方才江汉生的前车，不敢再临时点戏，台上这才按原定戏码演唱。上了一对票友的《汾河湾》，这票友是河务局俱乐部中的翘楚，一个唱老生的名石汝坚，号风雅居士，一个旦角名叫冯瑶草，别号南熏簃主。这二人向来生以老谭自居，旦以小梅自况。而且因执业政界，自免不了有升官发财的希望。这次知道帅府七太太做寿，在月余之前便各处钻营谋干，请求加入堂会，供献一出戏，为帅夫人祝嘏。二人费了九牛二虎之力，才得着主持人允许，在黄昏吃饭时夹演一出。堂会中的饭，就如旧式剧场中查客票敛茶钱的时刻，声音喧杂，但有好戏也要唱到夹线里面，名伶都不愿在这时候演唱，所以把这二人码子垫空，只这样，已是难得的际遇了。这二人都希望借着演戏使自己姓名简在帅心，便未必立予擢迁，而将来若辗转说项，总有升迁之望。那位冯瑶草更有一种不可告人的私愿，他深知吕帅与梁保粹的秘史，自觉空负璧人之姿，可惜无由自献。今日借着演戏，正可炫露颜色，倘能为吕帅所赏，我就货卖识家，管保略一施展歌舞风情，准可承继了梁保粹的恩宠，从此陡然富贵，才不负我一身媚骨，五尺娇躯呢。

这二人各有抱负，别有会心，当然重视这千载一时的机会，白天很早就来了，在后台等候献技，到戏码将要轮到，二人只恐迟误，早已上了妆，由台帘外望，见吕帅正在座中，全都私心窃喜。尤是冯瑶草，更恨不得把台上正唱的角儿抓回，好让自己立时出去。好容易熬得前面的戏码只剩一个，眼看良机将要轮到，冯瑶草好似热锅蚂蚁，一会儿由帘缝看看吕帅是否还在，一会儿又看看台上戏唱过多少，一会儿又恐怕自己上妆时候已久，脂粉或有退蚀，减低成色。不时地回到梳头桌上，照镜扑粉。不料在这要命时候，点戏的通知下来了，先是吕帅点《桑园会》，朱厅长点《雅观楼》，接着江厅长点《捉放曹》，河南吴代表点《母女会》，这些戏都要尽先演唱，算是把这一对票友给搁起来了。石汝坚急得唉声叹气，冯瑶草顿足切齿，眼泪只在眼眶里打转。及至唱《桑园会》的黄福山向娇妻赔罪，按着梆子戏的编制，应该有轻薄的动作，戏里的言辞黄福山只是照先例演作，吕帅竟认为有调戏银红的嫌疑，下谕停止，并加申斥，随即离座而去。冯瑶草一见吕帅走了，眼中的泪忍不住落下，随即抽抽搭搭地哭起来。后台招待请他先去吃饭，他也不吃，只面壁啜泣。后来不知谁说吕帅向来不大看戏，今日居然在台下坐了一会儿，已是异数，以后绝不会再出来了。其实倒不盼他出来，那瞪眼杀人的威风，挑谁个岔儿就受不了。又不懂得赏钱，还不如太太大方呢。冯瑶草一听大帅不再来看，希望全都落空，竟犯了撒娇脾气，把头面抓下，就要洗脸，声言不唱了。其实他不唱也没人挽留，只石汝坚却不肯放弃这出风头过戏瘾的机会，听冯瑶草将要拆台，立时急了，拉住他质问。冯瑶草一定要走，石汝坚抵死不放，二人直争持了有两出戏的时间。结果冯瑶草因为近于女性，比较柔弱，而且他对石汝坚似乎有所畏慑，被他连打带骂，竟委屈应允，如前演戏。这时已将轮到他们的码子了，冯瑶草重新上妆，反弄了个手忙脚乱。及至《汾河湾》出台，石汝坚聚精会神，大卖力气，冯瑶草终因心中失望，又加才受了气恼，满心不高兴，现着委委屈屈、别别扭扭的样儿，倒颇合柳迎春的苦守寒窑的幽怨态度。月娟看着这柳迎春，初以为是个女性，及听人说是个男子，不由惊讶道："这人骨头真软，神情娇媚，由一个须眉男子造就到这样态度，可称养到功深了。"

旁边坐的贾小姐却已对柳迎春看直了眼，斜靠椅背，把手托着腮，一双秋波凝在柳迎春脸上，但她自己的脸儿却不知因何一阵阵地泛起红霞，下面一双脚儿也微微抖颤起来。月娟膝头被她触得有如过电，不由暗笑，对黄二太太努努嘴儿，黄二太太也瞧见了，就附月娟耳朵低语道："这都是你姐姐做寿的功德，成全一对好姻缘。可不知是露水的还是长流水的？这个扮旦角的听说是河务局的小科员，每月赚不到一百元，今儿得了阔小姐赏识，这不是运气么？"

月娟也小声赞道："你别说得这么把稳，请看看东边桌上。"

黄二太太闻言转脸一看，只见东边桌上坐着邻省都督卢鸣天的第五妾，也正现着和贾小姐同一的态度，对柳迎春出神。但是这位太太原是风尘出身，对这种事久有经验，她不但眉目表情，还把一只带钻戒的手托着腮，那颗钻石约比黄豆还大，在灯下似乎放出千百条晶莹宝光，向不同的角度散射。这种炫耀方法，若在戏院包厢之中，当然十发九中，但今日遇着这别有会心的票友，竟遭了空前的失败。因为冯瑶草一半对吕大帅失望，一半对石汝坚负气，竟没心绪注意台下的人情。可怜好几个女人的无线电，竟播送到空阔无人的北冰洋去了。

这出《汾河湾》唱到中间，到进窑的时候，柳迎春把椅子当作窑门，让薛仁贵一蹲足弯腰，做个身段，柳迎春不知是一时失手，还是故意使促狭，猛把手臂一碰，正碰着薛仁贵的达帽。因为这戏不是武戏，帽子未曾扎得结实，而且里面绸巾扎得也很松，这一碰竟而连帽带网，全剥落于地，立见唐朝薛仁贵的古装之上竟有了个现代的头颅，而且是新剃的光头，其白如瓢，其圆如球，台下立刻哄然大笑。这个喊着："看和尚头的薛仁贵呀！"那个叫着："这和尚冒充薛仁贵，柳迎春还不打他出去？"台下这一起哄，台上的薛仁贵白而且光的头，立变紫而且涨了。石汝坚知道这一下算砸到底儿了，恨不得拉过冯瑶草咬他两口。这明是故意毁我，把件出风头的漂亮事，给弄成笑话。简直绝了我的升腾之路，我平日对你恩义如山，今日可冤仇似海，就在这儿拼了命吧。这时若不是检场的过来救助，两人不但僵在台上，还许揪打起来。幸而检场来得甚快，还有冯瑶草带来的义务跟包也赶过来，先拾起达帽替石汝坚扎裹，文场也暂时停顿，只用胡琴小锣支持残局。薛仁贵在戴帽时，把柳迎春的祖宗八代都给骂遍了，柳迎春只分辩由于失手，并非成心。薛仁贵帽子戴好，检场和跟包一齐撤退，文场重由断处接起，但二人都因经一度神经紧张，忘了从何处张口，用何种动作，不由对峙起来。台下方才低落下去的笑声突又回到高潮。幸而柳迎春想出应念的词儿，才解了围。薛仁贵也恢复了灵性，重唱起来。以后倒有半天没发生笑料。

月娟正在看着，忽听身后一阵响动，回视原来吕克成和曹芝皋等三四个人来了，由后面走到台前。台前有排桌子，因为离台太近，每演武剧，便有尘土飞扬，因此没有摆席。这时正挤满了一群年轻的少爷来宾，吕克成一到，他们急忙避开。吕克成等坐下，并不看台上的戏，只回过脸儿向手，对着女客丛中浏览，时而点头招呼。月娟低下头，装作没看见他。这时就闻旁边有人互相传说，造币厂长新娶了名女伶梅雪香做小星，今日梅雪香也来祝寿，许多姐妹都要她粉墨登场，凑回热闹。雪香执意不肯，还是少帅出头央恳，雪香因他情面太重，只得答应。临时加串一《女起解》，现在已进后台扮装，等《汾河湾》下去，《女起解》就上场了。少帅因雪香是看着他的面子，所以前来预备捧场。月娟心想，由此看来，那造币厂长李守白先生大约不久就要换一顶新帽子了。他方才弄套使江汉生丢脸，转瞬就有少帅替他的如夫人捧场，这报应来得真快。

想着忽背上被人拍了一下，回顾却是那位白太太，便问她干什么，白太太说告诉你一件事，随附耳低语道："帅夫人真成，到底把这口气争回来了。方才她找大帅去，正巧梁保粹在房里，把他臭骂一顿，一定磨着大帅，重点张毓庭、穆麻子的《捉放曹》，若是大帅不点，她自己就点《宁武关》。大帅居然答应，帅夫人已经传下去，少时《捉放曹》就要上了。"

月娟听了，正暗笑姐姐近来必是把老吕摆制对了，才这样恃宠而骄。忽见身旁坐着的贾小姐猛然跳起，双目直瞪，锐音高叫"哎呀！"随闻台下同声哗笑起来。月娟循着贾小姐的眼儿向台上看时，只见在下场门前只剩了个薛仁贵，柳迎春竟已失踪。再细看才见柳迎春倒在台上，薛仁贵拖住他向后台拉呢。原来薛仁贵记着柳迎春落帽之仇，到将下场时，柳迎春应该走着跪步，被薛仁贵拉行数步。这时薛仁贵有心报复，猛一用力，柳迎春就来了个玉体横陈，薛仁贵却交代自己的身段，用手拉了几下，因拉他不动，就放了手自己走进后台去了。柳迎春可受了大窘，想立起来再走回来，自觉头脸难抬，只得保持原姿势，四肢一齐着地，兽行而入。台下见柳迎春成了爬行动物，笑声几乎把棚顶掀翻了。只那位贾小姐看得面色惨白，身体乱颤，忽然双目一闭，向后倒在椅上，就昏厥过去。

月娟又惊又笑，正在扶住她，喊人去寻闻盐，猛又闻后面一阵骚乱，就见一片人丛之中有许多人交头接耳地议论，和他们坐得接近的人听见之后，又同别人传说，一会儿工夫，后边的人都好似受了传染病，一对对，一丛丛，交头接耳，喷喷切切地讲说，虽然全是小语喁喁，但人数太多，便有众蚊成雷之势，满场哗然，合成巨大的声音，把台上一出特烦《女起解》竟给作践了。那个新受了吕克成赏识的造币厂长李汝白如夫人梅雪香，扮苏三之时，只走到台前有限的掌声，其实众人都只顾了说话，或是看人说话，忘却看戏了。月娟看着诧异，心想莫非出了什么乱子？但若是政治上的事，我不会不知道，人们也不会这样情

302

形，像是私人方面有了特别新闻。月娟一想到这里，立刻就触起自己心事，觉得或是岳雪宜的事发作，这可得问个明白。就用眼寻觅，见在座中有个打扮得像外国野鸡似的漂亮妇人，正是前者在欢迎吕克成回国时跳舞会上所见的那位绰号女猎户的关太太，不过她现在已由科长太太一跃而为局长太太了。她的风流似乎也随着官阶增加了几倍。此际在她丈夫的上司中间谈笑，不过那几位上司的太太并不在近前，而她的丈夫也杳无踪影。大概她的假古董又将寻着购主了。可是这时他们所谈的，好似并非古董，看神情似和别人一样，也正议论着大家所说的事情。而且她所坐的地方，又很近广播地带的中心。月娟看见了她，便教跟前一个女仆去请关太太到七太太房里，吩咐完毕就离座先去等候。

走到姐姐房中，见外间坐着那白太太和赵太太，靠着卧室的门，一左一右地把守。这两位太太。一个以小婢名目，一个以义女资格，竟临时替代了仆人职分，气得房中仆婢都在背后鄙薄咒骂。但她二人还互相嫉妒，互相欺骗，恨不得把对方赶了出去，自己独现殷勤。尤其这位赵太太还别有居心，她本出身蓬门，她丈夫原来是和尚庙里小沙弥，因和她偷情才逃跑还俗，却仍忘不了指佛吃饭，赖佛穿衣。竟和一班善棍联络，办起慈善事业。由此混得家成业就，再加善于巴结，出入于官场商界之中，便由善棍进为士绅，由士绅进为小官，但还不能满足，便用赵太太来走内线。以半百之年，竟认了花信年华的素娟作为义母，希望由小官升为大官。结果也算达到目的，她丈夫有一时最阔的官职，是屠宰场场长和放生会会长，兼操生杀之权，并做善恶之事，倒也非常煊赫。只可惜好景未常，因为舞了些照例的弊，把屠宰场的公款也仿照放生会公款一样侵占入私，放生会的款项是一班善士捐助，向来不加查问，已经吃惯了，就把屠宰场的款项也照方吃炒肉。哪知官场中人，不比愚夫愚妇那样容易欺骗，竟给查了出来，弄成褫职查办与处分。这赵太太在素娟跟前跪求了两天，才得含糊了事，未与深究。以后赵太太总是缠着素娟，替丈夫谋求起用。素娟很觉讨厌，很久不许她进门，今日她趁着素娟寿日，前来叩拜。素娟不好过于冷待，她就得了脸似的，又装起干女儿来。凡有来拜寿，她都要还礼叩谢。做足了儿女身份，还打起精神八面张罗，不知被素娟呵斥了多少次，才安静了些。但她看着堂中所放的珍贵礼物，又勾起爱小的心，趁人不见，已偷了几件玲珑巧得好看。还有做花蕊的小块钻石，也晶莹夺目，她早瞧在眼里，想趁人不见，弄到手里，回去改镶首饰，无奈房中总不断人。这时素娟被她们闹得倦了，自己进卧室休息，她就坐在外面，代为拦阻闲人，预备下手。但那位白太太也要巴结差事，守在门外，备素娟呼唤时好就近伺候。却不料竟碍了赵太太的事，赵太太屡次劝白太太出去看看戏，白太太误会她有心支开自己，单独献媚，更负气不动。二人渐渐互相讥诮，互投白眼。

就在这时，月娟走了进来，二人急忙立起，争献殷勤。白太太在先本是月娟狎友，又自居是胡宅方面的人，所以一迭声地叫姑奶奶。这赵太太更近了一层，自居为素娟干女，自然要赶着叫姨母。月娟并不理睬，再向里走，赵太太要素娟知道自己的心事，就大声说道："姨母，你可轻些，我干娘正养神呢。"

白太太听了，乘机对她倾轧道："你矮点弦吧，知道七太太要清静，你先吵喊。"

赵太太闹了个大红脸，月娟一笑而入。到室中见素娟正斜倚枕上，吸着纸烟，闭目小睡。听人进来，才睁开眼，月娟道："姐姐睡着么？"

素娟笑道："我没睡，只被她们闹得怪心烦。"说着向外努努嘴儿道："若不为官儿不打送礼的，我就把她赶走。"

月娟笑了笑，坐在旁边，见床旁便柜上放着一叠红纸帖，就问："这是什么？"

素娟道："这是他们送礼的礼单。你看，这群人真会想，此地关老程，送了一座绸缎庄成本十万元，把字号都替我过了户，还着管事掌柜来见新东家。烟税督办老石，是一架金镜台，除了玻璃外，全是金子做的，还带全份梳洗的家具。梁保粹这回也特别巴结，送了两副手镯，也值几万。大概那小子怕了我了。"

月娟笑道："这回姐姐可弄得不少。"

素娟欣然道："东西我倒不在乎，不过这些个日子可把老三、老四都给气坏了。"

月娟知道她所谓老三、老四就是三姨太浣秋和四姨太白凤宝，又见她这样得意，不由想起去年凤宝也和她今日一样地得意，凤宝的寿日也曾非常煊赫，曾气得她躲回娘家去哭，如今忽然北风也转到南时了，莫怪她如此快乐。但她可曾想到好景难长、恩宠难久。今年得意，可保明年不会失意？即使别有魔力，能长久专房固宠，但吕家是危机四伏，等到一朝势败，倏即富贵成空。到那时业覆人亡，只怕无房可专无宠可固。想着暗自替她恐惧，但想到自己现在正帮助吕帅仇敌，暗施破坏手段，无异地和姐姐反对，心中也觉自愧。随又念头一转，觉得自己为替志云，立下除报复仇的志愿，对吕帅自然无可瞻顾，但对自己胞姐，却需设法维护曲全，以重骨肉之情。当时就笑道："姐姐，我真高兴你总算给我们胡家露足了脸。回想当初，咱们在家受穷的时候，用五分钱一磅的雪花膏、棉花染的胭脂，常常在洋货店窗关，一站半天，看着人家买得起的说不出的羡慕。有一次过年，我没有衣服，你把父亲的两条旧裤七拼八凑给我改一件棉袍，我穿出去跌了个跤，撕破大襟，气得你直哭。还有一回西邻应酬，一个嘴尖姑娘，显有她戴的金戒指，讥笑你戴镀金的，你气得没吃饭就回了家，对我说，早晚有一天发迹转运，必得争这口气，教我们狗也戴金镯子。"说着向对面沙发上卧着的一只长毛羊皮小狗道："你真争过这口气来，连狗都戴上金项圈了。"

素娟听着，觉得妹妹向来不会花言巧语，今日怎也给我灌起米汤，就笑道："这也是咱们胡家祖宗护庇，教咱姐妹混到这份儿。"

月娟道："可不是？我想想当初，看看现在，就好像做梦似的。"月娟说到这里，忽然低下声音道："真是，咱家现在可算是得意时候了。不过我想……"

素娟疑她半途咽住，就问道："你想什么？"

月娟微微一笑道："我是想起马秃子那回事。马秃子只因运气不好，他若成功，倘若他那次攻破了帅府，你想想咱们可有今天？"

素娟看了月娟一眼，面上笑容渐敛，似乎诧异她在这日子怎说这败兴的话，但仍搭讪着道："他若成功，咱们哪会还有今日。不过有大帅的洪福，咱们大家有运气，凭马秃子如何成得了事？"

月娟又笑道："可是我很怕还有第二个秃子出来，姐姐，没有什么不明白的，古语说物必先腐也而后虫生，马秃子好比是虫，梁保粹就是生虫的臭肉。现在虽然你把虫除去了，但是臭肉还在。怎保得不再生虫？"

　　素娟听着悚然一惊，点头道："这道理我也想过，但梁保粹那东西不顾大局，不通人性，只解专权纳贿，有他在着，早晚要惹大祸。只可惜马秃子那次叛变，失败得太快，未能趁势除掉了他，如今……咳，你知道他是不易扳动的。比如若对大帅说他的坏话，大帅听着，就和说老三、老四一样，认为有着嫉妒的成分在内，简直不肯入耳。本来他也和我们一样身份，论资格比我还老得多呢。大帅在二十年前，娶了那女贼雪里红，只一年多就逃跑了。大帅很不高兴，连寻了几个人补缺，也全不可意。据说在那时候，就和梁保粹遇上，梁保粹正在一家澡堂的刮脚司务学徒，大帅本有脚气，常去澡堂刮脚，看见梁保粹就爱上了，给他师傅许多钱，领他回家随身伺候。据说自从他进了门，大帅直是五六年没添置姨太太。现在内宅这些人，十有九成都是在他长了胡碴儿以后，才进来的。你看他魔力大不大？近几年来，虽说我和老三、老四全很得宠，可是谁也当不住大帅弄新人。只说在我后面就又是六个了，平均每年至少有三个进门。大帅这样好色喜新，梁保粹当初居然弄住他五六年，请想是多大能为？直到如今，梁保粹虽然已成了彪形大汉，和街上拉洋车的一样粗丑，连年长色衰都谈不到，可是对大帅仍在极大魔力，你说怪不怪？"

　　月娟接言道："是啊，这件事本来人人纳闷。我记得古文上那段余桃的典，弥子瑕也是以男子受宠于卫君。在少年时，曾以剩桃给卫君吃，卫君不怪他亵渎，反说忘其身而奉我，到弥子瑕色衰失宠，因事得罪，卫君不但不推念旧情，加以原谅，倒把有事当作一款大罪，说是曾食我以余桃，可见以色事人的人，运命是随颜色转移的。梁保粹竟然打破这个前例，真是可怪。"

　　素娟道："谁说不是？就按我们做姨太太的说，你知道我们有次序，是随意安插，并没准章程的。我进门还在十九姨太太以后，可是提前补了七姨太太的缺。听说在我没入门时候，数着十三姨太得宠。她是缠足，小脚不够四寸，只是近几年忽然发福，胖得皮缸一样，小脚支持不住身体，就给解放了，这一下竟毁了她的终身。大帅就嫌她肥蠢，更讨厌那双改组的脚，竟给打进冷宫，永远不许进前。这内宅里，遇到喜事大典，无论多么黑的人，也能到大帅跟前照个面儿，只有十三姨太，连这点权利都被取消了。由此可见男子对于我们女子，概不厚道。在年少貌美的时候，固然宠爱，但到了年长色衰，不但失了宠爱，而且还遭嫌恶。"

月娟听着点头，暗想自己能明白这道理就好，但素娟又接着道："可是梁保粹也打破这个条例，大帅对他竟没个讨厌，还是言听计从，什么事都找他，所以要扳倒他很是不易。"说着咳了一声道："话虽如此，我为大局起见，也得勉为其难，总要除掉他。"

月娟拍拍姐姐肩头，冷笑道："姐姐，你别傻吧，莫说梁保粹根深蒂固，你未必扳得倒他，即使能够扳倒，也消弭不了将来的灾祸。保不住你终身的富贵。"

素娟道："怎么呢？"

月娟道："你还看不出来？现在吕克成可还像话？他回国没几天，可是替大帅惹的祸事、失的人心，比梁保粹还多，这是一对妖孽。你就能除掉梁保粹，也没法把吕克成怎样，依旧还是个糟。所以我看往后危险很大，姐姐你再有能力，也怕无计奈何。不如放聪明些，给自己留个后手吧。"

素娟想了想，点头道："你的话诚为有理，我也有时觉得可怕，照吕克成、梁保粹的闹法，终必闹出事来。可是这种话跟大帅万说不进去，现在他的耳朵只能受极稠的米汤，被这群小人哄糊涂了。他以为全国里只他管辖的这两省最是太平、最有成竹，他自己是最好的领袖，他手下又全是超等的人才，简直可以称为全国模范。在这样心理之下，你说他不该纵任他儿子胡作非为，不但不会入耳，谁说谁就是自讨倒霉。便是我说，也只能伤了他的感情。咳，我明白这是没法的事。妹妹说得不错，咱们得留些后手。明儿我就把手里积蓄拿出来交给你存在外面吧。"

月娟还未答言，忽见门外有人唧唧喷喷，猛想起约会关太太前来，怎还不见到，就走过撩开门帘一看，只见关太太已早在外室，而且还有五六位太太，却都被那赵太太拦住。月娟道："你们怎不进来？"

关太太看了赵太太一眼道："有人拦我啊。"

赵太太忙赔笑道："我干娘正在歇着，吩咐不许闲人进去，我才……"

月娟也不屑理她，自招呼众人进入房中，内中两位够资格的太太便问："七太太正歇着，我们打搅您了。"

月娟笑道："姐姐歇着，也当不住你们。几位进来，别理那讨厌婆子，她是拿鸡毛当令箭。"说着便问关太太外面大家议论的是什么事。

关太太尚未答谢，一位黄太太插口说道："我在外面因听见这件事，忙着要报告七太太，却被那赵老婆子拦住。"

别位太太也纷纷随着说："我们也是听见这件事很新鲜，忙来问七太太知道不知道，被赵婆子拦住不教进来。"

素娟本不知外面情形，这时一听众人说话，不由也注了意，便说："那赵老婆蹬着鼻子上脸，快要自讨没味了。你们不要介意，快告诉我有什么事？"

黄太太低声说道："七太太，你没听说么？外面那传着，快有战事了。"

素娟道："我没听说啊。哪来的战事？是跟谁打？"

黄太太道："听说是跟东边邻省的李镇抚使……"

素娟接口道："跟东边李化章么？这准是卢鸣天的主意，事情倒是有影儿。上月我听大帅说道，卢鸣天跟李化章弄得很不好，曾几次派人来和大帅商量，打算起兵赶走老李，扩充地盘。大帅很怕惹事，曾严令阻止他不许妄动，算是给压下了。现在怎又会闹起来？真是奇怪。若有这事，我不能不知道信儿。"

这时江太太在旁说道："大概这消息才传出来，莫怪您不知道。"

素娟道："你说从哪儿传出来？难道还有别的地方？我们守着大帅的倒不知道。"

江太太低声道："不是这话，我方才见着汉生，他告诉我说，卢鸣天那边的祝参谋长和成秘书长忽然到来，已经进了督署，正和大帅密谈。因为他们来得突兀，事前没一点儿信息，已经惹起很多谣言。汉生就托人向跟他们同来的属员打听，才知卢鸣天已和李化章弄成僵局，恐怕非打不可了。现在派祝、成两人前来，就是请求大帅同意，用巡阅名义，派卢鸣天做讨李军总司令，并且调本省的军队前去助战。汉生得了这个消息，并没对第二个人说，就教我来报告七太太。可是我并没进来，便见人们交头接耳，纷纷议论，好像都已知道了。"

素娟听了，拧着眉儿说道："这样说，恐怕事情是真的了。可是我在一点钟以前，为'捉放'的事去和大帅说话，那时还一点儿事也没有。祝、成两人必是才进来的。"说着看众人，见都是自己亲信，才悄声道："这件事倒得打听打听，卢鸣天这样干法，很不妥当。你说他是替大帅打天下，还是为自己扩充势力？我看这次打好了没咱们这边的人什么便宜，打坏了可得吃挂落儿。上次就有人跟大帅说，老卢若跟李化章打起来，真能大获全胜，占了东边省的地盘，势必教他手下的师长去做督理，绝不会由大帅这里直接派人。大帅除了巡阅头衔上加两个省名，添些虚好看，并没什么便宜。可是若打败了，老卢一个卷饼下来，大帅也跟着站不住。大帅半生戎马，受尽劳碌，现在富贵已到极顶，正该安心享受，何必为老卢一人的好大喜功，凭空招惹是非？大帅听了这话，觉得很对，就拦阻老卢不许生事。我想这道理是不错的。现在这又从何说起？"

说着便立起招着月娟道："你跟我来。"又向众人说声"你们稍坐"，就拉了月娟一同走出，由穿堂过去，穿过一条箭道，两道院落，就到了大帅做内签押房用的玻璃厅。这里原本不许闲人进来，但素娟却常以代表夫人资格，帮大帅招待外宾，对此间已走得熟了。院中伺候的马弁都认她有着出入的专权，看见了也不敢拦阻。

素娟她俩到了檐下，听见厅内吕启龙的语声，知道他是在中间的客室内，就领着月娟由旁边的侧门进了吕帅的憩坐室。月娟由玻璃隔扇的纱帘透孔瞧将出去，正看见吕帅在客座中间大沙发坐着，左右小沙发上各坐一人，都是便衣。一个清瘦微须，态度文雅，一个是赤面巨额，举止粗豪。月娟只认识那个赤面的是祝参谋长，但也推知清瘦的必是成秘书长。月娟虽然常出入帅府，但到这机密地方还是初次。又知道吕帅和祝、成二人屏人深谈，必正议论大事，不由心中甚为忐忑，就拉素娟衣袖，向她示意警告。哪知素娟神色如常，毫不理会，只微微摇头，暗示无妨。月娟只得陪她立着，向内窥视，只见这时似乎吕帅才说完话，那祝参谋长接着有所发挥，声音虽不甚低，无奈他那嘶哑而又劈裂的嗓子隔室听来有音无字，除了偶然有大帅字样隐约入耳以外，简直听不出说什么。同时由吕帅面上沉默的神情，也可看出他的话未能打入心坎。那对面坐的成秘书长，在旁听着目光灼灼乱转，忽对祝参谋长使个眼色，止住他的话头，同时插口说了两句，吕帅便转过脸去，面向着他。成参谋长立刻把上身前倾，屁股只在沙发上挂着一点儿边儿，两只手扶着膝盖，借以支持身体，满脸现着借箸代筹，现出至诚至敬的态度，口中滔滔地说出一篇话来，虽然声音低得不能听见，但由吕帅面上，看出他的魔力比祝参谋长大得多了。听了没有几句便把那向来在烟榻上困灯的眯缝眼突然睁大，变成阅兵或训话时的威武神采，还不住点头，做出惬心动容的样儿。成秘书长仍不断地说下去，偶然也举手做个姿势，说到着紧地方，声音才渐渐提高，只见吕帅的神情随着他提高的声音，渐渐紧张起来。吕帅口中本衔着极粗的雪茄烟，因为不住地点头，那雪茄也随而上下颤动，渐渐上下的距离愈来愈大，颤动的速度愈来愈增。烟上灰烬完全震落，现出燃烧的红焰部分，同时吕帅的面色也由青转红，似乎被那成秘书长的舌辩燃起心头之火，煮沸了英雄之血。见那成秘书长说着忽然把头颅划了个圈子，把臂一弯猛做伸缩，似乎说到紧关节要，借着动作加重言语力量。吕帅那里好似受了他的感应，猛然一拍桌子，一跃而起，叫道："对对，你这话对！鸣天就是我，我就是鸣天。从打我做营官，就是他跟着我，一晃这些年，他一切都为着我，我一切都仗着他。到现在也是一样。我并没别的意思，只不愿鸣天太劳苦了，才教他慎重行事。现在你既这样说，鸣天是为我们大局起见，李化章那边又确有可乘之机，这还有什么说的？就教鸣天全权办理，便宜行事。你回去对他说，我的事就是他的事，我的人就是他的人。两省军队由他随便调动，我这里就有正式命令发出。"

那成秘书长和祝参谋长都立起来，恭恭敬敬又说了几句，似乎对吕帅颂扬，并说将要回去把他的意旨转达给卢鸣天。吕大帅摆了摆手，迈步走过屋角，坐在写字台前，抽笔拂纸，很快地写了几行，旁边的祝、成二人相视而笑，都现出得意之色。隔室的素娟姐妹却都看得呆了。素娟本因所听祝、成二人来见吕帅，料着必是替卢鸣天做说客，发动对李化章的战事，素娟向来对卢鸣天虽无恶感，也无联络，却很反对他的扩展势力，又因这场战争，于自己和亲近私党有损无益，所以来窃听密议情形，以便设法破坏。如今想不到只赶上一段尾巴，眼看吕帅已被成秘书长说动，不但慷慨陈词，切实允诺，还要写亲笔信给卢鸣天，当然是表示一心无二，全权托付，绝无更改变化的了。事情到了这等地步，势已无可挽回。素娟看得面色倏白，呼吸急促，却已无计奈何。虽知吕帅这封亲笔信交给祝、成二人，就算孤注一掷，战局已成。在这瞬息之间，真是千钧一发一时，但她空自急得手搓手，却没有一点儿办法。本来她以姨太太的身份，平时虽欺着吕帅昏庸好色，常常参与政事，但也只能在枕席上寻觅机会，绝不敢明目张胆地把持干预。因为大帅不测的喜怒，关乎本身的宠辱。素娟虽然恃宠而骄，也只敢在闲事私情上面撒娇作态，对这等军政大计，还没胆量冒昧参与。所以这时望着吕帅写信，空自着急，并不敢出头拦阻。只回头望着月娟连连抖手。月娟也知道她的心意，就低头说道："看情形他们已经决定了，这是天塌砸大家的事，你就不必多操心吧。"素娟只得点头，就见吕帅已经把信写完装入封皮，交给祝参谋长，又说了几句，因为距离很远，听得更不清楚。祝、成二人随即告辞走出。吕帅跟着就召集会议，发令动员。成秘书长又说自己暂时还不回去，要留在这里随时请求，吕帅很高兴地请他晚间前来参加会议，二人就走出去了。

素娟见吕帅转身向内，恐怕他到憩坐室来休息，就一拉月娟，很快地又由侧门走出，才向外退出一步，忽见一个承启处的副官由外面走了进来，后面跟了一位威武赳赳的军官和一个形容猥琐步履欹斜的干老头儿。两人气色都很难看，走到院中，便在甬道上站住。先由那副官入厅通报，月娟一见那个军官正是岳慕飞，而那老头儿却是薛寿嵩。不由心中一跳，猛想到自己布置的事情，必已发动了。就拉住素娟，叫她止步。素娟也看见岳、薛二人，觉得他两个向来势如胡越，风马牛不相及，怎会一同来见吕帅？而且脸上气色都惨厉可怖，好像平常二人互相斗殴，打到公堂，才抑制怒气，却仍带着势不两立的样儿，不由也动了好奇的心，就随着月娟又退入憩坐室，想要听听是什么事情。

月娟和素娟不同，她是胸中雪亮，知道岳、薛两家必然已闹出事来，且不知闹到什么程度。不过二人既来见吕帅，必然风波不小。所以更急要明白自己的计划已收了何等功效。二人便仍回到原立处偷看，只见吕帅已听完了副官的禀报，满面惊讶地说了一句"这是什么缘故？"随即挥手就教他们进来。副官出去，便见岳、薛二人走了进来。那岳慕飞面色微青，进门向大帅行个军礼，但向旁边一站，并没说话。薛寿嵩却扑地跪在地下，放声大哭，高叫："大帅给我做主，教他偿命！"

吕帅闻言大惊，连隔室的素娟也愕然失惊，月娟虽不致十分诧异，却也有些意想不到会真出了人命。但她本以为祸事要出在岳家，如今竟见薛寿嵩哭求大帅做主，又似他家伤了人口，不由更纳了闷。就瞪目倾耳，急要明白下文。但作书的却要先行表明岳、薛二人到帅府的缘由。

自岳雪宜在薛寿嵩家中被薛太太万荸贞暗算，受吕克成污辱，本是昨夜的事。雪宜回家饮恨自尽，恰在今天凌晨岳慕飞发现女儿身死，查明曾在薛家过夜，又教那老乳母检验尸身，确知女儿白璧不完，却是青蝇初玷，就悟到必和薛家有关。万荸贞和她女儿薛凤枝必然知情，就假传雪宜的话，派人去请凤枝。因为凤枝素和雪宜要好，而且昨夜是她把雪宜邀去，所以要从她口里问供。却不料凤枝正和母亲怄气，不肯出门。万荸贞又想给雪宜和吕克成做第二次联络，便替女儿前往。到了岳宅，岳慕飞先教她参观了雪宜的遗体，随即执枪逼问，是受何人所害。万荸贞吓得亡魂失智，就实说出吕克成的名字。岳慕飞一听，立刻明白必是她献媚勾引，再也按不住怒气，开枪把她打死。看着这无耻妇人陈尸在地，方觉心气略平，头脑稍清。在房中踱了一会儿，寻思此仇已报，只杀个老虔婆，还不足报爱女于地下。但是对付吕克成，却不能像万荸贞那样容易，须得下极大的决心。想到这里，又勾起平日的抑郁不平之气。自己追随吕帅，历时最久，建功最大，如今退居人下，眼看同列的卢鸣天扬眉吐气，出使封疆，自己还干着光杆的军长。论理吕帅应该只高高在上地做他的镇抚使，把本省督理一席让出，使我和卢鸣天平等，方算公平。不过他怎肯舍得？近来倒是有此一说，他要让出督理，可是承受者是他的儿子，越发和我无干。老的已经这样不公，如今小的又践踏到我头上，我可实忍不下去了，就趁势干一下吧。想着方要摩拳擦掌，表示决心，但转念又觉犹疑，自己跟吕帅已将半世，又久负忠勇

312

之名。这样反颜倒戈，似乎太嫌狠毒。而且我便举事成功，对吕帅又将如何处置？倘不成功，倒要落得身败名裂，为天下人所笑。再想起自己孤掌难鸣，还有许多困难，就把心馁了。

又过了半晌，才定了最后决议。他终于因为顾虑太多，打算暂且忍下这口气去。君子报仇，十年不晚，慢慢等机会再算账。但是自己女儿的惨死可以设法遮瞒，这万荮贞陈尸在自己家中，却是难于处置。薛家的人都知道她被邀到这里，历时已久，必来问讯。我岳慕飞也不犯私匿人命。只是给薛家报信，事情就得闹起。本来我虽不怕这点风波，可是事一闹明，势必真相尽露。我万不能忍受公开的耻辱，就在了骑虎难下，不干也得干了。和我原来忍辱待权的计划，岂不大相径庭？当时寻思了很大工夫，幸而宅中的差弁仆役都是相随甚久的心腹，虽在外听见枪声，知道必出了事，却都在静听消息，既不慌乱，也不向外宣扬。

岳慕飞直在房中看着万荮贞的尸身，坐到午后，才想起主意。就走出房门，叫进一个仆人，吩咐了一套话，去到薛宅请薛监督前来，有事面谈。仆人领命前去，到了薛宅向门房一说，门房因为薛寿嵩晚上吸烟，白天睡觉，不到午后二三时不起，上衙门办公总得日暮时候，到了偶然前往督署，才破例早起，或竟熬个通宵，回家再睡。不过他一睡着，就不许吵醒。这时门房虽久知岳慕飞的声威，不敢玩忽，但又因主人和岳慕飞素无来往，觉得犹疑。就教岳家仆人稍候，自己进去寻一位管事的二爷，和他商量。那二爷偏巧是个不懂事的人，只把主家看得比天还大，不敢担保丝毫沉重，就教门房回复来人，说主人正在睡觉，不敢惊动。教把名片留下，先去他的。门房先去对岳家仆人把话照说，岳家仆人无可奈何，只得回去复命。岳慕飞听了十分焦躁，就又派得力的马弁二次再去，吩咐务必立刻把薛监督请来，有极要紧的事商量。马弁领命再到薛宅，述说来意。言语间竟跟门房说岔了。因为这马弁更是粗人，奉了主人紧急命令，竟毫不客气，好像是拘提犯人似的，其势汹汹，把管事二爷也给惊动出来，两下越说越僵，几乎动武。到底薛家人多，马弁孤身一个，未能闯入宅门，只得负气回去。

岳慕飞听了气得乱跳，把马弁叱退，自己坐车直到薛宅，还是大将别有威风，薛家下人一见他亲自到来，都吓走了。岳慕飞直入前厅，令下人赶快把薛监督唤起。下人不敢不从，就去叫醒薛寿嵩。薛寿嵩从梦中惊醒，听说岳慕飞来家，便觉事情蹊跷。记得太太早晨曾到岳宅去，这时岳慕飞怎又到自己家来？就问门房太太可曾回来，门房答说未回。薛寿嵩更觉兆头不好，急忙披衣下床，走入客厅。岳慕飞一见他，便拉住说有事奉请，往舍下一行。薛寿嵩不知道他葫芦里卖的什么药，犹疑不肯答应。岳慕飞不由分说，直拉他向外走。薛寿嵩见他面色凶惨，衣袋中凸凸的好似带着手枪，就不敢挣扎。赔笑说："岳师长，请你告诉是什么事，我一定跟你去。"

岳慕飞只说了句："薛太太正在舍下等你，见着自然明白，你就快走吧！"

薛寿嵩听着，心里已想到必是夜里的事发作了，吓得身上出了冷汗，但自己的太太尚在他家，看岳慕飞的神色更知道绝不容自己脱避，只得由着岳慕飞拉出了门，推上汽车。岳慕飞跳到车上，便令车夫速行。

须臾到了岳宅，岳慕飞先下了车，又把薛寿嵩拉出来，一同向里走。门内有几个差弁在院中惨默无声地站着，对他俩行礼。薛寿嵩东张西望，见有不少军装武士，似觉入了虎穴龙潭，说不出的害怕。又见人们脸上都阴惨难看，心中更犯嘀咕。向前走过院落，到了客厅，岳慕飞并不请他落座，仍自前行。由侧门穿出，直奔内宅，又上了楼梯，薛寿嵩这时已有几分预料，以为是吕克成污辱雪宜的事，已被岳慕飞知道，所以把自己太太邀来，追问根由。现在想是太太已经承认了勾引的罪名，所以岳慕飞要自己来替她负责。好比家狗咬人，追究豢主的意思。

薛寿嵩一想到这里吓得腿都发软了，他本是个势利小人，向来巧于趋避，利则归己，害则归人，不懂什么良心天理，感情义气。平时对于朋友同僚都是如此，这时因自知和太太共了患难，不由把势利心肠用在同床人身上，就跟在岳慕飞身后说道："岳师长，拙荆很不规矩，我简直没法管她。大概你也有些耳闻，我对她实在告了饶。所以她无论做什么事，都得她自己承当，我可不能负责。岳师长你是圣明人，世上的蠢妻逆子没法管啊。"

岳慕飞也不理他，到了内室门首，就掀门帘道："请里面坐，尊夫

314

人就在房里。"

薛寿嵩举步走入，因为万弗贞的尸身正在当地横着，他只顾向四外寻视，没提防脚下，几乎被尸身绊倒。低头一看，吓得失声大叫，就要向外逃跑。但已被岳慕飞拉住。薛寿嵩抖颤了半晌，才掩面叫道："她死了……死了……很好，很好，我一点儿不难过。她本来该死，死了去我块病，可她怎么……哦，被枪打死。岳师长是你么？"

岳慕飞点头道："不错，是我，你要问我为什么打死她？请这边来。"

说着又拉他走入里间绣阁，薛寿嵩看见岳雪宜利剪插喉的惨状，更吓得大叫倒退。岳慕飞说句："你看明白了？"就又拉在外间，请他在沙发上落座。薛寿嵩守着两具横死尸身，如何敢坐？颤声央告道："我不坐，放我走吧。这里太怕人。"

岳慕飞冷笑道："你不愿在这屋里，咱们下面谈。"

就领他出室下楼，到客厅坐定，岳慕飞才开口说道："我邀你来，就为请问这事该怎样办？"

薛寿嵩余惊未退，吃吃地道："这好办，咱们谁跟谁？这还不好办？我……我没问题。"

岳慕飞道："这叫什么话，人命关天，拉不上交情。何况咱们又素无交往，你快说正经的。"

薛寿嵩道："我的女人本就混账，死了不屈。你怎办都好，不用问我。我关上还有要紧公事，得先走一步。"说着便立起身来。岳慕飞拦住道："你别走……"